ro
ro
ro

rororo

Petra Hammesfahr schrieb bereits mit siebzehn ihren ersten Roman. Seitdem schreibt sie einen Bestseller nach dem anderen. Sie lebt mit ihrem Mann in der Nähe von Köln.

Im Rowohlt Taschenbuch Verlag liegen bereits folgende Romane vor: «Der Puppengräber» (rororo 25704), «Die Sünderin» (rororo 25706), «Die Mutter» (rororo 25707), «Meineid» (rororo 22941), «Die Chefin» (rororo 23132), «Roberts Schwester» (rororo 23156), «Merkels Tochter» (rororo 23225), «Das letzte Opfer» (rororo 25709), «Mit den Augen eines Kindes» (rororo 23612), «Ein süßer Sommer» (rororo 23625), «Die Lüge» (rororo 25708), «Seine große Liebe» (rororo 24034), «Die Freundin» (rororo 23022), «Am Anfang sind sie noch Kinder» (rororo 24350), «Bélas Sünden» (rororo 23168), «Das Geheimnis der Puppe» (rororo 22884), «Ein fast perfekter Plan» (rororo 23339), «Der Schatten» (rororo 24051) sowie «Erinnerung an einen Mörder» (rororo 24805).

PETRA
HAMMESFAHR

LUKKAS ERBE

Roman

Rowohlt Taschenbuch Verlag

Neuausgabe März 2011

Originalausgabe
Veröffentlicht im Rowohlt Taschenbuch Verlag,
Reinbek bei Hamburg, Juli 2000

Umschlaggestaltung Hafen Werbeagentur, Hamburg
(Foto: © Mark Owen / plainpicture / Arcangel)
Satz aus der Sabon PostScript (PageOne)
Gesamtherstellung CPI – Clausen & Bosse, Leck
Printed in Germany
ISBN 978 3 499 25705 6

Das für dieses Buch verwendete FSC®-zertifizierte Papier
Lux Cream liefert Stora Enso, Finnland.

DIE WICHTIGSTEN PERSONEN

Heinz Lukka, geb. 1928, Rechtsanwalt, ledig, vermögend, tötete mehrere Frauen und Mädchen und starb im August 1995.

Miriam Wagner, geb. 1969, Lukkas Haupterbin, ihre Mutter war verlobt mit Heinz Lukka, starb 1981 bei einem Verkehrsunfall.

Benjamin Schlösser, geb. 1973, genannt **Ben**, tötete Heinz Lukka, verbrachte danach einige Monate in der geschlossenen Psychiatrie. Seine Eltern, **Trude**, geb. 1936, und **Jakob Schlösser**, geb. 1932, früher Landwirt.
Geschwister: **Anita Schlösser**, geb. 1963, Juristin, lebt in Köln. **Bärbel von Burg**, geb. 1967, verheiratet mit **Uwe**, lebt im Dorf auf dem Hof ihrer Schwiegereltern. **Tanja Schlösser**, geb. 1982, lebt bei der Familie Lässler, wurde von Heinz Lukka mit mehreren Messerstichen schwer verletzt.

Paul, geb. 1931, und **Antonia Lässler**, geb. 1951, ihre jüngste Tochter **Britta** wurde im August 95 ermordet.
Weitere Kinder: **Andreas Lässler**, geb. 1969, verheiratet mit **Sabine**. **Achim Lässler**, geb. 1971, Erbe des väterlichen Hofs. **Annette Lässler**, geb. 1975.

Maria Jensen, geb. 1952, die Schwester von Paul Lässler, war verheiratet mit einem Apotheker. Ihre Tochter **Marlene** wurde im August 95 ermordet.

Bruno Kleu, geb. 1951, Landwirt, hat die zum Schlösser-Hof gehörenden Ländereien gepachtet und seit Jahren ein Verhältnis mit Maria Jensen, Marlene Jensen war seine Tochter. Verheiratet ist Bruno mit **Renate**. Die beiden Söhne aus dieser Ehe sind **Dieter**, geb. 1977, und **Heiko**, geb. 1980.

Patrizia Rehbach, geb. 1978, heiratet im Mai 97 **Dieter Kleu**, Schwägerin von

Nicole Rehbach, geb. 1969, Eltern unbekannt, wuchs in Heimen auf, verheiratet mit **Hartmut Rehbach**, geb. 1969. Befreundet ist das Paar mit Bärbel und Uwe von Burg, Andreas und Sabine Lässler sowie

Walter Hambloch, geb. 1969, ledig, Polizeibeamter.

Brigitte Halinger, geb. 1952, ermittelnde Hauptkommissarin und Chronistin.

BENS REVIER

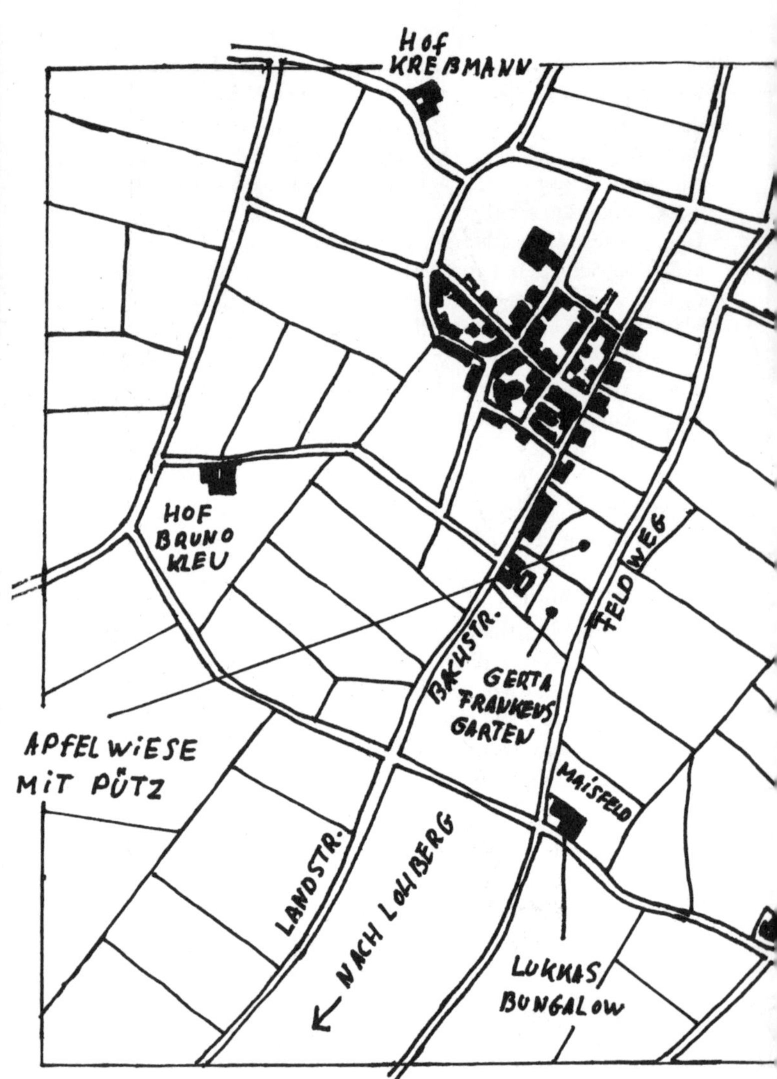
HOF KREBMANN
HOF BRUNO KLEU
BACHSTR.
FELDWEG
GERTA FRANKENS GARTEN
APFELWIESE MIT PÜTZ
MAISFELD
LANDSTR.
NACH LOHBERG
LUKKAS BUNGALOW

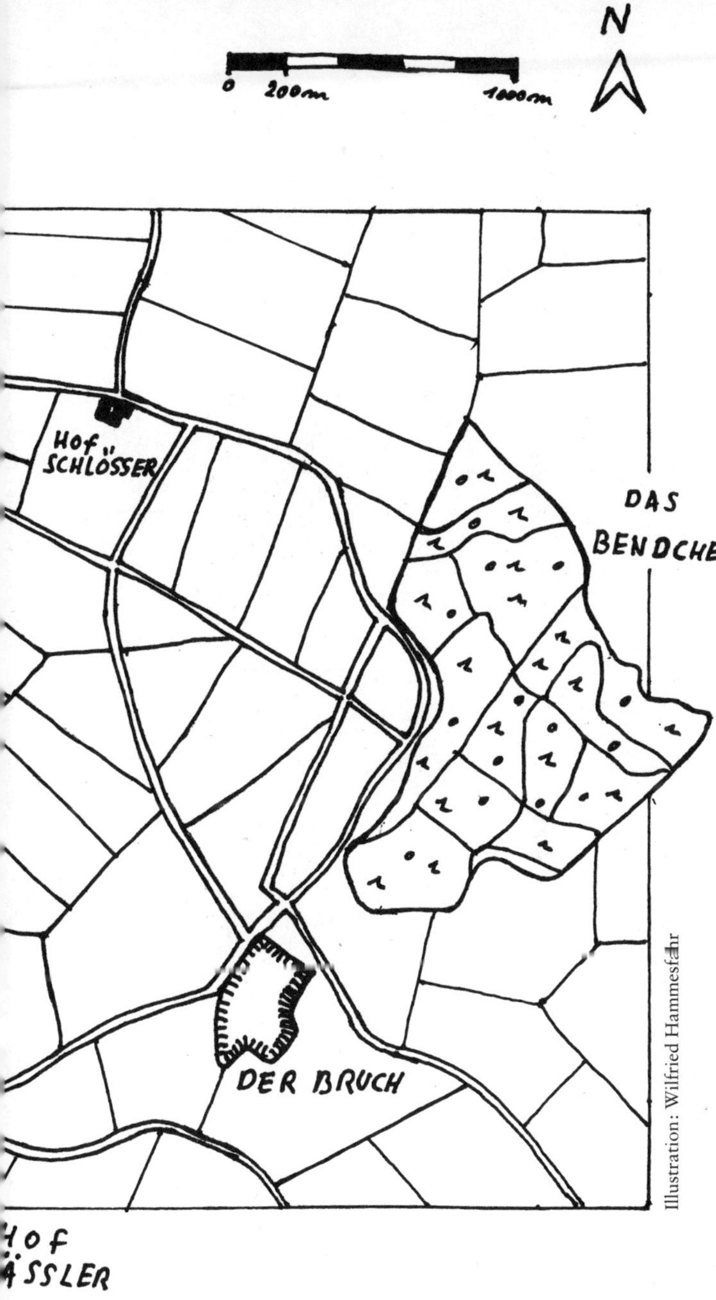

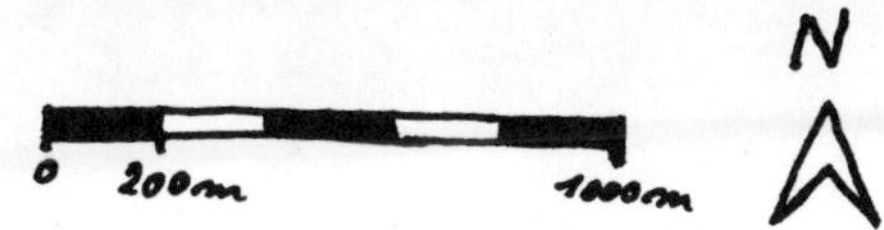

HOF SCHLÖSSER

DAS BENDCHEN

DER BRUCH

HOF
ÄSSLER

Illustration: Wilfried Hammesfahr

Prolog

Es war der letzte Dienstag im August 95, als Bens gewohntes Leben ein abruptes Ende fand. Er hatte seinen Freund getötet, aber das wusste er nicht. Zwischen Leben und Tod konnte er nicht unterscheiden. Er wusste nicht einmal, welcher von den vielen sein richtiger Name war. Seine Mutter sagte zu ihm guter Ben oder mein Bester. Seine jüngste Schwester rief ihn Bär oder Waldmensch. Seine beiden älteren Schwestern hatten ihn Idiot genannt, ehe sie große Koffer packten und fortgingen. Auch viele Leute aus dem Dorf sagten Idiot zu ihm. Und wenn sie sagten: «Hau ab, du Idiot», hieß das, er musste gehen.

Er war zweiundzwanzig Jahre alt. Das wusste er auch nicht. Für ihn hatten Wochen, Monate und Jahre keine Bedeutung. Er kannte kein Gestern und kein Morgen, nur jetzt und vorbei. Und nach dem Tag, als er seinen Freund getötet hatte, war für ihn alles vorbei.

Er lag in einem weißen Zimmer, in einem weißen Bett, bei weißen Leuten. Sein Kopf tat weh, seine Schulter, der Arm und die Hände taten weh. Und immer, wenn einer von den weißen Leuten an sein Bett trat, wurde er mit Nadeln gestochen, das tat auch weh. Er hatte Angst und wartete darauf, dass seine Mutter kam und ihn nach Hause holte.

So hatte er es als Kind erlebt. Und er vergaß nie etwas, keine Furcht, keinen Schlag, keinen Schmerz, keine Freundlichkeit, kein Gesicht, keine Erfahrung. Und immer erwartete er, dass es so geschah, wie er es kannte. Aber diesmal war alles ganz anders.

Seine Mutter kam nicht. Es kam nur eine Frau mit Fotos von hübschen Mädchen. Sie wollte von ihm wissen, ob er diese Mädchen gesehen habe und ihr sagen könne, was mit ihnen geschehen sei. Natürlich konnte er das, aber die Frau verstand ihn nicht.

Die Frau mit Fragen und Fotos war ich, Kriminalhauptkommissarin Brigitte Halinger. Im September 95 war ich dreiundvierzig Jahre alt, seit zwanzig Jahren verheiratet und Mutter eines siebzehnjährigen Sohnes. Mir waren die Ermittlungen in einem Fall übertragen worden, den die Medien später Blutsommer nannten.

Im August 95 waren in einem Dorf nahe der Kleinstadt Lohberg die siebzehnjährige Marlene Jensen, die dreizehnjährige Britta Lässler und eine zweiundzwanzigjährige Amerikanerin verschwunden. Der letzte bekannte Aufenthaltsort war jeweils ein Feldweg nahe dem einsam gelegenen Bungalow des Rechtsanwaltes Heinz Lukka gewesen.

Die besondere Tragik: Marlene Jensen und Britta Lässler waren Cousinen. Zwei Mädchen aus einer Familie, da lag es auf der Hand, nach einem Motiv im Umfeld dieser Familie zu suchen. Das Motiv fand ich: verschmähte Liebe, die in Hass umschlug. Es war sechsundzwanzig Jahre her, eine unglaublich lange Zeit. Im Oktober 1969 hatte Marlene Jensens Mutter, damals in dem Alter, in dem ihre Tochter sterben musste, Heinz Lukka zurückgewiesen und ausgelacht.

Die Leiche von Britta Lässler fand ich, Marlene Jensen und die Amerikanerin nicht. Dass es noch ein Opfer mehr war, erfuhr ich erst Monate später.

Am letzten Dienstag im August 95 wurde in Lukkas Bungalow dann noch die dreizehnjährige Tanja Schlösser lebensgefährlich verletzt. Tanja war bei der Familie Lässler aufgewachsen, weil ihre Mutter Trude Schlösser stets beide Hände, beide Augen, ihre gesamte Kraft und Aufmerksamkeit für den einzigen Sohn brauchte, für Ben, den jungen Mann, den ich mehrfach im Lohberger Krankenhaus besuchte.

Einige nannten ihn Puppengräber, weil er als Kind Puppen zerrissen und verbuddelt hatte. Er galt als schwachsinnig, und trotzdem hatte er dem Mörder gerade noch rechtzeitig das Genick gebrochen, um das Leben seiner jüngsten Schwester Tanja zu retten.

Für mich war er nach seiner Entlassung aus der Psychiatrie im März 96 die letzte Hoffnung, um das Schicksal der vermissten Frauen zu klären. Heinz Lukka konnte ich nicht mehr fragen.

Ich habe schon ausführlich über den August 95 und über Bens Entwicklung berichtet. Das alles möchte ich nicht wieder aufwärmen. Aber einiges wird zwangsläufig noch einmal zur Sprache kommen, weil es nicht vorbei war, als die Akten geschlossen wurden. Viele Fragen waren offen geblieben. Fragen, die nur Ben hätte beantworten können. Aber er konnte es nicht mit Worten.

In meinem ersten Bericht habe ich für ihn gesprochen. Dabei konnte ich ihn nur von außen betrachten, mit den Augen seiner Mutter Trude Schlösser.

Als ich zwei Jahre später im Oktober 97 erneut ins Dorf gerufen wurde, mitten hinein in die Wiederholung des Blutsommers, hat es Wochen gedauert, ehe ich durchschaut habe, was vorgegangen war in den neunzehn Monaten seit seiner Heimkehr. Viel zu spät fand ich heraus, wie Ben gelebt, was er erlitten hatte, wer an ihm interessiert gewesen war, aus welchen Gründen, und warum dann wieder vier junge Frauen und ein Mann sterben mussten wie im August 95 – mit dem großen Unterschied, dass der Mann, der getötet wurde, kein Mörder war wie Lukka.

Es gab Stunden, da fühlte ich mich so schuldig, wie

Bens Mutter sich nach dem schrecklichen Sommer schuldig gefühlt haben musste. Ich hatte verschwiegen, was ich im Frühjahr 96 zu begreifen glaubte. Ich hatte Ben zurückgebracht, ohne genau zu wissen, was im Sommer 95 tatsächlich geschehen war.

Und nun muss ich noch einmal sagen: «Ich habe mit allen gesprochen, die noch reden konnten.»

ERSTER TEIL
Schweigen

Ben

Im September 95 war er für mich nur ein Zeuge gewesen, der einen Mörder beobachtet hatte und nicht reden konnte. Sein Sprachschatz war äußerst dürftig. Er verstand viele Worte, doch die meisten wusste er nicht zu deuten. Sie verwirrten ihn, schwirrten um seine Ohren wie lästige Fliegen, die man nur ignorieren konnte, weil es nie gelang, sie zu fangen. Und viele waren falsch. Das hatte er im Laufe der Zeit erkannt.

Falsche Worte mochte er nicht. Er sprach nur solche aus, von denen er ganz sicher wusste, dass sie richtig waren. «Finger weg» waren alle schlechten Dinge. Damit waren Gegenstände wie ein Messer ebenso gemeint wie das Verhalten einer Person. «Fein macht» waren alle guten Dinge, ein Streicheln, ein Kuss, ein gelungenes Werk. «Weh», das war Schmerz.

«Fein» waren Frauen und Mädchen, die freundlich mit ihm umgingen. Seine Mutter natürlich, seine jüngste Schwester Tanja, Britta, Annette und Antonia Lässler und ein paar wenige mehr, viele waren es nie gewesen. Für all die anderen hatte er keinen Ausdruck, er sortierte sie nur in zwei Gruppen.

Zu dunkelhaarigen Frauen fasste er schnell Vertrauen, fühlte Verbundenheit und das Bedürfnis, sie zu schützen. Seine Mutter, seine jüngste Schwester und Antonia Lässler waren dunkelhaarig wie er. Die Blonden wie Antonias Töchter und ihre Nichte Marlene Jensen waren die schönen Mädchen, widersprüchliche Geschöpfe, manchmal waren sie sehr freundlich zu ihm, manchmal überhaupt nicht.

«Freund» war immer nur Heinz Lukka. Der alte Rechtsanwalt hatte nie ein lautes Wort an ihn verloren und stets eine Süßigkeit für ihn gehabt. Ben hatte niemals einen anderen Mann als Freund bezeichnet, es hatten sich nur einige eingebildet, er täte es.

Und «Rabenaas» war kein Schimpfwort, wie ich annahm, als ich ihn im Lohberger Krankenhaus zum Schicksal der vermissten Frauen befragte und dachte, ich ginge ihm damit auf die Nerven. Rabenaas war ein regloser, blutiger Körper. Er hatte mir sofort gesagt, was mit Marlene Jensen und der jungen Amerikanerin geschehen war, er hatte mir auch den Mörder genannt. Das hieß, er konnte Auskunft geben, man musste nur wissen, wie zu interpretieren war, was er von sich gab.

Nach seiner Entlassung aus dem Krankenhaus wurde er im November 95 für kurze Zeit in einer offenen Behindertenwohngruppe untergebracht. Es war nicht der richtige Platz für einen jungen Mann mit seinem Freiheitsdrang. Nachdem er zweimal ausgerissen war, wurde er in die Landesklinik eingewiesen, geschlossene Psychiatrie, die Abteilung für die schweren Fälle, weil er sich nicht festhalten lassen wollte und sich zweimal mit den Pflegern anlegte.

Er war stark, hatte bis dahin niemals einen erwachsenen Mann angegriffen, nicht einmal zurückgeschlagen, wenn er sinnlos verprügelt wurde. Er begriff doch nicht, warum er an so einem furchtbaren Ort sein musste. Niemand hatte es ihm erklärt.

Zu Hause war niemand mehr, der sich um ihn hätte kümmern können. Seine Mutter hatte einen schweren Herzinfarkt erlitten. Sein Vater glaubte, ihm nie mehr in die Augen schauen zu können, weil er ihn für den Täter gehalten und mit einem Schürhaken niedergeschlagen hatte, als er ihn in Lukkas Bungalow zwischen der Leiche des alten Rechtsanwalts und der schwerstverletzten jüngsten Tochter antraf.

Seine älteste Schwester Anita lebte in Köln, war als Juristin bei einer Versicherung beschäftigt und beruflich stark eingespannt. Seine zweitälteste Schwester Bärbel war im Dorf verheiratet und zum ersten Mal schwanger. Sie lebte im Haus der Schwiegereltern, dort wäre Platz genug gewesen. Aber Bärbel wollte ihren Bruder keinesfalls in der Nähe haben. Sie hatte eine üble Erfahrung mit ihm gemacht, beziehungsweise er mit ihr – seitdem tat Bärbel, als existiere ihr Bruder nicht.

Als Trude Schlösser sich im Januar 96 so weit wie möglich von ihrem Infarkt erholt hatte und mir ihren Sohn noch einmal als wichtigen Zeugen ans Herz legte, weil sie ihn unbedingt wieder bei sich haben wollte, hatte ich den Fall längst zu den Akten gelegt. Ahnungslos, dass für seine Entlassung nur ein Gutachten notwendig und ein Amtsrichter zuständig gewesen wäre, rief Trude mich an.

Sie war überzeugt, er wüsste, wo die Leichen der anderen Opfer waren. Um das zu untermauern, legte sie ein unfassbares Geständnis ab. Ben hatte in den Sommerwochen mehrere Beweise für Verbrechen nach Hause gebracht, die Handtasche von Svenja Krahl, einer siebzehnjährigen Schülerin, den blutigen Rucksack der Amerikanerin und zwei Finger von Marlene Jensen. Aus Angst, man könne ihn verdächtigen, hatte Trude alles in ihrem Küchenherd verbrannt.

Niemand glaubte das auf Anhieb. Der zuständige Staatsanwalt vermutete, Trude wolle nur über die Justizbehörden Druck auf den Amtsrichter ausüben lassen, der für Bens Entlassung aus der Psychiatrie zuständig war.

Entlassen wollte man ihn nämlich nicht mehr. Es hieß inzwischen, er sei gewalttätig, neige zu unmotivierten und unkontrollierbaren Wutausbrüchen.

Es dauerte noch bis März, ehe man in der Landesklinik erkannte, warum er sich phasenweise friedfertig zeigte und dann unvermittelt zu toben begann. Die Ärzte taten sich schwer, ihn einzuschätzen. Er war nicht geistesgestört und nicht geisteskrank. Einer der Mediziner meinte, autistische Züge zu entdecken. Aber Ben war auch kein klassischer Autist. Es gab keinen Stempel, den man ihm auf die Stirn drücken konnte. Es war nicht einmal völlig korrekt, ihn als schwachsinnig zu bezeichnen.

Sein Intellekt glich dem eines Kleinkindes. Aber er hatte ein paar besondere Fähigkeiten, es hatte sich nur nie jemand darum gekümmert, sie zu fördern, weil seine Mutter sich stets geweigert hatte, ihn in eine entsprechende Einrichtung zu geben. Trude Schlösser war immer der Meinung gewesen, er habe nicht mehr von seinem Leben als die Freiheit in Feld, Wald und Wiesen.

Und in der Gefangenschaft hatte er davon nur noch die Bilder. Kein Mensch hatte auch nur die geringste Vorstellung von seinem Gedächtnis. Er kannte es nicht anders, als dass er in seinem scheinbar leeren Hirn ein Feuerwerk an Erinnerungen entfachen konnte. Wo andere sich Raum für Abstraktionen geschaffen hatten, die Informationen verwahrten, die notwendig waren, einen Beruf auszuüben, mit der Umgebung zu kommunizieren und viele Dinge mehr zu tun, da verwahrte er alle bemerkenswerten Eindrücke seines Lebens, auch die Sommerwochen, all die Antworten, von denen ich dachte, niemand könne sie mehr geben. Es war nicht chronologisch geordnet, aber das störte ihn nicht, solange er jederzeit darin eintauchen konnte.

Er erinnerte sich nicht bloß, er fühlte, roch, schmeckte,

wie es gewesen war. Dann war es für ihn jetzt und nicht vorbei. Er spürte den Wind im Gesicht und den Boden unter den Füßen. Er konnte zum Bendchen, einem Waldstück, laufen, verborgen im Gebüsch liegen, beobachten, was die jungen Männer mit den Mädchen machten, und feststellen, dass es den Mädchen gefiel. Er konnte noch einmal durch das offene Wagenfenster von Annette Lässlers Freund greifen, Annettes nackte Brüste streicheln, wie er es im Juni 95 getan hatte. Er konnte hören, wie Annettes Freund sich aufregte und Annette sagte: «Ist nicht so schlimm, Ben, er tobt nur, weil er sauer ist.»

Er hatte ihr auch nicht wehgetan, da war er ganz sicher. Er hatte gut aufgepasst, wie die anderen jungen Männer es machten. Wehtun wollte er keinem Menschen, gewiss nicht einem hübschen jungen Mädchen.

Er konnte im Bruch nach verborgenen Schätzen graben, tote Mäuse sammeln und sie verstecken in einem alten Gewölbekeller unter den Trümmerbergen, dessen Zugang lange Zeit nur er alleine gekannt hatte. Er konnte sich bei seinem Freund Lukka einen Riegel Schokolade und ein freundliches Wort holen, auf dem Lässler-Hof spielen mit seiner kleinen Schwester Tanja und Britta, sich von Antonia Lässler in die Arme nehmen und auf die Stirn küssen lassen.

Er konnte jederzeit den Zirkus sehen und das erste schöne Mädchen in seinem Leben, eine junge Artistin am Trapez und auf Ponyrücken, mit der für ihn ein Wunder verknüpft war – und sein Untergang.

Zwei Ereignisse hatten sein Denken und Handeln geprägt. Das erste geschah im August 80. Damals war er sieben Jahre alt, als im Dorf ein Zirkus gastierte. Seine Mutter besuchte mit ihm eine Vorstellung, und die junge, blonde Artistin begegnete ihm sehr freundlich, nahm ihn mit in die Manege, ritt mit ihm zusammen auf einem Pony und küsste ihn auf die Wange. Bis dahin hatte er nicht sehr viel Zärtlichkeit erfahren, von seiner Mutter hin und wieder ein Streicheln oder einen Kuss auf die Wange. Allzu viel war das nicht, Trude Schlösser war ein eher spröder Typ. Und hübsche, junge Mädchen wie seine älteren Schwestern Anita und Bärbel machten einen Bogen um ihn.

Spät in der Nacht riss er aus, um die Ponys noch einmal zu sehen. Sie waren auf einer Wiese untergebracht, auf der später sein Freund Lukka den prächtigen Bungalow bauen ließ. Das schöne Zirkusmädchen war schon da, als er kam. Und wieder war sie freundlich, ließ ihn noch einmal reiten, küsste ihn noch einmal auf die Wange und begleitete ihn auf dem Heimweg, damit er nicht verloren ging.

Dann kam sein Freund Lukka, stach die Artistin mit einem Messer, machte mit ihr, was Ben Jahre später so oft bei anderen Paaren am Bendchen beobachtete. Und danach warf sein Freund sie in ein tiefes Loch, den Sandpütz. Ein Schacht von zwölf bis fünfzehn Metern Tiefe, am Ende glockenförmig erweitert.

Und Ben dachte, es könne nicht richtig sein, ein schönes Mädchen in dieses Loch zu werfen. Er sagte es seiner Mutter und anderen Leuten mit den Worten, die sein Freund benutzt hatte. «Rabenaas kalt.» Er zeigte es ihnen auch mit Puppen. Und immer wurde er dafür verprügelt.

Zwei Jahre später beobachtete er seine Schwester Bärbel und ihren Freund in einer ihm ähnlich erscheinenden Situation. Er wollte Bärbel beistehen, schlug ihrem Freund einen Stein auf den Kopf und wurde von Bärbel mit einem Knüppel zusammengeschlagen. Danach stürzte er in den Sandpütz, der zu diesem Zeitpunkt glücklicherweise bis auf einen Rest von drei Metern aufgefüllt war. Eine bange Nacht hatte er in der Tiefe verbracht, war erst am nächsten Tag von der Freiwilligen Feuerwehr Lohberg geborgen worden.

Und seitdem hatten die Männer mit Leitern und einem Korb für ihn eine ganz besondere Bedeutung. Welche, das wusste niemand, ich konnte es nicht einmal ahnen. Er hatte den großen Unterschied zwischen Mädchen und Puppen erkannt. Puppen waren kaputt, wenn man sie zerriss oder mit einem Messer aufschnitt. Die Mädchen kamen irgendwann zurück.

Er hatte das schöne Zirkusmädchen wieder gesehen – lange Zeit später – in Gestalt von Marlene Jensen, die eine verblüffende Ähnlichkeit mit der seit 1980 verschollenen Artistin hatte. So wie ihn mussten die Männer mit Leitern und einem Korb auch sie aus dem tiefen Loch geholt haben.

Ihn erstaunte es nicht, dass Menschen, die schon einmal blutend am Boden gelegen hatten und darin verschwunden waren, plötzlich wieder herumliefen. Mit unzähligen Ratten und Mäusen hatte er schon eine ähnlich wundersame Auferstehung erlebt.

Sie lagen auf Feldwegen, einem Acker, im Bendchen oder im Bruch und bewegten sich nicht mehr, wenn er sie fand. Manchmal fielen sie sogar auseinander, wenn er sie aufhob. Aber wenn er sorgfältig jedes Knöchlein aufsammelte und alles an den dunklen Ort trug, den vergessenen Gewölbekeller unter den Trümmerbergen, liefen bald wieder Mäuse und Ratten herum.

Für Menschen brauchte es natürlich andere Voraussetzungen, tiefe Löcher, aus denen die Männer mit Leitern und einem Korb ihnen wieder heraushelfen konnten. So sah er die Sache.

Vielleicht war – wie viele glaubten – die geschlossene

Psychiatrie der einzig richtige Platz für einen jungen Mann, der nicht die geringste Vorstellung von der Endgültigkeit des Todes hatte. Aber welche Vorstellungen er hatte, wusste noch niemand.

Und bei den weißen Leuten an dem schlimmen Ort hatte er bald gar keine mehr. All die Bilder in seinem Kopf wurden grau und zäh. Er brauchte sie bunt und lebendig, um sich zu orientieren, all das Schöne und weniger Schöne jederzeit wieder zu erleben, um all das Verworrene und Mysteriöse vielleicht doch noch irgendwann zu entschlüsseln und zu begreifen, warum es manchmal so und manchmal anders war.

Dass sie ihm eine Jacke anzogen, in der er seine Arme nicht bewegen konnte, dass sie ihn am Bett festbanden und mit Nadeln stachen, obwohl er keine Schmerzen hatte, hätte er noch hinnehmen können. Aber dass sie ihm seine Bilder stahlen, war zu viel. Wenn er die Dumpfheit fühlte im Kopf, musste er toben, sich mit aller Kraft zur Wehr setzen gegen die Diebe.

Kein Arzt kam auf den Gedanken, dass die Medikamente ihn um sein Gedächtnis, den Motor seines Lebens, den letzten Halt in der Gefangenschaft brachten. Dabei war allgemein bekannt, in welcher Weise verschiedene Stoffe das Gehirn beeinträchtigten. Als die Medikamente abgesetzt wurden, zeigte sich wieder der Ben, von dem seine Mutter all die Jahre vehement behauptet hatte: «Er ist gutmütig und völlig harmlos.»

Seiner Entlassung in die Freiheit stand nichts mehr im Weg.

Ich sage es ungern, aber es war so. Für mich war Ben an diesem trüben Mittwoch im März 96 nicht viel mehr als ein Hund, der mich zu den Leichen führen sollte. Trude hatte mit ihrer Aussage, Ben wisse, wo die Leichen der vermissten Mädchen lägen, den Stein ins Rollen gebracht. Nun wollte ich den Fall nur noch abschließen und mir nicht auch noch Gedanken über Bens Zukunft machen.

Es war der 20. März 96, Frühlingsanfang. Morgens um neun Uhr holte ich Trude ab. Sie war sehr gefasst, bis sie ihm gegenübertrat.

Die Tür stand offen. Er saß mit gesenktem Kopf auf dem Bett und schaute teilnahmslos hoch, als wir hereinkamen. Für mich hatte er keinen Blick, obwohl er mich vermutlich auf Anhieb erkannte. Aber ich war nur die Frau mit Fragen und Fotos.

Sekundenlang schaute er seine Mutter mit gerunzelter Stirn an, als müsse er sie erst noch irgendwo einsortieren. Trude war immer eine stattliche Frau gewesen, die schwere Krankheit und das Begreifen ihrer Schuld hatten sie ausgezehrt. Ein blasses, verhärmtes Gesicht, die Kleidung schlotterte um den mageren Körper. Unvermittelt riss er sie an sich, umklammerte sie mit beiden Armen. Wohl zwanzigmal stammelte er: «Fein.»

Seine Wiedersehensfreude verschaffte Trude die Zeit, ihre Fassung zurückzugewinnen. Als er sie endlich losließ, strich sie ihm über die Wange und sagte: «Wir fahren jetzt mit dem Auto nach Hause. Da musst du aber ganz lieb sein.»

Er war lieb, obwohl er hinten einsteigen musste, wozu man ihn früher nur unter erheblichem Zwang gebracht hatte. Aber Trude setzte sich zu ihm. Und ich glaube, er hätte sich auch hinter dem Wagen herschleifen lassen, wenn das der Preis gewesen wäre, wieder nach Hause zu kommen.

Es war kurz nach Mittag, als wir zurück auf den Hof kamen. «Ich koche uns erst mal was», sagte Trude, als wir das Haus betraten. «Das habe ich schon vorbereitet. Und er hat sicher Hunger.»

Während sie am Herd stand, saß ich mit ihm am Tisch in der gemütlichen Wohnküche und versuchte, ihn auf eine Befragung einzustimmen. Ich war gut vorbereitet, konnte seinen beschränkten Wortschatz interpretieren und hatte von den Psychiatrieärzten ein paar nützliche Tipps erhalten, wie man mit ihm umgehen musste. Aber ich scheiterte kläglich. Egal, was ich sagte oder fragte, Ben überhörte es geflissentlich und ließ die Augen nicht von seiner Mutter.

Nachdem wir gegessen hatten, holte Trude ein Vanilleeis aus der Gefriertruhe, um seine Bereitschaft zu fördern, und brachte auf einem Weg seinen Klappspaten aus dem Keller mit. Ich zeigte ihm noch einmal die Fotos der beiden jungen Frauen. Und Trude fragte schlicht: «Weißt du, wo die Mädchen sind?»

Er nickte.

«Zeigst du es uns?», fragte Trude. «Ich freu mich sehr, wenn du es uns zeigst. Frau Halinger freut sich auch sehr. Du magst doch Frau Halinger. Sie war so nett zu dir, hat uns im Auto nach Hause gefahren.»

Er schaute mich an und nickte noch einmal. Ob sich das auf die Fahrt oder auf seine Gefühle für mich bezog, war nicht ersichtlich. Dann ging er gemächlich vor uns her zu dem breiten Feldweg hinunter, der hinter den Gärten der an der Bachstraße gelegenen Häuser vorbeiführte. Er war untrainiert, längst nicht mehr so schnell, wie Trude es von ihm gewohnt war. Abgesehen davon genoss er es auch, der erste Weg in Freiheit, da legte man keine große Eile an den Tag.

Wir konnten mühelos mit ihm Schritt halten. Trude suchte mit den Augen die offenen Gärten ab. Viele waren es nicht. Die meisten hatten sich mit hohen Hecken oder Mauern abgeschirmt. Trudes Mienenspiel sagte mehr als jedes Wort: Hoffentlich sieht uns keiner. Ich hatte vorgeschlagen, im Auto zu fahren. Aber das hätte nicht viel Sinn gehabt. Wie hätte Ben mir begreiflich machen sollen, welche Richtung ich einschlagen und wo ich anhalten sollte?

Wir hatten Glück, kamen ungesehen bis zur Apfelwiese, so genannt wegen der Obstbäume, zwischen denen wir in einer flachen Mulde drei notdürftig verscharrte Müllsäcke mit den Überresten Britta Lässlers gefunden hatten. Es war ein großes Grundstück, von zwei Meter hohem Stacheldraht umgeben. Die Männer von der Spurensicherung hatten seitlich ein Teilstück vom Zaun entfernt. Es war nicht ersetzt worden, offenbar fühlte sich dafür niemand zuständig. Die Lücke irritierte Ben. Er betrachtete erstaunt die Holzpfähle zu beiden Seiten, strich prüfend mit einem Finger darüber.

Es dauerte fast eine Minute, ehe er endlich weiterging, etwa sechs bis sieben Meter in die Wiese hinein. Er zeigte auf die Stelle zwischen den Apfelbäumen, an der Brittas Leiche gelegen hatte. Die flache Mulde war geschlossen worden und wieder bewachsen. Sie unterschied sich nicht mehr von der Umgebung. Aber es war exakt der Fundort.

«Fein?»

Eine Frage, das war nicht zu überhören. Trude wusste auch sofort, wem sie galt. «Britta ist nicht mehr hier», sagte sie. «Frau Halinger hat sie schon gefunden. Jetzt zeig uns, wo Lukka die anderen Mädchen hingelegt hat.»

Er nahm mir die Fotos aus der Hand und zeigte mit ausgestrecktem Arm zu einer tiefen Senke hinüber – der seit Jahren geschlossene Sandpütz. Ich dachte, er betrachte seinen Auftrag als erledigt. Enttäuscht war ich. Auf der Wiese konnte nichts sein, wir hatten sie mehrfach mit einem Leichenspürhund abgesucht, nicht nur die Apfelwiese, die ganze Umgebung.

«Das war wohl ein Irrtum», sagte ich.

Trudes Augen glitten zwischen ihm und mir hin und her. Es muss ein schwerer Kampf für sie gewesen sein. Sie hätte sich eine Menge ersparen können, hätte sie mir in dem Moment zugestimmt. Ben war frei, ohne Leichen gab es keine Beweise gegen sie und damit kein Strafverfahren. Ihr Geständnis allein, Gegenstände aus dem Besitz der Opfer verbrannt zu haben, war ohne Wert, sie konnte es jederzeit widerrufen. Ihre älteste Tochter Anita hatte ihr eine gute Strafverteidigerin beschafft, die dringend geraten hatte, Trude solle behaupten, diese Vernichtungsaktionen nur erfunden zu haben, um ihren Sohn aus der Psychiatrie zu holen.

Aber Trude fragte ihn: «Hast du die Mädchen weggenommen?» Und er nickte.

Großer Gott, dachte ich. Trude begann zu weinen. «Du dummer Kerl», stammelte sie. «Warum hast du das getan?»

Er bewegte unbehaglich die Schultern und trat unruhig von einem Fuß auf den anderen. Ihre Tränen machten ihn nervös. Er verstand nicht, warum ein erwachsener Mensch weinte. Kleine Kinder weinten, wenn sie sich erschreckten, fürchteten, verprügelt wurden und starke Schmerzen hatten. Als Kind hatte er das auch getan, aber er hatte früh begriffen, dass sich nichts änderte, wenn man weinte. Nach ein paar Sekunden sagte er: «Fein macht.»

Ich wollte die Sache Trude zuliebe abkürzen und fragte: «Hat dir jemand gesagt, du sollst die Mädchen an einen anderen Platz legen?»

Es war nahe liegend, zu denken, er hätte in Lukkas Auftrag gehandelt. Trude hatte sich den Kopf zerbrochen, warum der alte Rechtsanwalt stets so freundlich mit Ben umgegangen war, ob er sich nur für einen bestimmten Zweck vor ihn gestellt hatte, wenn wieder mal jemand aus dem Dorf meinte, es sei eine Schande, Ben frei herumlaufen zu lassen. Der Zweck schien jetzt klar auf der Hand zu liegen. Es musste doch jemand die Dreckarbeit machen und im Notfall den Kopf hinhalten. Hätte man Ben mit einer Leiche erwischt ... Nur bei Britta Lässler hatte das dann nicht mehr funktioniert, weil Ben zum Zeitpunkt ihres Todes in seinem Zimmer eingesperrt gewesen war.

Trudes jämmerliches Weinen machte mich ebenso nervös wie ihn. Sie wusste genau, wie die Konsequenz aussah. Dass ich ihn zurückbringen musste in die Landesklinik. Und dafür hatte sie das alles auf sich genommen. «Bitte, Frau Halinger», schluchzte sie, «lassen Sie den armen Tropf nicht dafür büßen, dass ich ihn nicht verstanden hab. Er hat's mir doch immer wieder gesagt.»

Jetzt könnte ich behaupten, ich hätte mir die Entscheidung sehr schwer gemacht. Das wäre eine Lüge. Ich musste nicht lange überlegen, hatte seit Januar unzählige Stunden mit Trude verbracht, mir angehört, was sie für ihren Sohn auf sich genommen hatte, durch welche Hölle sie gegangen war in den verfluchten Sommerwochen.

Immer wieder hatte sie mich angerufen, auch als längst schon alles von Bedeutung zu Protokoll genommen war. Immer wieder hatte mein Mann gewarnt: «Lass dich nicht so tief hineinziehen, Brigitte. Du verlierst deine Distanz.» Ich hatte sie verloren.

«Schon gut, Frau Schlösser», sagte ich. «Hören Sie auf zu weinen.» Dann wandte ich mich an ihn und forderte: «Zeig mir, wo du die Mädchen hingelegt hast, dann kannst du nach Hause gehen.»

Er schüttelte den Kopf. Inzwischen war ich ihm lästig geworden und bedrohlich für seine Mutter. Er sorgte sich um sie, griff nach ihrem Arm und wollte mit ihr auf den Weg.

«Moment», sagte ich. «Wir sind noch nicht fertig. Ich muss wissen, wo die Mädchen sind.»

Er schüttelte erneut den Kopf.

«Du musst es mir zeigen», sagte ich. «Was Heinz Lukka mit Britta Lässler und mit deiner Schwester gemacht hat, war sehr böse. Ich muss wissen, ob mit den anderen dasselbe passiert ist.»

Er nickte, um mir zu bedeuten, dass mit den anderen dasselbe passiert war. Aber er machte keine Anstalten, mir etwas zu zeigen. «Finger weg?», fragte er.

Trude beruhigte sich ein wenig und erklärte: «Er will wissen, ob er es falsch gemacht hat.»

Natürlich hatte er es falsch gemacht, so falsch, dass er für den Rest seines Lebens in einer Anstalt hätte verschwinden müssen. Aber Trude irrte sich. Er wollte nur verhindern, dass ich die Mädchen wegnahm. Das machte er uns auch klar. Er nahm Trude den Klappspaten aus der Hand, machte einen Stich, bückte sich, nahm einen kleinen Stein aus der Kuhle und hielt ihn mir vor. Dann legte er ihn zurück und häufte ein bisschen Erde darüber. «Finger weg», wiederholte er dabei. Missverstehen konnte man das nicht. Ich durfte sie mir mal anschauen.

«Das geht nicht», sagte ich. «Ich muss sie mitnehmen. Sie haben alle eine Mutter, und ihre Mütter sind sehr traurig, weil sie nicht wissen, wo die Mädchen sind. Du bist doch auch gerne bei deiner Mutter.»

Er nickte. Ich wandte mich an Trude. «Erklären Sie ihm, wie wichtig es ist. Dass ich für die Mädchen tun muss, was noch getan werden kann.»

Doch ehe Trude ihm etwas erklären konnte, setzte er sich in Bewegung. Er hatte mich verstanden, auch wenn er noch nicht recht glaubte, dass ich die geschundenen Körper schnell wieder zurück in den ursprünglichen Zustand versetzen konnte. Das konnten nur die Männer mit Leitern und einem Korb. Aber dass die Mütter traurig sein mussten, wollte er nicht.

Das Grab befand sich auf dem Nachbargrundstück, einer von Brombeersträuchern zugewucherten Wildnis, durchsetzt von Nesseln und Disteln. Wir waren im Hochsommer hier gewesen, als alles in vollem Grün stand und die Beeren an den Sträuchern zu faulen begannen. Ein betäubender Geruch über allem und kein Durchkommen. So hatten wir es gesehen und uns auf den Leichenspürhund verlassen, den es nicht in die Dornen zog.

Nachdem Ben mir bestätigt hatte, dass sie alle bei einem alten Birnbaum lagen, bedankte ich mich für seine Hilfe und wollte ihn nach Hause schicken. Nur wollte er jetzt nicht mehr gehen. Er wollte sich überzeugen, dass ich mein Versprechen hielt und sie zu ihren Müttern brachte. Aus Erfahrung wusste er, dass wir alles wegwarfen, was wir nicht mehr schön fanden. Sein Vater hatte die Mäuse immer weggeworfen, wenn er sie mit ins Haus brachte. Und schön sahen die Mädchen nicht mehr aus, das war ihm auch bewusst.

«Du musst gehen», sagte ich. «Wenn ein Mensch erfährt, dass du sie hier begraben hast, werden sie dich wieder einsperren. Ich werde es nicht sagen. Aber ich muss ein paar Männer rufen, die mir helfen.»

Und so kannte er es, die Männer mit Leitern und einem Korb. Er lächelte mich an – zum ersten Mal, griff nach meiner Hand und drückte sie ganz sachte. «Fein», sagte er, «fein macht.» Es sollte wohl heißen, du bist in Ordnung, versuch dein Glück.

Zusammen mit ihm und Trude verließ ich die Wildnis, informierte den Staatsanwalt und forderte die Spurensicherung an. Während ich telefonierte, zupfte er mehrfach an meinem Ärmel, zeigte mit ausgestrecktem Arm nach

Süden zu Lukkas Bungalow oder dem Lässler-Hof. Es war dieselbe Richtung.

«Fein», sagte er wieder und: «Freund. Fein macht.»

Dass er mich darauf aufmerksam machte, im Haus seines Freundes lägen möglicherweise noch zwei Körper, die repariert werden müssten, begriff Trude ebenso wenig wie ich. Es war sein letzter Eindruck von Lukkas Bungalow, der alte Rechtsanwalt und Tanja reglos am Boden.

«Da kannst du nicht mehr hingehen», sagte Trude und zog ihn zur Seite, damit ich in Ruhe telefonieren konnte. «Auf dem Lässler-Hof sind alle böse mit uns. Und im Bungalow ist niemand mehr.»

Er folgte seiner Mutter mit gesenktem Kopf den Weg zurück, den wir gekommen waren. Ich schloss mich an und holte mein Auto, mit ins Haus ging ich nicht mehr.

Eine knappe Stunde später traf die Spurensicherung ein, kurz darauf auch ein Gerichtsmediziner.

In achtzig Zentimeter Tiefe stießen wir auf einen blauen Plastiksack, der wie eine Decke im Boden ausgebreitet war, darunter lag die Amerikanerin – auf zwei weiteren Säcken. Die Verwesung war weit fortgeschritten, viel Menschliches nicht mehr zu erkennen, eine Identifizierung auf Anhieb nur an den Haaren möglich. Marlene Jensen, hellblond und langhaarig, war ebenfalls zwischen Müllsäcke gebettet. Unter ihr lag eine dritte Leiche. Svenja Krahl, die siebzehnjährige Schülerin aus Lohberg, von der wir angenommen hatten, sie sei in die Drogenszene abgetaucht. Es war ein Schock für mich, diesen Irrtum zu erkennen.

Die Grube musste mehrfach ausgehoben, vertieft und wieder aufgefüllt worden sein. Der Gerichtsmediziner wunderte sich über die ausgebreiteten Müllsäcke und die Ordnung. «So etwas habe ich noch nie gesehen», sagte er. «Alles hübsch beisammen. Das sieht fast aus, als hätte der Täter ihnen zuletzt noch so etwas wie Ehrfurcht erweisen wollen. Aber dass er sie alle in ein Loch steckt, überlegen Sie mal, welch eine mühselige Plackerei das war. Er musste sie von unten doch immer wieder hochholen, um tiefer zu graben. Was hat er sich dabei gedacht?»

Ich wusste zu diesem Zeitpunkt noch nicht, was Ben gedacht hatte. Ich wusste nicht, dass Svenja Krahl, nachdem sie beim Bendchen aus dem Wagen geworfen worden war, noch eine Begegnung am Waldrand gehabt hatte und vergewaltigt worden war.

Es gab keine Zweifel an Lukkas alleiniger Täterschaft, soweit es die Morde betraf. Da vermuteten wir sogar, dass es mehr Opfer waren als die uns bekannten, das möchte ich ausdrücklich betonen. Die Obduktionsbefunde bestätigten, dass alle in ähnlicher Weise zu Tode gebracht worden waren. Die Einzelheiten möchte ich mir ersparen. Für den Staatsanwalt und mich war der Fall damit abgeschlossen. Heinz Lukka war tot, wir konnten ihn nicht mehr befragen, niemand konnte ihn zur Verantwortung ziehen. Und er konnte keinen Schaden mehr anrichten. So sah ich es, und das war mein größter Irrtum in dem Fall.

17. Juli 1997

Seit einer halben Stunde beobachtete der Mann das Paar im Bendchen. So wurde das Waldstück genannt, das die offenen Felder nach Osten begrenzte. Es lag nicht weit entfernt vom Schlösser-Hof, einem der vier großen Bauernhöfe, die sich wie Wachposten in alle Himmelsrichtungen um das Dorf verteilten.

Auf der Karte von Lohberg und Umgebung sah es idyllisch aus, der kleine rote Fleck mit den vier Punkten und all dem Grün drum herum. Viel freies Land, Felder, Wiesen und der Wald, der seit eh und je ein beliebter Treffpunkt für Liebespaare war. Hier hatte der Mann schon so manche Nacht verbracht, verborgen hinter einem Baumstamm gestanden oder im Unterholz gelegen.

Das Paar in dieser Nacht war mit dem Auto gekommen, das taten sie fast alle. Viele blieben im Wagen, vergnügten sich auf der Rückbank. Dann war es schwierig für ihn, er musste nahe heran, und es bestand die Gefahr, dass sie ihn sahen. Die beiden waren ausgestiegen, einige Meter in den Wald hineingegangen und dabei so dicht an ihn herangekommen, dass er nur eine Hand hätte ausstrecken müssen, um die Frau zu berühren.

Es war eine laue Nacht. Sie hatten eine Decke aus dem Kofferraum genommen und sich darauf gelegt. Jetzt lagen sie da, küssten sich, zogen sich gegenseitig aus. Das lustvolle Stöhnen der Frau klang ihm so laut in den Ohren – wie ein Befehl. Den Knüppel neben seinem linken Bein fühlte er schon seit einer Weile. Es war ein abgestorbener Ast von einem der umstehenden Bäume. Zweimal hatte er bereits die Hand darum geschlossen und wieder losgelassen.

Ihm zogen Bilder durch den Kopf von einer Nacht im Juli vor zwei Jahren, als er das zum ersten Mal getan hatte, obwohl er genau wusste, dass es üble Konsequenzen für ihn haben konnte.

Im Juli 95 waren es zwei Männer gewesen und ein hübsches, blondes Mädchen. Sie waren in Streit geraten, das Mädchen wollte nicht beide Männer an sich heranlassen. Die Männer fuhren ab und ließen das Mädchen zurück. Halb nackt stand sie am Waldrand, schimpfte und fluchte hinter dem davonfahrenden Wagen her, suchte in der Dunkelheit ihre Sachen zusammen, fand die Handtasche nicht.

Er trat ihr freundlich entgegen, half bei der Suche, weil sie so jammerte, in der Tasche seien wichtige Sachen. Bis er sich nicht mehr beherrschen konnte und das tat, was vor ihm einer der beiden Männer getan hatte. Erst danach kam die Angst.

Das Mädchen weinte und drohte: «Ich zeig dich an, du Dreckskerl. Ich sorg dafür, dass du eingesperrt wirst.»

Er wollte nicht eingesperrt werden, legte beide Hände um ihren Hals und drückte zu, bis sie still war und sich nicht mehr bewegte. Danach hatte er noch mehr Angst. Aber er hatte Glück gehabt in der Julinacht vor zwei Jahren. Irgendwann hatte das Mädchen sich wieder bewegt. Als sie vom Boden aufstand und benommen durch die Nacht taumelte, war er noch in der Nähe, hatte sich nicht aufraffen können, den reglosen Körper liegen zu lassen und einfach zu gehen, hatte überlegt, ein Loch im Waldboden auszuheben und sie darin verschwinden zu lassen.

Er konnte sich auch nicht überwinden, noch einmal die Hände auszustrecken oder mit einem Knüppel zuzuschlagen, war irgendwie erleichtert, als sie aufstand und davonlief. Er folgte ihr – in einiger Entfernung, unschlüssig, wie er sich verhalten sollte.

Sie lief nicht den Weg, den die Männer im Auto genommen hatten. Sie lief am Bruch entlang, einem alten Bombenkrater, den die Zeit in eine Senke verwandelt hatte. Im Zentrum ragten die Trümmerberge eines ehemaligen Gehöfts auf. Es war ein unheimlicher Ort, die Bruchkante ragte hoch auf neben dem Weg. In der Dunkelheit war nichts zu sehen von dem Unkraut und den moosüberwachsenen Steinhügeln. Dort hätte er sie auch gut verstecken können. Doch als ihm das einfiel, war das Mädchen schon zu nahe am Lässler-Hof.

Und sie lief weiter, wollte zur Landstraße, hoffte wohl, noch einen Wagen anhalten zu können, der sie nach Lohberg mitnahm. Dort musste sie hin. Aber dort kam sie nie an. Achthundert Meter vom Lässler-Hof entfernt stand noch ein einsames Haus an einer Wegkreuzung, der Bungalow des Rechtsanwalts Heinz Lukka.

Von zwei Seiten war das große Grundstück von mannshohem Mais umgeben, zu den Wegen hin lag es offen. Bei Tag ragte nur das Walmdach über den Mais hinaus. Bei Nacht sah man schon von weitem den Lichtschein aus dem Wohnraum wie eine Glocke über dem Feld liegen.

Diesmal war da nur die Dunkelheit, durchbrochen von einem schwach bläulichen Schimmer, den man erst sah, wenn man den Mais hinter sich gelassen hatte und an der offenen Rasenfläche hinter der Terrasse vorbeilief. Das Mädchen hatte inzwischen bemerkt, dass er noch in der Nähe war. Sie dachte wohl an Hilfe und klopfte beim Tod an. Und er tat nichts, um sie aufzuhalten.

Das Mädchen war die siebzehnjährige Schülerin Svenja Krahl aus Lohberg. Das erste Opfer des Blutsommers 95. Nicht einmal ihre Eltern vermissten sie wirklich. Svenja Krahl hatte ein Drogenproblem gehabt und an jenem Abend sogar ihre eigene Mutter noch um fünfzig Mark bestohlen, um in der Lohberger Diskothek ein paar Pillen dafür zu kaufen. Als ihr Verschwinden bekannt wurde, gingen alle davon aus, sie sei in der Drogenszene abgetaucht. Bis ihre Leiche gefunden wurde – zusammen mit den anderen Opfern.

Der Mann hatte in der Julinacht vor zwei Jahren wirklich sehr viel Glück gehabt. Heinz Lukka hatte getan, wozu er nicht in der Lage gewesen war.

Zum Besten standen die Dinge nicht für Ben, als Trude ihn im März 96 zurück ins Dorf brachte. Jakob Schlösser hatte sich geweigert, seinen Sohn nach Hause zu holen, und es war nicht allein das schlechte Gewissen, weil er ihn für den Täter gehalten und niedergeschlagen hatte. Inzwischen war auch eine Menge Furcht dabei, Ben könne das nächste Opfer werden.

Seiner Mutter drohte ein Strafverfahren wegen Begünstigung einer Straftat nach Paragraph 211 des Strafgesetzbuches, weil sie Beweisstücke verbrannt und damit verhindert hatte, dass rechtzeitig kriminalpolizeiliche Ermittlungen aufgenommen werden konnten. Der Staatsanwalt wollte an ihr ein Exempel statuieren.

Ich wusste, was Trude Schlösser bevorstand. Aber ich wollte mich nicht auch fragen müssen, wer sich um Ben kümmern sollte, wenn sie zu einer Haftstrafe verurteilt wurde, wer verhindern sollte, dass er erneut herumstreunte, wie er es immer getan hatte. Es wäre ihm nach all den schrecklichen Ereignissen nicht mehr gut bekommen.

Im Dorf schieden sich die Geister. Für ein paar wenige war Ben ein Held, der einen sadistischen Mörder zur Strecke gebracht hatte. Der Großteil der Bevölkerung vertrat aber nach wie vor die Ansicht, er sei unberechenbar und deshalb in der Anstalt bestens aufgehoben, habe vielleicht doch irgendwie seine Finger im Spiel gehabt, weil er doch ständig bei Lukka herumgelungert hatte.

Auf dem Lässler-Hof, wo er früher jederzeit willkommen gewesen war, durfte er sich nun nicht mehr blicken lassen. Die Familie verkraftete den Verlust der jüngsten Tochter nicht.

Paul Lässler hatte sich Brittas Obduktionsbericht aushändigen lassen und kümmerte sich um nichts mehr, seit er gelesen hatte, wie sie gestorben war. Die Schweine im Stall mochten vor Hunger quieken, Paul saß reglos auf einem Stuhl am Küchenfenster, als wäre er taub geworden. Von diesem Platz hatte er die Hofeinfahrt im Blick. Er schaute hinaus, als warte er darauf, seine «Kleinen», wie er Britta und Tanja Schlösser genannt hatte, auf ihren Rädern in den Hof fahren zu sehen.

Brittas Mutter, die starke, tüchtige, unerschütterliche Antonia, war am Ende ihrer Kraft. Einen winzigen Halt fand sie nur noch bei der älteren Tochter Annette. Aber unzählige schlaflose Nächte machten sich bemerkbar. Die ungelebte Trauer forderte ihren Tribut.

Sie bemühte sich verzweifelt, ihre Familie zusammenzuhalten und zurückzuführen in einen normalen Alltag. Das war unmöglich. Zu Paul drang sie nicht mehr durch. Sechsundzwanzig Jahre Ehe, nie ein ernsthafter Streit, nie ein böses Wort. Jetzt sprach Paul gar nicht mehr, und wenn er sie anschaute, war so viel Leere in seinem Blick, dass Antonia sich abwenden musste.

Der älteste Sohn Andreas kam zweimal in der Woche vorbei mit seiner Frau Sabine. Aber selten blieben sie länger als eine Viertelstunde. Meist sagte Andreas schon nach zehn Minuten: «Sei mir nicht böse, Mama. Mir ist gerade eingefallen, dass ich noch etwas Wichtiges zu erledigen habe.»

Vergessen konnte man einmal eine wichtige Erledigung, nicht zweimal in der Woche. Antonia vermutete, dass ihr Ältester nur bemüht war, für sich und seine junge Frau ein bisschen Zukunft zu retten. Um ihn sorgte sie sich nicht, aber um ihren zweiten Sohn Achim.

Achim hatte nie viel Glück gehabt mit Frauen. Seine letzte Freundin hatte keinen Hehl daraus gemacht, dass ein Leben auf einem Bauernhof für sie nicht infrage kam.

Trotzdem hatte er gehofft, sie eines Tages umstimmen zu können. Aber dann hatte sie Brittas Tod zum Anlass genommen, sich endgültig von ihm zu trennen.

Seitdem erledigte Achim nur noch die nötigsten Arbeiten im Schweinestall, mehr nicht. Fast jeden Abend verließ er das Haus und war die ganze Nacht unterwegs auf der Suche nach einem Menschen, dem er für den Tod seiner Schwester und sein damit verbundenes Elend die Seele aus dem Leib prügeln konnte. Antonia verging fast vor Sorge, dass er sich zu etwas hinreißen ließ, was nicht wieder gutzumachen wäre.

Im vergangenen Jahr hatte sie noch große Hoffnungen auf Tanja gesetzt, die bei ihnen aufgewachsen war. «Vielleicht hilft es Paul, wenn er wenigstens eine zurückbekommt. Vielleicht besinnt er sich und fängt wieder an zu arbeiten. Und wenn sein Vater mit gutem Beispiel vorangeht, kommt vielleicht auch Achim wieder zur Vernunft.»

Im Dezember 95 hatte Antonia das Mädchen dann kurzerhand aus der Klinik geholt, ohne die Ärzte oder sonst wen um Erlaubnis zu fragen, eine regelrechte Entführung, viel zu früh. Tanja hatte schwerste Verletzungen davongetragen, ihr mussten die Milz, der rechte Lungenflügel und große Teile des Dünndarms entfernt werden. Sie hätte noch lange ärztliche Betreuung gebraucht.

Gebracht hatte Antonias Verzweiflungstat nicht viel. Tanja ging es sehr schlecht. Und Paul saß nun die meiste Zeit neben der Couch im Wohnzimmer oder neben dem Ehebett, in dem jetzt auch Tanja schlief. Zweimal in der Woche fuhr Paul sie zur Nachbetreuung ins Lohberger Krankenhaus. Und wenn die Ärzte auch nur andeuteten, Tanja könne stationär besser versorgt werden, ging Paul Lässler ihnen beinahe an die Kehlen.

Der einzige Mensch, mit dem Antonia über ihre Nöte

sprechen konnte, war Bruno Kleu, der die zum Schlösser-Hof gehörenden Ländereien gepachtet hatte, nachdem Bens Vater die Landwirtschaft aufgeben musste.

Bruno Kleu gehörte einer der großen Höfe. Er war Jahrgang 51, hatte zwei eheliche und zwei uneheliche Söhne. Verheiratet war er mit der sanften, stillen und duldsamen Renate, mit der er sich irgendwann arrangiert hatte. Das heißt, Renate Kleu hatte sich damit abgefunden, dass ihr Mann sie nicht lieben konnte. Geliebt hatte Bruno – wie Heinz Lukka – immer nur eine: Paul Lässlers schöne Schwester Maria.

Zum Heiraten war er ihr und ihrem Bruder nicht gut genug gewesen. Aber in all den Jahren hatte Maria ihn gebraucht für eine oder zwei Stunden in der Woche. Ob sie ihn liebte, hätte Bruno nicht beschwören mögen. Manchmal verletzte ihn ihre Art. Und sie hatte ihn nie mehr verletzt als an dem Abend, als sie ihm erklärte, dass er nicht nur vier Söhne, sondern auch eine Tochter gehabt hatte. Als Bruno Kleu das erfuhr, war seine Tochter Marlene Jensen seit zwei Wochen verschwunden, getötet worden von Lukka. Und nun sollte der Mann zurück ins Dorf kommen, der getan hatte, was Bruno Kleu liebend gerne mit eigenen Händen erledigt hätte.

Er tat, was er konnte, um Bens Sicherheit zu gewährleisten, pendelte zwischen den Familien Lässler und Schlösser hin und her. Für den Lässler-Hof erledigte er stillschweigend die Arbeit, um die Paul sich nicht kümmerte, damit nicht alles vor die Hunde ging. Er hörte sich Antonias Sorgen an, sagte mindestens einmal jeden Abend: «Ben kann doch nichts dafür.»

Trude Schlösser bestärkte er in ihrem Bestreben, den Sohn aus der Landesklinik zu holen. «Finde ich richtig, dass du ihn nicht büßen lässt für das, was ihr verbockt habt.»

Er versuchte auch, Jakob Schlösser bei einigen Gläsern Bier in Ruhpolds Schenke die Bedenken auszureden. In der für ihn typischen, burschikosen Art sagte er: «Nun mach dir nicht ins Hemd, Jakob. An Ben wird sich keiner vergreifen, ich bringe ihm schon bei, wie man sich wehrt. Und was Trude angeht, kein Richter wird eine Frau für einige Jahre in den Knast schicken, die dem Tod mit knapper Not von der Schippe gesprungen ist. Sie kriegt bestimmt Bewährung. Man muss ihr ja auch den Schock zugute halten.»

Es hatte sich nicht vermeiden lassen, dass Bruno Kleu von dem drohenden Strafverfahren erfuhr. Er war zweimal unerwartet in Trudes Küche aufgetaucht, während sie mit ihrer Anwältin zusammensaß. Dass Trude die Finger seiner Tochter verbrannt hatte, wusste Bruno jedoch nicht. Er nahm an, es ginge nur um Britta Lässlers Fahrrad, das Trude in der Scheune versteckt, und um Brittas Kopf, den sie in ihrem Garten vergraben hatte.

Damit Jakob nicht zu viel Zeit zum Grübeln fand und am Ende noch verhinderte, dass sein Sohn nach Hause kommen durfte, ließ Bruno ihn auf den Feldern arbeiten, wenn es sich eben einrichten ließ, auf dem Land, das Jakob an ihn verpachtet hatte. Zwar beschäftigte Bruno auch zwei Landarbeiter, aber mit der zusätzlichen Arbeit für den Lässler-Hof konnte er jede Hand gebrauchen.

Und Trude meinte, es täte ihrem Mann gut, lenke ihn ab von der Schuld, die sie sich aufgeladen hatten. Sie hoffte, dass es ihm auch half, das schlechte Gewissen gegenüber Ben zu bewältigen und wieder ein Vertrauensverhältnis zu seinem Sohn aufzubauen.

17. Juli 1997

Die Frau auf der Decke im Bendchen war blond wie der Typ, den Lukka bevorzugt hatte. Sie hieß Rita Meier, der Mann neben ihr hieß Frank, so jedenfalls stellte er sich ihr in der Lohberger Diskothek vor, wo Rita ihn an diesem Abend kennen gelernt hatte. Eine Gelegenheitsliebschaft, mehr als ihren Vornamen hatte Rita ihm auch nicht genannt.

Sie war zweiunddreißig Jahre alt und verheiratet. Ihr Mann war beruflich viel unterwegs. Er verdiente gut, bot ihr ein angenehmes Leben und erwartete im Gegenzug, dass sie ihm treu war. Er hätte sie umgehend auf die Straße gesetzt, hätte er gewusst, dass sie sich hin und wieder eine Abwechslung gönnte. Deshalb nahm Rita niemals einen Liebhaber mit nach Hause, aus Angst vor den Nachbarn.

Rita hörte noch ein Geräusch, doch für eine Reaktion war es bereits zu spät. Der Knüppel sauste nieder und traf Frank am Hinterkopf. Das Holz war morsch und zersplitterte, sodass der Schlag Frank nicht völlig betäubte. Rita schrie auf, als der Mann aus dem Unterholz hervorkam und noch einmal mit der Faust zuschlug. Frank brach über ihr zusammen, drückte sie mit seinem Gewicht auf die Decke, nahm ihr jede Möglichkeit zur Flucht.

Als der Mann den Körper ihres Liebhabers zur Seite zog, versuchte Rita zu fliehen. Sie war nicht schnell genug, die Panik verhinderte, dass sie gezielt handelte. Sie schrie nur: «Fass mich nicht an. Fass mich bloß nicht an!» Bis er ihr mit einer Hand den Mund verschloss und die Nase. Als ihr der Atem ausging, gab sie den Kampf gegen ihn auf. Rita hatte einmal gehört, es sei besser, es über sich ergehen zu lassen, als den Täter mit Gegenwehr zum Äußersten zu treiben.

Es ging schnell, schon nach zwei Minuten ließ er wieder von ihr ab und war im Unterholz verschwunden, ehe sie noch richtig begriff, dass es vorbei war. Dann kümmerte sie sich zuerst um Frank, der langsam wieder zu sich kam.

Am Hinterkopf war nur eine Schramme, aber der Faustschlag hatte ihn in den Nacken getroffen und den Wirbel geprellt. Minutenlang fürchteten sie beide, er sei gelähmt. Endlich gelang es ihm, Hände und Füße zu bewegen. Er brauchte noch ein paar Minuten, ehe er aufstehen und Rita zum Auto folgen konnte. Und sie war dankbar, einfach nur dankbar, so glimpflich davongekommen zu sein.

Frank wollte unbedingt zur Polizei, um den Überfall anzuzeigen, das konnte Rita ihm ausreden. Sie hatten doch beide in der Dunkelheit niemanden erkannt, wen sollten sie da anzeigen? Sie hatte zwar das Gesicht des Mannes für zwei Minuten dicht vor sich gehabt, aber in der Panik, er könne sie ersticken mit seiner Hand auf Mund und Nase, und in der Dunkelheit. Etwas von Bedeutung hatte sie nicht gesehen. Größe, Gewicht, Haarfarbe, Kleidung, es waren verschwommene Eindrücke geblieben.

Eine schwarze Lederjacke, da war sie sicher, weil sie ihre Hände hineingekrallt hatte. Schwarze Lederjacken gab es viele, das halbe Dorf lief darin herum, nicht unbedingt in einer warmen Nacht wie dieser, trotzdem. Und wenn ihr Mann erfuhr, dass sie sich in der Lohberger Diskothek von jungen Männern ansprechen ließ …

Rita wollte kein Risiko eingehen. Dass das nächste Paar vielleicht weniger Glück haben, dass es irgendwann Tote geben könnte, daran dachte sie nicht. Die erste Möglichkeit, die Wiederholung des Blutsommers durch rechtzeitige Ermittlungen zu verhindern, wurde vertan. Der Mann hatte wieder einmal Glück gehabt.

Miriam

Im Sommer 95 war es eine verzweifelte Mutter gewesen, die verhindert hatte, dass die Kriminalpolizei rechtzeitig aktiv werden konnte. Zwei Jahre später waren es junge Frauen wie Rita Meier, die um ihre Ehe und die persönliche Bequemlichkeit fürchtete, und Lukkas Erbin, Miriam Wagner. Sie wollte auf eigene Faust herausfinden, ob Lukka allein für die Verbrechen verantwortlich war, und hielt es für überflüssig, ihre Erkenntnisse mit der Polizei zu teilen. Beide mussten sie teuer zahlen für ihr Schweigen.

Ich wusste nichts von Miriam Wagner, es hatte in Lukkas Unterlagen keinen Hinweis auf sie gegeben. Und sie wusste nicht, wer Lukka wirklich gewesen war, als sie im Oktober 95 mit dem Blutsommer konfrontiert wurde.

Den halben August und den September 95 hatte sie in Spanien verbracht. Offiziell war es ein Urlaub gewesen, in Wahrheit eine Flucht. Sie floh immer, wenn sie ihr Leben nicht mehr ertrug, es als sinnlos und überflüssig empfand. Es war ein Beinahe-Leben, zerrissen an einem regnerischen Tag im März 81 – an einem Alleebaum auf der Landstraße von Lohberg ins Dorf.

An dem Tag starb ihre Mutter bei einem Autounfall – fünf Wochen nach der Verlobung mit Heinz Lukka, wenige Wochen vor der Hochzeit. Damals war Miriam Wagner zwölf gewesen, jetzt war sie sechsundzwanzig. Eine auf den ersten Blick kleine, unscheinbare, kindlich wirkende Frau mit einem steifen Bein, einer tiefen Narbe im Gesicht und so vielen Narben in der Seele, dass man sie nicht zählen konnte.

Von Britta Lässlers Tod, dem Mordversuch an Tanja Schlösser und den vermissten jungen Frauen hatte Miriam weder gehört noch gelesen. Eine Mordserie in einem

Dorf, nahe einer Kleinstadt, deren Namen kaum jemand kannte, war in Spanien nicht von Bedeutung.

Als sie Anfang Oktober 95 zurückkam, lag das Kuvert in ihrem Zimmer. Absender war die Anwaltskanzlei Heinz Lukka in Lohberg, seine Kanzlei. Die Einladung zur Testamentseröffnung. Es traf sie wie ein Schlag in den Rücken. Der Mann, der beinahe ihr Vater geworden wäre, war tot.

Seine sanfte Stimme verfolgte sie während der Fahrt von Köln nach Lohberg über die Autobahn, wurde mit jedem Kilometer eindringlicher. Kleine Maus hatte er sie immer genannt, auch als sie längst erwachsen war. Zuletzt getroffen hatte sie ihn an dem Abend im Juli 95, an dem Svenja Krahl verschwand. An einem Tisch in einem Kölner Restaurant hatte er ihr gegenübergesessen, ein schmächtiger, kultivierter Mann von siebenundsechzig Jahren.

Er steckte ihr das Geld für den langen Urlaub zu und sprach davon, sich nun bald aus dem Berufsleben zurückzuziehen. Er hatte schon vor Jahren zwei junge Anwälte eingestellt, um sich zu entlasten, Zeit zu finden für Reisen, etwas zu sehen von der Welt, ehe er für immer die Augen schloss. So hatte er es ausgedrückt, nun waren sie geschlossen.

Es herrschte eine merkwürdige Stimmung in der Kanzlei, so bedrückend und grau wie der Himmel draußen. Einer der jungen Anwälte, die er zu seiner Entlastung eingestellt hatte, war nicht mehr da. Der andere begrüßte sie mit unbewegter Miene und erklärte, noch während er ihr aus der Jacke half, dass sie nicht Alleinerbin sei. Das kümmerte sie nicht, sein Vermögen hatte sie nie interessiert, nur er, der einzige Mensch, dem sie wirklich etwas bedeutet hatte. Und dass er tot sein sollte …

Seine langjährige Sekretärin, an die Miriam Wagner

sich noch flüchtig erinnerte, gab nur zögernd Auskunft über seine letzte Ruhestätte. Ein anonymes Urnengrab auf dem Lohberger Friedhof.

«Warum wurde er nicht im Dorf bestattet?», fragte sie.

Es gab ein Familiengrab, in dem seine Eltern lagen, das wusste sie genau. Er hatte häufig davon gesprochen, dass er darin beigesetzt werden wollte. Im ersten Moment dachte sie, er hätte ein Grab in Lohberg gewählt, damit sie ihn besuchen konnte. Ins Dorf fuhr sie nicht. Sie hätte an dem Alleebaum auf der Landstraße vorbeifahren müssen, der ihre Mutter das Leben, sie selbst das Gesicht und die Zukunft gekostet hatte. Aber anonym, das passte nicht zu diesem Gedanken.

«Das hielten wir nicht für sinnvoll», antwortete die Sekretärin, brachte noch Kaffee für alle und verließ den Raum so eilig, als fürchte sie sich vor weiteren Fragen.

Es saß bereits ein Paar im Büro, Jakob und Frau Doktor Anita Schlösser. Die Namen waren Miriam geläufig. Jeden Monat hatte Heinz Lukka ihr einen langen Brief geschrieben. Und statt ausführlich über sich hatte er über das Dorf berichtet, das beinahe ihre Heimat geworden wäre, über die Sorgen und Nöte der Einwohner, ihre Beziehungen zueinander, freundschaftliche Bande und familiäre Stricke, Verpflichtungen und Verbindlichkeiten. Sie kannte jeden, der in den Blutsommer verwickelt oder davon betroffen gewesen war, nur dem Namen nach, dafür mit sämtlichen Beziehungen und Verflechtungen im Dorfgefüge.

Besonders oft hatte Heinz Lukka die Familien Lässler und Schlösser erwähnt, sich über die langjährige Freundschaft ausgelassen mit einem Hauch von Schwermut zwischen den Zeilen, weil sie aus ihm unerfindlichen Gründen auf ihn herabschauten. In einem Brief hatte er versucht, ihr den ältesten Lässler-Sohn Andreas schmackhaft zu machen. Er war sehr enttäuscht gewesen, dass sie nichts unternahm, Andreas Lässler kennen zu lernen, und dieser Sabine Wilmrod heiratete, die einzige Tochter des Mannes, dem der Baumarkt in Lohberg gehörte. Auch Achim Lässler, der so viel Pech mit seinen Freundinnen hatte, und Lukkas Erzfeind Bruno Kleu wurden oft erwähnt. Von «meinem Freund Ben» war in jedem Brief die Rede.

Als agiles, bemerkenswertes Kerlchen hatte Heinz Lukka ihn oft bezeichnet und sich darüber amüsiert, dass weder sein Vater noch sonst jemand ihn zu sinnvoller Arbeit anhalten konnte.

Kerlchen, darunter stellte Miriam sich ein schmächtiges Wesen vor, geduckte Haltung, den typisch debilen Ausdruck im Gesicht, ein bedauernswertes Geschöpf. Nun fiel diesem Geschöpf ein stattliches Wertpapierdepot zu – mit einer kleinen Einschränkung, die sie nur am Rande registrierte –, zur Verfügung bis zum Tod. Danach sollte eine gemeinnützige Einrichtung zur Förderung Behinderter in den Genuss der Wertpapiere kommen.

Das Geschäftshaus in Lohberg ging an sie und garantierte ihr eine sorgenfreie Zukunft in finanzieller Hinsicht. Doch in dieser Hinsicht hatte sie sich bisher keinen Gedanken zu viel gemacht. Sie lebte noch bei ihrem Vater, natürlich auch von ihm. Darüber hinaus hatte Heinz Lukka sie in all den Jahren großzügig unterstützt, ihr jeden Wunsch erfüllt, auch einen kostspieligen Wagen. Trotzdem beschwerte Miriams Vater sich oft, dass sie keine Anstalten machte, einen Beruf auszuüben. «Andere in deinem Alter …» Das hörte sie mindestens dreimal in der Woche. Ihn würde es freuen, dass sie nun über stattliche Mieteinkünfte verfügen konnte.

Im Erdgeschoss des Hauses lagen die Anwaltskanzlei und die Praxis eines Orthopäden. Im ersten Stock praktizierten ein Internist und ein Zahnarzt, im zweiten Stock ein Kinderarzt und ein Gynäkologe, im Dachgeschoss ein Augenarzt und ein Hals-Nasen-Ohren-Arzt. Nur Ärzte.

«So kann ich mir einbilden, dass ich dazugehöre», hatte Heinz Lukka einmal gesagt. Er hätte gerne Medizin studiert, aber sein Vater hatte ihm keine Wahl gelassen. Darüber hatte er einmal gesprochen, als sie gerade neunzehn wurde und kurz vor dem Abitur stand. «Überleg dir gut, wie du dich entscheidest, kleine Maus. Du musst es dein Leben lang tun. Wenn es dich nicht ausfüllt ...»

Sie hatte nicht lange überlegen müssen, hatte wie er keine Wahl gehabt. Seit dem Tod ihrer Mutter wollte sie Psychologie studieren. Ihr Studium hatte sie abgeschlossen, verfügte über ein Diplom, das sie befähigte, als Therapeutin tätig zu werden. Aber in ihrem Leben war kein Platz für die Nöte und Probleme anderer. Sie wollte mit ihrem Wissen um auslösende Momente, Zusammenhänge und Reaktionen nur den eigenen Schmerz bewältigen, den Verlust ihrer Mutter und ihre Hoffnung auf einen Vater, der Zeit für sie hatte.

Ihr Vater hatte diese Zeit nie gehabt. Er war ein biederes Gemüt, hatte sich mit Zähigkeit hochgearbeitet vom Möbelschreiner zum Antiquitätenhändler. Ein Vermögen hatte er gescheffelt, zwei Läden eingerichtet. Er beschäftigte vier Verkäufer und stand selbst in der Werkstatt, von morgens bis abends, weil er mit seiner betuchten Kundschaft nicht umgehen konnte.

Auch als ihre Eltern noch verheiratet gewesen waren, hatte sie ihn oft tagelang nicht zu Gesicht bekommen. Ihre Mutter vermutete, dass er sich von Holzwürmern ernährte, weil er nicht mal zum Essen in der Wohnung erschien. Allein mit ihr am Tisch verging ihrer Mutter dann meist der Appetit, und statt zu essen, trank sie. Ein paar Mal musste sie zur Kur, versprach anschließend jedes

Mal, dass jetzt alles anders würde. Aber es änderte sich erst etwas, als Heinz Lukka in ihr Leben trat.

Wann genau und wo ihre Mutter ihn kennen gelernt hatte, wusste Miriam Wagner nicht, vermutlich in irgendeiner Bar in Köln. Aber sie erinnerte sich noch genau an den Tag, an dem ihre Mutter sie zum ersten Mal mitnahm nach Lohberg. Die Scheidung lief, ihre Mutter wollte für die Übergangszeit eine Wohnung in der Kleinstadt mieten. Heinz Lukka war ihr bei der Suche behilflich, er vertrat sie auch bei der Scheidung, die auf seine Initiative hin eingereicht worden war.

An dem Tag sagte ihre Mutter bestimmt hundertmal: «Du wirst ihn mögen, Herzchen.» Sie schwärmte von seiner Bildung, den exzellenten Manieren, ein Kavalier alter Schule, der genau wusste, womit man eine Frau glücklich machte. Besuche in der Oper, der Philharmonie oder einem Museum, Kunst und Kultur, Aufmerksamkeit und ein geduldiges Ohr für sämtliche Nöte. Heinz Lukka bot alles, was der Holzwurm nicht bieten konnte.

Die Wohnung, die er für sie ausgesucht hatte, lag nur zwei Straßen von seiner Kanzlei entfernt. Ein Auto brauchten sie nicht, um ihn zu besuchen, nachdem sie die leeren Räume besichtigt hatten. Am Abend fuhren sie in seinem Wagen ins Dorf.

Seine Wohnung lag am Marktplatz neben Jensens Apotheke. Eine bescheidene Wohnung, nur zwei Zimmer, Küche, Bad und eine winzige Diele, aber die Einrichtung war exquisit. Und er hatte einen Hund, Harras, der ihn freudig begrüßte und sich von ihr kraulen ließ. Miriam wünschte sich schon so lange einen Hund. Bisher war ihr das verweigert worden.

Sie blieben über Nacht, weil die Wohnung in Lohberg noch nicht möbliert war und ihre Mutter zu viel trank, um zurück nach Köln zu fahren. Heinz Lukka machte eigenhändig für Miriam ein Bett auf der Couch im Wohnzimmer und trug seinem Hund auf, sie zu beschützen. Am nächsten Morgen kam er sehr früh aus dem Schlafzimmer, wollte wissen, ob die Couch bequem gewesen sei, sie gut geschlafen und Harras gut aufgepasst habe.

Er nahm sie mit in die Küche. Sie durfte den Napf für Harras füllen, während er den Tisch deckte für ein gemeinsames Frühstück. Aber zuerst musste der Hund noch ins Freie. Und sie durfte ihn begleiten, durfte sogar die Leine halten.

«Wir haben Zeit für einen langen Spaziergang», sagte er. «Die Mami schläft noch fest.» Ihre Mutter schlief immer fest und lange.

Sie gingen mit dem Hund vom Marktplatz zur Bachstraße und weiter bis zum Ortsrand. Dort zeigte Heinz Lukka ihr ein großes Grundstück, auf dem er ein Haus bauen wollte für sie, ihre Mutter und sich selbst natürlich.

«Wir haben sogar Platz für ein Schwimmbecken», sagte er. «Der Garten ist riesengroß.»

Es stand noch ein Haus an der Stelle, eine windschiefe Kate, in der eine uralte Frau lebte – ganz allein. «Das kann nicht mehr lange so weitergehen», sagte er. «Wenn eine Frau so alt geworden ist, dass sie sich alleine nicht mehr versorgen kann, muss man sich darum kümmern, dass sie gut versorgt wird.»

«Und wenn Männer so alt werden?», fragte sie.

Er lachte leise. «Wenn ich so alt werde, hoffe ich, dass du dich um mich kümmerst, kleine Maus.»

«Das tu ich bestimmt», versprach sie, obwohl sie ihn noch nicht ganz einen Tag kannte. Aber seine Art, diese sanfte Stimme, seine Fürsorglichkeit, sein unaufdringliches Lachen und der Hund, alles zusammen schuf eine Vertrauensbasis.

«Wenn wir hier ein Haus haben», fragte sie, «darf ich dann auch mal alleine mit Harras spazieren gehen?»

«Hier darfst du alles», sagte er.

«Auch wenn es dunkel ist?»

«Auch dann», sagte er. «Hier darfst du nachts herumlaufen, wenn du das möchtest. Hier passiert nichts.»

Das klang Miriam noch im Ohr, während der Anwalt den letzten Willen so hastig vorlas, als könne er es nicht schnell genug hinter sich bringen. Der Bungalow ging ebenfalls an sie. Heinz Lukka hatte keine Angehörigen gehabt, nur sie, eine Beinahe-Tochter, die sich nie hatte überwinden können, ihn im Dorf zu besuchen. Sie hätte sich auf der Landstraße auseinander setzen müssen mit der Schuld am Tod ihrer Mutter, mit ihrer Schuld.

Er selbst hatte häufig gesagt: «So gerne ich dich in meiner Nähe habe, kleine Maus, das will ich nicht von dir verlangen. Solch ein schreckliches Erlebnis darf man nicht immer wieder aufwühlen. Man kann es nicht ändern, also muss man versuchen, es zu vergessen, und das geht nur, wenn man den nötigen Abstand hält. Mir macht es nichts aus, nach Köln zu kommen, um dich zu sehen. Im Gegenteil, ich komme gerne, es erinnert mich an die ersten Wochen mit deiner Mutter. Da fühle ich mich jedes Mal um Jahre zurückversetzt.»

Nachdem alles verlesen war, erkundigte sich der Anwalt, ob sie das Erbe annehmen wolle. Sie nickte nur. Zwischen Jakob und Anita Schlösser kam es zu einem kleinen Disput. Bens Vater wollte ablehnen. Nur war er irrtümlicherweise als gesetzlicher Vertreter seines nicht geschäftsfähigen Sohnes vorgeladen worden. Die Vormundschaft hatte Jakob nach Bens Einweisung in die Landesklinik aber an die älteste Tochter abgetreten. Und Frau Doktor Anita Schlösser dachte praktisch. «Denk an Bens Zukunft, Papa.»

Papa, dachte Miriam Wagner und hörte sich fragen: «Wenn du Mami heiratest, darf ich dann Papa zu dir sagen, Heinz?»

«Natürlich darfst du das, kleine Maus.»

«Und was sage ich dann zu dem Holzwurm?»

Er lachte leise. «Holzwurm solltest du ihn nicht nennen.»

«Mami nennt ihn auch immer so.»

«Erwachsene sagen manchmal Dinge, die nicht gut sind, kleine Maus. Er ist dein Vater und darf von dir Respekt erwarten. Wir beide warten mit dem Papa, bis alles seine Ordnung hat, einverstanden? Es dauert nicht mehr lange.»

Es war nie so weit gekommen.

Der Anwalt händigte ihr noch einen persönlichen Brief und die Schlüssel zum Bungalow aus. «Es ist leicht zu finden», sagte er und gab ihr eine Wegbeschreibung. «Sie können es nicht verfehlen. Informieren Sie mich, wenn etwas nicht in Ordnung ist. Das Haus steht seit Ende August leer. Eine zerbrochene Terrassentür haben wir bereits ersetzt.»

Miriam Wagner hatte immer noch keine Ahnung. Sie dachte bei einer zerbrochenen Terrassentür an spielende Kinder. Jakob und Anita Schlösser verließen die Kanzlei. Sie wollte sich anschließen, Lukkas langjährige Sekretärin hielt sie zurück und zerstörte mit wenigen Sätzen die Illusion der letzten vierzehn Jahre.

Als Miriam hinaus auf den Parkplatz kam, standen Bens Vater und seine älteste Schwester neben einem weißen Peugeot mit Kölner Kennzeichen und verhandelten miteinander. Es schien, als wolle Jakob Schlösser noch ein paar Worte mit ihr wechseln, Anita hielt ihren Vater zurück.

Das sah Miriam Wagner aus den Augenwinkeln, aber

es interessierte sie nicht, was diese Leute ihr sagen könnten. Sie stieg in ihren Wagen und fuhr los, ohne Augen für den Verkehr, ohne einen Gedanken, nur mit dem Wissen, dass der Mann, der beinahe ihr Vater geworden wäre, keines natürlichen Todes gestorben und die Terrassentür nicht von spielenden Kindern zerbrochen worden war. Jetzt begriff sie, warum Heinz Lukka nur ein anonymes Urnengrab auf dem Lohberger Friedhof bekommen hatte.

An dem Tag im Oktober 95 konnte Miriam Wagner die vier Kilometer von Lohberg ins Dorf nicht mehr bewältigen. Es gelang ihr nicht einmal, Heinz Lukkas letzten Brief sofort zu lesen. Die Stimme der Sekretärin hallte ihr wie ein Echo durch den Kopf. «Die Kriminalpolizei hatte keine Zweifel, dass der schwachsinnige junge Mann nur das Leben seiner Schwester verteidigt hat.»

Es war unvorstellbar, Heinz Lukka, ihre Illusion eines sinnvollen Lebens, schlachtete ein dreizehnjähriges Kind ab und konnte nur von einem Idioten daran gehindert werden, einem zweiten Mädchen das Gleiche anzutun.

Als sie aus Lohberg zurückkam, saß der Holzwurm, den sie immer noch Papa nannte, mit feister, roter Miene über einem Möbelprospekt. Er verschlang eine Pizza, die vermutlich längst kalt war. Seine fettigen Finger hinterließen schmierige Abdrücke auf dem Hochglanzpapier.

Sie hatte bisher keinen Versuch unternommen, eine eigene Wohnung zu nehmen, hegte unterschwellig noch ein wenig Hoffnung, irgendwann einmal zu spüren, dass sie für den Holzwurm mehr war als ein problematisches Geschöpf, das sich nur aus Trotz in seiner Nähe aufhielt.

Immer und immer wieder hatte Heinz Lukka gesagt: «Er ist dein Vater, ich bin sicher, dass er dich liebt, kleine Maus. Er kann es nur nicht zeigen. Aber wenn du es ihm zeigst, irgendwann kommt ein Echo, glaub mir.»

Auf dieses Echo hatte sie bisher vergebens gewartet. Statt liebevoller Worte hörte sie nur ständig, es sei höchste Zeit für sie, sich endlich abzunabeln und auf eigenen Füßen zu stehen. Er wollte sie loswerden und machte nicht einmal einen Hehl daraus.

Als sie hereinkam, hob er kurz den Kopf von seinem Möbelprospekt und erkundigte sich: «Na, was hat's gegeben? Hat es sich wenigstens gelohnt?»

Dann meinte er, wie nicht anders zu erwarten: «Ein Geschäftshaus und einen Bungalow? Das hört man doch gerne. Dann wirst du sicher bald ausziehen.»

Warum sie ihm überhaupt noch etwas erklärte, wusste sie nicht. Vielleicht nur, um einmal, ein einziges Mal festzustellen, dass er mehr im Kopf hatte als Sägespäne, dass sie mit ihm reden konnte, ein offenes Ohr fand und ein wenig Verständnis.

Er wusste von nichts, hatte keinen Blick in eine Zeitung geworfen, nie etwas von Britta Lässler und Tanja Schlösser in einem Fernsehbericht gehört. Und trotzdem sagte er mit diesem verwunderten Unterton: «Dann hatte deine Mutter doch Recht. Und ich dachte, sie wäre besoffen gewesen. Sie hat mich ja noch angerufen damals, und ...»

«Sie war betrunken», schnitt Miriam ihm das Wort ab.

Sie erinnerte sich genau an das Wochenende im März 81, fünf Wochen nach der Verlobungsfeier. Die Übergangswohnung ihrer Mutter in Lohberg war nur provisorisch eingerichtet mit dem Nötigsten, gemütlich war es nicht. Am Freitagabend holte Heinz Lukka sie beide ab. In seinem Wagen fuhren sie ins Dorf, aßen in Ruhpolds Schenke. Ihre Mutter trank zu viel wie üblich. Auf dem Weg von der Schenke zu seiner Wohnung sagte Heinz Lukka noch: «Keine Angst, kleine Maus. Das bekommen wir beide bald in den Griff.»

Der Hund war nicht da. Er hatte ihn für einen Eingriff

zum Tierarzt bringen müssen, wollte ihn montags wieder abholen. Damit ihr die Zeit nicht zu lang wurde ohne den treuen Harras, hatte er einen Zeichentrickfilm gekauft. «Für morgen früh», sagte er, als er ihr wie üblich das Bett auf der Couch machte und die Videokassette auf den Tisch legte. «Unser Spaziergang fällt ja aus.»

Er erklärte ihr, wie der Videorecorder zu bedienen war, und ließ anklingen, dass er am nächsten Morgen auch gerne etwas länger schlafen möchte. Sie wachte sehr früh auf und fand mit ihren zwölf Jahren, für Zeichentrickfilme sei sie zu alt. Andere Filme verwahrte Heinz Lukka hoch oben im Wohnzimmerschrank. Sie hatte die Kassetten oft gesehen, wenn er den Schrank öffnete, musste auf einen Stuhl steigen, um sie zu erreichen.

Und dann erwischte sie einen Horrorfilm, einen widerlichen, blutrünstigen Streifen. «Die Nacht der reitenden Leichen» oder «Ein Zombie hing am Glockenseil». Etwas in der Art. Heinz Lukka hatte das später alles erklären können.

Er hatte eine Kultursendung aufzeichnen wollen, die erst in der Nacht ausgestrahlt wurde. Es gab damals noch kein VPS, man durfte nicht darauf vertrauen, dass die Sendungen zur angekündigten Zeit begannen. Er hatte seinen Recorder großzügig programmiert. Und wie es häufig der Fall war, die Sportschau überzog, alle nachfolgenden Sendungen verschoben sich um gut eine halbe Stunde. So war das Ende dieses scheußlichen Filmes auf das Videoband geraten.

Wie sie es geschafft hatte, die Kassette zurück in den Schrank zu legen und den Stuhl wieder an seinen Platz zu stellen, wusste sie nicht. Sie wusste zu dem Zeitpunkt schon nicht mehr genau, was sie gesehen hatte, nur, dass es ganz furchtbar gewesen war, grässlich, blutig, grauenhaft.

Ihrer Mutter fiel beim Frühstück auf, dass sie so still war. Heinz Lukka vermutete, dass sie den Hund vermisste. Zum Ausgleich bot er einen Zoobesuch. Am Nachmittag fuhren sie hin. Im Affenhaus war es sehr heiß. Ihr brach immer noch der Schweiß aus, wenn sie nur daran dachte. Ihre Mutter nahm an, dass sie fieberte, und wollte nicht zurück ins Dorf, sondern in die Wohnung nach Lohberg, in die sie gerade erst eingezogen waren.

In der Nacht träumte sie von dem Film. Im Traum vermischten sich die Szenen vom Fernsehbildschirm mit kindlicher Phantasie. Heinz Lukka wurde zur Schreckensgestalt und zwang sie, ihm bei seinen Untaten zuzuschauen. Sie schrie laut, stammelte im Halbschlaf, was sie im Traum durchlebte.

Ihre Mutter weckte sie und begriff nicht, dass es nur ein Traum war. Sie trank bis zum Morgen, rief noch den Holzwurm an, zerrte sie zum Auto. Und dann wurde der Alptraum Wirklichkeit im Lohberger Krankenhaus. Messer in ihrem Leib, blutige Hände, die Nägel in ihr Bein trieben, ihren Körper aufrissen, Organe herausnahmen. Miriam kam es immer noch so vor, als hätte sie die Operationen bei vollem Bewusstsein erlebt, als wäre Heinz Lukka einer der Ärzte gewesen und hätte gesagt: «Das brauchst du nicht mehr.»

Und das für einen billigen Horrorstreifen, von dem er gar nicht wusste, dass er sich in seinem Schrank befand. Er hatte das Band nur am Ende kontrolliert, um festzustellen, ob die Kultursendung komplett aufgezeichnet worden war. Dann hatte er zurückgespult und die Kassette in den Schrank gelegt. «Warum hast du nicht sofort mit mir darüber gesprochen, kleine Maus?», fragte er später.

Weil sie unerlaubt in seinen Schrank gegriffen und nicht erwartet hatte, darin das Grauen zu finden. Weil sie beim Frühstück noch zu schockiert, entsetzt, innerlich wie gelähmt war. Weil sie gedacht hatte, sie könne sich von ihm nie wieder in den Arm nehmen lassen. Weil sich dann bei ihr der Alptraum festsetzte und nicht die Erinnerung an den scheußlichen Film.

Ein Horrorfilm, wie sie Ende der siebziger und Anfang der achtziger Jahre in Massen gedreht worden waren. Doch keiner davon konnte das Grauen zeigen, das sie nun schüttelte. Heinz Lukka, beinahe ihr Vater, der einzige Mensch, der seit dem Tod ihrer Mutter wirklich für sie da gewesen war, in seitenlangen Briefen ein Leben vor ihr ausbreitete, das sie nicht hatte leben dürfen, der unzählige Male über einen Restauranttisch gegriffen und ihre Hände gehalten hatte – mit seinen Händen hatte er ... Das konnte sie nicht zu Ende denken.

Erst Mitte Dezember war sie so weit, dass sie seinen letzten Brief lesen konnte, handgeschrieben wie alle anderen, datiert auf den 15. August 1995. «Nun heißt es Abschied nehmen, kleine Maus. Einige Monate haben die Ärzte mir ohne Behandlung noch gegeben, Krebs. Ich habe die Beschwerden zu lange ignoriert und sehe nicht ein, welchen Sinn es jetzt noch machen sollte, mich unters Messer zu legen. Das bisschen Zeit, das bleibt, nutze ich lieber, um einen lang gehegten Traum zu verwirklichen.»

Im zweiten Absatz hoffte er auf ihr Verständnis. «Es war mir ein großes Bedürfnis, Ben abzusichern. Dass seine Eltern Vorsorge für ihn treffen konnten, bezweifle ich. Gute Heimplätze sind teuer. Und ich will, dass der einzige wirkliche Freund, den ich im Dorf habe, an einem freundlichen Ort untergebracht wird, wenn seine Mutter nicht mehr für ihn sorgen kann. Für dich bleibt genug. Das Geschäftshaus wirft eine monatliche Rendite ab, von der man sehr gut leben kann.»

Im dritten Absatz bat er sie eindringlich, den Bungalow

nicht zu verkaufen und auch nichts darin zu verändern. «Ich habe mir viel Mühe gegeben, das Haus einzurichten. Jedes Teil ist mit Liebe ausgesucht. Die Vorstellung, dass Dinge, die mir viel bedeutet haben, entfernt werden oder dass Fremde sich dort einnisten, ist mir zuwider. Vielleicht gelingt es dir eines Tages, hinzufahren und es dir anzuschauen. Es wird dir gefallen, da bin ich sicher. Und wenn du Besuch erhältst von meinem Freund Ben, sei nett zu ihm. Er hat es verdient.»

Sie las die Seiten zweimal und begriff es nicht. So schrieb doch kein Mörder. Wenigstens einmal anzuschauen und nichts zu verändern in einem Haus, in dem laut der Kanzleisekretärin zwei Kinder … Mein Freund Ben. Der Heinz Lukka, den sie gekannt hatte, hätte niemals die jüngste Schwester seines einzigen Freundes angreifen können. Warum denn? Sie wusste nicht, ob sie das wirklich wissen wollte, obwohl sie mit ihrem Studium vielleicht in der Lage gewesen wäre, sein Motiv zu ergründen. Sie hatte auch etliche Vorlesungen in Kriminalpsychologie gehört.

Ende Januar 96, als Trude Schlösser sich noch darum bemühte, ihren Sohn aus der Psychiatrie zu holen, fuhr Miriam Wagner zum ersten Mal los. Den Bungalow erreichte sie nicht, nicht einmal den Ortsrand. Auf halber Strecke musste sie umkehren, weil da dieser Baum war und genau das eintrat, was Heinz Lukka prophezeit hatte. Sie wurde zurückgeschleudert in den alten Horrorfilm, den Alptraum und die letzten Minuten mit ihrer Mutter.

Plötzlich war es, als hätte ihre Mutter während der Fahrt noch Flüche und Verwünschungen ausgestoßen. «Scheißkerle allesamt. Warum bin ich nicht selbst darauf gekommen? Und da wundere ich mich, dass mir …»

Sie grübelte minutenlang über den Rest des Satzes, aber er war weg, vielleicht nicht zu Ende gesprochen worden, vielleicht nicht wichtig, die Worte einer Volltrunkenen oder ein Gedanke, den der Holzwurm ihr mit seiner Andeutung in den Kopf gesetzt hatte.

Erst als der Fall im März 96 erneut Schlagzeilen machte, der August den Namen Blutsommer bekam und Heinz Lukka von den Medien als Monster tituliert wurde, gelang ihr, was sie nicht für möglich gehalten hatte. Vier Opfer, genau genommen fünf, wenn man Tanja Schlösser dazu zählte.

Die Ungeheuerlichkeit machte den Alleebaum zwischen Lohberg und dem Ortsrand zu einem Orakel, das vielleicht Antwort geben konnte. Sprich mit mir, Mutter! Was hast du gesagt während der Fahrt damals? Worüber hast du dich gewundert? Was ist dir aufgefallen?

Doch diesmal kam nichts. Im Vorbeifahren roch sie nur für einen flüchtigen Moment den alkoholisierten Atem des Mannes, der damals erste Hilfe geleistet hatte, hörte statt ihrer Mutter für zwei Sekunden die raue, gedrängte Männerstimme neben sich: «Schau nicht hin, um Gottes Willen, schau nicht hin.»

Sie konnte nicht hinschauen, konnte den Kopf nicht bewegen, hatte den halben Motorblock im Schoß, das linke Bein und die Hüfte zerschmettert und ein Stück Metall im Gesicht. Die rechte Wange aufgeschlitzt, den Kiefer gebrochen, den Gaumen durchbohrt. Wie festgenagelt saß sie da und dachte, sie müsse sterben, bis es gnädigerweise dunkel wurde. Und wie oft danach hatte sie sich gewünscht, sie wäre gestorben zusammen mit ihrer Mutter und der Hoffnung auf einen Vater wie Heinz Lukka.

Er hatte sie besucht im Lohberger Krankenhaus, einmal, das wusste sie noch, als sei es gestern gewesen. Sie sah noch, wie er sich über sie beugte, fühlte seine Hand auf der Stirn, hörte seine sanfte Stimme. «Du musst jetzt sehr tapfer sein, kleine Maus. Die Mami ist tot.»

Das wusste sie schon, einer der Ärzte hatte es gesagt.

«Aber ich bin immer für dich da», sagte er.

Und sie quälte sich mit ihrem gebrochenen Kiefer und dem durchstochenen Gaumen ein Flüstern ab, presste es zwischen Zähnen und Lippen hervor: «Geh weg.» Hatte die blutigen Traumbilder vor Augen, fühlte seine Hand auf der Stirn wie ein Messer. «Geh weg, du bist böse.»

«Warum, kleine Maus, was habe ich getan?»

Darauf hatte sie ihm nicht mehr geantwortet. Er war gegangen, aber er hatte das natürlich nicht auf sich beruhen lassen. Als sie aus dem Lohberger Krankenhaus entlassen werden konnte, holte der Holzwurm sie zu sich – für ganze zwei Wochen. Er suchte schnellstmöglich ein exklusives Internat. Wenn er schon keine Zeit hatte, eine Ehe zu führen, für eine traumatisierte Tochter fehlte die Zeit erst recht. Zu ihren Geburtstagen kam von ihm eine bunte Glückwunschkarte, die einer der Verkäufer aus den Läden geschrieben hatte, sie kannte die Handschrift.

Und Heinz Lukka schrieb Briefe, zuerst einen kurzen, in dem er seinen Besuch im Internat ankündigte. «Wenn du mich nicht mehr sehen willst, werde ich nicht lange bleiben, kleine Maus. Aber du musst mir erklären, warum du plötzlich etwas Schlechtes von mir denkst.»

Bei seinem Besuch hatte er dann alles erklärt, nächtliche Kultursendung, kindliche Phantasie, die keinen Unterschied machte zwischen Traum und Realität, und eine stets alkoholisierte Frau, der das ebenfalls nicht gelang. Danach waren die Tränen geflossen. Alles vorbei – für sie und ihn.

Er hatte nach dem Tod ihrer Mutter nichts mehr unternommen, um seine Einsamkeit zu bewältigen und ein privates Glück zu finden. «Wenn zwei Versuche gescheitert sind, sollte man es lassen», hatte er einmal gesagt.

«Wer war dein erster Versuch?», fragte sie. Er erzählte ihr von der schönen Maria, die er einmal erwischt hatte, als sie es im Dreck mit dem Bauernrüpel Bruno Kleu trieb.

«Bruno ist ein Kerl wie eine Dampfwalze», sagte er. «Ich glaube, so ein Haudrauf imponiert einem jungen Mädchen mehr als Bildung und gute Manieren.»

«Mir nicht», sagte sie.

Und er lachte. «Du warst immer eine Ausnahme, kleine Maus.»

Das hörte sie noch, als sie hinter dem Ortsschild von der Landstraße in den schmalen Weg einbog, der hinausführte zum Lässler-Hof. Die schöne Maria. Dass Marias Tochter und ihre Nichte zu den Opfern gehörten, machte es so einleuchtend.

Miriam war kalt, als sie endlich die Wegkreuzung erreichte. Und sie wusste nicht, ob es an der feucht-kühlen Witterung lag oder an der Kälte im Innern, an der Furcht, die Höhle eines Monsters zu betreten. Minutenlang blieb sie im Wagen vor dem Bungalow sitzen und ließ den Anblick auf sich wirken.

Ein prachtvolles Haus – wie gebaut für eine glückliche kleine Familie – Vater, Mutter, Kind. Auf den ersten Blick störte nur der Mais, der das große Grundstück von zwei Seiten umschloss. Das Feld gehörte zum Lässler-Hof und war nicht abgeerntet worden. Die Frucht war über den Winter verrottet und bildete eine undefinierbare Masse, in der es hier und dort grün keimte.

Drinnen war die Luft abgestanden und so kühl wie draußen. Sämtliche Zimmertüren standen offen. Obwohl sie noch nie einen Fuß über die Schwelle gesetzt hatte, kannte sie alles aus seinen Briefen. Die große, helle Diele mit der nach unten führenden offenen Treppe und der Verbindungstür zur Garage. Küche, Bad, Schlafzimmer, ein Arbeitszimmer, in dem nicht mehr stand als ein Schreibtisch, ein bequemer Sessel und ein Sekretär, ein kostbares altes Möbelstück. Sie war oft genug in der Werkstatt ihres Vaters gewesen, um den Wert beurteilen zu können.

Sie ging langsam in den großen, nach Süden liegenden Wohnraum. Die Einrichtung zeugte von Stil. Eine verspiegelte Hausbar, nüchtern und schlicht in einer Ecke. Unzählige kleine Kostbarkeiten genau so verteilt, dass sie dem Raum eine besondere Note verliehen, ohne protzig zu wirken. Überall lag dick der Staub, an sämtlichen Möbelstücken haftete schwarzer Puder von der Spurensicherung.

Vor der Bar stand ein großer Karton mit Schriftstücken und anderen Dingen, die von der Polizei beschlagnahmt worden und nach gründlicher Überprüfung zurückgebracht worden waren. Zwischen den Papieren lagen auch einige Videokassetten, ein Anblick, der automatisch ihren Puls beschleunigte.

Auf dem Teppich bei der Sitzgarnitur am Kamin war noch der mit Kreide gezeichnete Umriss eines Körpers zu erkennen und Blut, sehr viel Blut. Auch am Rauchabzug entdeckte sie etliche Spritzer. Sie waren längst getrocknet, fühlten sich rau an, als sie mit den Fingerspitzen darüberstrich.

Seit sie die Diele betreten hatte, folgte seine sanfte Stimme ihr wie ein Geist, der sie in seinen Bann zu ziehen versuchte mit all den Erklärungen, die er damals geboten hatte. «Warum hast du nicht sofort mit mir darüber gesprochen, kleine Maus?»

Vor den Augen schwebte ihr noch der Anblick, den er zuletzt geboten hatte. Ein schmächtiger, alter Mann, schon gezeichnet von der Krankheit, die er vor ihr verbergen wollte. Er rang sich ein Lächeln ab und sagte: «Aber sicher geht es mir gut, kleine Maus. Ein paar Unpässlichkeiten bringt das Alter mit sich, mach dir darum keine Gedanken. Wenn ich dich sehe, geht es mir prächtig. Du hast die Augen deiner Mutter, weißt du das?»

Er schmeichelte ihr. Sie war nur ein billiger Abklatsch ihrer Mutter. Statt tiefblau waren ihre Augen wässrig grau. Ihr Haar war nicht hellblond, es hatte die Farbe von Asche. Deshalb färbte sie es dunkel, so passte es auch besser zu ihr.

An ihrer Figur war nichts Weibliches. Einen Busen, den man als solchen bezeichnen durfte, hatte sie nach dem Unfall nicht mehr entwickelt, gewachsen war sie auch kaum noch, nur gut einen Meter fünfzig groß.

Mit der Kleidung konnte sie die äußeren Mängel kaschieren, trug Büstenhalter mit dicker Einlage und in Gegenwart anderer nur hochhackige Schuhe. Sie zog grundsätzlich wadenlange Kleider oder lange Hosen an, dann sah man nur noch, dass sie das linke Bein nachzog. Und ihr Gesicht, sie brauchte täglich eine halbe Stunde, um die aufgeschlitzte Wange zu modellieren und mit Make-up zu überdecken.

Optische Täuschungen, eine kindlich wirkende, knabenhaft schlanke junge Frau und ein schmächtiger alter Mann, Frankensteins Braut und ein Massenmörder.

2. August 1997

Als der Blutsommer sich das zweite Mal jährte, dachten im Dorf nicht mehr viele Leute an Heinz Lukka. Die junge Frau, die seit März 96 im Bungalow wohnte, hatte man eine Weile misstrauisch beäugt und eine Gänsehaut bekommen beim Gedanken an ihre Nächte. Inzwischen hatte man sich an Miriam Wagner gewöhnt, bekam sie nur selten zu Gesicht. Nur wenige wussten von ihren Aktivitäten und den Bemühungen, das Entsetzliche zu begreifen und hinter sich zu lassen. Mehr hatte sie zu Anfang nicht gewollt. Dass sie damit ihren Teil zur Wiederholung beitrug, konnte niemand ahnen.

Zwei Jahre nach den entsetzlichen Morden wusste nur Rita Meier, dass wieder junge Frauen und Mädchen in Gefahr waren. Wie groß die Gefahr war, auch für sie, ahnte sie nicht. Zur Lohberger Diskothek fuhr sie nicht mehr, blieb abends zu Hause, hielt Türen und Fenster geschlossen und sah nicht, wer sich nachts in der Nähe ihres Hauses aufhielt.

Sie bemerkte auch nicht, dass der Mann sie nur wenige Tage nach der Vergewaltigung wieder sah. Es war ein Zufall. Rita Meier brachte noch spät Blumen auf das Grab ihrer Schwiegereltern. Der Mann hielt sich ebenfalls auf dem Friedhof auf. Er war oft dort. Und im Gegensatz zu Rita Meier, die von ihm kaum mehr gesehen hatte als einen schwarzen Schatten, hatte er sie längere Zeit beobachtet und war vertraut mit ihren Gesichtszügen.

Zuerst hatte er Angst, dass sie ihn ebenfalls erkannte. Sie sortierte die Blumen in der Vase, richtete sich auf, schaute in seine Richtung. Er meinte, dass sie ihn nachdenklich betrachtete. Als sie den Friedhof verließ, folgte er ihr in gebührender Entfernung und fand heraus, wo sie wohnte, in einem der Reihenhäuser am Lerchenweg.

Der Lerchenweg war ein großes Gebiet, das sich in unzählige kleine Stichstraßen zersplitterte, viele waren nur schmale Gehwege, in denen sofort auffallen musste, wer nicht dort wohnte. Auf den Gartenseiten war es ungefährlicher, dort gingen oft Hundebesitzer und Spaziergänger. Und von dort waren die Wohnzimmer gut einsehbar. Einige Abende hintereinander beobachtete er Rita Meier, stellte fest, dass sie meist allein war. Zum Wochenende kam ihr Mann nach Hause.

An diesem Wochenende war in Ruhpolds Schenke eine Menge los. Außer der fest angestellten Kellnerin war noch eine Aushilfe beschäftigt, Katrin Terjung. Beide Frauen hatten am Samstagabend alle Hände voll zu tun. Kurz vor Mitternacht wurde es ruhiger, und Katrin Terjung nutzte die Gelegenheit, mit einem der Gäste zu flirten. Sie war erst neunzehn Jahre alt, hatte einen festen Freund, aber er war zurzeit bei der Bundeswehr.

Der Gast am Tresen hieß Manfred Konz und war verheiratet. Seine Frau hatte in der Woche das erste Kind bekommen und lag im Lohberger Krankenhaus. Am Nachmittag hatte Manfred sie noch besucht und seinen Sohn im Arm gehalten, anschließend war ihm die Lust auf eine einsame Nacht in einem verlassenen Haus vergangen. Es waren vorher schon so viele, nicht einsame, aber enthaltsame Nächte gewesen. Und davon sollten noch etliche folgen.

Bis die Schenke um eins geschlossen wurde, hielt Manfred aus, trank ein paar Bier mehr als üblich und bemühte sich um Katrin Terjung. Sie war hübsch und nicht abgeneigt, seine derzeitige Situation für eine Stunde zu teilen, ihr erging es ja ähnlich. Als Manfred ihr ein großzügiges Trinkgeld gab und fragte: «Was machen wir jetzt mit dem angebrochenen Abend?», lachte sie.

«Was du machst, weiß ich nicht. Ich hatte vor, die Füße hochzulegen.»

Das klang doppeldeutig, fand Manfred Konz und wagte einen Vorstoß. Er bot ihr seine Schultern an, um die Füße hochzulegen. Katrin schaute sich verstohlen um, ob jemand mitgehört hatte. Dann nickte sie und forderte ihn auf, draußen zu warten. Sie musste noch mit dem

Wirt abrechnen und wollte nicht, dass ihre Verabredung sich herumsprach und ihrem Freund zu Ohren kam.

Es dauerte nicht einmal eine Viertelstunde, bis sie ebenfalls ins Freie trat. Am Straßenrand stand ihr Auto.

Manfred schaute sich aufmerksam um, ehe er einstieg. Es war niemand in unmittelbarer Nähe, aber selbst wenn jemand beobachtet hätte, dass er zu Katrin ins Auto stieg, es gab eine harmlose Erklärung: Sie hatten den gleichen Heimweg.

Manfred Konz hatte am Marktplatz ein älteres Haus gekauft, Katrin lebte noch bei ihren Eltern an der Bachstraße. Nur widerstrebte es Manfred, mit ihr ins Ehebett zu steigen. Er wollte doch nur ein kurzes Vergnügen. Ins Haus ihrer Eltern konnte er sie natürlich auch nicht begleiten. Aber es war eine warme Nacht. «Fahren wir zum Bendchen», schlug er vor. «Da ist es romantischer als in einem Schlafzimmer, wo schmutzige Wäsche herumliegt. Ich muss unbedingt noch aufräumen, ehe meine Frau nach Hause kommt.»

Am Waldrand standen bereits zwei Wagen, ein roter Fiesta und ein dunkelgrüner Audi, etwa zwanzig Meter voneinander entfernt. Der Mann war schon seit Stunden da und beobachtete das Paar in dem Audi. Er hoffte, dass die beiden ausstiegen und eine Decke auf den Boden legten, wie Rita Meier und Frank es getan hatten. Für diesen Fall war er gut gerüstet. Er hatte einen Knüppel gesucht, der nicht zersplittern würde, wenn er auf einen Kopf traf. Ein Messer hatte er diesmal auch dabei.

Aber sie taten ihm nicht den Gefallen, blieben im Auto. Er hätte die Fahrertür aufreißen, den Mann ins Freie zerren und niederschlagen müssen, um die Frau zu erreichen. Sie hätte Zeit gehabt zu schreien. Das hätte man in dem roten Fiesta bestimmt gehört. Also war er verurteilt zuzuschauen – seit über einer Stunde.

Und dann tauchte auf dem Weg vom Schlösser-Hof zum Wald ein Scheinwerferpaar auf, Katrin Terjungs Wagen. Sie fuhr an den beiden Autos vorbei, lenkte in einen Wirtschaftsweg, ließ den Wagen noch ein Stück rollen, hielt an, löschte die Scheinwerfer und vergewisserte sich, dass sie für die beiden anderen Paare nicht zu sehen waren.

Für den Mann waren sie gut zu sehen, noch besser als das Paar in dem dunkelgrünen Audi, näher, viel näher. Nur knapp drei Meter. Er stand dicht an den Stamm einer Rotbuche gepresst, wagte sich ein Stück vor. Zwischen den Bäumen war die Dunkelheit so dicht, dass er damit verschmolz.

Sie stiegen schon nach wenigen Minuten aus, weil es im Auto zu eng war. Er hörte sie scherzen. Katrin erinnerte Manfred daran, dass sie eigentlich ihre Füße habe hochlegen wollen, als sie sich über die Motorhaube beugte.

In dem Moment zerbrach ein dünner Zweig am Boden mit einem vernehmlichen Knacken unter seinem Tritt.

Manfred Konz sagte noch: «Wart mal, ich glaube, da ist einer.» Er drehte dabei den Kopf über die Schulter, genau in dem Moment, als der Knüppel niedersauste.

So traf der Mann ihn seitlich, sah ihn zusammenbrechen ohne einen Laut. Dann trat er hinter Katrin, und nun ging alles sehr schnell. Noch ehe sie erfasste, was mit Manfred geschehen war, spürte sie das Messer an ihrer Kehle. Und dort blieb es die ganze Zeit.

Sie sah nicht, wer hinter ihr stand, wagte es nicht, sich zu rühren, drückte ihr Gesicht auf das warme Blech und presste fest die Augen zusammen. Wie Rita Meier ließ Katrin Terjung es über sich ergehen, starr vor Angst wimmerte sie nur leise in sich hinein.

Als es vorbei war, blieb sie auf der Motorhaube liegen, bis Manfred am Boden zu stöhnen begann. Da schrie sie, grell und durchdringend, schrie noch, als die beiden anderen Paare längst bei ihr waren.

Die beiden jungen Männer kümmerten sich um den Verletzten, die Frauen um Katrin. Manfred Konz wusste nicht, was passiert war. Als er es begriff, beschwor er alle, um Gottes Willen keinen Aufstand zu machen. «Wenn meine Frau das erfährt …»

Auch Katrin Terjung wimmerte: «Mein Freund macht Schluss, wenn er hört, dass ich …»

Sie wollte nur nach Hause, unter die Dusche und vergessen. Nur war sie nicht imstande zu fahren. Die jungen Leute mit dem grünen Audi wollten nicht in etwas hineingezogen werden. Das Paar aus dem roten Fiesta bot Hilfe an. Der Mann fuhr Manfred Konz ins Lohberger Krankenhaus. In der Notaufnahme erzählten sie, Manfred sei in eine Wirtshausschlägerei geraten und mit einem Stuhlbein niedergeschlagen worden.

Die Frau brachte Katrin Terjung nach Hause und redete eine Weile auf sie ein. Katrins Eltern schliefen schon, sie konnten sich ungestört unterhalten. Die junge Frau hatte selbst einiges zu verlieren, sie war verheiratet wie Rita Meier. Aber sie meinte, man könne das nicht so einfach vertuschen, es sollte unbedingt eine Anzeige erstattet werden.

«Ich könnte behaupten, er hätte mich angegriffen», bot die junge Frau an. «Wenn du mir sagst, wie er aussah, damit ich der Polizei eine Beschreibung geben kann.»

«Weiß nicht», flüsterte Katrin. «Schwarz. Die Jacke. Die Ärmel von der Jacke. Mehr hab ich nicht gesehen. Ich dachte, er schneidet mir die Kehle durch, und hab die Augen zugemacht, damit er nicht denkt, ich sehe ihn.»

In den ersten Wochen nach seiner Heimkehr im März 96 hatte ihn niemand im Dorf zu Gesicht bekommen. Anfangs war er zufrieden, bei seiner Mutter zu sein und sie anschauen zu dürfen. Ein vertrautes Wesen, das nur selten unvorhersehbar reagierte, im Gegensatz zu den vielen, mit denen er sich monatelang hatte auseinander setzen müssen. Ärzte, Pfleger und Patienten, deren Verhaltensweisen ihm noch verwirrender erschienen waren als alles, was er bis dahin erlebt hatte.

Dass er in den Monaten an dem furchtbaren Ort mehr gelernt hatte als in den zweiundzwanzig Jahren zuvor, war ihm nicht bewusst. Er musste all das lernen, was seine Mutter ihm zuvor abgenommen hatte, auch das Denken. Früher hatte er sich nur von seinen Instinkten und Erfahrungen leiten lassen. Nun grübelte er den Ereignissen hinterher und wich nicht von Trudes Seite, hatte Angst, sie könne noch einmal aus seinem Leben verschwinden, wenn er sie allein ließ.

Machte Trude die Betten, stand er am Fenster und schaute nur angespannt über die Felder. Holte sie etwas aus dem Keller, war er dicht hinter ihr. Wenn sie in der Küche zu tun hatte, saß er am Tisch und warf Blicke zum Fenster hinüber. Bei seiner Größe konnte er auf den Hof schauen, auch wenn er auf der Eckbank saß.

Seine Unruhe wuchs von Tag zu Tag, er saß da wie zum Sprung bereit. Immer wieder fragte er: «Fein?» Dann erzählte Trude ihm, dass es seiner jüngsten Schwester gut ginge – was gar nicht der Fall war –, und dass er Tanja vielleicht bald einmal sehen dürfe.

Bruno Kleu wollte ein Treffen arrangieren, meinte wie Trude, es sei wichtig für Ben, seine Schwester wieder zu sehen und zu erkennen, dass er richtig gehandelt hatte, als er in Lukkas Bungalow eindrang und dem Anwalt das Genick brach.

«Sonst muss er ja glauben, er wäre eingesperrt worden, weil er Tanja das Leben gerettet und den Scheißkerl zur Strecke gebracht hat», sagte Bruno, betonte aber auch jedes Mal: «Wir warten bis nach Marlenes Beerdigung. Lass sie erst mal zur Ruhe kommen, Trude. Dann kann man vielleicht eher mit ihnen reden.»

Bruno war oft auf dem Lässler-Hof, weil er immer noch einen Großteil der Feldarbeit erledigte – und weil Maria ihren Mann nach dem Leichenfund verlassen hatte, sie lebte jetzt bei Bruder und Schwägerin. Bruno besuchte sie jeden Abend, ein Geheimnis machten sie nicht mehr um ihre langjährige Beziehung. Und Paul Lässler machte kein Geheimnis um seinen Gemütszustand. Seit er wusste, dass Ben wieder zu Hause war, hatte Paul schon mehr als einmal gesagt: «Wenn er hier auftaucht, kann Jakob einen großen Sarg bestellen.»

Dass Trude einmal mit Ben hinging, war völlig ausgeschlossen. Seit Anfang März ging Tanja wieder zur Schule. Sie besuchte das Gymnasium in Lohberg, saß noch einmal in der Klasse, die sie im vergangenen Jahr gerade abgeschlossen hatte. Aber sie fuhr nicht mehr mit dem Bus oder dem Rad. Morgens brachte Paul Lässler sie hin, mittags holte er sie wieder ab. Das machte es schwierig.

Bruno sagte: «Denk lieber nicht daran, dich Pauls Auto in den Weg zu stellen, Trude. Er fährt euch beide über den Haufen.»

Es schien auch, dass Tanja ihren Bruder nicht sehen wollte. Im Januar hatte sie noch gebettelt, als Jakob einen Besuch auf dem Lässler-Hof riskierte. «Bitte, Papa, nimm mich mit, wenn ihr Ben besucht. Ich muss mich doch bei ihm bedanken. Wenn er nicht gekommen wäre.» Davon war nicht mehr die Rede.

Paul und Antonia Lässler hatten großen Einfluss auf Tanja, was nicht weiter verwunderte, beide waren sie Bens jüngster Schwester immer näher gewesen als die eigenen Eltern. Und nach dem furchtbaren Erlebnis – sieben Messerstiche –, auch wenn Tanja daran keine Erinnerung hatte, den langen Klinikaufenthalt würde sie nie vergessen, ebenso wenig, dass sie zeit ihres Lebens gesundheitlich beeinträchtigt bleiben und Britta, die Freundin und Fastschwester, mit der sie aufgewachsen war, niemals wieder sehen würde.

Mit diesen Argumenten fiel es nicht schwer, Tanja davon zu überzeugen, dass Brittas Tod zum größten Teil Bens Verschulden war. Er war bei ihr gewesen an jenem Sonntagabend im August, als sie Lukka in die Arme lief. Da hätte er Lukka das Genick brechen müssen, nicht erst zwei Tage später.

«Lass ihn um Gottes willen nicht alleine laufen», mahnte Bruno immer wieder. «Auch nicht nachts, Achim ist jede Nacht unterwegs. Und der Junge ist noch verrückter als sein Vater. Paul hat ihn ganz irre gemacht mit seinem Gerede von Bens Schuld. Wenn Ben ihm über den Weg läuft, kriegst du nur Stücke zurück.»

In den ersten Nächten hatte Trude den Schlüssel abgezogen, wenn sie die Haustür verschloss. Aber es wäre kaum nötig gewesen. Auf Schritt und Tritt hing Ben an ihren Fersen. Wenn sie zu Bett ging, mussten die Türen des elterlichen Schlafzimmers und seines Zimmers offen bleiben. In den ersten Tagen schloss Jakob aus Gewohnheit die Schlafzimmertür hinter sich, morgens fand er seinen Sohn auf dem Flur liegend wie ein Hund.

Nicht einmal allein auf die Toilette konnte Trude noch gehen. Sie musste zumindest die Tür auflassen, damit er sie sah. Und wenn sie duschen wollte, folgte er ihr ins Bad und setzte sich auf den Klodeckel.

Darüber kam es schon in der ersten Woche zu einer kleinen Auseinandersetzung. Jakob wollte es ihm verbieten. «Komm da raus, Ben. Das gehört sich nicht.»

Bruno Kleu war nach der Feldarbeit zusammen mit Jakob ins Haus gekommen und sagte: «Jetzt lass ihn in Ruhe, Jakob. Verdammt nochmal, was ist dabei, wenn er mitgeht? Er guckt Trude schon nichts weg.»

Bruno kam jeden Abend, seit Ben wieder da war, nahm sich zwei, drei Stunden Zeit für ihn, sprach mit ihm über die Anstalt, wie schrecklich das alles für ihn gewesen sein müsse und so weiter. Er brachte ihm auch bei, wie man zurückschlug, wenn man angegriffen wurde, was gar nicht so einfach war. Ben begriff nicht, warum er einen Sandsack schlagen sollte, der nur harmlos in der Scheune hing. Bruno hatte den Sack eigens für diesen Zweck angeschafft und sogar angeboten, Ben zu sich zu nehmen, falls Trude ins Gefängnis müsse.

Es schien, als sei Bruno ehrlich bemüht um Ben. Trude dachte manchmal, sie müsste ihm eigentlich von ganzem Herzen dankbar sein. Doch diese Dankbarkeit wollte sich nicht einstellen. Trude hatte einfach Angst, dass Bruno dahinter käme, wer die Leichen begraben und die zwei Finger von Marlene nach Hause gebracht hatte. Dass Bruno eine Tochter verloren hatte, wusste inzwischen das halbe Dorf. Bruno selbst wusste seit März 96 nur, wo ihre Leiche gewesen war. Wer sie begraben hatte, sollte er besser nie erfahren, meinte Trude.

Wenn Bruno grinste und sagte: «Überlass ihn mir, Trude. Es hat mich schon immer gejuckt, ihn in die Finger zu bekommen. Man kann bestimmt was aus ihm machen. Man muss ihn nur richtig anpacken. Eines Tages kann er Traktor fahren, du wirst es erleben.» Dann hatte Trude das Gefühl, einen großen Fehler gemacht zu haben, als sie Ben nach Hause holte.

Ausgerechnet Bruno Kleu. Und im Notfall würde ihr nichts anderes übrig bleiben, als Ben für eine Weile in seine Obhut zu geben. Es wollte ihn sonst niemand aufnehmen. Und ihn mit Jakob allein lassen, war ausgeschlossen.

In den ersten Tagen hatte er Jakob mit misstrauischen und furchtsamen Blicken verfolgt, was verständlich war, nachdem Jakob ihn so fürchterlich verprügelt hatte an dem Montag im vergangenen August, als er frühmorgens mit Britta Lässlers Fahrrad vor der Tür saß. Und dann der letzte Schlag mit dem Schürhaken von Lukkas Kamin. Aber seine Angst hatte sich rasch gegeben. Schon nach einer Woche übersah er seinen Vater einfach.

Jeden Abend bemühte Jakob sich, ihn wenigstens für einen Rundgang ums Haus ins Freie zu locken, um wieder ein bisschen Vertrauen zu schaffen. Es half kein Vanilleeis, kein Schokoladenriegel, kein Betteln, kein noch so freundliches Wort. Er ging nicht mit, schaute Jakob nur flüchtig an und schüttelte den Kopf, kurz, nachdrücklich, endgültig.

Doch mit Bruno ging er – und sei es auch nur für fünf, höchstens zehn Minuten –, in die Scheune. Dann kam er zurück und vergewisserte sich, dass seine Mutter noch da war. Aber immerhin, fünf oder zehn Minuten und das auch dreimal am Abend. Wenn Trude ihnen folgte und einen Blick durch das Scheunentor warf, hielt Bruno entweder den Sandsack, damit der nicht herumpendelte, wenn Ben ihm zwei oder drei Faustschläge versetzte. So weit war er inzwischen. Bruno hatte ihm auch erklärt, dass er einen Menschen nur schlagen dürfe, wenn er angegriffen wurde. Es war Trude nicht recht, dass Bruno ihm so etwas beibrachte. Aber es war notwendig, wenn man Ben jemals wieder ohne Furcht allein aus dem Haus lassen wollte, das sah sie ein.

Manchmal beobachtete Trude auch, wie Bruno auf dem Traktor saß und Ben etwas erklärte. Was er sagte, war auf die Entfernung nicht zu verstehen. Es sah aus, als versuche er, Ben die Furcht vor den Maschinen zu nehmen. Natürlich vergebens. Ben hielt respektvoll Abstand, hörte nur mit ernster Miene zu und schüttelte manchmal den Kopf.

Trude fragte sich oft, was in ihrem Sohn vorgehen mochte. Ob es vielleicht so war, wie Bruno sagte: «Weißt du, was ich früher gedacht habe, wenn mein Alter mir mal wieder das Fell gegerbt hatte? Rutsch mir den Buckel runter, blöder Hund. Und irgendwann hab ich dann gesagt: ‹Sieh dich vor, beim nächsten Mal schlage ich zurück.› Jetzt stell dir mal vor, er hätte Jakob eine reingehauen. Statt sich verprügeln zu lassen, hätte er Jakob zu Lukkas Bungalow schleifen sollen. Da hätte Jakob sich austoben können. Darf man gar nicht drüber nachdenken.»

Dann klopfte Bruno ihm auf die Schulter. «Hab ich Recht, Kumpel? Mir brauchst du nichts zu erzählen. Ich weiß, wie es ist, wenn man's den anderen nicht recht machen kann, überall scheel angeguckt und immer gleich zum Sündenbock gestempelt wird.»

Bruno Kleu war der Erste, der wieder ein flüchtiges Lächeln auf Bens Gesicht brachte, wenn er am Abend erschien. Er hatte auch keine Schwierigkeiten, ihn zu einer Autofahrt zu überreden. Trude fuhr natürlich mit. Ben sollte in Lohberg neu eingekleidet werden, weil Bruno meinte, die Zeit der karierten Hemden, der Jogginghosen mit Gummibund und der Gummistiefel sei vorbei.

«Mir scheint, er fängt an, für sich selbst zu denken», sagte Bruno. «Da muss er nicht mehr wie ein Idiot durch die Gegend laufen. Ich lauf so jedenfalls nicht mit ihm rum.»

Bruno suchte ein Dutzend T-Shirts, Polohemden, Pullover, zwei gute Hosen und drei Jeans, eine Lederjacke und ein Jackett, ein Paar Slipper und ein Paar Sportschuhe mit Klettverschluss für ihn aus. Damit kam er zurecht. Mit Schnürsenkeln und Knöpfen an einem Hemd war er überfordert. Eine Schleife binden konnte er nicht. Und er brachte nie den richtigen Knopf durch das richtige Loch. Mal gab es oben und unten Zipfel, mal hatte er so geknöpft, dass es in der Mitte beulte. Die Reihenfolge kümmerte ihn nicht.

Wenn er sich bloß etwas über den Kopf ziehen musste, sah es ordentlicher aus. Die Lederjacke hatte einen Reißverschluss, da fummelte er zwar eine Weile, bis er ihn eingehakt hatte, aber er schaffte es, auch bei den Hosen, da brauchte er nur hochziehen und einen Knopf schließen. Das Jackett konnte er offen tragen, auch die drei Knöpfe an den Polohemden musste nicht unbedingt zu sein. Richtig elegant sah er aus bei der Anprobe.

Bruno klopfte ihm auf die Schulter, wie er es neuerdings oft tat, und sagte: «So lassen wir dich besser nicht allein auf die Straße, Kumpel, sonst hast du einen Schwarm Weiber auf den Fersen und weißt nicht, was du mit ihnen anfangen sollst.»

Außerdem kaufte Bruno noch ein Handy. Jakob hatte mehrfach anklingen lassen, dass er vielleicht besser zu Haus bleiben sollte in den nächsten Wochen. Das Strafverfahren gegen Trude war nach dem Leichenfund eröffnet worden, man musste bald mit Post von den Justizbehörden rechnen. Wenn Trude sich aufregte, Schwierigkeiten mit ihrem Herzen bekam, wie sollte Ben seiner Mutter helfen?

Dass Jakob zu Hause blieb und vielleicht doch wieder eine neue Vertrauensbasis schuf, passte Bruno Kleu nicht ins Konzept. In dem Fall bestand nicht die Aussicht,

Ben für immer auf seinen eigenen Hof zu holen, wie Bruno es tun wollte. Es reizte ihn einfach, Lukkas Henker an seiner Seite zu haben. Aber das war es nicht allein. Es musste auch möglich sein, ihn zu einer sinnvollen Arbeit zu bewegen. Ben den Umgang mit dem Telefon in der Diele zu erklären, hielt Bruno auch nicht für sinnvoll. Ben hätte vielleicht noch begriffen, welche Tasten er in einem Notfall drücken müsste. Nur hätte man am anderen Ende der Leitung kaum verstanden, welcher Notfall eingetreten war und wohin man fahren sollte.

Mit dem Handy war es simpler. Bruno hatte immer eins in der Tasche. Er programmierte die Nummer ein, mehr als eine Taste brauchte Ben nicht zu drücken.

Ganz ging Brunos Rechnung allerdings nicht auf. Auch mit dem Handy ließ Ben sich höchstens eine Viertelstunde von Trudes Seite locken. Das reichte für ein bisschen Training in der Scheune. Sobald Bruno versuchte, mit ihm alleine den Hof zu verlassen, sperrte Ben sich. Ohne Trude wollte er nicht fort, dass seine Mutter mit ihm sprechen konnte, wenn er mit Bruno unterwegs war, darauf ließ er sich nicht ein. Und dass sein Vater daheim blieb und ein wachsames Auge auf die Mutter habe, zu dieser Erklärung schüttelte er nur den Kopf. Bruno selbst hatte ihm einmal zu oft gesagt, sein Vater sei dumm. Und Ben wusste genau, was das bedeutete.

Er war längst nicht so dumm, wie allgemein angenommen wurde. Wie er mit dem Handy umgehen musste und dass er damit jederzeit Bruno rufen konnte, wenn mit seiner Mutter etwas nicht in Ordnung war, begriff er schnell. Es kam nur einmal zu einer kleinen Panne.

In der Woche nach Marlene Jensens Beerdigung bekam Trude Besuch von ihrer Anwältin. Sie kam immer hinaus auf den Hof, damit Trude mit ihrer angeschlagenen Gesundheit nicht die Fahrt nach Köln auf sich nehmen musste. Seit Ben wieder zu Hause war, hätte sich das ohnehin nur noch schwer einrichten lassen.

An dem Tag schlug die Anwältin vor, Trude sollte ein ärztliches Attest beibringen, um dem Untersuchungsrichter zu belegen, dass sie nicht verhandlungsfähig war und aus gesundheitlichen Gründen auch keine Haftstrafe antreten konnte.

«Heißt das, ich muss nicht ins Gefängnis, wenn ich so eine Bescheinigung habe?», fragte Trude.

«Genau das heißt es», erklärte die Anwältin. «Wir haben sogar gute Aussichten, dass der Untersuchungsrichter das Verfahren einstellt und es bei einer Geldbuße belässt. Der Fall hat für sehr großes Aufsehen gesorgt. Niemand ist daran interessiert, die Sache noch einmal hochzupuschen.»

Trude begann vor Erleichterung zu weinen. Und im nächsten Moment stand Ben, der bis dahin still auf der Eckbank gesessen hatte, zwischen ihr und der Anwältin. Zwei Meter Muskeln und Sehnen, ein lebender Schutzwall für seine Mutter.

«Finger weg», sagte er in einem drohenden Ton, den Trude noch nie von ihm gehört hatte.

«Schon gut, Ben», schluchzte Trude. «Es ist alles in Ordnung. Sei lieb und setz dich wieder hin.»

Er dachte nicht daran. Als die Anwältin ihn unwillig aufforderte, zu tun, was seine Mutter verlangte, stieß er sie mit einer Hand an ihrer Schulter zurück, drängte sie in die Ecke neben dem Herd, griff zum Handy und teilte Bruno Kleu mit: «Fein weh.»

Bruno grinste, als er die junge Frau aus ihrer misslichen Lage befreite. Er meinte, Ben hätte verstanden, was er ihm beigebracht hatte, er hätte sogar gelernt, eine Situation einzuschätzen und die Abwehrmittel entsprechend anzupassen. Er klopfte ihm auf die Schulter und sagte: «Das war sehr gut, Kumpel.»

Trudes Anwältin war weniger begeistert. Und Trude war sehr besorgt. Dieser drohende Ton und seine Haltung, seine Miene, verschlossen, grüblerisch, immer diese innere Unruhe, die Blicke zum Fenster. Das Weiche, Sanfte, bei dem ihr früher immer so warm ums Herz geworden war, suchte sie in seinem Gesicht vergebens.

Es fiel ihr unendlich schwer, sich das einzugestehen, aber ihr guter Ben, ihr Bester, der wieselflinke Riese mit den Augen einer Eule, dem Gedächtnis eines Elefanten und dem Verstand einer Mücke existierte nicht mehr. Den guten Ben hatte Jakob in Lukkas Bungalow erschlagen. Wer stattdessen aus der Anstalt zurückgekommen war und was Bruno aus ihm machte, musste sich erst noch zeigen.

Äußerlich sah er fast wieder so aus wie früher. Das Haar stand ihm nicht mehr in Stoppeln um den Kopf herum, im Gesicht hatte sich das durch die Medikamente verursachte Schwammige schon fast wieder verloren, und der Ansatz von Fett am Körper war dank Brunos Training in der Scheune ebenfalls wieder verschwunden. Blass war er, an den Händen fiel es Trude besonders auf, weil sie immer sauber waren. Er wusch sie sich jetzt selbst.

Wenn er vom Klo kam oder sah, dass sie einen Teller auf den Tisch stellte, ging er zum Spülbecken. Und die Nägel schnitt er sich mit einem kleinen Knipser, den er von einem Pfleger bekommen hatte. Alleine duschen und rasieren hatte er ebenfalls gelernt.

Letzteres wäre eigentlich nicht nötig gewesen, er hatte nur einen sehr schwachen Bartwuchs, ein bisschen Flaum. Früher war Jakob ihm ab und zu mit seinem Elektrorasierer durchs Gesicht gefahren. Jetzt stand er jeden Morgen vor dem Spiegel im Bad, strich mit diesem summenden Ding über sein Kinn, die Wangen, spannte die Oberlippe, vergaß auch nicht die Stellen unter dem Kinn und am Hals. Anschließend prüfte er mit dem Handrücken, ob alles glatt war.

Trude traute ihren Augen nicht, als sie es zum ersten Mal sah. Sie wusste nicht, ob sie sich freuen oder darüber weinen sollte. Wie oft war früher die Rede gewesen von Heimen, in denen man ihm das eine oder andere hätte beibringen können. Immer hatte sie sich dagegen gewehrt, Angst um ihn gehabt, gedacht, dass er nur weggeschlossen würde, weil er zu nichts nütze war.

Und jetzt das. Hände waschen, Nägel schneiden, duschen und rasieren, eine Jeans, ein Polohemd und Sportschuhe mit Klettverschluss anziehen. Einen Sandsack prügeln, ein Handy bedienen, wenn auch nur mit einer einprogrammierten Nummer.

Nur der Himmel wusste, was er alles gelernt hätte, wenn sie sich nicht all die Jahre von ihren irrationalen Ängsten hätte leiten lassen. Vielleicht hätte er sogar ein paar Worte mehr gelernt, wäre nach Hause gekommen an einem Tag im vergangenen Sommer und hätte ihr erzählt, was Heinz Lukka anrichtete, hätte es so erzählt, dass man es verstehen konnte.

Darüber durfte Trude gar nicht nachdenken und tat es doch unentwegt. Dass ausgerechnet sie, die immer nur das Beste für ihn gewollt, ihm jede Chance auf ein bisschen Eigenständigkeit verwehrt und ihn in diese Situation gebracht hatte. Es drehte ihr hundertmal am Tag das Herz um, wenn sie ihn zum Fenster schauen sah, ihn fragen hörte: «Fein?»

Und es war wie in all den Jahren, was er wirklich meinte, verstand Trude nicht. Ihm ging es nicht nur um seine Schwester. Natürlich hätte er Tanja sehr gerne wieder gesehen. Aber er hätte auch gerne gewusst, was aus den anderen geworden war, hätte gerne geglaubt, dass er von mir richtige Worte gehört hatte. Immerhin hatte ich, die Frau von der Polizei, ihn aus der Gefangenschaft befreit. Doch so, wie sich ihm die Dinge darstellten, hatte ich ihn belogen.

Wenn sie am Abend in die Scheune gingen, sprach Bruno oft von dem schönen Mädchen, das vor langer Zeit in dem tiefen Loch verschwunden und wieder zurückgekommen war. Bruno hatte auch ein Foto und weckte mit seinen Worten große Zweifel, dass ich mein Versprechen gehalten und die Mädchen wirklich zu ihren Müttern gebracht hatte. Bruno sagte nämlich, das Mädchen sei weg, so viel verstand er, wenn Bruno mit diesem schwermütigen Ton aussprach, wie ihm zumute war.

«Du hast keine Ahnung, was für ein Gefühl das ist, Kumpel. Da läuft so ein Mädchen jahrelang durchs Dorf, man sieht es zigtausend Mal. Jedes Mal denkt man, hübsches Ding, ganz die Mutter. Dann ist das Mädchen weg, und man erfährt, dass man der Vater war. Und man hat's nicht einmal im Arm gehalten, man hatte nicht die kleinste Chance, es vor so einem Schicksal zu bewahren. Ich hätte immer so gerne eine Tochter gehabt, was zum Knuddeln, da wachsen die Jungs zu schnell raus.»

Einmal sagte Bruno: «Wenn der Scheißkerl Lukka den August überlebt hätte. In keinem Knast der Welt wäre er sicher gewesen. Ich hätte Himmel und Hölle in Bewegung gesetzt, um ihn in die Finger zu bekommen, Wachbeamte bestochen oder sonst was mit ihnen getan, damit sie mich für eine Stunde in seine Zelle lassen. Nur für eine Stunde. So viel Zeit hätte ich mir genommen, um ganz langsam das mit ihm durchzugehen, was er mit den Mädchen veranstaltet hat. Und du machst das in zwei Sekunden, viel zu gnädig, Kumpel, und viel zu spät.»

Ben wusste nicht mehr, was und wem er glauben durfte, musste sich völlig neu orientieren, ganz für sich allein entscheiden, was gut und richtig, was böse und falsch war. Er wäre gerne einmal zum Lässler-Hof gegangen, um festzustellen, ob Britta wieder bei Antonia war. Wenn ich sie gefunden hatte, wie seine Mutter behauptete, und wenn ich tun konnte, was getan werden musste, hätte Britta zu Hause sein müssen. Dann hätte es aber keinen Grund geben dürfen, dass auf dem Lässler-Hof jetzt alle böse waren.

Auch zum Bungalow zog es ihn. Einen Blick durch die zerbrochene Glastür werfen und schauen, ob seine Schwester und sein Freund vielleicht noch am Boden lagen, oder ob wenigstens Bruno die Wahrheit sagte, dass Lukka jetzt in der Hölle schmore. Wo die Hölle war, wusste er nicht, aber wenn sein Freund dort war, konnte er nicht mehr in seinem Haus sein.

Unentwegt überlegte er, ob er es riskieren könne, einmal in der Nacht dorthin zu laufen – ganz schnell und nur ganz kurz. Seine Mutter sagte, da hinten wohne jetzt eine fremde Frau. Aber seine Mutter hatte ihm schon viele falsche Worte gesagt, nur weil sie wollte, dass er bei ihr blieb.

8. August 1997

Nach dem zweiten Überfall sprach sich im Dorf schnell herum, dass ein großer, kräftiger Mann im Bendchen sein Unwesen trieb. Das Paar aus dem dunkelgrünen Audi sorgte dafür, dass die Gefahr bekannt wurde. Man nannte ihn den schwarzen Mann. Einige von den Älteren amüsierten sich über den Ausdruck. Mit dem schwarzen Mann hatte man früher den Mädchen Bange gemacht, wenn man wollte, dass sie abends zu Hause blieben.

Obwohl die unmittelbar Betroffenen schwiegen, wusste man trotzdem bald, wer sie gewesen waren. Aber niemand wollte, dass Katrin Terjung ihren Freund verlor. Es wollte auch niemand den frisch gebackenen Vater in Schwierigkeiten bringen. Manfred Konz lag drei Tage mit einer schweren Gehirnerschütterung im Lohberger Krankenhaus und schwor sich, seine Frau nie wieder zu betrügen.

Katrin Terjung kam nicht mehr in Ruhpolds Schenke, um am Wochenende ein paar Mark zusätzlich zu verdienen. Sie wollte auf gar keinen Fall Anzeige erstatten, wollte nicht gefragt werden, was sie im Bendchen mit einem verheirateten Mann gemacht hatte, sich nicht anhören müssen, sie habe es zum größten Teil selbst verschuldet.

Die junge Frau, die sie nach Hause gebracht hatte, ging ebenfalls nicht zur Polizei, weil sie einsah, dass sie sich nur in Schwierigkeiten brachte mit einer Behauptung, die nicht den Tatsachen entsprach – und weil andere sich darum bemühten, den Täter zu fassen oder zumindest weitere Überfälle zu verhindern.

Der junge Mann, der sich den Audi seines Vaters ohne dessen Wissen ausgeliehen hatte, war Mitglied im Schützenverein, der jeden Freitagabend in Ruhpolds Schenke seine Versammlungen abhielt. Dort brachte er den «schwarzen Mann» gleich beim nächsten Treffen zur Sprache. Er behauptete, seine Freundin und er seien letzten Samstag beim Bendchen spazieren gegangen und hätten jemanden herumschleichen sehen. Ein Spanner höchstwahrscheinlich, und dem sollte man gründlich den Spaß verderben.

Ein paar Mitglieder der Versammlung erinnerten sich lebhaft an Bens zwei Jahre zurückliegenden Griff durch ein offenes Wagenfenster. Damals hatten sich einige darüber amüsiert, dass er Annette Lässlers nackte Brüste gestreichelt hatte, aufgeregt hatte sich nur Annettes Freund. Jetzt lachte niemand mehr.

Einer bezeichnete es als den Auftakt zum Blutsommer, kurz darauf war schließlich das erste Opfer verschwunden. Die Beschreibung des vermeintlichen Spanners passte auf Ben, obwohl niemand wirklich etwas Genaues gesehen hatte. Es sprach auch niemand offen aus, Ben könne der Täter sein. Was ihn betraf, hatte man sich einmal von der Kriminalpolizei eines Besseren belehren lassen müssen, nun war man vorsichtiger. Abgesehen davon stand Ben unter dem persönlichen Schutz von Bruno Kleu, und mit Bruno wollte sich niemand anlegen.

Brunos Sohn Dieter war ebenfalls Mitglied im Schützenverein. Und ausgerechnet Dieter Kleu machte den Vorschlag, eine Bürgerwehr zu bilden und im Bendchen zu patrouillieren.

Über eine Woche lag ein halbes Dutzend junger Männer im Wald auf der Lauer, jeder in irgendeiner Weise bewaffnet, einer sogar mit einer Schreckschusspistole. Nur passierte nichts in diesen Nächten. Liebespaare tauchten nicht auf. Ihnen war es nicht mehr sicher genug. Auch sonst bekam die Bürgerwehr niemanden zu Gesicht, sodass die jungen Schützenbrüder schon vermuteten, mit der Behauptung, im Bendchen treibe sich ein Spanner herum, wolle man ihnen den Spaß verderben. Gerade jetzt, wo die Nächte so mild waren, dass man sich nicht unbedingt in der Enge eines Wagens vergnügen musste.

Der Mann kannte den Wald besser als jeder von ihnen. Er sah und hörte seine Jäger, lange bevor sie auch nur vermuten konnten, er sei in der Nähe. Einige Nächte lang verhielt er sich so still, als existiere er nicht. Dann suchte er andere Plätze. Die warmen Nächte verführten zum Leichtsinn. An vielen Wohnungen und Häusern blieben die Fenster oder Terrassentüren noch lange weit geöffnet. Er konnte zuschauen, sich erregen an dem, was er sah.

Ein paar Mal wägte er ab, wie groß das Risiko für ihn wäre, in ein Haus einzudringen. Meist war es ihm zu groß. Nur wenige Häuser lagen so abgeschieden wie der Bungalow an der Wegkreuzung. Nur wenige Frauen waren in der Nacht allein wie Miriam Wagner.

Miriam

Beim ersten Aufenthalt Ende März 96 hatte sie es keine zwei Stunden lang ertragen mit dem Kreideumriss auf dem blutigen Teppich. Dann tat sie, was sie immer tat, sie floh. Aber nur für drei Tage. Dann machte der Holzwurm eine Bemerkung, die sie zur Weißglut trieb. Sie solle dem Schicksal auf Knien danken für den Unfall ihrer Mutter, sagte er. So hätte zumindest sie einigermaßen unbeschadet überlebt.

«Wer weiß, was der Kerl mit dir angestellt hätte. Er hätte sich garantiert an dir vergangen und dir irgendwann auf seine Weise das Maul gestopft. Wo deine Mutter die halbe Zeit sturzbesoffen war, hätte er doch freie Hand gehabt.»

Daraufhin packte sie in der letzten Märzwoche 96 zwei Koffer. Sämtliche Briefe von Heinz Lukka nahm sie mit. Der Holzwurm hielt sie für übergeschnappt. Aber wie er darüber dachte, spielte nun wirklich keine Rolle mehr. Den Alleebaum auf der Landstraße hatte sie bereits einmal bewältigt, sie war sicher, es erneut zu schaffen. So war es auch, weil das, was auf den Baum folgte, um vieles entsetzlicher war.

Als sie ankam, saß sie wieder minutenlang im Wagen vor dem Grundstück. Es fehlte nicht viel, und sie wäre umgekehrt, aber diesen Triumph gönnte sie dem Holzwurm nicht. Also stieg sie aus, trug ihre Koffer und ein paar Lebensmittel ins Haus, schaffte als Erstes den Karton mit Schriftstücken und Videobändern auf den Dachboden, ebenso Heinz Lukkas Sachen aus dem Kleiderschrank.

Vieles war so erschreckend banal, seine Hemden und Anzüge, Socken, Unterwäsche und Schuhe. Ein leerer Öltank, verdorbene Lebensmittel im Kühlschrank, Staub auf den Möbeln und ein blutiger Teppich.

Im Dorf registrierte man ihren provisorischen Einzug rasch. Sie fuhr einen auffälligen Wagen, einen dunkelgrünen Jaguar, den sie auf dem Weg abstellen musste, weil die Garage nicht frei war. Darin stand noch der Mercedes, den Heinz Lukka zuletzt gefahren hatte. Jeder, der den Feldweg benutzte, sah den Jaguar ab der letzten Märzwoche 96 vor dem Grundstück stehen.

Es gab ein paar Spekulationen, doch außer Jakob und Trude Schlösser wusste kein Mensch genau, wem der Wagen gehörte. Niemand dachte mehr an einen fünfzehn Jahre zurückliegenden Autounfall, bei dem Lukkas Verlobte ums Leben gekommen war. Kaum jemand erinnerte sich, dass die Frau damals eine zwölfjährige Tochter gehabt hatte.

Aus dem Dorf hielt Miriam Wagner sich fern. Einkäufe machte sie in Lohberg, dort aß sie auch zu Abend, weil sie noch nie für sich gekocht hatte und es jedes Mal eine Herausforderung darstellte, an dem Alleebaum vorbeizufahren. Es war jedes Mal ein winziger Triumph und gab ihr das Gefühl, auch dem größeren Entsetzen gewachsen zu sein. Aber leicht war es nicht.

Sie bemühte sich um Informationen. Doch nur die Lokalpresse hatte ausführlich über den Fall berichtet. Man stellte ihr Kopien der Artikel zur Verfügung, aber die reißerischen Schlagzeilen und die jungen, lebendigen, unversehrten Gesichter konnte sie nur kurz anschauen.

Bei Tag fand sie noch Ablenkung. Das Haus musste wieder wohnlich gemacht werden. Sie ließ den Öltank füllen, leerte und reinigte den Kühlschrank, telefonierte mit der Kanzlei, erkundigte sich, welche Hilfe Heinz Lukka im Haushalt gehabt hatte. Von einer Zugehfrau war nichts bekannt. Die Sekretärin meinte, er hätte keine gehabt. Daraufhin erinnerte sie sich, dass er einmal gesagt hatte: «Das Haus ist so leicht sauber zu halten, da muss ich keine Fremde in meiner Privatsphäre schnüffeln lassen.»

Natürlich nicht, das hatte er sich auch kaum leisten können, wenn er in seiner Privatsphäre Kinder und junge Frauen abschlachtete. Aber sie hätte gerne eine Hilfe gehabt, putzen und wischen lag ihr nicht.

Nachdem die Wohnräume oberflächlich wieder einigermaßen sauber waren, kümmerte sie sich um den Inhalt der Schränke, die sie nicht schon zwangsläufig hatte öffnen müssen wie die in der Küche und den Kleiderschrank, in dem sie ihre Garderobe untergebracht hatte.

Die Schränke im Wohnzimmer waren Antiquitäten wie der Schreibtisch und der Sekretär im Arbeitszimmer. In dem Schrank gegenüber der Terrasse standen – verborgen hinter den Türen – der Fernseher und ein Videorecorder. Ein ungünstiger Platz für ein Fernsehgerät, bei etwas Sonne draußen war kaum etwas zu erkennen, die Terrassentüren spiegelten sich im Bildschirm. Aber Heinz Lukka hatte tagsüber wohl nicht die Zeit gehabt, sich vor den Fernseher zu setzen. Ihr Bedürfnis war es auch nicht.

Bei den Geräten lag ein handlicher Camcorder. Sie

meinte, er hätte damals schon eine Videokamera besessen, ein klobiges, schweres Ding, das man besser auf ein Stativ stellte, wenn nicht die Bilder verwackeln sollten. Er hatte auch einmal darüber gesprochen, dass er auf Urlaubsreisen lieber filmte statt zu fotografieren. «Da spürt man das Leben.» Das hörte sie noch.

Im zweiten Schrank standen Bücher; Bildbände, Biographien von Politikern und anderen Persönlichkeiten sowie Heftmappen mit privaten Unterlagen. Es gab einige Lücken, in die wohl die Schriftstücke gehörten, die nun auf dem Dachboden lagen.

Es kostete sie große Überwindung, den Karton wieder herunterzuholen, die Papiere durchzusehen und die Videokassetten zu kontrollieren. Obwohl der Verstand ihr sagte, dass darauf nichts Verräterisches sein könne, sonst hätte die Polizei die Bänder kaum zurückgebracht, hatte sie Herzklopfen, als sie die erste Kassette in den Recorder schob und das Gerät einschaltete.

Sie hielt den Atem an und spürte eine warme Welle der Erleichterung durch den gesamten Körper fluten: Eine Opernaufführung. Auf dem zweiten Band war eine politische Diskussion festgehalten, auf dem dritten ein Konzert, auf dem vierten und fünften Urlaubsreisen, Thailand, buntes Treiben, fremdländische Kultur, ein Markt, eine Garküche am Straßenrand, ein Tempel und andere Bauwerke, mehr sah sie nicht.

Sie stellte die Kassetten zu den Büchern, ordnete die Schriftstücke ein, schaute noch einmal alles gründlich durch. Nirgendwo fand sich einer der unzähligen Briefe, die sie ihm geschrieben hatte. Sie war immer überzeugt gewesen, er hätte sie aufgehoben. Das war wohl ein Irrtum.

Es war eine bittere Erkenntnis, passte überhaupt nicht zu dem Mann, den sie vierzehn Jahre lang verehrt hatte.

Ein Mann, der mit seinen Bemühungen um eine Partnerschaft zweimal gescheitert war und danach erkannt hatte, dass er schon zu alt war, um sein Leben den Bedürfnissen einer Partnerin anzupassen. So hatte er es einmal ausgedrückt. «Man entwickelt mit der Zeit liebe Gewohnheiten, von denen man nur ungern wieder lassen würde. Die Erfahrung wirst du auch noch machen, kleine Maus. Und wenn man erst so weit ist, bleibt man besser allein.»

Nun fragte sie sich, welche lieben Gewohnheiten er entwickelt und welche Träume er wohl lange gehegt haben mochte. Mit dieser Frage konnte sie nicht in seinem Bett liegen. Die Nächte verbrachte sie im Wohnzimmer, lag auf der Couch oder saß in einem Sessel. Und achthundert Meter weiter hingen die gelben Vierecke in der Nacht. Erleuchtete Fenster am Lässler-Hof. Ganze achthundert Meter vom Elternhaus entfernt – war Britta nur dreizehn Jahre alt geworden. Und Marias Tochter, Brittas vier Jahre ältere Cousine, war genauso hübsch wie ihre Mutter in jungen Jahren.

Manchmal fragte Miriam sich, was die Familie Lässler empfinden mochte, wenn sie ein erleuchtetes Fenster am Bungalow sahen. Dann hätte sie gerne mit Einbruch der Dunkelheit die Läden geschlossen. Das war leider nicht möglich. Der Bungalow war mit rustikalen Holzläden ausgestattet. Sie waren mit Eisenklemmen am Mauerwerk befestigt. Die Klemmen waren verrostet, fest mit den Zapfen an den Läden verschmolzen. Wahrscheinlich brachen sie, wenn sie gelöst wurden, dann wären die Läden bei jedem Windzug hin und her geschlagen. Natürlich hätte sie einen Handwerker beauftragen können, die rostigen Teile zu ersetzen, daran dachte sie nicht.

Und manchmal spielte sie mit dem Gedanken, zum Schlösser-Hof zu fahren und dem Mann gegenüberzutreten, der einen Mörder getötet hatte. Ben die Hand schütteln. Aber sie wusste nicht genau, warum sie das gerne getan hätte. Weil er eine grauenhafte Mordserie beendet – oder weil er Heinz Lukka ein qualvolles Sterben erspart hatte? Sie wusste auch nicht, wie sie bei seinem Anblick reagieren würde. Eine Begegnung ohne Zeugen wäre ihr lieber gewesen. Und wie es schien, ließ sich das arrangieren.

Schon in der zweiten Aprilwoche 96 registrierte sie um vier Uhr morgens eine Bewegung draußen. Sie saß im dunklen Wohnzimmer in einem Sessel. Aber es war zu schwarz vor den Glastüren, ein wolkenverhangener Himmel, keine Beleuchtung auf den Feldwegen, keine Chance zu erkennen, was sich bewegte. Es konnte der Wind sein, der über den verrotteten Mais strich.

In der darauf folgenden Nacht war sie sicher, einen schwarzen Fleck in der Dunkelheit auszumachen. Etwa zwanzig Meter von der Terrasse entfernt, mitten im Maisfeld, völlig reglos. Sie starrte so lange und angestrengt in die Dunkelheit, bis ihr der Fleck vor den Augen verschwamm. Und in einem von Heinz Lukkas Briefen stand, dass Ben nachts unterwegs war, speziell in den Nächten.

«Er lässt sich nicht festhalten, da kann seine Mutter ihm goldene Berge versprechen. Plötzlich taucht er auf der Terrasse auf. Er kommt immer aus dem Mais, spielt gerne verstecken. Meist sehe ich ihn erst, wenn er direkt vor der Tür steht. Aber er kommt nicht immer heran. In manchen Nächten frage ich mich, ob tatsächlich er da draußen ist oder irgendeiner, der nur feststellen will, was bei mir zu holen ist.»

In der nächsten Nacht war der schwarze Fleck wieder da und etwas näher. Nahe genug, um eine Gestalt zu erkennen. Der Himmel war relativ klar. An einen Einbrecher dachte sie nicht. Wer etwas stehlen wollte, hatte Zeit genug gehabt, es zu tun in den langen Monaten, in denen der Bungalow unbewohnt gewesen war. Sie machte Licht im Wohnzimmer, damit er sie sah und näher kam. Das tat er nicht, und das bestärkte sie in der Annahme, dass es sich nur um Ben handeln konnte.

«Dankbar für jedes gute Wort», hatte Heinz Lukka geschrieben. Sie ging hinaus auf die Terrasse, lockte und schmeichelte. Ohne Erfolg. Vielleicht war ihre Stimme zu belegt, um einen echt wirkenden Klang zu erzeugen.

Süßigkeiten, in einem Brief stand auch etwas darüber. Am nächsten Vormittag fuhr sie nach Lohberg und kaufte ein Sortiment Schokoladenriegel. Sie fühlte sich wie ein Kammerjäger, als sie am Abend drei Riegel auf die Terrasse legte. Da lagen sie auch am Morgen noch. Aber er war da gewesen. Diesmal hatte sie ihn richtig gesehen, einen schwarzen Schatten in der Dunkelheit, nur etwa zehn Meter von der Terrasse entfernt. Sie hatte in Lohberg auch ein Nachtglas besorgt, leider war es nicht von bester Qualität. Sein Gesicht war ein verschwommener Fleck geblieben. Nur seine Gestalt war gut zu erkennen gewesen, groß und kräftig, ganz anders, als sie ihn sich vorgestellt hatte.

Am 24. April 96, genau fünf Wochen nach Bens Heimkehr, ließ Miriam Wagner über Nacht beide Terrassentüren geöffnet. Es war noch viel zu kühl. Zwei Nächte lang fror sie in einem Sessel, obwohl sie eine dicke Wolldecke um Schultern und Beine gewickelt hatte. In der Nacht zum Freitag schlief sie vor Erschöpfung ein, wachte um halb sechs in der Früh auf, gerade als die Terrassentüren geschlossen wurden – von außen.

Sie sah eben noch eine Gestalt um die Hausecke verschwinden, rannte in die Diele, hetzte zur Haustür hinaus, so schnell es mit ihrer Behinderung möglich war. Und da stand er – zwei Meter von ihrem Wagen entfernt bei der Garageneinfahrt. In der Dunkelheit war sein Gesichtsausdruck nicht zu erkennen, nur seine angespannte, geduckte Haltung.

«Keine Angst», sagte sie so sanft und weich, wie sie vielleicht einmal als kleines Kind mit einer Puppe gesprochen hatte. Mit einer Hand hielt sie die Decke um die Schultern fest. Es nieselte und war ekelhaft kalt. Die andere Hand streckte sie aus, um ihre Harmlosigkeit zu demonstrieren. Bei Hunden tat man das auch, ließ sie schnüffeln, damit sie sich an den Geruch gewöhnten.

«Ich habe Schokolade im Haus», sagte sie. «Du magst doch Schokolade. Lukka hat dir immer etwas Süßes gegeben, weißt du noch? Er war dein Freund. Er mochte dich gerne. Er mochte dich so gerne, dass er dich zu einem reichen Mann gemacht hat. Weißt du das überhaupt? Ich schätze, du weißt es nicht. Einem wie dir werden sie bestimmt nichts über Aktien erzählen.»

Während sie sprach, ging sie langsam mit der ausgestreckten Hand auf ihn zu. Er wich zurück. Auf dem Weg näherte sich ein Scheinwerferpaar, sie achtete nicht darauf. «Lauf nicht weg», bat sie und ärgerte sich, dass sie keinen Schokoladenriegel mit hinausgenommen hatte. «Ich will nur mit dir reden. Gehen wir ins Haus, da ist es wärmer und trocken.»

Er machte einen Schritt zur Seite, als sie ihn beinahe erreicht hatte, trat mitten in den Weg hinein, direkt vor das Auto. Es war ein älterer Opel, er wurde heftig abgebremst, brach aus der Spur und prallte gegen ihren Jaguar. Es schepperte heftig, er zuckte erschreckt zusammen. «Keine Angst», sagte sie noch einmal hastig. «Es ist nur Blech.»

Aus dem Opel stieg eine Frau, die Miriam vorübergehend aus der Fassung brachte. Sie mochten etwa im selben Alter sein, aber das war auch das Einzige, was beide

Frauen gemeinsam hatten. Perfekte Figur, hellblondes, schulterlanges Haar, ein makelloses Gesicht. So ungefähr hatte Miriams Mutter ausgesehen, ehe sie zu trinken begann. Es war wie eine Erscheinung aus der Vergangenheit, fast erwartete sie, in die Arme genommen und getröstet zu werden.

Die Zeugin

Die Frau, die an diesem Morgen im April 96 aus ihrem Auto stieg, hieß Nicole Rehbach. Achtzehn Monate später, im Oktober 97, sollte sie zum Telefon greifen und mich um ein Gespräch unter vier Augen bitten mit der Absicht, mir von dem schwarzen Mann im Bendchen, von Svenja Krahl, Katrin Terjung und zwei vermissten jungen Frauen zu erzählen, ohne zu ahnen, dass sie mit ihrem Anruf Todesurteile sprach. Aber ich will nicht vorgreifen …

Nicole Rehbach war ein dicker Knoten im Beziehungsgeflecht des Dorfes. Zu ihrem Freundeskreis gehörten Sabine und Andreas Lässler, der seine jüngste Schwester Britta und seine Cousine Marlene Jensen verloren hatte, sowie Uwe und Bärbel von Burg, die zweitälteste Schwester von Ben, die ihm eine Nacht voller Angst und Schmerzen im Sandpütz beschert hatte. Ein Polizeibeamter der Lohberger Wache gehörte ebenfalls zu Nicoles Bekannten: Walter Hambloch.

Er war sowohl in Lukkas Bungalow als auch an den nur fünfhundert Meter entfernt liegenden Fundstellen der Leichen gewesen, kannte alle wesentlichen Details des Blutsommers. Walter Hambloch war noch ledig, hatte seine Mutter früh verloren und lebte seitdem allein mit seinem Vater in der Reihenhaussiedlung am Lerchenweg.

Viel Glück hatte Nicole Rehbach bis zu dem Zusammenstoß mit dem Jaguar nicht gehabt. Sie war eines jener bedauernswerten Geschöpfe, die nur der Zufall am Leben gelassen hat. Gefunden an einem nasskalten Oktobertag 1969 unter einem parkenden Auto, eingewickelt in ein schmutziges Tuch, stark unterkühlt, schätzungsweise drei Tage alt.

Es war der Polizei nie gelungen, ihre Mutter ausfindig zu machen, vom Vater ganz zu schweigen. Einen Großteil ihrer Kindheit und Jugend hatte Nicole in Heimen verbracht. Mehrfach war sie für kurze Zeit bei Pflegefamilien untergekommen, es hatte nie funktioniert. Das erste Ehepaar brachte sie im Alter von sechs Monaten zurück ins Heim, weil sich unerwartet ein eigenes Kind angekündigt hatte. Bei der zweiten Vermittlung war sie vier und zu oft krank. Mit zwölf Jahren holte das Jugendamt sie aus einer Familie, in der sie nur als Haushaltshilfe missbraucht und regelmäßig mit einem Gürtel verprügelt worden war für Putzstreifen auf den Fenstern und Bügelkniffe in Hemdrücken.

Den widrigen Umständen zum Trotz hatte Nicole sich zu einer sehr attraktiven Frau entwickelt. Sie war nicht hübsch, sie war das, was man eine klassische Schönheit nennt, ein Typ wie Heinz Lukkas unerfüllte Liebe Maria Jensen oder ihre Tochter Marlene und Miriam Wagners Mutter.

Freunde, die diese Bezeichnung verdienten, hatte Nicole allerdings erst gefunden, als sie ihren Mann kennen lernte.

Zum ersten Mal gesehen hatte sie Hartmut Rehbach am Sterbebett seiner Großmutter. Nicole arbeitete als Altenpflegerin im Seniorenheim in Lohberg. Hartmut Rehbach verbrachte viel Zeit bei der alten Frau, sprach mit ihr, hielt ihre Hand bis zum letzten Atemzug. Jedes Mal, wenn sie ihn so sitzen sah, dachte Nicole, dass sie eines Tages genauso sterben möchte, einen Mann neben sich, der Jugendstreiche oder sonst etwas erzählte, ihre Hand hielt und einfach da war.

Nach dem Tod von Hartmuts Großmutter kamen sie sich rasch näher. Hartmut war nur vier Monate älter als sie und hatte bis dahin nie lange eine Freundin. Von seiner Seite aus war es die berühmte Liebe auf den ersten Blick. Schon nach kurzer Zeit zog er zu Nicole nach Lohberg, weil sie sich weigerte, ihre kleine Wohnung aufzugeben. Bei aller Sympathie für seine Eltern und seine sehr viel jüngere Schwester Patrizia war Nicole nicht bereit, ihren eigenen Haushalt gegen ein Zimmer in Hartmuts Elternhaus zu tauschen. Aber Hartmut wollte nicht auf Dauer in Lohberg leben.

Er war im Dorf geboren und aufgewachsen wie alle seine Freunde. Seine Eltern besaßen ein Haus an der Bachstraße mit einem großen Garten, der sich bis zu dem breiten Feldweg zog. «Da ist Platz genug», sagte er oft.

Nach der Hochzeit wollte er sich sofort um eine Baugenehmigung kümmern. Geheiratet hatten sie im Februar 95. Statt eine Hochzeitsreise zu machen, erfüllte Hartmut Rehbach sich einen lang gehegten Traum: eine Harley Davidson. Den Motorradführerschein besaß er seit Jahren, hatte jedoch seit der Prüfung nicht mehr auf einer Maschine gesessen. Drei Wochen nach der Hochzeit holte er die Harley beim Händler ab und wollte sie umgehend seinen Eltern und Freunden im Dorf vorführen.

Die Landstraße war nicht ungefährlich, leicht gewunden, von alten Alleebäumen gesäumt. Es hatte schon mehr als einen Unfall mit Todesfolge gegeben, deshalb war eine Höchstgeschwindigkeit von siebzig Stundenkilometern vorgeschrieben. Als er die Autos vor sich überholen wollte, sah er zu spät, dass ihm ein Wagen entgegenkam. Er wich noch aus und verlor dabei die Kontrolle über die Harley. Dass er den Sturz überlebte, bezeichneten die Ärzte als ein Wunder. Sein rechter Arm blieb steif, den rechten Unterschenkel mussten die Ärzte amputieren. Und das war nicht das Schlimmste. Hartmut Rehbach verlor seine Männlichkeit.

Es hatte nach dem Unfall einige Monate gegeben, in denen Nicole nicht wusste, wie sie weiterleben sollte mit einem Mann, der kein Mann mehr war. Sie wollte unbedingt Kinder, wollte ihnen all das geben, was sie nicht bekommen hatte. Aber sie liebte Hartmut, er war nicht nur ihr Mann, er war ihre Familie. Ihn verlassen, das hätte sie nicht geschafft, wo er bei jedem Besuch im Krankenhaus ihre Hand umklammerte und weinte: «Lass mich nicht allein, Nicole, bitte, lass mich nicht allein. Ich liebe dich. Wir finden eine Lösung, wir finden bestimmt eine.»

Sie hatten mehr als eine Lösung finden müssen. Die kleine Wohnung in Lohberg aufgeben, drei Treppen, kein Aufzug, das konnte Hartmut unmöglich bewältigen. Monatelang war er an den Rollstuhl gefesselt. Ihm eine Prothese anzupassen war unmöglich in der ersten Zeit. Der Beinstumpf entzündete sich immer wieder. Die Ärzte fanden keine Erklärung, hielten es für psychisch bedingt, die Angst, verlassen zu werden.

Vorübergehend kamen sie in seinem Elternhaus unter, dort hüpfte Hartmut mit Krücken von einem Zimmer ins andere, sogar das war mit dem steifen Arm schwierig. Nicole fühlte sich zeitweise wie erschlagen. Im Garten wurde eilends ein kleiner Anbau für sie errichtet, nicht größer als die Wohnung, die sie in Lohberg aufgegeben hatten, Wohnzimmer, Schlafzimmer, eine winzige Küche und ein Duschbad. Für ein Haus reichte das Geld nicht mehr. Hartmut Rehbach verlor auch noch seinen Job, nicht aber seine Frau und seine Freunde.

Mit Andreas Lässler und Walter Hambloch war er schon seit der Grundschule befreundet. Sie waren alle Jahrgang 69. Uwe von Burg war vier Jahre älter und lange Zeit das große Vorbild gewesen mit dem Mofa, das er als Jugendlicher fuhr, und wegen der Mädchen, die er immer hatte. Jeden Sonntag eine andere, bis er an Bärbel Schlösser hängen blieb, was speziell Walter Hambloch überhaupt nicht verstand. Ausgerechnet Bärbel mit dem verrückten Bruder und mit ihrem losen Mundwerk fing den Mann ein, der ihnen vorgelebt hatte, wie man sich richtig amüsierte. Auch gegen Sabine Lässler hatte er Einwände. Als dann noch Nicole dazukam, hatte Walter Hambloch düster prophezeit, sie sei keine Frau zum Heiraten, eine wie sie hätte ein Mann nie für sich allein. Er hatte einige Register gezogen, um die Verbindung wieder auseinander zu bringen. Als ihm das nicht gelang, hatte er vermutet, jetzt sei es wohl vorbei mit der guten Freundschaft zu Hartmut. Das war nicht der Fall gewesen. Nicole interessierte es nicht, wie Walter Hambloch über sie oder die anderen Frauen dachte. Die anderen mochten sie, und auch er revidierte seine Meinung irgendwann.

Nach Hartmuts Unfall zeigte sich, welchen Wert richtige Freunde hatten. Andreas Lässler stellte aus dem Baumarkt seines Schwiegervaters das komplette Material für den Innenausbau der Wohnung zum Selbstkostenpreis zur Verfügung und verbrachte zusammen mit Uwe von Burg jede freie Minute mit Installationsarbeiten, Tapezieren, Bödenverlegen, Deckenverkleiden und was sonst noch zu tun war.

Walter Hambloch half ebenfalls nach Kräften, aber er war handwerklich nicht so geschickt, sagte nur tausendmal: «Du darfst alles tun, Nicole, aber du darfst Hartmut nicht im Stich lassen, das überlebt er nicht. Wenn ich dir irgendwie helfen kann, ein Wort genügt. Und wenn es etwas ist, womit du Hartmut das Herz nicht schwer machen willst, ich kann schweigen.»

Der August 95 hatte Nicole von ihren eigenen Nöten abgelenkt. Zuerst verschwand Marlene Jensen, die Freundin von Hartmuts Schwester Patrizia.

Dann starb Britta Lässler, deren Tod Nicole hätte verhindern können. An jenem Sonntag im August 95 hatte sie Hartmut im Rollstuhl spazieren gefahren und Britta noch gesehen – zusammen mit Ben und Heinz Lukka. Nicole war völlig fremd im Dorf und wusste nicht, wen sie vor sich hatte.

Andreas Lässler hatte manchmal von seiner jüngsten Schwester gesprochen, jedoch nie ein Foto gezeigt. Und Bärbel hatte ihren schwachsinnigen Bruder nie erwähnt.

Seitdem wunderte sich Nicole, dass die Freundschaft zwischen Andreas Lässler und ihrem Mann nicht zerbrochen war. Ein Wort von Hartmut hätte genügt, Brittas Leben zu retten. Doch statt zu erklären, dass Ben harmlos war, verlangte Hartmut damals von seiner Frau: «Misch dich nicht ein.» Aber Andreas hatte eine sehr distanzierte und realistische Einstellung zu den Morden. Für ihn gab es nur einen Schuldigen, Heinz Lukka, dem niemand im Dorf so etwas zugetraut hatte.

Andreas' jüngerer Bruder Achim dagegen sah die Sache ganz anders: Seit Brittas Tod ließ er Nicole nicht mehr in Ruhe. In den Wochen nach der Beerdigung rief Achim fast jede Nacht an. Er gab ihr die Schuld, stammelte und weinte so lange ins Telefon, bis Walter Hambloch das Sideboard im Wohnzimmer zur Seite schob, damit man den Telefonstecker erreichen konnte. Seitdem zog Hartmut jeden Abend den Stecker raus – mit dem Ergebnis, dass Achim Nicole morgens oder abends auflauerte.

Nicole machte immer noch Schichtdienst im Seniorenheim. Meist stand Achim Lässler in der Nähe ihrer Garage, wenn sie frühmorgens los musste oder spätabends zurückkam. Er sprach nur selten, wenn überhaupt, fragte er: «Geht's dir gut?»

Dann schüttelte sie den Kopf, und er schaute sie mit leerem Blick an. Andreas hatte mehrfach versucht, seinen Bruder zur Vernunft zu bringen. Auch Walter Hambloch hatte sich Achim schon zweimal vorgeknöpft, wie er das nannte, ohne Erfolg. Aber Angst vor Achim Lässler hatte Nicole nicht, nur ein schlechtes Gewissen und Mitleid.

Seit Miriam Wagner in den Bungalow gezogen war, stand er häufig an der Wegkreuzung, wie auch an dem Freitagmorgen im April 96. Er war immer schwarz gekleidet. Nicole hatte ihn in der Dunkelheit erst gesehen, als er ins Licht der Scheinwerfer geriet. Da hatte es auch schon gekracht.

Für die kleinwüchsige Frau mit der tiefen Narbe im Gesicht hatte Nicole zuerst keinen Blick, sie betrachtete erst den Schaden. Am Opel ihres Mannes war der Kotflügel auf der Fahrerseite verbeult. Den Jaguar hatte es schlimmer erwischt.

Nicole fluchte. «Wann hörst du endlich auf mit dieser Scheiße, Achim? Du hast doch nicht alle Tassen im Schrank. Jetzt hätte ich dich beinahe überfahren.»

Achim! Viel mehr als den Namen hörte Miriam Wagner nicht. Mit einem Schlag war für sie alles anders. Die Sehnsucht nach ihrer Mutter, die sie für einen kurzen Moment gespürt hatte, verschwand, an ihre Stelle trat Wut. Ein Irrtum, ein gottverfluchter Irrtum. Nicht Ben, nur Achim Lässler, der Erbe der Schweinezucht, der kein Glück hatte mit Frauen. Und sie sprang für ihn ins Freie, humpelte ihm entgegen, bot ihm Schokolade an, übernächtigt, mit Schatten der Erschöpfung unter den Augen. Sie fühlte sich blamiert bis auf die Knochen, so klein und erbärmlich neben der blonden Schönheit, dass sie Mühe hatte, nicht mit den Fäusten auf ihn loszugehen, und völlig vergaß, dass sie ihm von Aktien erzählt hatte.

«Darf ich erfahren, was Sie hier suchen, Herr Lässler?», erkundigte sie sich, nicht mehr sanft.

Achim Lässler reagierte nicht, verschlang nur Nicole mit Blicken.

«Er wartet auf mich», erklärte Nicole.

Das war offensichtlich. Miriam lachte kurz auf. «Komisches Spiel. Wie wäre es, wenn ihr euch einen anderen Platz dafür sucht? Es muss doch nicht ausgerechnet mein Haus sein. Ihr könnt auch eine Uhrzeit vereinbaren, dann muss er hier nicht die halbe Nacht herumschleichen.»

Statt darauf zu antworten, wandte Nicole sich erneut an Achim Lässler. «Andreas hat's dir schon ein paar Mal erklärt. Ich kann's nur wiederholen. Als Ben zu toben begann, Herrgott, ich hatte Angst, und meinem Mann ging es noch verdammt dreckig. Hätte ich gewusst, wer sie war, hätte ich deine Schwester nach Hause gebracht. Glaub es oder lass es, aber lass mich endlich in Ruhe.»

Und in dem Moment veränderte sich die Situation für Miriam Wagner noch einmal. «Bist du so freundlich, mich aufzuklären, Herzchen?», verlangte sie. «Was geht vor zwischen euch? Nach einer Romanze klingt es nicht.»

«Ich habe zugelassen, dass Lukka seine Schwester mit ins Haus nahm», bekam sie zur Antwort. «Aber mit so was rechnet man doch nicht.»

Miriam lächelte verstehend und wandte sich wieder an Achim Lässler. «Ach so ist das. Es tut weh, sich hier die Beine in den Bauch zu stehen. Magst du diese Art von Schmerz? Da haben wir schon eine Gemeinsamkeit.»

Sie griff nach seinem Arm, zeigte mit der anderen

Hand einladend zur offenen Haustür. Die Decke rutschte von ihren Schultern und fiel auf den nassen Weg. Sie kümmerte sich nicht darum. «Willst du sehen, wo sie gestorben ist? Nur keine Scheu. Ich zeige es dir gerne. Das bringt garantiert mehr, als die Sache nur von außen zu betrachten. Ich kann dir sogar ihr Blut zeigen. Es ist noch da, jeder Tropfen. Willst du es sehen?»

Achim Lässler entzog ihr seinen Arm und ging. Nicole schaute ihm nach, bis er in der Dunkelheit verschwunden war. Dann meinte sie: «Das wäre nicht nötig gewesen. Es hat ihn ziemlich aus der Bahn geworfen. Er packt es einfach nicht.»

Für Miriam klang es fast, als hätte ihre Mutter sie getadelt. Und das war zu viel. Sie hob die Decke vom Weg auf, mochte sich das verschmutzte Ding jedoch nicht wieder um die Schultern legen. Den Schaden an ihrem Jaguar streifte sie nur mit einem flüchtigen Blick und sagte: «Ich nehme an, du bist versichert, Herzchen. Klingel kurz, wenn du mehr Zeit hast. Wer so früh unterwegs ist wie du, muss doch bestimmt dringend irgendwo hin. Und ich muss wieder ins Warme.»

Sie ging zurück ins Haus. Die Wut über den Irrtum und die Blamage klang allmählich ab. Zurück blieb ein Gemisch aus Sehnsucht nach ihrer Mutter und etwas, das sie nicht genau benennen konnte. Eine Zeugin, die gesehen hatte, wie Heinz Lukka eines seiner Opfer ins Haus führte. Die blonde Schönheit kannte auch des Mörders Henker, vermutlich konnte sie etwas mehr erzählen als die wenigen Zeitungsartikel.

27. August 1997

Es war ein Mittwochabend. Der Mann stand verborgen im Gesträuch nahe dem Birnbaum und dachte an Rita Meier.

Sie hatte ihn noch einmal gesehen – vor vier Tagen auf dem Friedhof. Wieder hatte sie ihn so nachdenklich angeschaut. Dann hatte sie ihn angesprochen: «Kennen wir uns?»

Als er darauf nicht reagierte, war das Begreifen in ihren Augen offensichtlich. Sie wurde ausfallend, beschimpfte ihn in übelster Weise: «Du elende Sau, du wagst es …» Gedroht hatte sie ihm wie Svenja Krahl vor zwei Jahren. «Wenn du dich nochmal in meiner Nähe blicken lässt, warst du die längste Zeit draußen.»

Seitdem war er jeden Abend beim Birnbaum, überlegte, was er tun könnte, ob er etwas tun müsste oder ob es reichte, wenn er sich verhielt wie in den letzten Wochen – nur zuschauen und sich dabei Erleichterung verschaffen. Aber jetzt hatte Rita Meier ihn richtig gesehen, wenn sie es nicht bei ihrer Drohung beließ …

Der große Fleck nackter Erde beim Birnbaum, wo Lukkas Opfer gelegen hatten, sagte ihm deutlich, dass es nur eine Lösung gab. Er musste zum Lerchenweg gehen, an Rita Meiers Tür klingeln, sie in die Diele drängen, wenn sie öffnete, die Hände um ihren Hals legen und zudrücken, fester als bei Svenja Krahl

Auf dem Weg ging Nicole Rehbach vorbei und lenkte seine Gedanken ab. Er wartete, bis nicht mehr die Gefahr bestand, dass sie ihn bemerkte. Dann folgte er ihr. Das hatte er schon oft getan. Der Anbau im Garten von Hartmut Rehbachs Eltern war ohne jedes Risiko für ihn. Auf dem breiten Weg kam spätabends nur selten jemand vorbei. Und selbst wenn, er konnte jederzeit Deckung hinter der Garage nehmen, aus sicherer Entfernung die schöne blonde Frau beobachten und ihren Mann im Rollstuhl.

Von der Garage führte ein Betonpfad zur Terrasse, der in eine Rampe überging. Die Tür stand weit offen, als er die Garage erreichte und dahinter Deckung bezog. Er hatte sich schon oft ausgemalt, einfach loszugehen. Ihr Mann wäre kein Gegner gewesen. Aber das durfte er nicht tun.

Um nicht in Versuchung zu geraten, lief er los, Richtung Bungalow.

Das große Grundstück war nicht mehr frei zugänglich. Miriam Wagner hatte schnell wachsende Zypressen auf die Grenze pflanzen lassen. Die hohe grüne Wand ragte neben dem Weg zum Lässler-Hof auf, schloss den Bungalow von drei Seiten hermetisch von der Umgebung ab. Nur die Vorderfront lag noch offen, der Vorgarten wurde nur von einem niedrigen Zaun begrenzt.

Er lief an der grünen Hecke entlang, bog vom Weg ab nach rechts in einen schmalen Pfad zwischen zwei Feldern. Den Lässler-Hof umrundete er in weitem Bogen, wollte nicht gesehen werden, nur den Weg erreichen, der am Bruch entlang zum Bendchen führte. Schon von weitem sah er, dass am Waldsaum drei Autos standen.

Die Bürgerwehr patrouillierte immer noch, zusätzlich schlossen die Pärchen sich jetzt häufig zu einem Konvoi zusammen, parkten dicht beieinander, um sich im Notfall gegenseitig helfen zu können. Mit Decken ins Freie wagte sich niemand mehr.

Am Bruch machte er Halt, stieg über die aufgeworfene, mannshohe Kante in die Senke, ließ sich zwischen die Trümmerberge ins hohe Gras fallen und gleichzeitig tief in die Bilder von Blut, wie er sie von Lukka kannte. Zum ersten Mal verschaffte er sich damit ein wenig Erleichterung und vertrieb so die Furcht, die Rita Meier in ihm ausgelöst hatte.

Nach einer Weile stand er wieder auf, lief im Bruch umher, betrachtete die Steine vor dem Eingang zum alten Gewölbekeller. Eine morsche Stiege führte hinab in ein dreckiges, finsteres Loch. Aber so sah er es nicht, er sah nur einen verschwiegenen Platz. Wenn er Decken herschaffte und Licht, Steine vor den Eingang häufte, konnte er Rita Meier herbringen, oder irgendeine andere Frau aus irgendeinem Haus. Niemand würde ihn stören.

Er stieg die Bruchkante wieder hinauf und lief den ganzen Weg zurück. In weitem Bogen vorbei am Lässler-Hof. Er bog in den breiten Weg ein, wollte weiterlaufen, bis ihm irgendeine Frau begegnete oder er irgendeine Tür offen fand.

Die offene Tür fand er schon knapp dreihundert Meter hinter der Apfelwiese. Die Frau hieß Vanessa Greven, sie war fünfunddreißig Jahre alt, lebte als Hauswirtschafterin, Assistentin und Geliebte mit Leonard Darscheid zusammen, einem Künstler, der vor Jahren den ehemaligen Lässler-Hof an der Bachstraße gekauft und die Scheune zu einem großzügigen Atelier ausgebaut hatte.

In Fachkreisen genoss Leonard Darscheid einen ausgezeichneten Ruf. Im Dorf wusste man nur, dass er malte und etwas mit Holz machte. Er war zweiundsiebzig Jahre alt, wirkte mit seinem vollen, schlohweißen Haar jedoch gute zwanzig Jahre jünger. Oft war er für mehrere Tage, sogar Wochen unterwegs. Er bestückte Ausstellungen in ganz Europa, begleiten mochte Vanessa Greven ihn nicht, weil sie ihre Perserkatze nicht längere Zeit allein lassen und das Tier auch nicht mit in Hotels nehmen wollte. In der Nacht war Leonard Darscheid in Paris, Vanessa Greven allein mit ihrer Katze.

Auf dem ehemaligen Lässler-Hof kannte der Mann jeden Winkel. Auch wenn vieles verändert worden war, die Grundrisse waren geblieben, und er hatte sie alle im Kopf.

In der milden Nachtluft standen die rückwärtigen Türen des Ateliers weit offen. Wenige Meter vom Weg entfernt. Vanessa Greven arbeitete noch an einer kleinen Holzplastik. Zwischen dem Atelier und dem Weg war Rasen angelegt, auf dem Ziersträucher und Steinplastiken standen, die ihm Deckung boten. Die Dunkelheit tat ein Übriges.

Er stand so plötzlich neben Vanessa Greven, dass ihr die Figur aus der Hand fiel. «Mein Gott», sagte sie und fasste sich vor Schreck an die Brust. Er schwieg, hielt ihr nur das Messer entgegen.

«Bitte nicht», flüsterte sie. «Steck das Messer ein, du brauchst es nicht. Ein junger Mann wie du braucht doch kein Messer.»

Er steckte es nicht ein, schloss die Außentüren und bedeutete ihr mit Gesten, das Atelier zu verlassen. Wenn noch jemand auf dem Weg vorbeikam, ausschließen durfte man das nie, man hätte ihn mit der Frau sehen können.

Mit dem Messer in der Hand trieb er sie vor sich her über den Innenhof ins Wohnhaus und hinunter in den Keller. Dort war noch fast alles so, wie er es kannte. Die Veränderungen waren unbedeutend. An der Stelle, wo früher eine Kartoffelkiste gestanden hatte, war nun ein Weinregal angebracht.

Aber er sah die Kiste noch deutlich vor sich, erinnerte sich, dass er als Kind oft Kartoffeln herausgenommen und seiner Mutter gebracht hatte. Er sah das Gesicht seiner Mutter, ihr liebevolles Lächeln. Er hörte ihre Stimme mit dem besorgten Unterton: «Wo hast du dich wieder herumgetrieben?» Und plötzlich wurde alles andere unwichtig, sogar die Frau, die er mit dem Messer bedrohte.

Abschied

Am 6. Mai 96, nicht ganz sieben Wochen nach Bens Heimkehr, kam kurz vor Mittag das Schreiben von den Justizbehörden, dem Jakob Schlösser mit Bangen entgegensah. Die Anklageschrift. Begünstigung einer Straftat nach Paragraph 211 des Strafgesetzbuches. Das erste Opfer des Sommers, die siebzehnjährige Svenja Krahl aus Lohberg, war nicht angeführt. Aber für Trude reichten die drei anderen.

Es war nur eine Kopie, weitergeleitet vom Büro ihrer Anwältin, «zur Kenntnisnahme» stand auf einem kleinen Begleitzettel. Trude las alles gründlich durch, und so schwarz auf weiß, in der nüchternen Juristensprache war es viel schlimmer. Essen konnte Trude danach nicht mehr. Sie hätte ihre Anwältin anrufen müssen. Das konnte sie auch nicht.

Sie saß nur da, mit Ben am Küchentisch, die zusammengehefteten Seiten vor sich, schaute zu, wie er aß, und fand, es wäre ein großes Unrecht, das Attest eines Arztes beizubringen und sich damit vor der Strafe zu drücken. Was waren einige Monate im Gefängnis gegen die Endgültigkeit, zu der die beiden jungen Frauen und Britta Lässler verurteilt worden waren?

Nachdem sein Teller leer war, erhob sich Trude, trug die Anklageschrift ins Wohnzimmer, legte sie dort in den Schrank zu den anderen wichtigen Papieren und sagte: «Geh rauf und zieh eine gute Hose an. Jetzt besuchen wir die Mädchen, wir gehen zu Britta und zünden ein Licht an für sie.»

Es war das erste Mal seit seiner Heimkehr, dass sie mit ihm ins Dorf ging. Bis dahin war sie selbst nicht mehr im Ort gewesen. Sie rechnete damit, dass es ein Spießrutenlaufen würde. Aber es gab auf den Straßen nur ein paar verwunderte Blicke. In Lederjacke und Flanellhose hatte man Ben zuvor noch nie gesehen. Niemand sprach sie an. Unbehelligt erreichten sie den Friedhof.

Zuerst führte Trude ihn an Marlene Jensens Grab. Die Blumengebinde und Kränze waren längst verwelkt und abgeräumt, die Inschrift auf dem schlichten Holzkreuz lag frei.

Marlene Jensen
*25. 4. 1978
† 13. 8. 1995?

Bruno Kleu hatte sich über das Fragezeichen sehr aufgeregt. Nur weil Lukka sich einen ganzen Tag Zeit mit Britta gelassen hatte, müsse er mit ihrer Cousine nicht ebenso verfahren sein. Beinahe hätte Trude ihm widersprochen, war aber dann noch geistesgegenwärtig genug, ihre Vermutungen darüber, wie lange seine Tochter hatte leiden müssen, Bruno zu verschweigen.

Die beiden Finger, die Ben etliche Tage nach Marlene Jensens Verschwinden in seinem Zimmer versteckt hatte, waren relativ frisch gewesen. Daraus schloss Trude, dass Lukka sich mit Marlene Jensen entschieden mehr Zeit gelassen hatte als mit Britta. Das hatte er sich ja auch leisten können, da es allgemein hieß, Marlene sei nur ausgerissen, um einem Hausarrest zu entkommen. Erst als Britta verschwand, hatte das Dorf Kopf gestanden.

Fast eine Viertelstunde lang stand Trude mit Ben da, konnte nicht denken, nicht beten, nicht einmal die Hände zusammenlegen und so tun, als sei sie in stillem Gedenken versunken. Er trat unruhig neben ihr von einem Fuß auf den anderen, schaute sich suchend um und fragte mehrfach: «Fein?»

Als Trude es endlich registrierte, führte sie ihn weiter an Britta Lässlers Grab. Dort wurde es für sie unerträglich. Der schlichte Blumenschmuck und der weiße

Grabstein mit der goldenen Inschrift schnürten ihr die Luft ab.

Hier ruht
– grausam aus unserer Mitte gerissen –
unsere geliebte Tochter
Britta Lässler

Im Geiste sah Trude die Kleine mit ihrer eigenen Tochter an einem Planschbecken spielen. Sah Antonia mit dem Baby Britta im Arm im Schlafzimmer an Tanjas Wiege stehen, hörte sie fragen: «Und weggeben willst du Ben nicht? – Dann nehm ich das Baby mit.» Sie und Jakob hatten so tief in Pauls und Antonias Schuld gestanden. Und wäre sie nicht gar so beschäftigt gewesen mit ihren Zweifeln und dem Verdacht gegen den eigenen Sohn …

Natürlich hatte Trude ihn verdächtigt, nicht mit dem Herzen, aber mit dem Kopf. Es hatte so ausgesehen, als gäbe es keine andere Möglichkeit, als er all diese blutigen Teile nach Hause brachte. Sie betrachtete ihn von der Seite. Sein gesamter Körper schien in Bewegung, obwohl er sich nicht vom Fleck rührte, als zuckten tausend Muskeln unter der Haut. Und so war es schon die ganze Zeit, seit er zurück war.

Aber wohin war er denn zurückgekommen? Heimholen, das sagte sich leicht, es war nur ein Wort. Daheim war mehr als ein Dach über dem Kopf, eine Mahlzeit auf dem Tisch und ein Bett für die Nacht. Er war im Feld daheim gewesen, im Bendchen, im Bruch, auf dem Lässler-Hof. Ein Kind war er gewesen, in Gummistiefeln und Trainingsanzug, ein Kind, das sich am Leben freute und sich um alles Lebendige sorgte. Jeden Grashalm gehegt, jede Distel gepflegt, keinen Käfer zertreten und die toten Mädchen gesammelt wie die toten Mäuse, ohne zu wissen, dass es ein Unrecht war.

Wie er da neben ihr stand, in der Flanellhose und der Lederjacke über einem Polohemd, war er nur ein Besucher in einer fremden Welt, deren Gesetze er nicht verstand. Und wieder kamen Trude große Zweifel, ob sie das Richtige getan hatte, als sie ihn zurückholte. Ob es nicht besser für ihn gewesen wäre, ihn bei den Ärzten und Pflegern zu lassen, die ihm beigebracht hatten, sich zu rasieren, die Nägel zu schneiden und vor dem Essen die Hände zu waschen. Nur der Himmel wusste, welchen Unsinn Bruno Kleu ihm beibrachte. Traktor fahren, wozu sollte das noch gut sein, er dürfte es ja doch nicht tun, wenn er es jemals lernen sollte, woran Trude nicht glaubte.

Sie kramte ein Grablicht und eine Schachtel Zündhölzer aus ihrer Tasche, drückte ihm die Schachtel in die Finger und sagte: «Mach ein Licht an für Britta.»

Zu Hause hatte sie noch schnell mit ihm geübt, wie er ein Zündholz anreißen und einen Docht in Brand setzen musste. Nur damit es auf dem Friedhof reibungslos klappte, falls jemand in der Nähe gewesen wäre. Aber sie waren allein. Ein junger Mann und seine Mutter, die aus Angst um ihren Sohn drei junge Menschen zum Tode verurteilt und der eigenen Tochter die unbeschwerte Jugend und die Gesundheit genommen hatte. Sie hatte so viel Schuld auf sich geladen, dass es sie fast schon auf dem Friedhof erdrückte.

Mit einer raschen Bewegung führte er das Zündholz über die Reibfläche und schützte die Flamme mit der hohlen Hand. Trude hielt ihm das Grablicht hin. Nachdem er es angezündet hatte, bückte er sich und stellte es zwischen die Blumen.

Im Aufrichten fragte er: «Fein?»

«Ja», sagte Trude unkonzentriert, «das hast du gut gemacht.»

Dann ging sie mit ihm zurück zum Ausgang. Er schaute sich immer wieder um, fragte noch ein paar Mal: «Fein?»

«Ja», sagte Trude erschöpft. «Es ist ein schöner Platz, friedlich und still. Wer hier liegt, hat keine Sorgen mehr, keine Schuld und keine Angst. Wirst du mich besuchen, wenn ich hier liege? Wirst du mir Blumen bringen und ein Licht für mich anzünden?»

Er nickte, schaute suchend über die Grabreihen, als erwarte er, dass sie noch einmal Halt machte. «Fein?», fragte er erneut.

«Bei Marlene waren wir doch schon», sagte Trude. «Und die beiden anderen sind nicht hier. Sie sind auf dem Friedhof, wo ihre Mütter und Väter sie besuchen können. Frau Halinger hat dir doch erklärt, dass sie nach Hause gebracht werden müssen.»

Was ich ihm erklärt hatte, kümmerte ihn nicht mehr. Falsche Worte, immer nur falsche Worte. Da sagte seine Mutter, dass sie zu den Mädchen gingen, und führte ihn an Erde, Steinen und Holzkreuzen vorbei, ließ ihn ein Licht anzünden für Britta. Aber Britta war nicht da.

Die Zeit des Grübelns war für ihn vorbei wie vieles andere. Ein paar Wochen Ruhe an der Seite seiner Mutter, er hatte auf seine Art gründlich über alles nachgedacht, seine Schlüsse gezogen und die wenigen Menschen in seiner Umgebung neu geordnet. Sie waren nicht mehr nur gut, neutral oder bedrohlich. Jetzt sortierte er sie in vorbei, dumm, richtig, falsch und schutzbedürftig.

Britta, Antonia, Annette, Paul, Andreas und Achim Lässler, seine Schwester Tanja, die schönen Mädchen und sein Freund Lukka waren alle vorbei. Sein Vater war dumm, Bruno sagte das oft. Seine Mutter war falsch, aber auch schutzbedürftig, weil sie das letzte Fein war in seinem Leben, die Letzte, die sich seinen Kopf an die

Brust oder die Schulter zog, ihm übers Haar strich, ihm manchmal einen Kuss auf die Wange gab und sich von ihm auf die Wange küssen ließ.

Richtig, was so viel wie ehrlich und aufrichtig bedeutete, war nur noch Bruno Kleu. Von Bruno hatte er noch nie einen Schlag, auch sonst keinen Schmerz hinnehmen müssen und noch kein falsches Wort gehört – nur etliche, die er nicht kannte. Und Bruno vermittelte ihm zum ersten Mal das Gefühl, er sei wichtig für einen anderen Menschen. Er könne etwas geben, was Bruno unbedingt brauchte, eine Antwort.

Wenn sie am Abend in die Scheune gingen, sagte Bruno manchmal: «Ich wüsste zu gerne, was der Scheißkerl mit ihr gemacht hat. Ob sie so lange leiden musste wie Britta. Manchmal denke ich, ich könnte es abhaken, wenn ich wüsste, wie sie zuletzt ausgesehen hat.»

Ben wusste das. Ich hatte ihn gewarnt, er würde wieder eingesperrt werden, wenn ein Mensch erführe, dass er sie begraben hatte. Das hatte er sich gemerkt. Aber von begraben sprach Bruno nie. Und ich hatte ihn nicht gewarnt zu zeigen, auf welche Weise sie gestorben war und wie sie dabei ausgesehen hatte.

Dass der Friedhof nicht der richtige Platz war, Ben die Unwiderruflichkeit des Todes begreiflich zu machen, erkannte Trude in ihrem Elend nicht.

Sie war völlig erschöpft. Der lange Weg ins Dorf, die beiden Gräber und so viel Schuld. Sie war nicht sicher, ob sie ihrem Herzen noch den Rückweg zumuten durfte.

Zurück auf den Hof und bis in die Küche kam Trude noch, zu einem Stuhl oder der Eckbank schaffte sie es nicht mehr. «Jetzt lass ich dich allein.» Diesen Satz hörte Bruno Kleu noch durchs Telefon. Als seine Mutter zusammenbrach, rief Ben an, wie Bruno es ihm beigebracht hatte. «Fein weh.»

Jakob und Bruno Kleu kamen nur zehn Minuten später ins Haus. Für Trude konnte niemand mehr etwas tun, das sah Bruno auf den ersten Blick. Ben saß mit ihr auf dem Fußboden in der Küche, hielt sie im Arm und drückte sich ihr kleines, verhärmtes Gesicht an die Brust. Jakob setzte sich einfach daneben.

Bruno verständigte den Notarzt, der kurz darauf eintraf. Aber Ben war nicht bereit, einen Fremden an seine Mutter zu lassen. Er duldete es nicht einmal, dass Jakob sie anfasste. «Finger weg.»

Nur ein Grollen, so tief aus der Kehle, dass Bruno unwillkürlich an einen Hund denken musste, der im nächsten Moment zuschnappen würde. «Ganz ruhig, Kumpel», sagte Bruno und spürte neben einem Anflug von Erleichterung, dass mit Trude ein großes Hindernis aus dem Weg war, nur Mitleid.

Wie Ben da mit der Leiche auf dem Boden saß, sie in den Armen wiegte, als hielte er ein Kind. Mehr war Trude auch nicht in seinen Armen. Gute zwei Zentner Verzweiflung, zwei Meter Panik, mehr als Bruno je bei einem Menschen gesehen hatte. «Ganz ruhig, deiner Mutter kann niemand mehr wehtun.»

Bruno knöpfte sein Hemd auf, nahm Bens linke Hand und legte sie sich auf die Brust. «Fühlst du, wie es klopft?» Dann drückte Bruno ihm die Hand gegen die eigene Brust. «Da klopft es auch, fühlst du es?» Er nickte.

«Das ist Leben», sagte Bruno, drückte ihm die Hand unter Trudes linke Brust. «Und das ist Tod. Da klopft nichts mehr. Es ist vorbei, verstehst du, vorbei, weg, aus, tot.»

Ben schaute ihn nur an. Bruno überlegte, welchen Ausdruck er sonst noch benutzen könnte, um es ihm begreiflich zu machen. Da gab es wohl nur einen. «Rabenaas.»

Zuerst schüttelte er heftig den Kopf. Eine Minute verging und noch eine. Mit konzentrierter Miene saß Ben da, die Hand fest auf die Brust seiner Mutter gepresst, bis sein Vater neben ihm aufschrie: «Um Gottes willen, gib sie her!»

Da gestattete er endlich, dass der Notarzt für einen Moment ein Stethoskop auf Trudes Brust setzte und offiziell den Tod feststellte. Er duldete es anschließend auch, dass sein Vater Abschied nahm. Aber nicht lange. Nach wenigen Minuten nahm er Jakob den Leichnam wieder ab.

Er war bei ihr bis zum allerletzten Moment. Es blieb ihnen gar nichts anderes übrig. Er kam fast um vor Angst, dass er zurück musste zu den weißen Leuten an den schlimmen Ort, wenn seine Mutter nicht mehr da war. Bruno hatte ihm erklärt, er habe nur dort sein müssen, weil seine Mutter nicht da gewesen und sein Vater zu dumm sei, nicht zur Strafe.

Das hatte er gerne geglaubt. Aber Rabenaas, das glaubte er Bruno nicht. Sie blutete nicht, niemand hatte sie mit einem Messer gestochen. Was mit ihr geschehen war, verstand er nicht. Er begriff nur, dass man sie ihm wegnehmen wollte, das letzte Fein in seinem Leben, die Hand, die gefüttert, gestreichelt und beschützt hatte.

Als der Bestattungsunternehmer mit dem Sarg kam, wurde es sehr kritisch.

«Finger weg!» Ben heulte, winselte, seine Stimme kippte in der Not. Er schlug nach dem Mann mit fahrigen Bewegungen, als wolle er Insekten verscheuchen.

«Ganz ruhig, Kumpel, ganz ruhig.» Bruno redete sich den Mund trocken, es half nichts. Jakob saß auf dem Fußboden und war nicht mehr ansprechbar.

Der Bestattungsunternehmer kam schließlich auf den rettenden Einfall. «Auf dem Boden liegt deine Mutter doch nicht bequem», sagte er und zeigte auf den offenen Sarg. Bruno hatte ihn angewiesen, einen von den teuren Eichensärgen mitzubringen. Die Ausstattung war sehr edel. Alles war mit weißer Seide bezogen, so etwas hatte Ben noch nie gesehen.

«Schau», sagte der Bestattungsunternehmer. «So schöne, weiche Kissen, da liegt deine Mutter viel besser.»

Das überzeugte ihn.

Als der Bestattungsunternehmer dann noch anbot: «Wenn du willst, darfst du sie hineinlegen», war der Anfang gemacht, aber der Kampf noch lange nicht zu Ende.

Dass der Sarg geschlossen wurde, ließ er nicht zu. Und er fuhr mit nach Lohberg, wollte weder vorne noch hinten sitzen, kroch neben den Sarg auf die Ladefläche des Kombis und hielt ihre Hand. Bruno ließ Jakob notgedrungen auf dem Fußboden zurück und folgte dem Leichenwagen. Ein vergebliches Unterfangen. Mit zurück ins Dorf fahren wollte Ben nicht.

Er hob seine Mutter aus dem Sarg, nachdem sie das Bestattungsinstitut erreicht hatten. Er stand dabei, als Trude gewaschen und angekleidet wurde, beäugte misstrauisch die fremden Hände, die ihr Haar richteten und etwas Schminke auf den blassen Wangen verrieben. Er streichelte ihr Gesicht und rieb die Schminke damit wieder ab, streichelte ihr Haar und brachte die Frisur wieder durcheinander. Er legte sie zurück in den Sarg. Dann kroch er wieder auf die Ladefläche und begleitete sie zur Leichenhalle.

Drei Tage und Nächte saß er bei ihr in der Kälte und wartete darauf, dass sie die Augen wieder aufschlug, ihn anlächelte.

Bruno fuhr zweimal täglich hin, brachte ihm etwas zu

essen, zu trinken, einen warmen Pullover, vergewisserte sich, dass er seine Notdurft nicht in einer Ecke verrichtete, und fragte sich mit Schrecken, wie sie Trude unter die Erde bringen sollten.

Seltsamerweise gab es damit kein Problem. Nach drei Tagen hatte Ben begriffen, dass er vergebens auf ein Lächeln und eine Bewegung hoffte. Endlich gestattete er, dass der Sarg geschlossen wurde. Der Bestattungsunternehmer konnte gut mit ihm umgehen und fand immer die richtigen Worte.

Er führte ihn an das frisch ausgehobene Grab – unmittelbar neben Brunos Tochter Marlene – und erklärte: «Jetzt müssen wir den Deckel aber zumachen, sonst fällt deiner Mutter der Dreck ins Gesicht.»

Und dann fand auch Bruno die erlösenden Worte. «Na komm, Kumpel, so kannst du doch nicht in der Kirche sitzen, du stinkst. Wir fahren jetzt nach Hause, du gehst unter die Dusche und ziehst dir was Feines an. Dann nehme ich dich mit. Wir haben ein Zimmer für dich, ein schönes, großes Zimmer. Beim Vater kannst du nicht bleiben.»

Von all den Worten verstand Ben einen Satz ganz genau. *Nehme ich dich mit.* Er war so erleichtert, dass er nicht zurückmusste zu den weißen Leuten, klopfte Bruno auf die Schulter, wie es sonst umgekehrt der Fall war, und sagte: «Freund.»

«Nein», widersprach Bruno. «Ich bin nicht dein Freund. Wenn ich das Wort nur höre, dreht sich mir der Magen um. Dein Freund war ein Scheißkerl, ein elender Sadist, wie man so schnell keinen zweiten findet.»

«Kumpel?», fragte er klar und deutlich.

Das erste neue Wort aus seinem Mund. Bruno lächelte erstaunt und zufrieden. «Na, wer sagt's denn, es geht doch. Man muss es dir nur oft genug vorkauen, was?»

Bei der Trauerfeier saß Ben in der ersten Reihe auf der linken Seite bei der Familie Kleu.

Es war eine armselige Beerdigung, aber das sah er anders. Dass kaum jemand aus dem Dorf seiner Mutter das letzte Geleit gab, störte ihn überhaupt nicht. Große Menschenmassen waren ihm suspekt. In dem kleinen Grüppchen, das nur schweigend beieinander stand, während der Pfarrer ein paar Worte über Aufopferung für die Familie, die unergründlichen Wege des Herrn und den ewigen Frieden verlor, konnte er sich in Ruhe auseinander setzen mit dem Geschehen.

Er sah Blumen, brennende Kerzen und Feierlichkeit. Er sah, dass seine Mutter nicht in der nackten Erde liegen musste wie die Mädchen. Sie lag in dieser schönen Kiste auf weichen Kissen. Und dann wurde die Kiste in das tiefe Loch gelegt.

Die Endgültigkeit des Todes hatte er nicht begriffen, war nach wie vor davon überzeugt, dass auch sie eines Tages zurückkam. Aber er verstand, welche Bedeutung dem Ort mit den Steinen, Lichtern und Holzkreuzen zukam. Dass auch wir einen Platz hatten, an dem wir sie verwahrten, wenn sie sich nicht mehr bewegten. Einen Platz ohne Stacheldraht oder dorniges Gestrüpp.

Er sah ein, dass wir doch die Klügeren waren, und begann zu ahnen, warum ich die Mädchen hatte haben wollen. Damit sie wie seine Mutter bequem liegen durften und nicht die Erde im Gesicht haben mussten. Damit sie sauber waren, wenn die Männer mit den Leitern und dem Korb kamen. Und damit ihre Mütter sie bis dahin besuchen konnten, ohne sich die Hände an Stacheldraht oder Dornen aufzureißen.

Er wusste, dass es sehr lange dauern konnte. Er wusste auch, dass wir nicht sehr geduldig waren. Damit wurden ihm die Warnungen vor dem Lässler-Hof verständlich.

Ein Licht anzünden für Britta! Wenn Paul, Antonia und Achim nun sehr lange auf Britta warten mussten, gab es einen Grund, dass sie böse waren.

Aber was war mit seiner kleinen Schwester geschehen? Lag sie vielleicht an dem Platz, an den seine Mutter ihn geführt hatte, ehe sie zu Britta gegangen waren? Nur hatten sie an diesem Platz kein Licht angezündet. Und seine Mutter hatte immer wieder gesagt, er dürfe Tanja vielleicht bald einmal sehen. Hatte seine Mutter nicht gewusst, wie lange es dauerte? Es waren viele Fragen, die ihn beschäftigten, als das Grüppchen sich auflöste.

Kaffee und Kuchen gab es nach der Beisetzung nicht. Anita Schlösser folgte ihrer Schwester und ihrem Schwager Uwe von Burg.

Bärbel weinte ein paar Tränen und regte sich auf, weil die jüngste Schwester nicht erschienen war. «Das wäre das Mindeste gewesen. Man darf doch nicht völlig vergessen, wem man das Leben verdankt.» Seit Bärbel selbst Mutter war, sah sie einiges in einem anderen Licht.

Für Bens Vater war das Maß des Erträglichen überschritten. Die Schuld des vergangenen Sommers. Trudes schwerer Infarkt, Wochen voller Angst, sie könne sterben. Hoffnung, als sie sich langsam erholte. Erneute Angst, sie könne sich übernehmen, als sie Ben unbedingt wieder bei sich haben wollte. Oder sie könne eingesperrt werden für die Beweisvernichtung. Und gerade als Jakob dachte, das Allerschlimmste sei nun überstanden, kam das Ende.

Er war vom offenen Grab weggegangen, ohne sich noch einmal umzudrehen. Während seine beiden ältesten Töchter Kaffee tranken, verkroch er sich vor dem Maria-Hilf-Altar in der Kirche, zündete eine Kerze an, faltete die Hände und wusste nicht, wann er zuletzt gebetet hatte.

«Herr, gib ihr die ewige Ruhe», sagte er nur und bemerkte nicht einmal, dass er vor der falschen Figur kniete.

27. August 1997

Die Erinnerung an seine Mutter hatte der blonden Frau vorübergehend die Bedeutung genommen. Der Mann besann sich erst wieder auf Vanessa Greven, als sie ihn leise ansprach: «Was willst du?»

Neben dem Weinregal lag ein Stapel grauer Decken, mit denen Leonard Darscheids Kunstwerke beim Transport geschützt wurden. Er bedeutete ihr, die Decken vor dem Weinregal auszubreiten, sich auszuziehen und hinzulegen. Minutenlang stand er hoch aufgerichtet neben ihr und schaute sie an. Das Licht im Keller war schlecht und machte ihren Körper weicher.

Er legte sich neben sie, hielt das Messer mit einer Hand an ihrer Kehle, führte mit der anderen ihre Hand über seine Wange, die Brust und weiter hinunter, zeigte ihr, was sie tun sollte.

Vanessa Greven gab sich große Mühe, am Leben zu bleiben, heuchelte Zärtlichkeit und Leidenschaft, schmeichelte ihm, er sei ein schöner, starker Mann, genau das, wonach sie sich sehne. Sie erzählte ihm von dem alten Mann, mit dem sie sonst schlief. Log ihm vor, dass es sie oft ekle vor dem schlaffen, faltigen Körper. Dass sie glücklich wäre, wenn er am nächsten Abend wieder zu ihr käme, der alte Mann sei noch über eine Woche weg.

Was sie sagte, kümmerte ihn nicht. Ihm klang noch Rita Meiers Drohung im Ohr. Und Vanessa Greven hatte ihn bei Licht gesehen. Als er ging, war sie tot. Und vorerst vermisste sie niemand.

Leonard Darscheid rief zweimal aus Paris an und sprach eine kurze Nachricht auf den Anrufbeantworter, bat um Rückruf. Als Vanessa sich nicht bei ihm meldete, dachte er sich nichts dabei. Sie hatte vor seiner Abreise angekündigt, dass sie für einige Tage eine Freundin besuchen wolle, wenn sie mit den Schleifarbeiten an den Holzplastiken fertig sei.

Der Mann, der nun ein Mörder war, kam noch zweimal. Beim ersten Mal hatte er Hoffnung, Vanessa Greven sei nur bewusstlos gewesen, als er sie verließ – wie Svenja Krahl vor zwei Jahren. Dass sie sich tatsächlich freue, ihn wiederzusehen, vielleicht nicht sofort. Aber wenn er ihr bewies, dass er diesmal wirklich nur kam, um ihre Zärtlichkeit zu genießen und zärtlich zu sein ...

Das Atelier lag im Dunkeln, als er sich auf dem Feldweg näherte, das erstaunte ihn nicht. Es war Nacht, das ganze Dorf schlief. Er schloss sorgfältig die Ateliertüren hinter sich und verriegelte sie, damit sie ungestört blieben. Dann überquerte er rasch den Innenhof, betrat das Wohnhaus, verharrte einen Moment unschlüssig, ob er sofort in den oberen Räumen nach ihr suchen oder zuerst im Keller nachschauen sollte. Er stieg hinunter, und da lag sie so, wie er sie verlassen hatte.

Eine Weile saß er vor dem Weinregal neben der von Fliegen umschwärmten Leiche und bedauerte aufrichtig, sie in diesen Zustand versetzt zu haben.

Sie war nachgiebig gewesen, weich, bereitwillig, sehr zärtlich und sehr geschickt. Vielleicht könnte er sie noch ein paar Tage so liegen lassen. Im Keller war es kühl, aber die Fliegen waren ihm lästig. In seinen Erinnerungen versunken, bemerkte er die Katze erst, als sie unmittelbar neben der Leiche stand und ihn anfauchte. In seiner Wut, die sich in seiner eigenen Schuld begründete, packte er das Tier und brach ihm kurzerhand das Genick. Dann schleuderte er es gegen die Wand.

Danach ging er wieder, überquerte den Innenhof, wo ihm noch jeder Stein im Boden vertraut war, schritt vorsichtig durch das dunkle Atelier, bemüht, nirgendwo anzustoßen. Sorgfältig zog er die Außentüren zu, es waren Schiebetüren, dass sie nicht richtig geschlossen waren, konnte niemandem auffallen, der nicht versuchte, sie zu öffnen.

Beim zweiten Besuch kam er früher. Der Himmel draußen war klar, nach dem langen Weg durch die Dunkelheit erschien es ihm fast zu hell. Sogar im Atelier war Licht genug, um jeden Gegenstand zu erkennen. Zuerst schaute er sich die kleinen Holzplastiken an, an denen Vanessa Greven gearbeitet hatte.

Es waren vier Mädchenfiguren, jede nur sieben Zentimeter hoch, das Gesicht nicht größer als ein Daumennagel, immer dasselbe Gesicht. Marlene Jensen. Drei der Mädchenfiguren standen auf einem Werkzeugschrank, die steckte er ein, weil die Frau sie in der Hand gehalten hatte.

Die vierte Figur, an der Vanessa Greven gearbeitet hatte, war zerbrochen. Auch die nahm er mit, aber den kleinen Kopf und die winzigen Hände fand er nicht in der Dunkelheit.

Dann ging er zu der Frau, wickelte sie sorgfältig in die Decken und trug sie erst einmal in den Innenhof. Er war nicht Lukka, konnte einen Frauenkörper tragen, ohne sich sonderlich anstrengen zu müssen.

Er kehrte zurück und holte auch die Katze. Dabei stieß er gegen das Weinregal. Eine Flasche rutschte aus ihrer Halterung und zerbrach. Der Rotwein verteilte sich in einer großen Lache über dem grobporigen Betonboden, spritzte gegen die Wände und sah im schwachen Licht aus wie Blut.

Er stopfte den Kadaver der Katze in einen Müllsack. Dann stieg er hinauf ins Obergeschoss und suchte Vanessa Grevens Zimmer. Wenn Frauen gingen, packten sie einen Koffer. Und sie ging jetzt mit ihm an einen Ort, an dem sie ungestört waren. Wenig später vergrub er den Müllsack mit der Katze.

Neue Freundschaft

Als Ben im Mai 96 seine Mutter verlor, hatten sich Miriam Wagner und Nicole Rehbach schon angefreundet. An dem Morgen im April war Nicole im ersten Moment nur erleichtert gewesen, dass die Besitzerin des Jaguars nicht darauf bestand, die Polizei zu rufen.

Als sie am Nachmittag vom Dienst zurückkam, stand vor dem Bungalow ein weißer Jaguar. Bei dem Gedanken, das Haus von Heinz Lukka zu betreten, lief ihr ein Schauer über den Rücken. Walter Hambloch hatte ein paar scheußliche Einzelheiten ausgebreitet. Nicole hatte jedes Mal Britta Lässler vor sich gesehen und den tobenden Ben, von dem ihre Schwiegermutter anschließend gesagt hatte: « Ach Gott, der arme Kerl, der tut doch keiner Fliege was. Ben ist nur froh, dass er lebt.»

Miriam Wagner öffnete schon nach dem ersten Klingeln, als hätte sie in der Diele bereits auf sie gewartet. Sie sah entschieden anders aus als am Morgen. Das aufwendige Make-up verdeckte die Narbe auf der rechten Wange fast völlig. Ein elegantes, weinrotes Kleid kaschierte die restlichen Mängel.

Miriam lächelte und bemerkte, dass sie sich am Morgen nicht vorgestellt habe. Das holte sie nach und zeigte einladend in die Diele. «Nur keine Scheu», sagte sie, als Nicole zögerte. «Drinnen plaudert es sich gemütlicher. Es liegen garantiert keine Leichen mehr auf dem Teppich.» Sie führte Nicole in die Küche und bot ihr einen Kaffee an.

Nicoles Unbehagen verlor sich vorübergehend. Es war eine gutbürgerliche Einbauküche mit hellen Holzfronten, alles sauber und aufgeräumt. Nichts deutete darauf hin, dass hier ein sadistischer Mörder gelebt und gewütet hatte.

Miriam registrierte die vorsichtigen Blicke und lächelte wieder, ein bisschen spöttisch diesmal. «Sämtliche Leichenteile habe ich weggeräumt. Es sieht doch ordentlicher aus, wenn nichts herumliegt. Vorerst muss ich mich selbst um den Haushalt kümmern. Es wird wohl auch noch eine Weile dauern, ehe ich eine Zugehfrau finde, die nicht streikt, wenn sie im Folterkeller wischen soll.»

Nicole schluckte einmal heftig und fand, es sei nicht das richtige Thema, um sich darüber lustig zu machen.

Miriam fuhr im gleichen lässigen Plauderton fort: «Lukka hatte keine Putzfrau, das hätte eigentlich mal jemandem auffallen müssen. Ein alter Rechtsanwalt, der nicht weiß, wohin mit seinem Geld, und seine Fenster selbst putzt, mich hätte das stutzig gemacht.»

«Ich wohnte noch nicht lange im Dorf, als es passiert ist», sagte Nicole etwas härter als beabsichtigt. «Ich habe nie gesehen, dass Lukka seine Fenster geputzt hat. Ich habe ihn überhaupt nur das eine Mal gesehen und hatte keine Ahnung, wer er war.»

«Schon gut, Herzchen», beschwichtigte Miriam. «Ich auch nicht. Nimmst du Milch und Zucker?»

Nicole schüttelte den Kopf.

«Aber etwas Gebäck kannst du dir leisten bei deiner Figur», stellte Miriam fest, nahm eine Gebäckdose aus einem der Schränke und stellte sie zusammen mit dem Porzellan auf ein Tablett. Dann erkundigte sie sich nach Nicoles Alter, Arbeitsplatz, Einkommen und dem Einverständnis, sich duzen zu lassen, was sie bereits die ganze Zeit tat.

Nicole war so verblüfft, dass sie automatisch Auskunft gab. Es wäre ihr lieb gewesen, anschließend mit dem Vornamen angesprochen zu werden. Miriam blieb bei «Herzchen», füllte den Kaffee in eine Isolierkanne um, stellte auch die Kanne auf das Tablett und ging voran in das große Wohnzimmer.

Das Blut sah Nicole erst, als sie in einem Sessel Platz genommen hatte. Auf den Schieferplatten an der Kamineinfassung und der Kupferhaube vom Rauchabzug fielen die dunklen Spritzer kaum auf. Aber der Teppich ... Ein Perser oder so was. Nicole kannte sich nicht aus damit, Ornamente auf dunkelrotem Grund und diese großen, schwarzen Flecke. Es sah fast aus wie Teer.

Miriam folgte ihrem Blick und lächelte entschuldigend. «Es geht nicht raus, ich habe schon einiges probiert. Vielleicht möchtest du es mal versuchen. Ich zahle dir zweihundert Mark mehr, als du im Seniorenheim bekommst. Ein Einpersonenhaushalt ist nicht viel Arbeit, wenn man etwas davon versteht. Zwei, drei Stunden täglich, schätze ich.»

Nicole glaubte, nicht richtig zu hören. Eine Stelle als Putzfrau in Lukkas Bungalow wäre so ziemlich das Letzte gewesen, was sie zu diesem Zeitpunkt angenommen hätte, auch nicht für fünfhundert Mark mehr, obwohl sie das Geld gut hätte gebrauchen können.

Aber abgesehen davon, dass sie schon eine Gänsehaut bekam beim Anblick des Teppichs, das Seniorenheim war ihr letztes Stück Freiheit. Die aufreibende Arbeit dort erlaubte ihr, häufig zu müde zu sein für Zärtlichkeiten, die zu nichts mehr führten. Sie hatte sich so sehr ein Kind gewünscht.

Nicole schüttelte nachdrücklich den Kopf. «Ich bin Altenpflegerin, keine Putzfrau.» Dann fragte sie: «War es das, was du Achim Lässler zeigen wolltest?» Eine Antwort wartete sie nicht ab, sprach gleich weiter. «Das ist aber nicht von seiner Schwester. Die wurde unten umgebracht, in einem großen Keller.»

«Ach, warst du dabei?», erkundigte Miriam sich spöttisch. Es war ein künstlicher Spott, nur Fassade. Wenn sie etwas perfekt beherrschte, war es, Gefühlsregungen unter Kontrolle zu halten. Sie machte nur selten Gebrauch von dieser Fähigkeit. Augenblicklich war es notwendig, weil sie sich keine Blöße geben wollte. Sie musste erst einmal selbst herausfinden, was in ihr vorging.

Zorn, den spürte sie deutlich. Aggressivität gegen ihre Mutter, die sie allein gelassen hatte. Es gab bei Tageslicht und näherer Betrachtung keine bemerkenswerte Ähnlichkeit zwischen ihrer Mutter und Nicole. Es war die gesamte Erscheinung, Figur, Haarfarbe, Nicoles Verhalten, ihre Miene, die Ausdrucksweise, sogar der Klang ihrer Stimme – wie von einem unterschwelligen Tadel behaftet.

«Ein Freund von meinem Mann ist bei der Polizei», antwortete Nicole. «Er war hier.»

Miriam hob überrascht eine Augenbraue an. Das war mehr, als sie erwartet hatte. «Auch an dem Tag, als Lukka starb?»

«Da war Walter Hambloch einer der Ersten», erklärte Nicole. «Er hat sie alle noch liegen sehen, musste sogar erste Hilfe leisten, weil der Notarzt völlig überfordert war. Es muss ein fürchterliches Chaos gewesen sein.»

Miriam füllte die Tassen, öffnete die Gebäckdose und zündete sich eine Zigarette an, um ein wenig Zeit zu gewinnen und die widersprüchlichen Empfindungen unter Kontrolle zu halten. Kaffee trinken mit einer Frau, die sie wütend machte und gleichzeitig das Bedürfnis weckte, in die Arme genommen zu werden. Das allein war schon verwirrend. Und Heinz Lukka kam noch dazu. Darüber verlor der beschädigte Jaguar völlig seine Bedeutung. Die Kosten für Reparatur und Ersatzwagen würde ohnehin die Vollkaskoversicherung übernehmen.

Sie fühlte ihren Herzschlag überdeutlich, hätte gerne gefragt, ob irgendetwas an Lukka auffällig gewesen war in den letzten Tagen, fragte stattdessen: «Dieser Junge, Ben, geht es ihm gut?»

«Er ist kein Junge», berichtigte Nicole. «Er ist ein Mann. Ich nehme an, dass es ihm gut geht. Warum interessiert dich das?»

«Nur so, ich frage mich, was für ein Mensch er ist.»

«Ein armer Tölpel», sagte Nicole. «Es hat bei ihm nicht mal für die Sonderschule gereicht.»

«Und warum tobte er an dem Abend? Du hast gesagt, du hattest Angst. Da muss es ja heftig gewesen sein.»

«Zuerst nicht», sagte Nicole. «Sie kamen uns auf dem Weg entgegen, Britta Lässler und er. Da war er noch friedlich. Er zog sie zur Seite, wollte mit ihr in den Mais. Sie wollte nicht, schlug nach ihm und schimpfte. Da fing er an zu schreien. Rabenaas. Das ist sein Wort für Tod. Ich hab's zuerst nicht richtig verstanden und gedacht, er will das Fahrrad haben. Dann kam Lukka an die Tür und wollte wissen, was los war. Er sprach beruhigend auf ihn ein, aber es wurde nur schlimmer.»

«Und Lukka hatte keine Angst vor ihm?»

Nicole zuckte mit den Achseln und versuchte sich an das zu erinnern, was Bens Schwester Bärbel ihr später erzählt hatte. «Wohl war ihm nicht in seiner Haut. Aber er kannte ihn gut, hat man mir erzählt. Er hat bestimmt nicht damit gerechnet, dass Ben durch die geschlossene Tür bricht. An dem Sonntagabend waren beide Terrassentüren nämlich offen. Da ist er nicht rein, obwohl es ein Kinderspiel gewesen wäre. Erst dienstags, als Lukka seine Schwester angriff. Ich hab's nie verstanden. Seine Familie meint, er hätte Angst gehabt. Er ist wohl mal von Lukkas Hund gebissen worden. Den Hund gab es seit Jahren nicht mehr, aber das hat er anscheinend nicht begriffen.»

Miriam nickte versonnen. Die Sache mit dem Hund war ihr bekannt. Vor Jahren hatte Heinz Lukka einmal erwähnt, dass Ben sein Haus nicht betrat, seit er dort von dem Hund angefallen worden war.

«Hattest du den Eindruck, dass er etwas wusste?», fragte sie. «Ich meine, dass er eine Gefahr in Lukka sah?»

«Wenn er für Tod Rabenaas sagt», meinte Nicole, «muss er wohl was gewusst haben. Außerdem schrie er, Finger weg, Freund, deutlicher kann man es eigentlich nicht ausdrücken.»

«Wohl kaum», antwortete Miriam. «Und das hast du nicht verstanden und nichts unternommen.»

«Natürlich hab ich's verstanden», rechtfertigte sich Nicole. «Aber ich konnte damals mit den Worten nichts anfangen. In der Situation sah es für mich so aus, als hätte Ben das Mädchen auf die Wange geküsst. Und Lukka sagte zu ihm: ‹Ja, ich bin dein Freund, und du weißt, dass du die Mädchen nicht anfassen darfst.› Da klang es, als hätte Ben ihm nur erklären wollen, dass er keine bösen Absichten hatte. Warum interessiert dich das so brennend?»

Zuletzt war Nicole etwas heftiger geworden. Sie wollte

sich nicht erneut entschuldigen müssen für ihre Untätigkeit, bestimmt nicht vor dieser Frau. Einiges an Miriam Wagner störte sie gewaltig, war ihr unheimlich wie das Haus. Dass darin überhaupt noch jemand leben konnte … Mit dem Blut im Teppich. Ein Jaguar vor der Tür, das weinrote Kleid sah auch nicht nach Schlussverkauf aus. Da sollte man annehmen, Miriam Wagner hätte sich einen neuen Teppich leisten können. Und dieses Lächeln, nicht freundlich, nicht herzlich, nur spöttisch oder kalt. Die Art und der Ton, wie Miriam mit Achim Lässler gesprochen hatte. Das Blut seiner Schwester zeigen, Leichenteile, Folterkeller. Es war wirklich kein Thema, um sich daran zu ergötzen.

«Hast du das Haus gekauft oder warst du mit Lukka verwandt?», fragte Nicole.

«Beinahe verwandt», sagte Miriam, trank einen Schluck Kaffee und zündete sich noch eine Zigarette an. Dann nahm sie einen Keks aus der Dose, drehte ihn jedoch nur in der Hand. «Meine Mutter wollte ihn heiraten. Ein paar Wochen vor der Trauung trank sie zu viel, verlor auf der Landstraße die Kontrolle über ihren Wagen. Sie war sofort tot, und ich …»

Mitten im Satz brach sie ab. Der Keks war völlig zerbröselt, ihr ganzer Schoß mit Krümeln bedeckt. In ihrem Kopf hallten noch diese Worte nach: Finger weg, Freund. – Die Aufforderung, Britta Lässler nicht anzurühren, deutlicher war es wirklich nicht auszudrücken. Sie zog noch einmal hektisch an ihrer Zigarette, drückte sie im Aschenbecher aus und zeigte flüchtig auf die unter dem aufwendigen Make-up kaum sichtbare Narbe.

«Damit sind wir beim Thema, Herzchen. Kleiner Blechschaden. Mein Auto braucht einen neuen Kotflügel und eine neue Tür. Für die Dauer der Reparatur habe ich mir schon einen Ersatzwagen besorgt.»

«Ich hatte nie eine Mutter», sagte Nicole, ohne zu wissen, warum sie es Miriam erklärte. «Mich hat ein Hund unter einem Auto gefunden. Da war ich ungefähr drei Tage alt. Es hat geregnet. Der Mann, dem der Hund gehörte, wollte sich keine nassen Füße holen. Dann wunderte er sich, dass der Hund nicht zurückkam. Da hat er nachgeschaut. Ich war schon ziemlich unterkühlt. Noch ein paar Stunden länger, und das wär's gewesen. Glück gehabt. Aber so ziemlich das einzige Glück in meinem Leben.»

Miriam runzelte die Stirn, überrascht oder unwillig, das war Nicole nicht so ganz klar. Sie sprach schnell weiter. «Mein Mann hatte auch einen Unfall auf der Landstraße, letztes Jahr im März. Ein halbes Bein weg, ein Arm ist steif geblieben. Arbeiten kann er nicht mehr. Und eine Rente in dem Alter ist ein Witz, es war ja kein Arbeitsunfall. Wir leben nur von meinem Verdienst. Das Auto ist natürlich versichert. Aber wenn ich den Schaden melde und die Prämie steigt, wird's verdammt eng. Außerdem war es nicht allein meine Schuld. Wenn du Achim Lässler in Ruhe gelassen hättest und er mir nicht vors Auto gesprungen wäre ...»

«Schon gut, Herzchen.» Miriam stand auf, die Kekskrümel rieselten von ihrem Kleid auf den Teppich, verteilten sich auf den Blutflecken wie gelbe Schneeflocken. Miriam verließ den Raum, als sie zurückkam, hielt sie ein Bündel Geldscheine in der Hand. «Bring den Wagen in die Werkstatt und gib mir die Rechnung. Ich regle das mit meiner Versicherung.»

Nicole wusste nicht, was sie sagen sollte. Plötzlich war es peinlich. «So habe ich das nicht gemeint», begann sie. «Ich dachte nur, wenn jeder seinen Schaden selbst trägt oder du vielleicht mit Achim Lässler sprichst, genau genommen hat er ...»

Miriam unterbrach sie mit einem Lächeln. «Ich schätze, mit ihm habe ich fürs Erste genug gesprochen und mich ziemlich im Ton vergriffen. Es ist für mich keine leichte Situation hier. Manchmal stelle ich mir vor, dass jemand von der Lässler-Familie auf die Idee kommt, einen Molotow-Cocktail durch ein Fenster zu werfen.»

«Warum lebst du dann hier?», fragte Nicole.

Miriam lächelte: «Warum bohrt sich ein Fakir Nägel ins Fleisch? Es gibt nicht auf alles eine Antwort, Herzchen.»

Sie drückte Nicole das Geldbündel in die Finger. «Es sind fünftausend. Das müsste reichen, wenn nicht, sag mir Bescheid. Und denk noch einmal über mein Angebot nach, zweihundert Mark mehr für drei Stunden Arbeit täglich.»

«Ja», sagte Nicole, steckte das Geld ein, sagte noch: «Danke», und fühlte sich nun sehr erleichtert und beschämt. «Fünftausend sind wahrscheinlich zu viel. Es ist ja nur der Kotflügel.»

«Umso besser», meinte Miriam. «Wenn etwas übrig bleibt, über eine Einladung zum Essen würde ich mich sehr freuen. Ich kenne hier noch niemanden.»

«Ja», sagte Nicole noch einmal. Es würde bestimmt eine Menge übrig bleiben. Und irgendwie müsste sie sich wohl revanchieren.

Hartmut Rehbach sah das auch so. Bei der überaus kulanten Schadensregulierung war er sofort einverstanden, Miriam Wagner einmal einzuladen. Er wollte sie sogar im großen Kreis einführen. «Machen wir nächste Woche», schlug er vor. «Da hat Walter frei, Bärbel und Uwe kommen bestimmt, vielleicht haben Andreas und Sabine auch Lust. Du kochst uns was Gutes, und ...»

Das hielt Nicole für keine gute Idee. Abgesehen davon, dass eine größere Runde in ihrer Wohnung nicht bequem sitzen und essen konnte, widerstrebte es ihr, Miriam Wagner mit Andreas Lässler zusammenzubringen. Andreas litt zwar nicht gar so sehr unter dem Tod seiner jüngsten Schwester wie Achim, aber auch er hatte mal eine Bemerkung gemacht, die dagegen sprach.

«Was denkt dieses Weib sich eigentlich? Sitzt da hinten und schaut sich das Haus an, in dem eines der Opfer aufgewachsen ist. Das muss ja wahnsinnig viel Spaß machen. Irgendwann zeigt ihr mal einer, dass andere es nicht so lustig finden.»

Dass Andreas sich zu etwas hinreißen ließ, schloss Nicole aus. Er war vernünftig. Sie vermutete, dass sein Bruder Achim zu Hause vielleicht einmal eine Drohung gegen die Frau im Bungalow geäußert hatte. Bisher hatte Nicole in Achim Lässler keine Gefahr gesehen. Aber wenn er so gereizt wurde wie an dem Morgen, wie konnte Miriam Wagner anbieten, ihm das Blut seiner Schwester zu zeigen? Es wäre wirklich nicht nötig gewesen, so etwas zu sagen.

2. September 1997

Der Mann sah sie kommen. Er stand verborgen hinter den Brombeersträuchern nahe dem Wegrand. Die breite Bresche, die die Motorsäge im März 96 zum Birnbaum geschlagen hatte, war fast wieder völlig zugewachsen. Ein schmaler Trampelpfad war noch übrig und bezeugte, dass die Fundstelle der Opfer häufig besucht wurde. Manchmal lag ein Blumenstrauß auf der nackten Erde beim Birnbaum.

Nicole wusste, wer dort Blumen ablegte. Sie wusste eine Menge. Doch an dem Abend dachte sie nicht darüber nach, war nur mit sich selbst beschäftigt. Im Vorbeigehen sah sie eine Bewegung weit hinten im Gebüsch, als der Mann sich zurückzog. Sie dachte, es sei Bruno Kleu. Normalerweise stand zwar Brunos Wagen am Wegrand, wenn er sich beim Birnbaum aufhielt und ein Zwiegespräch führte mit der Tochter, die Maria ihm vorenthalten hatte. Dass der Wagen einmal nicht hier stand, wertete Nicole nicht als ein alarmierendes Zeichen.

Manchmal war es auch Ben, der den Platz aufsuchte. Seit Monaten war er wieder unterwegs, Abend für Abend, Nacht für Nacht auf der Suche nach dem verlorenen Leben und den Spuren des neuen, das ihm noch fremd und ungewohnt war.

Angst vor ihm hatte Nicole längst nicht mehr, dafür kannte sie ihn inzwischen zu gut. Oft dachte sie, wenn sie ihn im August 95 schon so gut gekannt hätte wie jetzt, es wäre alles ganz anders gekommen. Britta Lässler würde noch leben, Tanja Schlösser wäre ein gesundes, lebenslustiges Mädchen, das seinen Bruder ohne Vorbehalte lieben könnte und nicht so viel weinen müsste.

Achim Lässler hätte vielleicht seine Freundin nicht so schnell verloren oder längst eine gefunden, die bereit war, auf einem Bauernhof zu leben. Nicole hätte ihn dann niemals ins Telefon weinen hören, ihn nie bei ihrer Garage oder beim Bungalow stehen sehen, nicht Miriams Jaguar gerammt und fünftausend Mark dafür bekommen.

Sie hätte höchstens mal mit Ben einen Kaffee getrunken, weil er jetzt irgendwie zur Familie gehörte, quasi adoptiert worden war von ihrer blutjungen Schwägerin Patrizia, die ihn regelmäßig mitbrachte, wenn sie zu Besuch kam. Aber er kam auch alleine.

Vor ein paar Tagen war er morgens in ihrem Garten gewesen. Sie hatte ihn zum Frühstück hereingerufen, über eine Stunde mit ihm gesessen und sich gefragt, was er wollte. Es hatte den Anschein gehabt, dass er ihr etwas mitteilen wollte, aber bei seinem beschränkten Wortschatz: «Fein, fein macht.» Das konnte alles und nichts heißen. Nicole interpretierte es so, dass eine Frau etwas getan hatte, was ihm gefiel. Vielleicht war es nur sein Dank für das Frühstück gewesen.

Walter Hambloch hatte gesagt: «Er ist wie ein Vampir. Beim ersten Mal muss man sie reinbitten, danach kommen sie unaufgefordert. An deiner Stelle wäre ich ein bisschen vorsichtiger mit ihm, Nicole. Man kann nicht in seinen Kopf hineinsehen.»

Natürlich nicht, das konnte man bei niemandem. Im Gegensatz zu anderen jedoch, die ihre wahren Gedanken und Absichten hinter einer undurchschaubaren Miene versteckten, sah man Ben immer an, ob er zufrieden war oder nicht.

Er tat ihr Leid. Einer, der nur froh war, dass er lebte, der stets und ständig abhängig war, dass andere für sein Wohlergehen sorgten, musste einem Leid tun. Auch wenn man ihn nicht mehr als armen Kerl bezeichnen konnte, für Nicole blieb er das. Gerade wegen des Geldes, das Lukka ihm vererbt hatte, war nicht alles, was für ihn getan worden war, zu seinem Besten gewesen.

Seine älteste Schwester Anita spekulierte mit seinem Vermögen an der Börse, das wusste Nicole von Bärbel, Bens zweitälteste Schwester, mit der Nicole seit Jahren befreundet war. Das Stammkapital durfte Anita Schlösser nicht antasten. Das sollte ja laut Lukkas letztem Willen nach Bens Tod einer gemeinnützigen Einrichtung zufallen. Über die Erträge konnte Anita Schlösser nach Belieben verfügen, und sie hatte ein gutes Händchen, im Laufe der Zeit noch ein kleines Vermögen dazu erwirtschaftet und bestritt heftig, dass sie auch mit dem Leben ihres Bruders spekuliert hatte.

Nicole wusste wirklich eine Menge, sogar dass Jakob Schlösser nach dem Tod seiner Frau bei den von Burgs offen über die vermeintliche Erkenntnis gesprochen hatte, Ben habe die drei Leichen in Lukkas Auftrag vergraben. Bärbel hatte ihr davon erzählt und sich ziemlich aufgeregt. «Und den lassen die frei rumlaufen.» Dann hatte Bärbel noch gesagt: «Wenn Bruno dahinter kommt, möchte ich nicht wissen, was er mit ihm macht.»

Was Bruno gemacht hatte, als er dahinter kam, wusste Nicole auch. Sie hatte mehrfach mit dem Gedanken gespielt, mich anzurufen, das neue Beziehungsgeflecht zu offenbaren und die Motive derer, die sich um Ben bemühten, dafür zu sorgen, dass er von Amts wegen sicher untergebracht wurde – zur Sicherheit für ihn. Getan hatte sie es nicht, aus vielen Gründen.

Und inzwischen dachte sie, es wäre nicht mehr nötig, etwas zu unternehmen, soweit es Ben betraf. Es hätte sich doch noch alles irgendwie zum Guten gewendet, vielleicht nicht zum Besten für ihn, aber wer wusste schon, was für ihn das Beste war? Das hatte nicht einmal seine Mutter gewusst.

Nicole war längst an dem schmalen Trampelpfad vorbei, hatte auch das Atelier von Leonard Darscheid bereits hinter sich gelassen und wunderte sich im Weitergehen flüchtig, weil sie Vanessa Greven seit Tagen nicht gesehen hatte. Sonst saß Darscheids Assistentin, oder wie immer man sie sonst nennen mochte, um diese Zeit meist noch nahe den großen Türen, beschäftigte sich mit feinem Schleifpapier und den kleinen Holzfiguren. Manchmal kam sie ins Freie, wenn Nicole vorbeiging. Dann wechselten sie ein paar Worte. Vielleicht war sie verreist. Nicole erreichte ihre Garage, ging über den Betonpfad zum Anbau.

Der Mann trat aus dem Gestrüpp auf den Weg, lief in

Richtung Bungalow, daran vorbei, umrundete den Lässler-Hof in weitem Bogen, lief weiter zu dem kühlen Ort, an dem er die Nähe der Frau genießen und von Nicole träumen konnte.

ZWEITER TEIL

Niemandes Kind

Patrizia

Als Trude Schlösser Anfang Mai 96 starb, war Bens Ersatzmutter noch nicht ganz achtzehn Jahre alt. Geburtstag hatte Nicole Rehbachs junge Schwägerin Patrizia erst Ende Mai. Sie war nur knapp einssechzig groß, nicht die beste Voraussetzung, die Welt vor Ben oder ihn vor der Welt zu beschützen. Patrizia lebte in der festen Überzeugung, dass jeder Mensch die gleichen Rechte hatte. Und zuallererst setzte sie die beiden obersten Verbote außer Kraft, die Trude erlassen hatte. Bei ihr durfte er Mädchen anfassen und mit Messern hantieren.

Das Gefühl, einen Platz gefunden zu haben, an dem er bleiben und zufrieden sein konnte, bis seine Mutter zurückkam, hatte Ben nur für sehr kurze Zeit. Vielleicht sogar nur in den ersten Stunden nach der Beerdigung. Bruno Kleu nahm ihn mit auf seinen Hof, zeigte ihm das Zimmer, das für ihn hergerichtet worden war. Seine neuen Sachen waren schon da. Das hatte Bruno in den vergangenen Tagen erledigt.

Es war wirklich ein schönes und großes Zimmer, hatte sogar ein eigenes Duschbad. Brunos Haus war gebaut worden, um irgendwann mehrere Generationen zu beherbergen. Platz war darin mehr als genug. Bruno führte ihn noch ins Bad, damit er sich auch dort mit allem vertraut machen konnte.

«Waschen und rasieren kannst du dich ja alleine», sagte Bruno und brachte ihn wieder nach unten zu seiner

Frau. Renate war in der Küche mit der Zubereitung eines späten Mittagessens beschäftigt. Bruno verabschiedete sich. Er hatte sein Ziel erreicht. Ben auf seinen Hof geholt. Dort sollte er es gut haben. Bruno war entschlossen, ihm ein freundliches Heim zu bieten und ein sinnvolles Leben mit etwas Arbeit. Aber damit hatte es nun keine Eile mehr.

Allein mit Renate Kleu in der Küche war fast ein bisschen wie bei seiner Mutter. Renate sprach nicht, so konnte Ben eintauchen in die Bilder der letzten Tage und Stunden, noch einmal jede Einzelheit betrachten. Brunos ältester Sohn Dieter war nach dem Essen in den Stall gegangen, der jüngere Heiko in sein Zimmer, um Schularbeiten zu machen. Renate hatte sich einen Korb Bügelwäsche vorgenommen.

Ben saß bei ihr und wartete auf Bruno, der für ihn in den vergangenen Wochen zu einer wichtigen Bezugsperson geworden war. Aber es kam nur Patrizia Rehbach, die frühere Freundin von Marlene Jensen.

An Marlenes Seite hatte Patrizia lange vergebens darauf gehofft, Dieter für sich zu gewinnen. Dieter Kleu war ahnungslos und hoffnungslos verliebt gewesen in seine Halbschwester. Mit ihren schmachtenden Blicken und den Fragen, ob er sie aus der Diskothek mit zurück ins Dorf nehmen könne, war Patrizia ihm nur auf die Nerven gegangen. Sie ging vielen Leuten auf die Nerven. Sogar ihre Schwägerin Nicole sagte oft: «Mein Gott, Patrizia, du redest einen heute wieder tot und lebendig.»

Und dann hatte Bruno Kleu im November 95 zu seinem Sohn gesagt: «Dass Patrizia dich anhimmelt, bildest du dir garantiert nur ein. Sie ist ein intelligentes Mädchen, geht aufs Gymnasium und will auch mal ein gutes Gespräch führen. Für solche bist du ein Bauerntrampel, höchstens gut als Chauffeur.»

Daraufhin fühlte Dieter Kleu sich verpflichtet zu beweisen, dass er alles andere war als ein Bauerntrampel und man auch mit ihm gute Gespräche führen konnte. Viel sagen musste er ja nicht, das übernahm Patrizia. Sie war selig, Dieter bildete sich ein, ein intelligentes Mädchen von seinen Qualitäten überzeugt zu haben. Und Bruno Kleu hatte jemanden, von dem er all die kleinen und nichtigen Begebenheiten aus dem Leben seiner Tochter erfahren konnte.

Patrizia fühlte sich geschmeichelt von Brunos Aufmerksamkeit. Bereitwillig und mit großer Ausdauer erzählte sie ihm all die Dinge, von denen Maria Jensen nichts wusste oder über die sie nicht reden wollte.

Patrizia war ein bodenständiger Typ, eingehüllt in diese besondere Art von Naivität, die nur ein behütendes Elternhaus in dörflichen Verhältnissen hervorbringt, das Nesthäkchen in ihrer Familie, vierzehn Jahre jünger als ihr Bruder Hartmut. Für ein neugeborenes Kalb konnte sie sich eher begeistern als fürs Kölner Nachtleben, von dem Marlene immer geschwärmt hatte. Insofern hatte Bruno Kleu für seinen Sohn keine schlechte Wahl getroffen.

Patrizias Eltern waren nicht völlig einverstanden mit ihren Zukunftsplänen. Vor allem ihr Vater bestand darauf, dass sie sich mehr Zeit für die Schule nahm. Sie durfte immer erst am späten Nachmittag zum Anwesen ihres zukünftigen Schwiegervaters radeln. Vorher hatte sowieso niemand Zeit für sie.

Am Nachmittag nach Trude Schlössers Beerdigung fuhr sie etwas früher los. Es waren nur noch Vorbereitungen für eine Englischklausur, etwas Geographie, Mathe und Geschichte zu erledigen. Das wollte sie samstags tun. Sie hatte Ben seit Jahren nicht gesehen und war neugierig auf den Helden des vergangenen Sommers. Ihr Vater gehörte zu den wenigen, die die Ansicht vertraten, man müsse Ben einen Orden verleihen, weil er das Dorf von einem Monster befreit hatte.

Als Fünfjährige hatte Patrizia sich einmal vor Ben gefürchtet. Damals hatte er im Garten ihrer Eltern eine ihrer Puppen zerrissen. Ihre Mutter hatte sich aufgeregt, aber später tausendmal gesagt: «Ach Gott, der arme Kerl.» Und so sah sie ihn an dem Freitagnachmittag.

Bruno war nicht daheim. Dieter, den Patrizia natürlich zuerst begrüßte, arbeitete alleine im Stall und war sauer, weil sein Vater sich ein paar schöne Stunden mit Maria Jensen gönnte. «Und ich steh hier allein mit der ganzen Scheiße», fluchte Dieter. Das war wörtlich gemeint. Es musste ausgemistet werden, ein Grund für Patrizia, sich nicht lange im Stall aufzuhalten.

Von Bruno und Maria wussten inzwischen alle. Patrizia hatte es in der Wohnung ihres Bruders von Andreas Lässler und auch von Walter Hambloch gehört. Zuerst war sie ein bisschen schockiert gewesen, die Mutter ihrer ermordeten Freundin und ihr zukünftiger Schwiegervater. Inzwischen fand sie es nur noch romantisch *und konnten zusammen nicht kommen*. Aber all die Jahre hatten sie sich geliebt, und nun versteckten sie sich auch nicht mehr. Es war natürlich schade für Dieters Mutter. Dass Renate Kleu sich nicht gerne betrügen ließ, verstand Patrizia. Ihr wäre das auch nicht recht gewesen. Aber Ben konnte nun wirklich nichts dafür, dass Dieters Vater eine andere Frau liebte.

Als sie das Haus betrat, war Renate Kleu mit der Bügelwäsche fertig und nun mit der Zubereitung des Abendessens beschäftigt. Sie hackte mit verschlossener Miene eine Zwiebel in kleine Würfel. Ben saß am Tisch, noch bekleidet mit der dunklen Flanellhose und einem weißen Hemd, das in der Mitte ein wenig beulte, weil sich niemand darum gekümmert hatte, in welcher Reihenfolge er die Knöpfe schloss.

Ganz still und in sich gekehrt war er, versunken in seinem Gedächtnis. Mit dem verlorenen Gesichtsausdruck, den er dabei zeigte, tat er Patrizia so Leid wie die kleinen Kälbchen, wenn sie von ihren Müttern getrennt wurden. Sie setzte sich zu ihm, lächelte ihn herzlich an und fragte: «Na du, bist du sehr traurig?»

Na du. Zuerst dachte er, das sei ein neuer Name für ihn. Es war ja alles neu, das Haus, sein Zimmer, sein Leben, die Erkenntnis, die er auf dem Friedhof gewonnen hatte. Aber dann konnte er nicht mehr denken, nur noch zuhören. Bis Renate Kleu das Abendessen auf den Tisch brachte, hatte Patrizia ihm schon mehr erzählt als seine Mutter in den gesamten sieben Wochen, die er mit ihr noch gehabt hatte.

Einmal sprach sie auch von Tanja, das verstand er, allerdings nur, dass es um seine Schwester ging, mehr nicht. «Ich dachte heute Morgen ja, ich sehe nicht richtig. Da kommt Tanja tatsächlich, als ob überhaupt nichts wäre. Sie hatte Bio in der ersten Stunde. Wenn ich mir das vorstelle, meine Mutter wird begraben und ich mach Bio. Ich kann mir überhaupt nicht vorstellen, dass meine Mutter mal nicht mehr da ist. Sie war aber da heute Morgen, hast du sie gesehen?»

«Du redest zu schnell, Patrizia», sagte Renate Kleu. «Da versteht er nur die Hälfte.»

«Dann mach ich langsamer», sagte Patrizia und wiederholte noch einmal sehr langsam die Frage, ob er ihre Mutter in der Trauerhalle oder auf dem Friedhof gesehen habe.

Er schüttelte den Kopf, wusste nicht, wer ihre Mutter war, wusste auch nicht, wer Patrizia war. Sie sah nicht mehr aus wie die Fünfjährige, die damals schreiend durch den großen Garten ihrer Eltern zum Haus gelaufen war: «Mama, Mama, komm mal schnell, er macht meine Puppe kaputt.»

Jetzt streichelte sie seine Hand, das hatte noch nie jemand so gemacht wie sie, nicht einmal seine Mutter, er fand es schön. Noch schöner fand er, dass sie seine Hand für einen Moment an ihre Wange legte, Berührungsängste kannte Patrizia nicht. Sie war daran gewöhnt, von ihrem Bruder und seinen Freunden geknuddelt zu werden. Und dabei sagte sie ganz langsam: «Du warst auch bestimmt sehr aufgeregt, du armer Kerl, und sehr traurig. Hast du viel geweint?»

Er schüttelte noch einmal den Kopf.

«Dann warst du aber sehr tapfer», meinte Patrizia noch langsam, wurde dann wieder schneller. «Aber ich finde das nicht gut, wenn Männer sich einbilden, sie dürfen nicht weinen. Als mein Bruder den Unfall hatte, hat er in den ersten Tagen auch nicht geweint, erst später. Er hatte nämlich einen schweren Unfall mit dem Motorrad, das weißt du sicher gar nicht.»

Aber dann erfuhr er binnen weniger Minuten, was Hartmut Rehbach nach dem Kauf einer Harley Davidson zugestoßen war, dass Patrizia eine wunderschöne Schwägerin hatte, die wahnsinnig darunter litt, dass sie keine Kinder bekommen konnte und ständig von Achim Lässler belästigt wurde. Aber darunter litt Nicole nicht so sehr, es war ihr nur unangenehm, weil Hartmut und Walter Hambloch sich darüber aufregten. Sie meinten nämlich beide, vermutlich sei Achim nur scharf auf Nicole und wolle mit der Mitleidsmasche seine Chancen bei ihr erhöhen. In den letzten Wochen hatte Achim sich allerdings nicht mehr in Nicoles Nähe gewagt. Miriam Wagner hatte ihm nämlich gründlich die Meinung gesagt und Nicole fünftausend Mark geschenkt.

Es prasselte wie ein Wasserfall auf ihn nieder. Er verstand weniger als die Hälfte, hörte trotzdem aufmerksam zu, vielleicht zum ersten Mal in seinem Leben, und vielleicht nur, weil er hoffte, Patrizia würde noch einmal seine Schwester erwähnen. Das tat sie nicht. Sie sprach weiter von Marlene, was ihm überhaupt nichts sagte, erzählte, wie egoistisch und gemein sie sich gefühlt habe in den sieben Monaten bis zum Leichenfund. Das Schicksal ihrer Freundin ungeklärt, aber man habe sich an zwei Fingern ausrechnen können, was mit ihr passiert sei. Und sie war glücklich mit Dieter. Als sie zu schildern begann, welchen Ärger sie seitdem daheim hatte, unterbrach er sie endlich. «Fein?»

Patrizia strahlte ihn an, tätschelte erneut seine Hand und legte sie sich auch noch einmal kurz an die Wange, drehte sich zu Renate um und fragte: «Haben Sie das gehört, Frau Kleu? Er hat fein zu mir gesagt. Ich glaube, er mag mich.»

«So hat er seine Mutter genannt und Tanja», erklärte Renate kurz angebunden und bat sie dann, Dieter zum Abendessen zu rufen.

Nach dem Essen wollte Dieter in die Diskothek nach Lohberg. Patrizia hätte lieber Ben noch ein wenig getröstet, einen derart geduldigen Zuhörer hatte sie noch nie gehabt, nur zwei einsilbige Unterbrechungen in zwei Stunden. Aber sie fügte sich, wünschte ihm eine gute Nacht und verabschiedete sich mit dem Versprechen: «Morgen komme ich ein bisschen früher.»

Bruno kam erst um zwei Uhr in der Nacht. Und ungefähr so hatte Renate Kleu es sich vorgestellt, als ihr Mann sagte: «Viel Arbeit wird er dir nicht machen. Bei Trude hat er den ganzen Tag nur herumgesessen. Ich glaube, ihm steckt die Anstalt noch in den Knochen. Das wird wohl auch eine Weile dauern, ehe er das ausgeschwitzt hat.»

Renate war nicht einverstanden gewesen, Ben aufzunehmen. Dass ihr ältester Sohn mit Marlene Jensens Freundin verkuppelt worden war, hatte sie noch hingenommen. Es war nicht viel einzuwenden gegen Patrizia. Dieter störte es nicht, dass sie ohne Unterbrechung redete. Er war unverändert der Überzeugung, da offenbare sich Intelligenz. Und dankbar war er, dass er nicht viel zur Unterhaltung beitragen musste. Patrizias Sanftmut färbte ein wenig auf ihn ab, das bekam ihm nicht schlecht, fand Renate. Abgesehen davon konnte Dieter für sich alleine entscheiden. Ben konnte das nicht.

Sich vorübergehend um ihn kümmern, für die Dauer einer Haftstrafe seiner Mutter, darüber hätte man reden können. Obwohl auch in dem Fall erst einmal seine Familie für ihn zuständig gewesen wäre. Immerhin lebte eine seiner Schwestern im Dorf, und bei den von Burgs war Platz genug. Aber die wollten ihn nicht. Illa von Burg verwies auf Bens Vater Jakob, um den sie sich kümmern mussten, damit er keine Dummheiten machte.

Auf Dauer für Ben die Verantwortung zu tragen, war eine ganz andere Sache. Renate Kleu fühlte sich damit überfordert. Er hatte einen Mann getötet, der lange Jahre sein Freund gewesen war. Erweiterte Notwehr – natürlich, aber man musste ihm trotzdem nicht dafür auf die Schulter klopfen, wie Bruno es tat. Sonst meinte er am Ende noch, es sei ein Heldenstück gewesen und dürfe bei nächster Gelegenheit wiederholt werden.

Renate Kleu kannte Ben von klein auf, hatte einmal erlebt, dass er heftig wurde, mit einem Messer auf ihren ältesten Sohn losging und Dieter beim Kampf um ein Bilderbuch in die Finger schnitt. Es war ewig her, sie waren beide noch Kinder gewesen. Inzwischen interessierte Dieter sich nicht mehr für Bilderbücher. Und auch Ben war erwachsen geworden.

Dreiundzwanzig Jahre alt, größer noch als Bruno, das war ihr auf dem Friedhof aufgefallen. Vermutlich war er auch etwas stärker als Bruno, er war ja nur halb so alt. Und eigenwillig, so hatte Trude ihren Sohn häufig bezeichnet. «Was er nicht will, will er nicht, da kann man sagen, was man will.»

Was Renate sagen sollte, wenn er etwas tat, was sie nicht wollte, wusste sie beim besten Willen nicht. Ihr war am Nachmittag ein wenig mulmig geworden allein mit ihm und Patrizia. Völlig verflüchtigt hatte sich dieses Gefühl nicht, trotz der Engelsgeduld, mit der er den Wortschwall über sich hatte ergehen lassen – und Patrizias Hand an seiner Wange.

Es wäre vielleicht gegangen – mit der nötigen Autorität und der richtigen Anleitung. Bruno hatte gesagt: «Ich bringe ihm schon bei, dass er mit anpackt. Das wird nicht von heute auf morgen gehen. Tagsüber hab ich ja auch nicht viel Zeit. Aber abends bin ich auf jeden Fall da.»

Natürlich war er nicht da. Maria Jensen hatte die Scheidung eingereicht und suchte eine Wohnung, bei ihren Ansprüchen konnte das dauern. Bis sie etwas Passendes gefunden hatte, lebte sie bei Bruder und Schwägerin auf dem Lässler-Hof.

Mit dem Verhältnis ihres Mannes hatte Renate sich schon vor langer Zeit abgefunden. Sie hatte inzwischen auch einen Freund, davon wusste Bruno noch nichts. Da er sich selten vor zwei Uhr nachts von Maria verabschiedete, konnte Renate sich so manche stille Stunde leisten. Ihre Söhne mussten nicht mehr beaufsichtigt werden. Mit Ben sah das anders aus, das erlebte sie bereits an diesem Abend.

Nachdem Patrizia fort und die Küche aufgeräumt war,

ging Renate ins Wohnzimmer. Er folgte ihr, als sie ihn dazu aufforderte. Aber lange ging es nicht gut. Renate rief ihren Freund an und schaltete für Ben den Fernseher ein. Auf Sender und Programm achtete sie nicht, schimpfte am Telefon ein wenig auf Bruno und wurde jäh unterbrochen.

«Finger weg», sagte Ben mit drohendem Unterton und einem Gesichtsausdruck, bei dem sich Renates Herzschlag beschleunigte. Sie wusste nicht, wie viel er von ihrer Unterhaltung verstand, aber was er verstand, passte ihm offenbar nicht. Und das passte zu Bruno. Das hatte er ihm in den vergangenen Wochen vermutlich als Erstes beigebracht. «Ich bin dein Kumpel, und jeder, der schlecht über mich redet, ist unser Feind.»

Das konnte heiter werden. Und nicht einmal Dieter war im Haus. Renate unterbrach das Gespräch mit ihrem Freund, schickte Ben in sein Zimmer und atmete auf, als er tatsächlich ging. Nach ein paar Minuten folgte sie ihm. Er saß auf dem Bett wie am Nachmittag in der Küche, reglos, wie in Gedanken versunken. Sie gab ihm einen Schlafanzug von Bruno, weil er offenbar keinen besaß, jedenfalls waren bei den Sachen, die Bruno für ihn eingepackt hatte, keine Schlafanzüge gewesen.

«Gute Nacht», sagte Renate und hoffte, dass er oben blieb.

Das tat er nicht. Bis Bruno um zwei in der Nacht heimkam, konnte er nicht hinaus. Die Haustür war verschlossen, der Schlüssel abgezogen, damit Dieter und Bruno von außen aufschließen konnten. Bruno kam als Letzter und ließ den Schlüssel stecken. Er warf noch einen kurzen Blick in Bens Zimmer, sah ihn auf dem Bett liegen. Dass er bis auf die Schuhe komplett bekleidet war, fiel Bruno in der Dunkelheit nicht auf, also ging er beruhigt zu Bett.

Ben wartete noch ein paar Minuten. Als es im Haus wieder still wurde, tat er endlich, wonach es ihn schon die ganze Zeit drängte: Er unternahm den ersten Streifzug durch sein Revier.

Er lief hinunter zur Landstraße, überquerte sie. Das hatte er bisher noch nie tun müssen, aber in der Nacht herrschte kaum Verkehr zwischen Lohberg und dem Dorf. Beim Bungalow machte er den ersten Halt, sah, dass die zerbrochene Glastür wieder heil war und niemand mehr auf dem Boden lag.

Im Hintergrund regte sich etwas, erhob sich von der Couch, kam im Dunkeln auf die Tür zu. Es war halb drei Uhr nachts. Aus dem Schlaf gerissen, ohne das aufwendige Make-up, bekleidet nur mit einem kurzen Hemd, sah Miriam Wagner mit ihrer kindlich zierlichen Figur und dem kurzen dunklen Haar ein wenig aus wie seine kleine Schwester.

Da sie zu schimpfen begann, noch ehe sie die Tür erreichte, sah er nicht viel mehr von ihr und sie von ihm nur den dunklen Umriss. Sie nahm an, es sei Achim Lässler. Seit sie ihn ein paar Wochen zuvor das erste Mal mit Ben verwechselt hatte, kümmerte sie sich nicht mehr darum, ob er nachts um ihr Haus schlich. Ben zog sich rasch zurück, beobachtete vom Weg aus ihr Hinken, hörte die wütende Stimme, die so gar nicht nach seiner kleinen Schwester klang: «Hau ab, du Idiot.»

Das war die Aufforderung zu gehen. Er begriff auch nicht, wen er vor sich hatte. Von der *fremden Frau* hatte er keine Vorstellung. Minutenlang beobachtete er Miriam aus sicherer Entfernung. Sie stieß noch etliche Flüche und Drohungen aus, von denen er nur wenig verstand. Dann schloss sie die Tür wieder, und er ging weiter.

Den zweiten Halt machte er am Wegrand ein Stück

vom Bungalow entfernt. Am Rand des Maisfeldes hatte er im vergangenen Sommer seinen wertvollsten Besitz vergraben, ein altes Springmesser, das er natürlich nicht haben durfte und deshalb immer gut verstecken musste. Das wollte er sich als Erstes zurückholen.

Er musste sehr lange suchen, mit bloßen Händen in der Erde graben, ehe seine Finger den Messergriff ertasteten. Er zog es aus dem Dreck, reinigte es notdürftig an der Hose. Die langen Monate im feuchten Boden waren dem Messer nicht gut bekommen. Die Klinge schnappte nicht heraus, wie er rasch feststellte. Er steckte es in eine Hosentasche und lief weiter. Am Lässler-Hof vorbei, alles war dunkel.

Kurz darauf erreichte er den Bruch. Und nichts war mehr so, wie er es erwartet und zuletzt gesehen hatte. Der Einstieg zu dem alten Gewölbekeller, in dem er sich auch in absoluter Finsternis zurechtfand, war offen. Seine Schätze lagen nicht mehr an dem Platz, an dem sie immer gewesen waren. Den kleinen Topf, in dem er die Reste von Mäusen und Ratten gesammelt hatte, fand er nicht wieder. Über den großen Topf, mehr ein Suppenkessel, stolperte er, als er sich in der Dunkelheit vorwärts tastete.

Bis an den Rand war dieser Kessel gefüllt gewesen mit bizarr geformten Holzstücken und Rinde, in deren Innenseiten feine Linien geritzt waren. Er hatte schon als Kind in Kartoffeln geritzt und geschnitten, was ihm bemerkenswert erschienen war. Es hatte sich nur nie jemand die Mühe gemacht, genauer hinzuschauen. Auf Kartoffeln hielten sich seine Werke auch nicht lange, mit Holz war das anders.

Alles, was er im Laufe der Zeit im Bendchen aufgesammelt hatte, war in dem Suppenkessel aufbewahrt worden, nachdem er es bearbeitet hatte. Bei manchen Teilen hatte er nur wenig mit einem Messer oder einem krummen Nagel nachhelfen müssen, bei anderen Stücken musste er sich sehr viel mehr Mühe geben.

Leider hatte jemand den Kessel ausgekippt. In der völligen Schwärze des Gewölbes fand er am Boden nahe dem Einstieg nur wenige Teile wieder. Die meisten waren zerbrochen unter derben Schuhen. Alles, was heil geblieben war, stopfte er sich in die Hosentaschen und nahm es mit.

Vom Bruch aus lief er zum Bendchen. Dort hielt sich um diese Zeit niemand mehr auf. Er suchte im Unterholz nach brauchbarem Material, um das Verlorene zu ersetzen. Es lag oft etwas am Boden. Seine Augen waren längst auf die Dunkelheit eingestellt. Er fand ein paar Rindenstücke, die ihm groß genug erschienen. Auch zwei kleine Äste. Damit hatte er die Hände so voll, dass er nicht weitersuchen brauchte. Die Hosentaschen waren zu klein. An den alten Jogginghosen waren die Taschen viel größer gewesen.

In gemächlichem Trab lief er zu seinem Elternhaus. Das Küchenfenster war kaputt und stand offen. Er konnte mühelos hinein. Auf dem Fußboden lagen Glasscherben und ein dicker Stein. Aber sonst war alles so, wie er es kannte. Er wusste, wo seine Mutter Plastiktüten verwahrte, nahm eine und füllte all das Holz hinein. So war es bequemer zu tragen.

Dann hörte er etwas aus dem oberen Stockwerk und dachte, seine Mutter sei schon zurückgekommen. Er freute sich so sehr, lief rasch zur Treppe und erschrak heftig, als er Achim Lässler erkannte. Achim hatte ein großes Messer, und er hob es an, als wolle er ihn damit stechen. Bei den Übungen mit dem Sandsack hatte Bruno gesagt, bei einer Bedrohung durch einen Menschen müsse er unter das Kinn des Angreifers oder gegen dessen Bauch schlagen.

Das leuchtete ihm in der Situation nicht ein. Für ihn stellte das Messer in Achims Hand die Bedrohung dar. Und daran würde sich nichts ändern, wenn er unter Achims Kinn schlug. Er schlug lieber zuerst einmal unter den Arm, da flog das Messer in hohem Bogen weg. Dann schlug er unter das Kinn, da fiel Achim um.

Es verblüffte ihn, Bruno hatte nicht gesagt, welche Folgen so ein Schlag haben konnte. Aber es verschaffte ihm die Zeit, zurück in die Küche zu laufen, die Plastiktüte zu nehmen und schnell durch das Fenster ins Freie zu steigen.

Er lief auch noch sehr schnell zum breiten Weg hinunter, schaute sich ein paar Mal um, ob Achim ihm folgte. Das war nicht der Fall, so lief er langsamer vorbei an den Gärten, Darscheids Atelier, Rehbachs Garage, der Apfelwiese und dem verwilderten Grundstück daneben.

Im Gestrüpp flatterten noch Reste des rotweißen Absperrbandes. Die breite Bresche sagte ihm mehr als jedes Wort. Ich, die Frau mit den Fotos, hatte die Mädchen weggenommen und dabei alles kaputt gemacht. Wir machten immer alles kaputt, auch wenn wir etwas Gutes tun wollten. Er machte das immer anders.

Beim Birnbaum war ein riesiger Fleck nackter, aufgeworfener Erde. Darauf lag ein Blumenstrauß, das wunderte ihn. Er fragte sich, ob doch noch eines der Mädchen in der Erde lag. Vielleicht hatte ich sie nicht alle gefunden. Aber er hatte keinen Spaten dabei, konnte nicht nachschauen, mochte auch nicht zurücklaufen, um seinen Klappspaten aus dem Keller zu holen. Wenn Achim wieder aufgestanden war …

Und im Osten wurde der Himmel bereits grau. Es war Zeit, zurückzukehren in das Zimmer, das sein Kumpel Bruno ihm zugewiesen hatte. Die Haustür verschloss er hinter sich, wie man einen Schlüssel in der Tür drehte, hatte er schon vor langen Jahren auf dem Lässler-Hof gelernt. Dann ging er hinauf, zog sich aus und legte sich noch für eine Stunde aufs Bett.

Früh um sechs begann der Tag auf Bruno Kleus Hof. Er wachte auf, als Bruno an seine Tür klopfte und rief: «Komm, Kumpel, die Kälber haben Hunger.»

Bruno und Dieter gingen sofort in den Stall, während Renate Frühstück machte. Die Milchwirtschaft und der Zuchtbetrieb waren Familiensache.

Er wusste nichts von den Prioritäten auf Brunos Hof, hatte in der Landesklinik gelernt, zuerst waschen, dann frühstücken. Die Tüte mit den Holzstücken lag neben seinem Bett, das Messer steckte noch in der Hosentasche. Er suchte aus Gewohnheit ein Versteck dafür. Doch das überlegte er sich dann anders. Er wollte es lieber bei sich haben. Früher waren immer Sachen verschwunden, die er in seinem Zimmer versteckt hatte. Und dieses Messer brauchte er unbedingt für die Rinde. Er nahm es mit unter die Dusche, wusch gründlich den Dreck ab und hantierte so lange damit herum, bis die Klinge endlich wieder herausschnappte.

Dann zog er noch einmal das weiße Hemd und die dunkle Flanellhose mit dem Streifen Erde am Bein an, weil ihm niemand andere Sachen hingelegt hatte. Rasieren konnte er sich leider nicht, Bruno hatte den alten Apparat seines Vaters nicht mitgebracht. Aber die Erde unter seinen Fingernägeln konnte er entfernen. Sie war beim Duschen aufgeweicht und ließ sich leicht herausschaben mit dem kleinen Nagelreiniger, der an dem Knipser befestigt war.

Als er endlich in der Küche erschien, sagte Renate: «So kannst du aber nicht im Stall helfen. Geh rauf und zieh etwas anderes an.»

Er ging, kam aber nicht wieder zurück. Nach zehn Minuten schaute Renate nach, was er trieb, da stand er ratlos vor dem Kleiderschrank. Renate gab ihm eine Jeans und ein Polohemd, obwohl das auch nicht für die Stallarbeit geeignet war. Er brauchte dringend noch ein paar Arbeitshosen. Renate betrachtete die Flanellhose und fragte misstrauisch: «Wo kommt denn der Dreck her?»

«Finger weg», sagte er wahrheitsgemäß.

Nur wusste Renate nicht, wie das gemeint war. Aber die Tüte mit den Holzstücken verriet doch einiges. «Warst du draußen?»

Er nickte.

«Das geht nicht», sagte Renate. «Du kannst nachts nicht mehr draußen herumlaufen. Das ist gefährlich. Achim ist immer draußen und will dich schlagen.»

Ben schüttelte den Kopf, den Versuch, ihn zu schlagen, hatte Achim nicht unternommen. «Finger weg», sagte er noch einmal.

Und da sich das nach Renates Wissen auch auf Verbote bezog, stimmte sie zu: «Richtig, Finger weg, in der Nacht musst du im Haus bleiben.»

Als er sich endlich umgezogen hatte, waren Bruno und Dieter mit der Fütterung der Kälber längst fertig. Dieter stand unter der Dusche. Bruno war noch damit beschäftigt, den Zuchtbullen zu versorgen, und hatte keinen Blick für das Rindenstück, das Ben ihm mit feierlicher Miene überreichen wollte. «Fein», sagte er.

«Eine halbe Stunde zu spät ist nicht fein», tadelte Bruno. «Morgen muss das schneller gehen.»

Dann frühstückten sie erst einmal. Dass er mit dem alten Springmesser in der Hosentasche am Tisch saß, bemerkte niemand. Nach dem Frühstück nahm Bruno ihn mit in den Stall und ließ die Kühe raus. Fünfzig Stück Milchvieh, den Weg in den Melkstand fanden sie alleine, ebenso den Weg zu der großen Wiese hinter der Scheune. Ben stand nur herum und hielt die Tiere auf.

Bruno schickte ihn wieder ins Haus, damit es schneller ging.

Schon um neun Uhr kam Patrizia und überraschte Ben mit dem Springmesser und einem Stück Rinde auf dem Bett sitzend. Dass er ein Messer hatte, erschreckte sie nicht, vielmehr war sie fasziniert von dem, was er damit machte.

Sie kramte in der Tüte und entdeckte ein kleines Wunderwerk. Ein Pferdchen – nicht viel größer als ihr Daumen, grob geschnitzt, aber unschwer zu erkennen als das, was es darstellen sollte. Die Proportionen stimmten nicht ganz, fand Patrizia, der Schwanz war zu dünn. Das tat ihrer Begeisterung keinen Abbruch. In den winzigen Leib waren hauchfeine Schnitte gebracht worden, die wie ein Schattenspiel wirkten.

Patrizia geriet außer sich vor Entzücken. «Das ist aber schön. Hast du das gemacht? Es ist wunderschön, wirklich. Darf ich es haben?»

Natürlich durfte Patrizia das Pferdchen, das genau genommen ein Zebra war, haben. Sie hatte seine Hand getätschelt und an ihre Wange gelegt.

«Und was wird das?», fragte sie.

«Fein», sagte er.

In der Annahme, er spräche von seiner Mutter oder Schwester, streichelte Patrizia seine Wange und sagte mitfühlend: «Du armer Kerl. Du vermisst sie sehr, was? Willst du dir ein Bildchen von ihr machen? Lass mal gucken.» Damit hatte sie ihm die Rinde auch schon aus der Hand gerissen, betrachtete die feinen Linien auf der Innenseite, die sich zu einem Gesicht formten, meinte: «Putzig. Das sieht aber eher aus wie ein Zwerg. Es ist so verhutzelt.» Dann riet sie: «Das Messer tust du jetzt besser weg. Sonst nehmen sie es dir bestimmt ab.»

Er steckte das Messer in die Hosentasche und folgte

Patrizia nach unten. Renate Kleu war nach Lohberg gefahren, um Einkäufe zu machen. Patrizia hatte ihre Schultasche dabei und einige Dinge, die sie für nützlich hielt, um die Verständigung zu erleichtern.

Damit es nicht wieder ein Missverständnis mit dem Fein gab, schnitt sie aus stabilem Karton handliche Karten zurecht, eine für jeden, der im Haus lebte oder beabsichtigte, so schnell wie möglich dort einzuziehen. In großen Druckbuchstaben malte sie die Namen: DIETER, PATRIZIA, BEN, BRUNO, RENATE, HEIKO.

Damit er sich das auch gut merken konnte, klebte sie auf die Rückseite ihrer Karte sofort ein Passbild. Von Dieter besaß sie leider nur drei Fotos, davon konnte sie unmöglich eins hergeben. Aber sie hatte die Polaroidkamera ihres Vaters dabei und machte sich daran, die Bewohner des Hauses abzulichten.

So hatte Ben plötzlich ein Mittel in der Hand, eine Person genau zu bezeichnen. Für ihn hatten die Buchstaben und Fotos Wahrhaftigkeit, sie veränderten sich nicht. Und die Karten ließen sich gut in einer Hosentasche unterbringen. So konnte er sie immer bei sich haben und steckte sie sofort ein.

Nachdem ihre Schularbeiten erledigt waren, beschrieb Patrizia ihm auch Karten mit den Namen seiner Mutter und seiner Schwester, von der er meinte, er hätte sie in der vergangenen Nacht wieder gesehen und sie hätte ihn weggeschickt.

Es war immer noch Karton übrig, aber es gab auch noch viel, was er unterscheiden lernen musste. Den ganzen Vormittag war Patrizia mit ihm unterwegs, fotografierte das Haus, den Stall, die Scheune, die Kühe auf der Wiese dahinter, die Kälber und den Zuchtbullen, fertigte weitere Karten für den Grundbedarf, erklärte ihm Gott und die Welt.

Renate meinte schon beim Mittagessen, ihm müsse der Kopf qualmen. Bruno amüsierte sich über Patrizias Eifer, aber kurz nach Mittag verging ihm das Lachen. Da rief Toni von Burg an und bat, Bruno möge sofort zum Schlösser-Hof kommen.

Schon an diesem Samstag, es war der 11. Mai 96, hätte es im Dorf wieder Arbeit für die Polizei gegeben. Toni von Burg, der Schwiegervater von Bärbel, war zum Schlösser-Hof gefahren, um ein paar Sachen für Jakob zu holen. Jakob sollte ein paar Tage bei ihnen bleiben. Tonis Frau Illa hielt es für besser, ihn mit seinem Enkel vom Schmerz um Trude abzulenken, als ihn in einem Haus alleine zu lassen, in dem er von nun an ganz auf sich gestellt wäre.

Es sprach wenig für einen Einbruch und viel dagegen. Das Küchenfenster war zertrümmert, aber abgesehen davon schien alles in Ordnung zu sein.

Die Schränke waren nicht durchwühlt. Die wenigen Schmuckstücke, die Trude besessen hatte, lagen unangetastet in einer kleinen Schachtel im Wohnzimmerschrank, wie Toni von Burg mit einem Blick feststellte. In der Diele stand Trudes Handtasche mit der Geldbörse. In einem Küchenschrank fand Toni auch etwas Bargeld in einer Zuckerdose und ein Sparbuch unter einem Stapel Suppenteller.

Toni ging ins Obergeschoss. Im Schlafzimmer glaubte er sich sekundenlang in einen Hühnerstall versetzt. Als er die Tür öffnete, wirbelte er schon mit dem schwachen Luftzug Unmengen von Federn auf. Der blaue Überwurf, den Trude tagsüber immer auf das Doppelbett gelegt hatte, war heruntergerissen, das Bettzeug völlig ruiniert, Kopfkissen und Daunendecken von unzähligen Messerstichen zerfetzt, sogar die Matratzen aufgeschlitzt.

Auch Bens Zimmer war verwüstet. Einer alten Stoffpuppe, mit der er lange Zeit das Bett geteilt hatte, waren Kopf und Glieder abgetrennt worden, der Schaumgummileib von mehreren Schnitten kreuz und quer aufgetrennt, die bunten Flocken der Füllung verteilten sich mit den Federn über das ganze Bett.

Nachdem er das gesehen hatte, gelangte Toni von Burg zu der Überzeugung, dass es sich hier nicht um einen gewöhnlichen Einbruch handelte. Hier hatte jemand gewütet, der die Familie Schlösser hasste. Er dachte an Achim Lässler. Ben hätte das bestätigen können, doch ihn fragte niemand. Es war auch nicht nötig, Bruno sah es ebenso wie Toni.

Achim hätte dringend die Hilfe eines Psychologen gebraucht. Darauf hatte Bruno schon mehrfach hingewiesen, aber Achims Eltern brachten nicht mehr die Kraft auf, sich um ihren Sohn zu kümmern. Also versuchte Bruno es. Er fuhr zum Lässler-Hof. Fast zwei Stunden redete er auf Achim ein und hörte nur: «Schade, dass keiner in den Betten gelegen hat. Und beim nächsten Mal haut er mich nicht so leicht um. Ich mach sie alle kalt.»

4. September 1997

Nach Nicole bemerkte Patrizia als Nächste, dass Vanessa Greven nicht zu Hause war, machte sich aber zunächst noch keine Gedanken darüber. Im Mai 97 hatte Patrizia ihr Traumziel erreicht, sie hieß nun Kleu und war im achten Monat schwanger. Sie hatte sich mit Begeisterung in die Bedienung des Melkroboters eingearbeitet, steuerte ebenso begeistert den großen Traktor, wenn man sie ließ, was jedoch nur selten der Fall war, meist hätschelte sie nur die Kälber und Ben. Vor ihrer Hochzeit hatten Bruno und Renate Kleu noch gewichtige Worte mitgeredet. Damit war es nun vorbei. Renate lebte nicht mehr auf dem Hof. Sie hatte sich von Bruno getrennt und war zu ihrem Freund gezogen. Bruno kümmerte sich nur noch selten um Ben, er hatte eingesehen, dass alle Mühe, Ben zu sinnvoller Arbeit anzuhalten, vergebens war.

Mit dem breiten Trauring war Patrizia die gesamte Verantwortung für Ben übergestreift worden. Und seit ihr Mann im Juli von der Versammlung der Schützenbrüder heimgekommen war und erzählt hatte, im Bendchen treibe sich ein schwarzer Mann mit einer Lederjacke herum, hatte Patrizia ein bisschen Angst.

So wie Trude Schlösser im Sommer 95 zuerst nur ein bisschen Angst gehabt hatte, als Ben an einem Julimorgen die Handtasche von Svenja Krahl nach Hause brachte und blutige Kratzer an den Händen hatte. Kratzer von Dornen und Stacheldraht, da war Trude völlig sicher gewesen. Patrizia war ebenso sicher, dass Ben sich nicht im Wald herumtrieb und Liebespaare belästigte.

Natürlich trug er ständig diese schwarze Lederjacke, Bruno hatte ihm so oft gesagt, darin sähe er chic aus. Und es gefiel ihm, wenn man ihm ein Kompliment machte, da bemühte er sich, es öfter zu hören. Und andere trugen auch Lederjacken, Achim Lässler, Uwe von Burg, Walter Hambloch, Bruno, ihr eigener Mann. Nur wusste Patrizia, wie das im Dorf war. Irgendwo sah jemand einen Schatten, alle schielten sofort auf Ben. Und sie hatte ihm den Schlüssel für die Haustür gegeben.

Das hatte sie sofort am Tag nach ihrer Hochzeit getan, als sie das Kommando auf dem Hof ihres Schwiegervaters übernahm, damit Ben kommen und gehen konnte, wann er wollte. Und seitdem war er unterwegs, Nacht für Nacht.

Tagsüber wich er ihr nicht von der Seite, hing an ihrer Latzhose wie früher am Rockzipfel seiner Mutter. Sein Handy trug er stets mit einem Clip am Gürtel der Jeans befestigt. Und Patrizia musste nur eine Hand in den Rücken stemmen, der mit fortschreitender Schwangerschaft doch schon häufig schmerzte, dann hatte er das Telefon am Ohr und teilte Bruno mit: «Fein weh.»

Abends kam Dieter und genoss das Vorrecht des Ehemannes. Da trat Ben zurück, lebte sein eigenes Leben, suchte Stille nach all den Stunden, in denen Patrizia ihm wieder einmal den Großen Brockhaus vorwärts und rückwärts erzählt hatte.

Zuerst besuchte er das Grab seiner Mutter, das sah jeder, der sich am Abend noch auf dem Friedhof aufhielt. Immer brachte er Trude etwas mit. Eine Geranienblüte aus den Blumenkästen vor dem Küchenfenster, einen hübsch gemaserten Stein, den er irgendwo vom Weg aufhob, manchmal waren es nur ein paar Grashalme. Und manchmal zündete er ein Licht für sie an, obwohl er nicht wusste, wie es ihr leuchten sollte in der ewigen Dunkelheit ihrer schönen Kiste, wenn er es nur oben auf die Erde stellte.

Nach einer halben Stunde, in der er nur reglos am Grab stand, als hielte er Zwiesprache mit seiner Mutter, ging er weiter. Manchmal sah man ihn auf dem Weg zu seinem Elternhaus – von dem es nicht weit war zum Bendchen. Manchmal sah man ihn in der Nähe des Lässler-Hofs.

Als Patrizia am frühen Donnerstagvormittag vergebens auf den Klingelknopf an Leonard Darscheids Haustür drückte, war Ben bei ihr. Sie waren über die Bachstraße gekommen. Als sich auch nach dem dritten Klingeln nichts rührte, fragte Patrizia: «Sollen wir es hinten versuchen oder zuerst Einkäufe machen?»

Mit Ben einkaufen mochte Patrizia besonders gerne. Er

bahnte ihr im Supermarkt immer den Weg zur Kasse, damit sie nicht in der Schlange anstehen musste. Alle anderen machten automatisch Platz, wenn er erschien.

Die Alternative, die sie ihm geboten hatte, beantwortete er mit einem Kopfschütteln und einem anschließenden Nicken. Das hieß, er wollte es nicht beim Atelier am Feldweg versuchen, sondern zuerst mit ihr Einkäufe machen. Dass jemals ein simples Ja oder Nein über seine Lippen kam, erwartete auch Patrizia nicht mehr. Aber man konnte ihm drei oder vier Fragen hintereinander stellen, er beantwortete sie der Reihe nach auf seine Weise. Achtzehn Monate Training mit Patrizia hatten dazu geführt, dass er auch längere Erklärungen aufnehmen konnte.

So fuhren sie zuerst in Bruno Kleus Wagen nach Lohberg. In der Lebensmittelabteilung des Kaufhauses herrschte wie immer viel Betrieb. Und er brauchte sehr lange, ehe er sich etwas ausgesucht hatte. Er durfte sich immer etwas aussuchen, wenn er nicht nervös wurde im Gedränge. Natürlich wurde er immer nervös, aber wenn er sich tapfer durchkämpfte, nicht schon am Kaffeeregal einen Fluchtweg suchte, gab es eine Belohnung.

Da er immer ein stilles Fleckchen wählte, um in Ruhe zu entscheiden, was er gerne haben wollte, fielen die Belohnungen sehr unterschiedlich aus. Mal trug er eine Dose Cola zur Kasse, die er dann unterwegs im Auto sofort austrank, mal eine Tüte Weingummi. Diesmal war es ein Beutel mit Wäscheklammern, weil bei den Getränken ein paar Jugendliche herumtobten und bei den Süßigkeiten ein kleines Kind lautstark um ein Überraschungsei bettelte. Patrizia holte ihm noch schnell eine Dose Cola für die Fahrt.

Als sie zurück ins Dorf kamen, war es zu spät, um noch einen Versuch beim Atelier zu machen. Patrizia musste kochen. Die Männer kamen zum Essen. Anschließend musste noch ein Korb voll Wäsche ins Freie gebracht werden. Selbstverständlich trug Ben den Korb und hielt ihn hoch, damit Patrizia sich nicht bücken musste. Er schenkte ihr auch die Wäscheklammern, weil er damit nichts anfangen konnte.

Als Patrizia am Abend wieder einfiel, dass sie eigentlich noch zum Atelier hatte fahren wollen, war es zu spät und Ben schon unterwegs.

Patrizia nahm sich vor, es am nächsten Morgen nochmal mit ihm zusammen zu probieren. Im Atelier war Vanessa Greven immer sehr freundlich mit Ben umgegangen. Und Patrizia hatte den Eindruck gewonnen, dass er die Frau ebenfalls gerne mochte. Nur die Perserkatze war ihm nicht geheuer. Das Tier ließ sich nur von Vanessa Greven anfassen, kratzte sofort, wenn ein anderer die Hand ausstreckte. Patrizia hatte auch schon blutige Striemen auf dem Handrücken gehabt.

Trotzdem war Ben zweimal bereit gewesen, einen halben Nachmittag im Atelier zu verbringen, damit Patrizia Termine bei ihrem Gynäkologen wahrnehmen konnte. Ihn dahin mitzunehmen, war etwas problematisch. Ärzte machten ihn sehr nervös, da wollte er sie dann erst recht nicht alleine lassen.

Neue Perspektiven

Erst Anfang Juni 96 hatte Miriam Wagner erfahren, dass Ben seine Mutter verloren hatte, nun bei Bruno Kleu lebte und in Patrizia Mutterinstinkte weckte. Und Wichtigeres hörte sie an dem Abend nicht. Nicole hatte sie mit Walter Hambloch bekannt gemacht. Aber viel konnte oder wollte Hartmuts Freund nicht erzählen.

Fünftausend Mark für die Bekanntschaft eines Polizisten, der Heinz Lukka tot am Boden hatte liegen sehen. Viel mehr als das hatte Walter Hambloch aber auch nicht gesehen. Tanja Schlösser war von Notarzt und Sanitätern umlagert gewesen. Ihn hatte man angewiesen, einen Infusionsbeutel für Ben in die Höhe zu halten.

Es war bereits der vierte Abend, an dem Miriam gemeinsam mit Nicole, Hartmut und Walter zum Italiener nach Lohberg fuhr.

Inzwischen war es für Miriam nebensächlich geworden, was Walter Hambloch über die Morde wusste, sie wollte nur den Abend genießen. Für sie war es fast ein kleines Wunder. Sie hatte früher nie mit jungen Leuten in einem Restaurant gesessen, immer nur alle vier Wochen mit Heinz Lukka.

Die Unterhaltung bestritt Hartmut Rehbach wieder einmal fast allein. Er erzählte mit besonderer Vorliebe von seinem Unfall, dem langen Krankenhausaufenthalt und seiner Angst, Nicole könne in der Zeit einen anderen Mann kennen lernen. Danach kam er regelmäßig auf Achim Lässler zu sprechen, äußerte den Verdacht, dass hinter dessen Verhalten ganz etwas anderes stecke als Trauer und Schmerz über den Verlust seiner Schwester. Das tat er auch an dem Abend.

«Er ist scharf auf Nicole, hat sie schon mit den Augen ausgezogen, als er sie zum ersten Mal gesehen hat. Beim Schützenfest im September 94, als wir rausgegangen sind an die Imbissbude, kam er uns prompt hinterher. Weißt du noch, Schatz?»

«Er kam uns nicht hinterher, er war schon da», korrigierte Nicole. «Mit seiner Freundin. Und er war mehr an den Reibekuchen interessiert als an mir.»

«Blödsinn», widersprach Hartmut. «Er war scharf auf dich, so was sehe ich auf Anhieb. Walter hat es ja auch gesehen. Er hat dich sogar noch gefragt, ob dein Kleid noch zu ist. Erinnerst du dich, Walter?»

Walter Hambloch nickte pflichtschuldigst.

Und Nicole sagte: «Du hast Achim doch erst gesehen, als Walter dich auf seine Freundin aufmerksam gemacht hat.»

«Nicht auf seine Freundin», behauptete Hartmut, «auf die Art, wie er dich angeglotzt hat. Manchmal bist du wirklich zu naiv. Hast du überhaupt eine Ahnung, wie du auf Männer wirkst?»

«Ich denke schon», sagte Nicole.

Miriam saß nur dabei und dachte, dass Hartmut Rehbach vermutlich nicht völlig falsch lag mit seinem Verdacht. Ihr war Achim Lässlers Blick ja auch aufgefallen. An Heinz Lukka dachte sie gar nicht an diesem Abend. Jeder Gedanke kreiste um die Frau mit dem makellosen Gesicht, neben der sie sich bei der ersten Begegnung auf dem Feldweg so klein und erbärmlich gefühlt hatte.

Das tat sie längst nicht mehr. Zwar konnte sie auch mit dem aufwendigen Make-up nicht mit Nicoles Aussehen konkurrieren, und kein noch so teures wadenlanges Kleid verbarg das Hinken. Aber nüchtern betrachtet war Nicole ein bedauernswertes Geschöpf. Gebunden an diese Quasselstrippe im Rollstuhl, argwöhnisch beobachtet von den Augen des treu sorgenden Polizistenfreundes. Sie hätte wetten können, dass Walter Hambloch auf der Stelle eine Großfahndung nach dem alten Opel auslösen würde, käme Nicole mal eine Viertelstunde zu spät nach Hause.

Und das nach einer trostlosen Kindheit und Jugend in tristen Heimen. Nicole hatte schon mehrfach darüber gesprochen, wenn sie auf einen kurzen Besuch in den Bungalow kam. Jedes Mal, wenn Nicole ein wenig von ihrem Dilemma offenbarte, war es für Miriam wie ein Ausflug in frühe Jahre. Als würde ihre Mutter sagen: «Nun stell dich nicht so an, Miriam. Mach nicht aus deinen Problemchen eine Nationalkrise. Andere Leute haben auch Sorgen.»

Ihre Nöte waren immer nur Problemchen gewesen, sobald sie Vergleiche mit anderen zog. Und im Vergleich mit Nicole Rehbach stand sie sehr gut da. Sie war frei, finanziell unabhängig, nicht mehr gezwungen, sich mit dem Holzwurm auseinander zu setzen, genau genommen auch nicht gezwungen, in Lukkas Haus zu leben. Nicht einmal er hatte das von ihr erwartet.

Und es gab keine Antworten, nicht in dem blutigen Teppich, nicht in den getrockneten Spritzern am Kamin, nicht in den Schränken, nicht im Keller, nicht auf dem Dachboden. Das Haus war so tot wie die fünf Menschen, die darin gestorben waren. Sie hätte tun können, wozu der Holzwurm geraten hatte, den Bungalow verkaufen. Sollten sich doch Fremde darin aufhalten und sich herumschlagen mit all den Gespenstern, die nicht erscheinen und Auskunft geben wollten.

«Warum lebst du dann hier?», hatte Nicole sie gefragt, und Miriam dachte immer noch darüber nach.

Sie wusste es nicht genau. Aber eines wusste sie inzwischen mit Sicherheit: Sie war in einer entschieden besseren Position als Nicole, war es immer gewesen.

Bei ihr war es immerhin ein exklusives Internat. Und sie war nicht von ihrer Mutter weggeworfen worden. Sie hatte ein paar nette Erinnerungen an frühe Jahre, als es ihrer Mutter noch gereicht hatte, Mutter zu sein. Die Probleme mit dem Holzwurm und dem Alkohol waren erst später gekommen, davor war ihre Kindheit nicht übel gewesen. Mit der Zeit war die Erinnerung verblasst, Heinz Lukka hatte als schillernde Illusion alles überlagert.

Nun bekamen die frühen Jahre wieder Farbe beim Vergleich. Nicole war vermutlich nie durch die weihnachtlich geschmückte Spielwarenabteilung eines großen Kaufhauses geführt, nie vor die Wahl gestellt worden, sich ein Plüschtier zu wünschen oder eine Puppe, die sprechen konnte, wenn man an einer Schnur zog. Sie war fünf Jahre alt gewesen, hatte sich nicht entscheiden können und beides unter dem Tannenbaum gefunden. Nun fragte sie sich, wie die Bescherung in jenem Jahr wohl für Nicole ausgefallen sein mochte.

Was Hartmut Rehbach erzählte, rauschte an ihr vorbei. Er war immer noch bei Achim Lässler, berichtete von einem Nachmittag vor ewigen Zeiten, an dem Walter und er bei Andreas auf dem Lässler-Hof gewesen waren. Andreas hatte ein Mofa bekommen, um unabhängig vom Busfahrplan nach Lohberg zum Bahnhof zu fahren. Und Achim war vor Neid beinahe geplatzt, er hätte eben auch gerne ein Mofa gehabt, ebenso gerne ein Studium ins Auge gefasst wie sein älterer Bruder, aber er war ja nur der Erbe und fühlte sich schon mit sechzehn benachteiligt.

Walter Hambloch meinte beschwichtigend, es sei damals noch nicht so schlimm gewesen mit Achim. Problematisch sei es erst geworden, als Andreas sich in Sabine Wilmrod verliebte. Und da war Walter einer Meinung gewesen mit Achim Lässler, dass Frauen zu einem Störfaktor werden konnten. Hartmut Rehbach erinnerte Walter daran, dass er noch ein bisschen mehr gegen ihre Freundinnen gewettert habe als Achim, der eigentlich nur davon träumte, auch eine tolle Freundin zu finden.

Hartmut ging Miriam längst auf die Nerven. Auch Walter Hambloch störte. Sie vermutete, dass er schwul war. Die Art, wie er mit seinem Freund umging, legte den Verdacht nahe. Aber vielleicht war er auch beiden Geschlechtern zugetan. Manchmal starrte er Nicole völlig abwesend an, und Miriam hatte den Verdacht, dass er auch sie interessant fand. Natürlich nur wegen ihres Geldes.

Hätte Walter Hambloch gewusst, wie Miriam über ihn dachte, hätte er sich wohl weitere Bemühungen erspart. Sie war sicher, dass er sich nur für die Polizeiuniform entschieden hatte, weil er sich einbildete, darin wie ein Mann auszusehen. Er hatte zwar eine sportliche Figur, aber er war ein Milchgesicht. Rote Bäckchen, treue blaue Augen, schütteres Haar mit einem Stich ins Rote. Und seine Lippen, zu weich für einen Mann, zu rot und ständig feucht. Er fuhr unentwegt mit der Zunge darüber. Es ekelte sie schon, ihm dabei zuzuschauen.

Miriam war erleichtert, als sie endlich aufbrachen. Nicole bemerkte ihr heimliches Aufatmen und sagte mit gedämpfter Stimme: «Er redet erst so viel, seit das passiert ist.»

«Schon gut, Herzchen», sagte sie und freute sich schon auf die nächste halbe Stunde allein mit Nicole.

Leider hatte Nicole nie mehr Zeit als diese halbe Stunde am Nachmittag, und die auch nur, wenn sie Frühschicht hatte. Dann tranken sie einen Kaffee, Nicole aß ein wenig Gebäck, Miriam rauchte drei Zigaretten. Manchmal tadelte Nicole: «Du rauchst zu viel.» Einmal fragte sie: «Wann kaufst du dir endlich einen neuen Teppich?» Und immer klang sie wie ihre Mutter.

An das Blut konnte Nicole sich nicht gewöhnen. Aber ihre anfängliche Skepsis gegenüber Miriam war rasch verschwunden. Das hatte nicht so viel mit den fünftausend Mark zu tun, auch wenn Nicole sich von derartigen Geschenken in die Pflicht genommen fühlte. Doch schwerer als das Geld wogen die Sätze, die Miriam von sich gegeben hatte. Warum bohrt sich ein Fakir Nägel ins Fleisch? Und Achim Lässler hatte sie nicht verborgen, wie tief verletzt auch sie war.

Nicole hätte gerne mehr über diesen Schmerz erfahren,

nicht aus Neugier. Sich mit Miriams Nöten zu beschäftigen, lenkte sie ab von den eigenen Problemen. Auch sie bedauerte jedes Mal, dass sie schon nach einer halben Stunde sagen musste: «Hartmut wartet. Er bekommt Zustände, wenn ich später komme. Früher war er nicht so eifersüchtig. Er hat zu viel Zeit, um nachzudenken.»

So war es keine Großzügigkeit, Hartmut Rehbach etwas mobiler zu machen und Nicole damit ein wenig Freiraum zu verschaffen. Nicole hatte schon mehrfach davon gesprochen, dass sie einen Wagen mit Automatikschaltung bräuchten. Damit sei es Hartmut vielleicht wieder möglich, selbst zu fahren.

Mitte Juni händigte Miriam Nicole den Schlüssel von Lukkas Mercedes aus. «Lass deinen Mann einmal Probe fahren. Wenn er mit dem Wagen zurechtkommt, mir steht er nur im Weg. Verkaufen kann ich ihn nicht, wer will schon das Auto eines Mörders fahren?»

Hartmut Rehbach wollte. Er fuhr zehn Meter den Feldweg entlang und hatte Tränen in den Augen, als Miriam ihm auch noch den Ersatzschlüssel und den Kfz-Schein überließ, nicht den Fahrzeugbrief, den behielt sie. So gesehen war es kein Geschenk, nur eine Leihgabe. Aber das störte Hartmut Rehbach nicht. «Du kannst dir nicht vorstellen, was das für mich bedeutet, Miriam.»

«Doch», sagte sie und legte eine Hand an ihr verkrüppeltes Bein. «Ich kämpfe ja mit dem gleichen Problem.»

«Wenn ich noch so laufen könnte wie du, wäre ich zufrieden», sagte er. «Jetzt kann ich vielleicht bald wieder fahren. Wie können wir das gutmachen?»

«Schenk mir ein bisschen Zeit deiner Frau», sagte sie. «Ich verspreche dir, keinen Mann in ihre Nähe zu lassen, bestimmt nicht Achim Lässler.»

Hartmut Rehbach lachte verlegen. «Wenn's weiter nichts ist.» Für Miriam war es eine Menge. Sie fühlte, dass sie lebte, wenn Nicole in ihrer Nähe war. Und Heinz Lukka war tot. Sie gewann Abstand, spürte es deutlich, und es tat so gut.

Ende Juni 96 nahm Nicole zwei Wochen Urlaub. Verreisen wollten sie nicht. Die fünftausend Mark waren auf ein Sparbuch eingezahlt worden. Hartmut hatte sich entschlossen, den alten Opel nicht reparieren zu lassen, es war ja nur der Kotflügel beschädigt. Zum ersten Mal gab es wieder einen Notgroschen. Den verprasste man nicht, um einen Mann im Rollstuhl einen Strand entlang oder einen Berg hinaufzuschieben.

Hartmut Rehbach zeigte sich großzügig, was die Zeit seiner Frau betraf. Nicole durfte die Nachmittage mit Miriam verbringen. Meist waren sie in Lohberg unterwegs, weil Nicole sich nicht gerne für längere Zeit im Bungalow aufhielt.

Einmal gingen sie ins Kino, in die Nachmittagsvorstellung.

«Weißt du, wann ich zuletzt im Kino war, Herzchen? Da war ich fünfzehn. Wir waren zu viert, das weiß ich noch. Ich wollte nicht hingehen, die anderen haben mich überredet, weil ich als Einzige zahlen konnte – für alle.»

«Ich war zuletzt vor vier Jahren hier», sagte Nicole. «Da kannte ich Hartmut noch nicht. Er ist nicht der Typ, mit dem man ins Kino gehen kann. Er schaut sich im Höchstfall mal ein Fußballspiel im Fernsehen an, aber das auch nur, wenn seine Freunde dabeisitzen. Mich hatte eine Kollegin aus dem Seniorenheim überredet, die sich nicht allein in den Film traute. Die halbe Zeit hielt sie die Hände vor die Augen und fragte, was gerade passierte. Es war so eine elende Metzelei.»

Unwillkürlich dachte Miriam an das Horrorvideo und ihren Alptraum. Auf dem Weg zurück ins Dorf sprach sie zum ersten Mal darüber. Über das Gefühl all die Jahre, den Tod ihrer Mutter verschuldet zu haben mit einem unerlaubten Griff in Lukkas Schrank.

«Mein Verstand hat mir tausendmal gesagt, es sei nicht meine Schuld gewesen. Meine Mutter war sturzbetrunken. Der Holzwurm hat einmal erwähnt, man hätte bei ihr zwei Komma acht Promille festgestellt. Aber sie hat erst nach meinem Alptraum getrunken. Und gegen Gefühle ist der Verstand machtlos.»

Als sie an dem Alleebaum vorbeifuhren, zeigte Miriam kurz zur Seite. Plötzlich war sie nur noch ein verletztes Kind, ein völlig vereinsamtes Geschöpf, das sich eingeigelt hatte mit einer Hand voll Gespenster, das sich selbst zerfleischte, weil es einen Mörder geliebt und ihm vertraut hatte.

«Bist du nur deshalb hergekommen?», fragte Nicole. «Weil du gedacht hast, du findest hier etwas und kannst ihm die Schuld am Tod deiner Mutter geben?»

Miriam zuckte mit den Achseln. «Ich weiß es nicht – vielleicht. Aber es ist nichts da. Mir reicht auch seine Schuld an den anderen. Und es gibt immer noch Momente, da kann ich es einfach nicht glauben. Ich weiß zu wenig über die Frauen, über Svenja Krahl und die Amerikanerin gar nichts. Und bei Marlene Jensen spricht eigentlich sein Abschiedsbrief dagegen. Er hatte eine sehr geschliffene Sprache, immer den passenden Ausdruck auf der Zunge. Wenn es sein Traum gewesen wäre, Rache zu nehmen an der schönen Maria, hätte er es in seinem letzten Brief anders formulieren müssen, nicht so, als träume er noch. Das Mädchen war seit zwei Tagen verschwunden, als er diese Zeilen schrieb.»

Es war das erste Mal, dass Miriam offen über ihre Gefühle sprach, über die Zeit vor Lukkas Tod und den Abgrund danach. Über die Fassungslosigkeit, dieses Aufbäumen im Innern, sich klammern an eine Illusion und genau wissen, dass es besser wäre, endlich loszulassen. Sie waren längst wieder im Bungalow, Miriam erzählte immer noch – von seinen Briefen, den Besuchen im Internat, den Treffen in teuren Restaurants, der großzügigen finanziellen Unterstützung, seiner scheinbar so liebevollen, fürsorglichen Art, wie er sich immer wieder Anteil nehmend über ihre Verletzungen ausgelassen, sich erkundigt hatte, wie sie sich fühle.

«Jetzt denke ich manchmal, es war ihm vielleicht ein besonderes Vergnügen, sich auszumalen, wie mir der halbe Unterleib weggeschnitten wurde. Dass seine Briefe nur eine Art von Psychoterror waren, dieses beschauliche Leben hier mit all den netten Leuten, die ich nicht kennen lernen durfte. Tausendmal hat er mir erklärt, dass ich die Landstraße nicht fahren könne. Er hat es mir so lange erklärt, bis ich überzeugt war davon. Ich kenne die Tricks, kenne sie alle. Ich habe studiert, wie man einen Menschen manipuliert, und habe nicht bemerkt, wie ich selbst manipuliert wurde.»

Miriam sprach bis weit in den Abend hinein, vieles war widersprüchlich. Danach fiel lange Zeit kein Wort mehr über Lukka. Als sie sich am nächsten Nachmittag wieder trafen, unterhielten sie sich nur noch über Nicoles Situation.

Es war auch für Nicole das erste Mal, dass sie völlig offen mit einer Frau über alles sprechen konnte, sogar über das, was sie seit Hartmuts Unfall entbehrte. Mit Bärbel von Burg und Sabine Lässler darüber zu reden war ihr unmöglich. Beide waren nur die Frauen von Hartmuts Freunden. Sie verstand sich gut mit ihnen, doch diese besondere Vertrautheit hatte sich nie eingestellt. Und bei Miriam war sie da.

Ob es an Miriams Psychologiestudium lag, an ihrer Offenheit oder an der Tatsache, dass sie sich dem Anschein nach nichts aus Männern machte und in ihr keine Konkurrenz sah, wusste Nicole nicht. Es war auch nicht so wichtig. Zu Bärbel und Sabine konnte sie jedenfalls nicht sagen: «Ich sehne mich danach, wieder einmal richtig mit einem Mann zu schlafen. Es müsste allerdings ein Mann sein, der sonst nichts von mir will. Ich will ja eigentlich nur ein Kind.»

Nach so einem Geständnis hätten Sabine und Bärbel doch sofort auf ihre Männer geschielt. Und Miriam sagte stattdessen: «Das ist verständlich, wenn der Freundeskreis Nachwuchs in die Welt setzt. Aber da gibt es doch auch für dich Möglichkeiten. Hast du darüber noch nicht nachgedacht?»

Sie saßen unter einem Sonnenschirm an einem der Tische, die vor der Eisdiele in Lohberg aufgestellt waren. Eine Terrasse gab es nicht, nur ein Stück Gehweg. Dicht vor ihnen schlenderten oder hetzten Passanten vorbei, auch eine junge Mutter mit einem Kinderwagen.

«Wir haben mal über eine Adoption gesprochen», sagte Nicole und schaute dem Kinderwagen hinterher. «Kurz nach Hartmuts Unfall, als wir noch dachten, er könnte sich umschulen lassen und wieder irgendwas arbeiten.»

«Eine Adoption wäre unfair», meinte Miriam. «Du bist eine gesunde, junge Frau. Warum sollten dir morgendliche Übelkeit, nächtlicher Harndrang und andere Beschwerden versagt bleiben? Meine Mutter hat davon immer geschwärmt. Ich glaube, sie hatte masochistische Neigungen.»

«Du meinst, ich soll mich künstlich befruchten lassen?»

«Nein.» Miriam lächelte spöttisch. «Du hast doch eben selbst gesagt, du sehnst dich nach einem Mann. Da solltest du das Angenehme mit dem Nützlichen verbinden. Such dir ein schönes Exemplar aus und lass dir ein schönes Kind machen. Bei deinem Aussehen hast du die freie Wahl.»

«Ich könnte Hartmut nicht betrügen.»

«Das ist kein Betrug an ihm», sagte Miriam. «Zu verzichten ist ein Betrug an dir. Lass uns mal überlegen, wen können wir als Kandidat ins Auge fassen?»

Auch wenn sie bisher nur Walter Hambloch persönlich kennen gelernt hatte, war sie längst mit Nicoles Freundeskreis vertraut, hauptsächlich durch Lukkas Briefe. «Was ist mit Andreas Lässler? Er ist glücklich verheiratet, seine Frau wird demnächst entbinden, da ist er für einige Wochen kaltgestellt und vielleicht dankbar, dir aushelfen zu dürfen.»

«Ich glaube kaum, dass Sabine ihn mir mal leiht.»

«Das heißt, du würdest ihn akzeptieren.»

«Es gibt bestimmt ein hübsches Kind», sagte Nicole. «Andreas sieht gut aus, aber er hatte bei seiner Geburt einen Herzfehler.»

Nicole nahm diese Unterhaltung nicht ernst. Auch Miriam setzte weiter dieses spöttisch-schelmische Lächeln auf. Das war das Besondere an ihr, wenn es nicht um Lukka ging, verfügte sie über einen Humor, der nichts ins Lächerliche zog, nur befreiende Wirkung hatte.

«Ein Risiko gehen wir nicht ein, es soll ja auch ein gesundes Kind werden. Was ist mit Uwe von Burg?»

«Das würde ein bildschönes Kind», sagte Nicole. «Und kerngesund. Der Beweis ist ja schon da. Nur würde Bärbel mir dafür die Augen auskratzen. Sie hat ziemlich lange um Uwe gekämpft, jetzt verteidigt sie ihn mit Klauen und Zähnen. Wenn er nur mal nach links oder rechts schaut, bekommt sie schon nervöse Zuckungen.»

«Dann vergessen wir das», meinte Miriam. «Wie stehst du zu Bruno Kleu? Er soll einem kleinen Abenteuer nicht abgeneigt sein und mitnehmen, was sich anbietet.»

«Das hat sich inzwischen als Irrtum herausgestellt», sagte Nicole. «Außerdem ist er mir zu alt. Und es würde ein kompliziertes Verwandtschaftsverhältnis. Ein Kind vom zukünftigen Schwiegervater meiner Schwägerin. Das kann ich Patrizia nicht antun.»

«Dann stehen wir vor einem Problem», meinte Miriam. «Im unmittelbaren Umfeld haben wir nur noch Walter Hambloch, und ich fürchte, er ist schwul.»

Nicole lachte. «Wie kommst du denn darauf?»

«Schau dir mal genau an, wie er mit deinem Mann umgeht.»

Nicole winkte ab. «Quatsch. Walter hat nur Angst, Hartmut könnte unglücklich sein. Er sucht händeringend die Frau fürs Leben, jetzt meint er, das wäre ein Job für dich. Gestern Abend hat er erst wieder gefragt, wann wir nochmal zusammen essen gehen, geschwärmt hat er, du wärst eine faszinierende Frau.»

«Was findet er denn faszinierender», erkundigte Miriam sich. «Mein Bein oder mein Gesicht?»

«Dein Auto, nehme ich an», antwortete Nicole. «Bei seinem Gehalt kann er sich so etwas nicht leisten. Der Bungalow reizt ihn auch. Vor ein paar Tagen hat er Hartmut erst erklärt, man könnte ihn abreißen und an der Stelle ein solides Einfamilienhaus hinstellen, es müsste nicht mal unterkellert sein. Ein kleiner Anbau an die Garage genügt Walter völlig, um was abzustellen.»

«So ungefähr hatte ich mir das vorgestellt», sagte Miriam. «Also vergessen wir Walter. Es gäbe auch kein schönes Kind.» Sie seufzte theatralisch und fügte hinzu: «Dann wird uns nichts anderes übrig bleiben, als zu testen, ob Achim Lässler tatsächlich so scharf auf dich ist, wie dein Mann meint.»

«Dann doch lieber Bruno Kleu», entschied Nicole. «Den werde ich anschließend auf jeden Fall wieder los. Andreas hat mal erzählt, dass Bruno sich von Maria Jensen auch jederzeit in die Wüste schicken lässt. Und dann wartet er geduldig, bis sie ihn wieder braucht. Wenn wir ihn in so einer Phase erwischen, habe ich wahrscheinlich Glück. Patrizia meint, ich sei ein Typ wie Maria.»

Und dann lachten sie beide darüber.

5. September 1997

Patrizia war die Erste, die feststellte, dass auf dem ehemaligen Lässler-Hof nicht alles so war, wie es sein sollte. Am Freitagvormittag probierte sie es beim Atelier, fand die Schiebetüren unverriegelt und wunderte sich über die Nachlässigkeit. Es standen doch einige Kunstwerke herum.

Dicht gefolgt von Ben und laut nach Vanessa Greven rufend, überquerte sie den Innenhof, fand auch die Hintertür am Wohnhaus unverschlossen und die Kellertür offen. Auf ihr Rufen kam keine Antwort, ganz geheuer war Patrizia die Sache nicht. Sie dachte an einen Sturz auf der Treppe.

«Frau Greven?», rief Patrizia noch einmal, machte Licht auf der Kellertreppe und spähte nach unten. Zu sehen war nichts, weil die letzten Treppenstufen um die Ecke führten.

«Gehen wir mal nachschauen.» Es war halb eine Frage, halb eine Aufforderung. Ben nickte und folgte ihr nach unten.

Sie gingen bis in den Weinkeller. Dass die Transportdecken neben dem Regal fehlten, fiel Patrizia nicht auf, weil sie nicht wusste, dass dort Decken gelegen hatten. Sie sah nur die längst getrocknete Rotweinpfütze und die Scherben der Flasche. Es war ein Reflex, sich danach zu bücken und die ersten Scherben aufzusammeln. Ben half ihr dabei.

«Pass auf, dass du dich nicht schneidest», warnte Patrizia. Erst nach ein paar Minuten wurde ihr bewusst, dass es wohl besser sei, alles zu lassen, wie es war. Sie veranlasste Ben, die Scherben wieder hinzulegen, und ging mit ihm nach oben. Im Atelier suchte sie noch nach den Mädchenfiguren und überlegte, ob sie Walter Hambloch informieren sollte. Aber eigentlich gab es dafür keinen Grund. Es war nur eine Flasche zerbrochen und Vanessa Greven aus irgendwelchen Gründen nicht da.

Am späten Nachmittag traf Leonard Darscheid im Dorf ein. Er kam mit einem Taxi, ein Auto fuhr er längst nicht mehr. Auch Vanessa Greven hatte kein Auto besessen, das auf dem Anwesen zurückgeblieben wäre und sofort verraten hätte, dass etwas nicht stimmte. Seine Assistentin, Hauswirtschafterin und Geliebte anzutreffen, erwartete der Künstler nicht. Er hatte vor dem Abflug aus Paris noch versucht, sie zu erreichen, und wieder nur den Anrufbeantworter in der Leitung gehabt.

Leonard Darscheid fühlte sich nicht wohl und legte sich erst einmal für eine Stunde auf sein Bett. Es war ein unruhiger Flug gewesen von Paris nach Köln-Bonn. Nachdem er sich von den Strapazen erholt hatte, bestellte er telefonisch beim Italiener in Lohberg sein Abendessen. Dazu wollte er ein Glas Wein trinken und stieg hinunter in den Keller.

Die getrocknete Rotweinpfütze vor dem Weinregal war gut zu erkennen als großer, dunkler Fleck auf dem Beton. Überall lagen Scherben. Das Fehlen der Transportdecken drängte ihm einen schrecklichen Verdacht auf.

Vanessa Greven wäre nicht die erste junge Frau gewesen, in der er sich getäuscht hätte. Und so lange lebte er noch nicht mit ihr zusammen, ein gutes Jahr erst. Ihre Vorgängerin hatte ihn nach einer Vernissage gegen einen jungen Galeristen ausgetauscht, deren Vorgängerin war ohne Angabe von Gründen, dafür aber mit einer größeren Summe Bargeld verschwunden. Seitdem bewahrte er keine Wertsachen mehr im Haus auf, wenn er unterwegs war. Aber im Atelier standen etliche Kunstwerke.

Seine Bilder und die großen Holzplastiken waren unangetastet, Leonard Darscheid atmete auf. Die kleinen Mädchenfiguren vermisste er, aber die waren ihm nicht wichtig. Er nahm an, sie seien bereits abgeholt worden. Es waren Auftragsarbeiten gewesen, eine reine Gefälligkeit von seiner Seite, nur die letzte Feinarbeit leisten, mit Schmirgelpapier die Spuren des Messers beseitigen. Und das zu tun, hatte er Vanessa überlassen.

Er bemerkte, dass die Außentüren nicht ordnungsgemäß geschlossen waren, verriegelte sie, verließ das Atelier wieder und wusste nicht, was er von der Sache halten sollte. Es war schon merkwürdig. Eine Nachlässigkeit wie die unverriegelten Außentüren sah Vanessa eigentlich nicht ähnlich. Und Wein trank sie nicht, wenn sie allein war, das wusste er genau. Aber wenn sie im Keller nach ihrer Katze gesucht hatte und dabei gegen das Regal gestoßen war … Nur hätte sie die Scherben weggeräumt.

Er ging in Vanessas Zimmer. Ihr Schrank war noch zur Hälfte gefüllt. Unter den Sachen, die auf den Bügeln hingen und in den Fächern lagen, waren einige, von denen er wusste, dass sie mit Leib und Seele daran hing. Den Morgenmantel aus Seide liebte sie geradezu, weil er im Rücken mit dem Gesicht ihrer Katze bestickt war. Oft lief sie stundenlang in dem Mantel herum. Den hätte sie niemals hängen lassen, auch nicht für einen Besuch bei einer Freundin.

Im Bad standen eine Batterie von Nagellackfläschchen, ihre elektrische Zahnbürste, auch die Ohrstöpsel lagen da, die sie nachts einsteckte, weil sie sich vom Verkehr auf der Bachstraße gestört fühlte. Dabei fuhr nachts nur selten ein Auto vorbei. Aber sie war sehr lärmempfindlich, hielt sich deshalb auch am liebsten im Atelier auf.

In Vanessas Bekanntenkreis nach ihrem Verbleib zu forschen, war ihm nicht möglich. Er kannte nur die Vornamen von zwei Frauen, mit denen sie manchmal telefonierte. Allzu viel wusste er wirklich nicht über sie, das wurde ihm jetzt erst richtig bewusst. Sie war aus dem Nichts in seinem Leben aufgetaucht, hatte einmal von Indien erzählt und einmal von Ägypten. Aber er hätte nicht sagen können, ob sie tatsächlich dort gewesen war oder nur geträumt hatte, einmal hinzukommen.

Als das Essen geliefert wurde, war er immer noch unschlüssig, ob er die Polizei verständigen musste. Es gab nicht wirklich einen triftigen Grund, nur den seidenen Morgenmantel. Und die Reaktion der Beamten konnte Leonard Darscheid sich lebhaft vorstellen. Eine fünfunddreißigjährige Frau und ein etwas mehr als doppelt so alter Mann. Da sah er die Mienen der Polizisten förmlich vor sich. Zum Gespött machen wollte er sich nicht. Also unternahm er vorerst nichts, wartete ab, ob Vanessa Greven sich in den nächsten Tagen meldete. Sie wusste ja, ab wann er wieder zu Hause war.

Bis zum 10. September hatte er noch nichts von ihr gehört. An dem Mittwochnachmittag erschien Miriam Wagner in seinem Atelier. Sie wollte ein Bild für ihr Wohnzimmer kaufen, konnte sich aber nicht entscheiden. Als Darscheid ihr erzählte, dass er Vanessa seit fünf Tagen vermisse, konnte Miriam ihm auch nicht sagen, wo sich seine Lebensgefährtin aufhielt.

Sie empfahl, die Wache in Lohberg zu verständigen. Auslachen, meinte sie, werde man ihn vermutlich nicht. Mit der Erinnerung an den Sommer 95 müsse einem Polizisten das Lachen im Hals stecken bleiben, wenn er höre, dass wieder eine junge Frau verschwunden war.

«Wenn doch jemand lacht», sagte Miriam Wagner, «schicken Sie ihn zu mir. Ich bin sicher, dass vor zwei Jahren nicht Lukka allein aktiv war. Es ist zwar nicht üblich, dass Serienmörder einen Komplizen haben. Doch in dem Fall gab es einen zweiten Mann.»

Zu diesem Zeitpunkt fühlte Vanessa Grevens Mörder sich wieder völlig sicher. Das durfte er auch. Rita Meier hatte ihn nicht wieder gesehen und nichts unternommen. Auch Miriam beließ es bei ihrer Empfehlung, die Polizei zu informieren. Eine Andeutung, wer der zweite Mann gewesen sein könnte, machte sie nicht. Das wusste sie zu diesem Zeitpunkt auch noch nicht mit letzter Sicherheit. Sie hatte einen Verdacht, nur leider noch keine schlüssigen Beweise.

Friedenszeit

In den Sommermonaten 96 hatte Miriam Wagner kaum noch einen Gedanken an Lukka verschwendet. Sie hatte in Nicole eine Ablenkung gefunden und einen Ersatz für ihre Mutter. Lukkas Wunsch, nichts im Bungalow zu verändern, kümmerte sie nicht länger. Nicole fühlte sich nicht wohl in dieser Umgebung, das zählte.

Miriam begann mit Kleinigkeiten. Im Bad standen plötzlich Cremetöpfchen und Parfümflakons offen herum. Außerdem stellte sie dort eine winzige Stereoanlage mit einem CD-Player auf und schaffte Handtücher in Pastellfarben an. Alles, was sich mit wenig Aufwand ersetzen ließ, wurde nach und nach ersetzt. Porzellan, Gläser, das Besteck und die Töpfe in der Küche.

Die meisten Einkäufe machten sie gemeinsam. Sie orientierte sich sogar an Nicoles Geschmack, sagte oft nur: «Nicht so bescheiden, Herzchen. Schau nicht auf die Preise, such nur das aus, was dir wirklich gefällt.»

Dann verschwand auch endlich der blutige Teppich und wurde durch einen hellen Berber ersetzt. Nicoles Urlaub war längst zu Ende. Aber da Hartmut jetzt mehr auf den Mercedes als auf seine Frau fixiert war, verbrachte sie immer noch viel Zeit mit Miriam, wenn sie Frühschicht hatte.

Und Miriam reichten die Nachmittage jede zweite Woche nicht mehr. Sie versuchte zielstrebig, Nicole mit einem besonderen Köder ganz für sich zu gewinnen. Zweihundert Mark mehr für drei Stunden Arbeit im Haushalt, der Rest wäre Vergnügen – und irgendwann ein Kind. Solange Nicole im Seniorenheim beschäftigt war, musste das Utopie bleiben, wer sollte sich um das Baby kümmern? Bei ihr dagegen könnte sie es mitbringen.

Sie hatte noch nie mit kleinen Kindern zu tun gehabt, wusste nicht, ob Geschrei sie stören würde, wäre vielleicht eifersüchtig zu Anfang. Aber bestimmt nicht lange. Sie wurde erwachsen, hatte Heinz Lukka hinter sich gelassen, zumindest glaubte sie das.

Im Dorf registrierte man Miriam Wagner kaum. Manchmal begegnete man ihrem Wagen zufällig auf der Landstraße. Sie galt als eigenbrötlerisch, eine junge Frau, die ein zurückgezogenes Leben in einem einsam gelegenen Haus führte. Manchen schüttelte es noch gelegentlich beim Gedanken an den Vorbesitzer. Aber der Schock war abgeklungen, das Grauen einigermaßen verarbeitet.

Auf dem Lässler-Hof sah das noch anders aus. Achim Lässler war immer noch Nacht für Nacht unterwegs, wusste nicht mehr, was er fühlte, Wut, Verzweiflung, Einsamkeit, Sehnsucht, Hass auf alle, die noch lachen konnten wie Nicole und Miriam. Sie sahen ihn nicht, wenn er gut verborgen im Mais lag und sie beobachtete. Und wenn er sie lachen hörte, war es wie ein Messer in seinem Innern. Es war nie leicht gewesen für ihn, den Zweitgeborenen. Sein Bruder durfte studieren, von ihm wurde erwartet, dass er den Hof übernähme.

Im Gegensatz zu Achim Lässler fühlte sich Ben in seinem neuen Leben wohl, soweit Bruno Kleu das beurteilen konnte. Mit der Arbeit klappte es zwar nicht so, wie Bruno sich das vorgestellt hatte. Im Stall hatte man nicht Augen genug. Er wollte wohl gerne helfen, aber das ging immer daneben. Bruno ließ die Kühe raus, er den Zuchtbullen. Ihn auf einen Traktor zu bringen, war unmöglich, abgesehen davon konnte er draußen noch weniger tun als im Stall.

Trotzdem nahm Bruno ihn gelegentlich mit hinaus, wenn auf einem Acker etwas zu tun war, fuhr dann eben im Auto mit ihm und ließ ihn beim Bruch oder beim Bendchen laufen, weil er nachts nicht mehr rauskam. Der Schlüssel wurde jetzt immer abgezogen. Aber ein bisschen Freiheit brauchte er, fand Bruno.

Passieren konnte nicht viel, wenn Ben tagsüber mal allein unterwegs war. Er hatte immer das Handy dabei, konnte im Notfall Hilfe rufen, falls Achim Lässler ihm über den Weg lief. Aber Hilfe brauchte er nicht. Achim ließ sich in seiner Nähe nicht mehr blicken, nachdem er einmal zu Boden geschickt worden war.

Wenn Bruno den Heimweg antreten wollte, rief er Ben

an. Was er tun musste, wenn sein Handy klingelte, hatte Patrizia ihm beigebracht. Er meldete sich nicht, kam aber sofort, wenn Bruno ihn dazu aufforderte. Meist war auch Patrizia in seiner Nähe. Wenn Bruno ihn mit hinausnahm, kam sie am Nachmittag dazu.

Dann streiften sie gemeinsam durchs Bendchen, suchten dort nach abgebrochenen Ästen, aus denen er bizarre Figuren schuf. Bruno wusste längst, dass Ben stets ein Messer bei sich hatte. Er duldete es, hatte auch Renate dazu gebracht, sich nicht aufzuregen, wenn sie Ben einmal mit dem alten Springmesser in der Hand erwischen sollte. Irgendwas brauchte er schließlich, um sich abends zu beschäftigen, und er schnippelte doch bloß an Holzstückchen herum.

Patrizia durchkämmte auch noch einmal den Bruch mit ihm. Bei Tageslicht war in der Senke noch das eine oder andere Teil aus dem alten Suppentopf zu finden. Offenbar war der Kessel beim Eingang zum Gewölbekeller ausgekippt worden. Nur wenige Teile waren ins Gewölbe gefallen, die anderen weit im Gelände verstreut. Meist handelte es sich um kleine Figürchen.

Wenn sie fündig geworden waren, führte Patrizia ihn am Abend mit leuchtenden Augen zu Renate Kleu in die Küche. «Gucken Sie mal, Frau Kleu, so klitzekleine Männeken. Die hat er gemacht. Nicht wahr, Ben?»

Er zog die Karte mit seinem Namen aus der Hosentasche, und Patrizia freute sich. «Das hat er sich doch schnell gemerkt, oder? Ich glaube, wenn man ihm das richtig erklärt, kann er noch viel lernen.»

Patrizia war immer darum bemüht, bei Renate schön Wetter für ihn zu machen. Von der stillen Übereinkunft, das Messer zu übersehen, wusste sie nichts. Und Ben war ja viel mehr mit Renate zusammen als mit Bruno. Renate beschäftigte ihn mit kleinen Handreichungen im Haushalt. Kartoffeln aus dem Keller holen, Müll nach draußen bringen und mal einen schweren Korb mit feuchter Wäsche für sie ins Freie tragen. Er ging ihr gerne zur Hand, deckte den Tisch, das hatte er oft genug gesehen. Er räumte ihn auch wieder ab und lernte sogar, das Geschirr in die Spülmaschine zu sortieren mit einer peniblen Sorgfalt, die Renate erstaunte. Dass er eine Stunde beschäftigt war damit, dreimal alles wieder aufräumte, war zweitrangig. Er hatte etwas zu tun, und das war die Hauptsache, fand Renate.

Der ständige Umgang mit ihm hatte ihr die Unsicherheit genommen. Man musste ein bisschen vorsichtig sein mit dem, was man sagte, wenn er in der Nähe war. Auf Bruno zu fluchen, war nicht ratsam, da bekam er diesen wachen, unwilligen Ausdruck in die Augen. Allerdings drohte er nicht mehr: «Finger weg.»

Renate war längst zu der Überzeugung gelangt, dass sich seine Äußerung am ersten Abend auf das Fernsehprogramm und nicht auf das Telefongespräch mit ihrem Freund bezogen hatte. Gegen Fernsehen hatte er etwas.

Wenn sie zu Hause blieb und den Fernseher einschaltete, ging Ben sofort hinaus. Wenn Heiko ihn beaufsichtigte, nahm er ihn meist mit in sein Zimmer. Es stand noch etwas Spielzeug aus Kindertagen herum, darunter auch ein großes Feuerwehrauto. Ein Leiterwagen mit Besatzung, winzige Plastikfiguren mit Helmen auf den Köpfen. Ben war davon so fasziniert, dass Heiko ihm das Auto schenkte. Danach wollte Ben es immer mit zum Friedhof nehmen.

Die wöchentlichen Besuche am Grab seiner Mutter übernahm Patrizia. Sie hatte mehr Zeit als Renate. Eine gute Stunde gönnte sie Ben immer. Und viele von denen, die einmal beobachtet hatten, wie er da an Trudes Grab stand, die kleinen Plastikmännchen aus dem Feuerwehrauto pflückte und zwischen den Stiefmütterchen verteilte, bedauerten ihn. Jeder, der seine Miene sah, wenn Patrizia dann wieder mit ihm zurückging, die Sehnsucht in seinen Augen, die unzähligen Blicke über die Schulter zurück auf das Grab, jeder hatte Mitleid.

Dass er ausgerechnet bei Bruno Kleu leben musste. Umgetopft und irgendwo abgestellt wie ein Kaktus, den eigentlich niemand wollte. An einen Ort verpflanzt, an dem es drunter und drüber ging. Von seinen Monaten in der Anstalt hatten die meisten nur eine vage und nicht sehr angenehme Vorstellung. Aber bei Trude hatte er es doch nur ruhig und beschaulich gehabt. Einsame Streifzüge durchs Feld, hin und wieder eine Stunde mit seiner jüngsten Schwester und Britta Lässler. Und beide Mädchen zusammen waren nicht halb so mitteilungsbedürftig und eifrig gewesen wie Patrizia.

Ein Kuss mit schlimmen Folgen

Es war zum einen Teil Patrizias Eifer, der dazu führte, dass sein ohnehin eingeschränktes Leben bei Bruno Kleu während der Sommermonate 96 noch mehr Einschränkungen erfuhr, bis so gut wie keine Freiheit mehr übrig war.

Patrizia hatte in der Schule einiges gelernt über positive Verstärker und herausgefunden, dass Ben gerne englisches Weingummi aß. Das war besser geeignet als Vanilleeis, wenn man sich draußen aufhielt. Und bis zum Herbst wollte Patrizia schaffen, woran sein Vater und Bruno bereits gescheitert waren, ihm das Traktorfahren beizubringen.

In der Scheune stand ein dreißig Jahre alter Traktor, den Bruno schon lange nicht mehr benutzte, von dem er auch annahm, dass er nicht mehr funktionierte. Die Vorderreifen fehlten, aber es war wohl noch etwas Treibstoff im Tank. Niemand wusste genau, wann das Altertümchen zuletzt gestartet worden war. Es wurde nicht mit einem Schlüssel angelassen, hatte noch einen Startknopf. Optimale Bedingungen für Patrizia, sie musste nicht lange fragen, ob sie den Schlüssel haben durfte.

Mit einer Hand voll Weingummi brachte sie Ben schon nach wenigen Tagen auf den Beifahrersitz und triumphierte abends: «Ich wusste, dass es funktioniert. Das ist das Prinzip Leistung-Belohnung, das funktioniert fast immer.»

Der zweite Schritt war nun, Ben hinter den Lenker zu bringen. Auch dieses Ziel erreichte Patrizia erstaunlich schnell. Und es waren nicht die positiven Verstärker, nur das Bedürfnis nach Zärtlichkeit. Mit einer Hand voll Weingummi lockte Patrizia ihn wie schon mehrfach auf den Beifahrersitz. Dann sagte sie: «Wenn du dich hierhin setzt, darfst du dir etwas wünschen. Was willst du haben, noch mehr Weingummi oder lieber Schokolade?»

Er schüttelte den Kopf, nahm sie in die Arme, wartete einen Moment. Als der Protest ausblieb, küsste er sie auf die Wange.

«Du willst ein Küsschen», stellte Patrizia fest. Sie dachte sich nichts dabei. Es war doch nur Ben. «Da musst du dich aber erst hinter den Lenker setzen.»

Er setzte sich hinter den Lenker und hielt ihr die Wange hin. Patrizia küsste ihn. Er zog sie auf seinen Schoß, küsste sie noch einmal, rieb seine Wange an ihrer. Das übten sie dann ein paar Tage lang, ohne dass jemand etwas davon mitbekam.

Dann kam der dritte Schritt. Er musste hinter dem Lenker sitzen, während der Motor lief. Es dauerte eine Weile, Patrizia musste den Startknopf sehr lange drücken, aber endlich sprang der Traktor an – und Ben sofort hinunter. Er zog sich einige Meter zurück. Patrizia redete ihm gut zu, demonstrierte, dass der alte Traktor weder biss noch sonst etwas Böses tat. «Guck, er macht nur Krach. Komm wieder rauf. Du kriegst auch ein richtiges Küsschen, wenn du kommst.»

Er kannte den Unterschied zwischen richtigen und anderen Küsschen, hatte es oft genug gesehen. Dieter bekam immer die richtigen – auf den Mund. Was daran besser sein sollte, wusste er noch nicht. Ihm reichten auch die anderen. Aber er kam, langsam und mit einer Miene, als befürchte er eine Explosion.

Patrizia lockte weiter. Inzwischen war Renate in der Küche auf das Tuckern aus der Scheune aufmerksam geworden. Bruno und Dieter wuschen sich gerade die Hände. Das Abendessen war fertig. «Das glaube ich ja nicht», sagte Renate verwundert. «Sie hat das alte Ding tatsächlich nochmal anbekommen.»

Das Küchenfenster stand offen. Renate schaute hinaus, weil sie damit rechnete, Ben habe die Scheune längst verlassen. Draußen war niemand zu sehen. Renate wunderte sich noch mehr. «Und Ben hat nicht die Flucht ergriffen.»

Dieter triumphierte, intelligente Menschen wie Patrizia kannten eben ganz andere Lernmethoden und verzeichneten damit auch in schwierigen Fällen Erfolge. Dann ging er hinaus, um sich den Erfolg seiner Freundin anzuschauen.

Durchs Küchenfenster hörte Renate ihren Sohn brüllen. «Lass sie sofort los, oder ich schlag dir alle Zähne...»

Renate rannte ins Freie, Bruno hinterher. Ben saß hinter dem Lenkrad und hielt Patrizia auf dem Schoß. Das richtige Küsschen zur Belohnung hatte er schon bekommen und auch eins zurückgegeben. Glücklicherweise hatte Dieter das nicht mehr gesehen.

Patrizia verstand die Aufregung nicht ganz. Es war doch nur Ben, mit dem sie ein bisschen schmuste, weil er so tapfer gewesen, wieder aufgestiegen war und sich sogar hinter das Lenkrad gesetzt hatte. «Er braucht das. Seine Mutter hat bestimmt auch mal mit ihm geschmust.»

«Du bist aber nicht seine Mutter, Patrizia», sagte Renate. »Und er ist kein großes Baby. Er ist ein junger Mann. Da musst du ein bisschen vorsichtiger sein. Heute will er schmusen. Was will er morgen oder nächste Woche?»

Patrizia war ziemlich sicher, dass er nächste Woche auch nicht mehr wollte. Er hatte sie auf den Mund nicht anders geküsst als auf die Wange. Offenbar wusste er nicht, wie man richtig küsste.

Es war eigentlich nur ein kleiner Anlass, aber die Auswirkungen für Ben waren enorm. In die Scheune durfte Patrizia nicht mehr mit ihm, jedenfalls nicht allein. Wenn sie sein Zimmer aufräumte, musste die Tür offen bleiben. Die langen Spaziergänge mit ihr zum Friedhof wurden ganz gestrichen.

Den wöchentlichen Gang zum Grab seiner Mutter übernahm nun Renate, die nie so viel Zeit hatte und nie das Feuerwehrauto mitnehmen wollte.

Patrizia gab sich Mühe, ihm weiterhin die Zeit zu vertreiben, ohne dabei noch einmal Anstoß zu erregen. Da er nicht fernsehen mochte, erzählte sie ihm zur Unterhaltung Filme, aber nur solche, die sie für geeignet hielt wie «Das letzte Einhorn» oder «Dschungelbuch». Damit er etwas lernte, machte sie ihm jeden Tag zwei neue Karten, zwang ihn eine Stunde lang, Haus von Stall, Auto von

Fahrrad, Scheune von Tankstelle zu unterscheiden. Manchmal brachte sie ihm ein paar Holzstückchen mit. Und weil er früher so gerne mit Puppen gespielt hatte, opferte sie ihre alte Barbie und etwas Zubehör. «Du darfst sie aber nicht kaputtmachen. Wenn du sie kaputtmachst, schenke ich dir nichts mehr.»

Er machte sie nicht kaputt, kämmte die verfilzten Haare, zog die Puppe mit trübsinniger Miene aus und an, aus und an mit allem, was ihm zur Verfügung stand, und fragte sich vielleicht zum ersten Mal, warum er keine Zärtlichkeit geben und keine empfangen durfte.

Patrizia tätschelte höchstens noch einmal verstohlen seine Hand. Renate berührte ihn nie, legte ihm nie eine Hand an die Wange, küsste ihn nie auf die Stirn, wusste nichts von seiner Sehnsucht. Das letzte Fein in seinem Leben lag auf weichen Kissen in einer schönen Kiste, und immer war die Erde unberührt, wenn er auf den Friedhof kam. Aber wo war seine kleine Schwester, die ihn früher auch so oft gestreichelt und geküsst hatte, ohne dass sich jemand darüber aufgeregt hatte?

Bis dahin hatte er sich damit abgefunden, Tanja nie wieder zu sehen. Nun änderte sich das. Er wollte auch einen Menschen für sich. Jeder im Haus hatte einen, nur er war allein und grübelte, wo er nach seiner Schwester suchen könnte.

Renate Kleu verband den Besuch auf dem Friedhof meist mit Einkäufen in dem kleinen Supermarkt nahe der Kirche. Da hatte er dann wenigstens eine Viertelstunde für sich. Er nutzte die Zeit, um mit seinen Karten die Gräberreihen abzuschreiten. Jedes Kreuz, jeden Grabstein suchte er ab nach Zeichen auf der Karte seiner Schwester. Tanja. Es war ein junger Name, und es starben nur selten junge Leute im Dorf. Es gab keine Tanja.

Nachdem er das festgestellt hatte, vermutete er, dass

Tanja wieder bei Paul, Antonia, Annette und Achim war. Dort durfte er nicht hingehen. Dass auf dem Lässler-Hof alle böse waren, hatte Achim mit dem Messer in der Hand bewiesen. Er wollte nicht alle unter das Kinn schlagen müssen, solange es andere Möglichkeiten gab.

Bruno hatte seinem jüngsten Sohn Heiko und Patrizia strikt untersagt, ihm von Tanja zu erzählen. Doch das hatte Patrizia schon getan, lange bevor Bruno es verbot – am Tag der Beerdigung seiner Mutter. Und auch wenn er davon kaum etwas verstanden hatte, Bio, das hatte er sich gemerkt, wusste nur lange nicht, was es bedeutete.

Von Heiko hörte er es dann wieder und konnte es einordnen. Bio gehörte zur Schule. Leider wusste er nicht, wo die Schule war. Seine Schwester und Britta waren im Sommer mit ihren Rädern dorthin gefahren. Er hatte kein Rad. Heiko hatte eins, aber er ging morgens aus dem Haus. Zur Schule, das sagte er immer.

Und Renate hatte nichts dagegen, dass er Heiko am Morgen begleitete – zur Bushaltestelle am Ortsausgang. Dort stieg Heiko zusammen mit anderen in einen Bus. Er wollte ebenfalls einsteigen, doch ihn wollte der Fahrer nicht mitnehmen.

«Nur für Schüler», sagte der Fahrer.

Und Heiko sagte: «Geh nach Hause, Ben. Mutti hat gesagt, du sollst sofort zurückkommen.»

Er ging nicht. Sein Zuhause war dort, wo seine Mutter gewesen war. Bei Bruno hatte er nur ein schönes, großes Zimmer. Es war bei Bruno viel besser als bei den weißen Leuten, auch wenn es objektiv betrachtet keinen großen Unterschied gab, keine Freiheit. Aber niemand stach ihn mit Nadeln, niemand zog ihm die Jacke an, in der er seine Arme nicht mehr bewegen konnte, niemand band ihn am Bett fest, niemand stahl seine Bilder.

Bruno klopfte ihm auf die Schulter und nannte ihn

Kumpel. Renate war immer freundlich und lobte ihn, wenn er das Geschirr in die Maschine räumte. Patrizia malte ihm viele Karten und sagte ihm, in welchem Kleid die Barbie-Puppe schön aussah. Heiko schenkte ihm jedes Auto aus seinem Zimmer, das er haben wollte. Nur Dieter war noch böse mit ihm und sagte manchmal: «Lass die Finger von Patrizia, sie ist meine Freundin.»

Und Heiko sagte, es könne nicht jeder eine Freundin haben, er hätte auch keine. Aber Heiko hatte Freunde. Ben hatte nur noch seine kleine Schwester. Er wartete.

Etwas später kam noch ein Bus, aber der wollte ihn auch nicht mitnehmen. «Bis Lohberg zweizwanzig», sagte der Fahrer, «oder haben Sie eine Karte?»

Natürlich hatte er eine Karte, er hatte viele, zeigte TANJA. Und der Fahrer verlangte, dass er zurück auf die Straße ginge. Er versuchte es mehrfach, aber egal, was er zeigte, auch mit HAUS, AUTO oder KUHSTALL wollte ihn niemand mitnehmen.

Wiedersehen

Patrizia, die nicht regelmäßig den Schulbus nahm, wurde kurz vor Beginn der Sommerferien einmal Zeugin seiner Versuche, mit den Karten in den Bus zu kommen. Ihr tat es entsetzlich Leid. Und dann schnappte sie während der Pause auf dem Schulhof auf, dass Tanja am Sonntagnachmittag zusammen mit Antonia die Eisdiele in Lohberg besuchen wolle.

Die Eisdiele gehörte Antonia Lässlers Vater und wurde seit Jahren von ihrem Bruder geführt. Für Tanja Schlösser waren beide Männer wie Großvater und Onkel. Daran dachte Patrizia in dem Moment nicht, sie sah nur die Chance, ein Wiedersehen zu arrangieren.

Schon am selben Nachmittag erfuhr Ben von seinem Glück, von dem Patrizia noch gar nicht wusste, wie sie es in Erfüllung gehen lassen könnte. Bruno oder Renate Kleu um Erlaubnis zu fragen, ersparte sie sich. Nach fast einem Jahr noch etwas zu erzwingen, wogegen Tanja sich entweder aus eigenem Empfinden oder aus Solidarität mit ihren Zieheltern sträubte, darin hätten beide keinen Sinn gesehen.

Aber Bruno hatte am Sonntagnachmittag etwas vor, Maria wollte eine Kunstausstellung besuchen, Renate ihren Freund. Um Heiko machte Patrizia sich keine Gedanken. Von ihm ließ sie sich nicht verbieten, etwas mit Ben zu unternehmen. Dieter stellte ein kleines Problem dar, er war immer noch nicht gut auf Ben zu sprechen. Aber ihn verstand Patrizia zu überzeugen mit einem Argument, das den Tatsachen entsprach, nämlich dass Ben wohl nur mit ihr geschmust habe, weil er Tanja nicht mehr sehen dürfe.

Leider stieg Ben nicht in Dieters Golf. Eine halbe Stunde lang versuchte Patrizia, ihn zu überreden. Nicht einmal das in Aussicht gestellte Wiedersehen brachte ihn auf den Beifahrersitz. Es war ihm zu eng, er glaubte nicht, was Patrizia versprach, wollte auch nicht neben Dieter sitzen.

Und Dieter wollte nicht mit dem Bus fahren, weil am späten Nachmittag kein Bus mehr zurück ins Dorf fuhr. Dass der Rückweg ein schöner Spaziergang wäre, ließ Dieter sich nicht einreden. Es waren vier Kilometer. Außerdem befürchtete er Ärger mit seinem Vater, wenn bei der Hinfahrt jemand im Bus säße, der es anschließend im Dorf herumerzählte. Bei einer Busfahrt nach Lohberg hätte Bruno sofort gewusst, dass es Absicht gewesen war.

Mit einem Auto könnte man es als zufälliges Zusammentreffen darstellen, wenn etwas schief ging.

So stürmte Patrizia an einem Julisonntag 96 gegen halb drei in den Anbau und bat ihre Schwägerin, Ben einen riesigen Gefallen zu tun.

Sie flunkerte ein wenig, behauptete, es handle sich um eine feste Verabredung mit Tanja und bat Nicole um einen großen Gefallen. «Kannst du uns nach Lohberg fahren? Für dich wären das nur zehn Minuten und für Ben so eine große Freude. Machst du es?» Nicole nickte nur.

«Klasse», freute Patrizia sich und ging schon mal zur Garage. Um Viertel vor drei fuhren sie auf Bruno Kleus Hof. Dieter und Ben warteten vor der Tür. Patrizia stieg vom Beifahrersitz nach hinten, Dieter gesellte sich dazu.

Ben zögerte, betrachtete misstrauisch den Mercedes und die schöne, blonde Frau am Steuer. Er kannte sie, sie war weggelaufen, als sein Freund Britta ins Haus führte. Von ihr erwartete er nichts Gutes, bestimmt nicht, wenn sie im Auto seines Freundes saß.

«Komm», lockte Patrizia. «Steig ein, es ist Platz genug, wir fahren zu Tanja.»

Das klang irgendwie logisch in seinen Ohren. In Lukkas Mercedes zum letzten Opfer. Er nahm zögernd auf dem Beifahrersitz Platz. Patrizia wies darauf hin, dass Nicole ihm den Sicherheitsgurt umlegen müsse. Dann fuhren sie los.

Für Nicole war es ein seltsames Gefühl. Ben sah so anders aus als an dem Sonntagabend im August des Vorjahres, als er auf dem Weg vor Lukkas Bungalow tobte. Damals hatte sie sehr schnell von seinem Verhalten auf seine Behinderung geschlossen. Nun hatte sie von Patrizia schon tausendmal gehört, welch ein lieber Kerl er sei, ein verkannter Künstler, der mit seinem alten Springmesser wahre Wunderdinge schnitzte. Und er saß neben ihr wie irgendein junger Mann, der einer Verabredung entgegenfieberte, von der er nicht wusste, wie sie enden würde. Seine Miene war ernst und erwartungsvoll, spiegelte jedoch auch Nervosität. Er schwieg.

Nicole sah Patrizia und Dieter im Rückspiegel miteinander flirten, und plötzlich tat es weh. Noch einmal so jung sein, alles vor sich haben, alles anders machen. Einen Kinderwagen schieben statt einen Rollstuhl.

Miriam hatte mit ihren Scherzen über einen geeigneten Vater und dem Angebot, bei ihr könne sie ein Kind mitbringen, eine Lawine losgetreten. Seitdem hatte Nicole sich schon unzählige Male vorgestellt, wie es sein würde, wenn sie endlich ein Kind hätte. Nur wer kam als Vater infrage?

Sie war sehr erleichtert, als sie vor der Eisdiele anhalten konnte. Die Knutscherei im Wagenfond hörte auf, Patrizia und Dieter stiegen aus. Ben blieb sitzen, bis Nicole begriff, worauf er wartete. Dass sie den Sicherheitsgurt wieder löste. Sie musste ihn nicht berühren wie bei Fahrtantritt, nur auf den Knopf drücken. Der Gurt glitt von selbst zurück in die Halterung. Die Tür öffnete Dieter für ihn.

Der rote Ford Fiesta, Achim Lässlers Auto, das auch Antonia fuhr, stand bereits am Straßenrand. Patrizia atmete erleichtert auf. «Sie sind schon da. Kannst du uns um sechs abholen?»

«Willst du drei Stunden lang Eis essen?», fragte Dieter.

«Nein, aber wir können noch ein bisschen spazieren gehen.»

Ein Stück die Straße hinunter war ein kleiner Juwelierladen. Patrizia zeigte wie zufällig in diese Richtung. Nicole kannte den Laden, dort hatten Hartmut und sie die Trauringe gekauft. Und plötzlich hasste sie sich, schämte sich für die Gedankenspielereien, ihn zu betrügen, schämte sich sogar für den nagenden, hohlen Schmerz im Innern. Hartmut konnte doch nichts dafür. Er hatte mehr verloren als sie.

Ehe Dieter weitere Einwände gegen die Zeit vorbringen konnte, sagte sie: «Sechs Uhr», und fuhr ab. Im Rückspiegel sah Nicole noch, dass Patrizia Ben bei der Hand nahm, dass Dieter sich augenblicklich dazwischendrängte und Ben vor sich herschob zwischen den Tischen durch, die im Freien aufgestellt waren.

Auf dem Stück Gehweg vor der Eisdiele war kein Platz frei. Drinnen waren nur wenige Tische besetzt. Von Antonia Lässler und Tanja war nichts zu sehen. Patrizia steuerte auf einen Tisch nahe dem Durchgang zu den Privaträumen zu. «Wahrscheinlich sind sie oben», meinte sie.

Sie setzten sich, Ben schaute sich suchend um, betrachtete die fremden Gesichter. Natürlich war Tanja nicht da. Er hatte auch nicht wirklich erwartet, sie sehen zu dürfen. Falsche Worte, aber Patrizia verzieh er sie wie seiner Mutter.

Niemand schenkte ihm Beachtung. Er entspannte sich und freute sich auf sein Eis. Als die Bedienung an den Tisch kam, um die Bestellung aufzunehmen, bat Patrizia kurzerhand, man möge Tanja Bescheid sagen, dass ihre Schulfreundin da sei.

Es war sehr hochgestapelt, von Freundschaft zwischen ihr und Tanja konnte nicht die Rede sein. Tanja wich ihr längst aus, um nicht immer wieder hören zu müssen, was für ein lieber Kerl ihr Bruder war. Aber es funktionierte. Noch ehe die Eisbecher serviert waren, wurde die Verbindungstür geöffnet und Tanja erschien.

«Was habe ich gesagt», sagte Patrizia.

Für Ben kam seine Schwester wie aus heiterem Himmel. «Fein», sagte er andächtig und erhob sich langsam, als wolle er jede Sekunde bis ins Letzte auskosten. Es waren auch nur ein paar Sekunden, Tanja verschwand wieder, noch ehe er um den Tisch herum war. Die Verbindungstür wurde so heftig zugeschoben, dass die wenigen Gäste erschreckt zusammenzuckten. Hinter der Tür waren noch kurz lautes Weinen und eilige Schritte zu hören.

«Fein!», rief er, stürzte zur Tür, warf einen Stuhl um, suchte nach einer Klinke, drückte mit beiden Händen dagegen. Schiebetüren kannte er noch nicht, und in der Aufregung hatte er nicht registriert, wie es funktionierte. Dafür war es zu schnell gegangen.

«Fein!», schrie er, schlug mit beiden Händen gegen das Holz. Dahinter war es inzwischen still geworden. Einige Leute begannen zu tuscheln. Die Bedienung kam eilig hinter der Theke hervor. Dieter fluchte: «Scheiße, das gibt Ärger.» Patrizia hob den Stuhl auf, bemühte sich, Ben zu beruhigen und zurück an den Tisch zu bringen. Aber da war nichts zu machen.

«Fein.» Er schrie nicht mehr, bettelte nur noch – bis die Tür wieder aufgeschoben wurde. Diesmal erschien nicht Tanja, sondern Achim Lässler. Dass er dabei sein könnte, hatte Patrizia nun wirklich nicht erwartet. Für einen Moment zog Ben den Kopf ein, dann ballte er eine Faust, tippte Achim leicht gegen das Kinn und sagte: «Finger weg, Freund.»

Dieter fluchte noch einmal: «Jetzt geht's rund.»

Patrizia versuchte, sich zwischen Ben und Achim zu schieben. Ben straffte die Schultern, schob Patrizia behutsam und Achim energisch zur Seite und ging durch die Tür. «Fein», rief er.

Hinter der Tür lag ein schmaler Korridor, von dem eine Treppe in die oberen Räume führte. Achim Lässler folgte Ben, packte seinen Arm, wollte ihn zurück in den Gastraum ziehen. Als Ben mit einem scheinbar lässigen Griff seine Hand entfernte, beauftragte Achim die Bedienung, die Polizei zu rufen.

Patrizia erklärte den Anwesenden rasch: «Wir brauchen keine Polizei. Er will nur seine Schwester einmal sehen. Darauf wartet er schon fast ein Jahr. Er hat ihr das Leben gerettet, aber die lassen ihn nicht zu ihr.»

An einem der Tische sagte eine jüngere Frau: «Das ist ja furchtbar, warum denn nicht?»

Patrizia erklärte auch das noch. Wieder setzte Tuschelei ein, wurde lauter. Und plötzlich standen alle auf seiner Seite, gegen Achim Lässler. Die Bedienung hatte den Telefonhörer bereits abgenommen, legte wieder auf. Patrizia huschte durch die offene Tür, um Ben zu seinem Recht zu verhelfen. Achim schob sie zurück mit dem Hinweis: «Das ist privat.»

Ben sagte noch einmal drohend: «Finger weg, Freund.»

«Eine Schwester ist auch privat», rief ein älterer Mann. «Wenn er nicht rauf darf, hol das Mädchen runter.»

«Sie will ihn nicht sehen», erklärte Achim Lässler.

«Dann soll sie ihm das ins Gesicht sagen», meinte der ältere Mann. «Ist doch keine Art so.»

Alle spähten angestrengt in den halbdunklen Korridor. Ben rief mehrfach in Richtung der Treppe: «Fein!»

Dann kam Antonia herunter.

«Fein», sagte er, zerrte die Karten mit den Namen aus seiner Hosentasche, hielt Antonia TANJA entgegen, flehte: «Fein.»

Irgendjemand sagte: «Mein Gott, das kann man ja nicht mit ansehen, der arme Kerl. Jetzt tun Sie ihm doch den Gefallen, holen Sie das Mädchen runter.»

«Haben Sie eine Vorstellung, was das Kind durchgemacht hat?», fragte Antonia.

Niemand antwortete. Antonia wandte sich an ihn. «Es tut mir Leid, Ben. Wir alle haben große Fehler gemacht. Nun haben wir großen Kummer. Paul ist davon krank geworden. Tanja ist auch noch krank und sehr traurig, weil wir Britta verloren haben. Du hättest Britta helfen können und hast es nicht getan, nur weil sie mit dir geschimpft hat. Sie wusste nicht, dass Lukka böse war. Du hast es gewusst und hast sie trotzdem mit ihm gehen lassen. Tanja wird nicht zu dir kommen. Sie weint. Willst du das?»

Er schüttelte den Kopf.

«Dann geh», sagte Antonia.

Und er ging, kam zurück in den Gastraum, ging weiter auf den Ausgang zu. Wenn er nicht so genau gewusst hätte, dass Tränen nichts änderten, hätte er wohl auch geweint.

«Willst du nicht dein Eis essen?», fragte Patrizia.

Er schüttelte noch einmal den Kopf und trat hinaus ins Freie. Patrizia und Dieter folgten ihm zwangsläufig. Zahlen mussten sie nicht, sie hatten ja auch nicht viel verzehrt. Nur Dieter hatte ein paar Löffel von seinem Amarenabecher genommen.

Bis sechs Uhr liefen sie mit ihm die Straße hinauf und hinunter. Er gab das Tempo vor. Zweihundert Meter in eine Richtung, wieder zurück. An den Juwelierladen dachte Patrizia nicht mehr. Dieter schlug ein paar Mal vor, nochmal reinzugehen und eine Cola zu trinken. «Ich habe so einen Durst, und wenn wir uns nur an einen Tisch setzen...»

Aber Ben wollte nicht wieder hineingehen, auch nicht draußen sitzen, als dort Plätze frei wurden. Als Nicole sie um sechs Uhr abholte, näherten sie sich gerade wieder dem roten Ford Fiesta.

«Vielleicht sollten wir noch ein bisschen im Auto warten», schlug Patrizia vor. «Irgendwann fahren sie ja auch zurück. Dann könnte er Tanja wenigstens nochmal sehen.»

«Weg», sagte er, riss die Wagentür auf und saß so schnell auf dem Beifahrersitz, als könne er es kaum erwarten, Lohberg den Rücken zu kehren. Patrizia und Dieter stiegen ebenfalls ein, während Nicole sich bemühte, ihm den Sicherheitsgurt umzulegen, ohne ihn zu berühren.

Patrizia erstattete ausführlich und sehr frustriert Bericht. Er verrenkte sich auf seinem Sitz, um in seine Hosentasche greifen zu können, zog die Karten heraus und legte sie Nicole alle in den Schoß. «Weg», sagte er, und sie glaubte zu begreifen, was er meinte: Er hatte alles verloren. Und dann berührte er sie, nahm ihre Hand und legte sie ans Lenkrad. «Weg», sagte er noch einmal.

11. September 1997

Seit Wochen war es so friedlich im Dorf wie in den Sommermonaten des Vorjahres. Die jungen Paare wagten sich wieder ins Bendchen, es war ja scheinbar nichts mehr passiert. Wer immer den Wald unsicher gemacht hatte, jetzt war er weg, das schrieb man dem Einsatz der Bürgerwehr zu.

Rita Meier hatte das unerfreuliche Erlebnis und die Begegnung auf dem Friedhof verdrängt. Sie wähnte sich sicher nach ihrer Drohung. Katrin Terjung litt immer noch unter der Vergewaltigung und wusste nicht, wie sie ihrem Freund begreiflich machen sollte, warum sie seine Zärtlichkeit nicht mehr ertrug. Aber zu oft musste sie ihn nicht abweisen, weil er in Norddeutschland stationiert war und nicht jedes Wochenende Urlaub bekam.

Was mit Vanessa Greven geschehen war, wusste nur ihr Mörder. Leonard Darscheid befolgte zwar die Empfehlung von Miriam Wagner, er meldete der Lohberger Wache das Verschwinden seiner Lebensgefährtin. Es passierte aber genau das, was er befürchtet hatte.

Zwei junge Beamte erschienen, Walter Hambloch und sein Kollege Martin Schlömer. Gemeinsam untersuchten sie den Keller, fanden aber nichts Verdächtiges.

Der große dunkle Fleck vor dem Weinregal war eindeutig kein Blut, die kleinen Flecken an den Wänden wurden ebenfalls für Rotwein gehalten. Die Scherben hatte Leonard Darscheid längst weggeräumt. Und was das Fehlen der Transportdecken betraf, wenn die Außentüren unverriegelt gewesen waren und jeder das Anwesen hatte betreten können, durfte man sich über einen Diebstahl nicht wundern.

Miriam Wagners Hinweis, dass neben Lukka vor zwei Jahren noch ein anderer Mann aktiv gewesen sei, wurde mit einem Lächeln quittiert, das mehr sagte als tausend Worte. Die Polizei hatte keinen Hinweis auf einen zweiten Mann gefunden, und von Miriam Wagner durfte man keine anderen Behauptungen erwarten. Walter Hambloch erkundigte sich, ob Leonard Darscheid wegen der Decken eine Anzeige erstatten wolle. Aber das ersparte der Künstler sich.

Am späten Donnerstagvormittag entdeckte er dann den abgebrochenen Kopf der kleinen Mädchenfigur unter dem Werkzeugschrank. Ihm war etwas aus der Hand gefallen, er musste sich bücken und sah ihn da liegen. Dass auch die winzigen Hände unter der Werkbank lagen, bemerkte er nicht, sie verloren sich zwischen den Holzspänen. Im ersten Moment maß er dem Kopf keine

Bedeutung bei. Erst nach einer Weile wurde ihm bewusst, dass Bruno Kleus Schwiegertochter und der große junge Mann seit seiner Rückkehr aus Paris noch nicht im Atelier gewesen waren. Sonst kamen sie mindestens einmal in der Woche, meist sogar zweimal.

Leonard Darscheid vermutete, Vanessa habe der jungen Frau etwas von ihren Plänen erzählt, womöglich sogar den Grund genannt, warum sie sich bei ihm nicht meldete. Als er bei Bruno Kleu anrief und Patrizia ans Telefon ging, erzählte sie ihm eine Geschichte, die durchaus glaubwürdig klang. Ihren letzten Besuch mit Ben im Atelier datierte sie einige Tage vor und behauptete, sie hätten die Figuren abholen wollen, aber Vanessa Greven habe erklärt, sie seien gestohlen worden. Es sei mal aus Versehen die Ateliertür über Nacht aufgeblieben, am nächsten Morgen wären sie alle vier weg gewesen.

Leonard Darscheid überlegte nach dieser Auskunft, ob er die Polizei noch einmal bemühen und doch wenigstens eine Diebstahlsanzeige aufgeben sollte. Aber die kleinen Holzfiguren hatten kaum mehr Wert als die Transportdecken. Und sich noch einmal belächeln lassen, dagegen sprach sein Stolz.

Zu diesem Zeitpunkt wären noch Leben zu retten gewesen. Vielleicht nicht das des nächsten Opfers, aber mit ziemlicher Sicherheit ein Leben, das Patrizia sehr viel bedeutete.

Nur ein Vater

Es war ein Mittwoch im August 96, ein Jahr nach den Morden, nur drei Monate nach dem Tod seiner Mutter, als Bens Leben noch einmal eine dramatische Wende nahm. Das Desaster in der Eisdiele hatte für ihn keine nachteiligen Folgen gehabt. Nur Patrizia hatte sich eine Strafpredigt anhören müssen, weil er tagelang so außer sich gewesen war.

An diesem Mittwoch wies Renate Kleu beim Frühstück darauf hin, dass er dringend zum Friseur müsste. Trude hatte ihm früher immer selbst die Haare geschnitten. Renate konnte das nicht und traute sich auch nicht zu, mit ihm zu fahren. Im Dorf gab es keinen Friseur mehr. Mit Ben in ein Auto zu steigen, war Renate nicht geheuer. Man wusste ja auch nicht, ob er einen Fremden mit einer Schere an sich heranließ, wenn Bruno nicht in der Nähe war.

Am frühen Nachmittag sprach Renate es erneut an. Sie meinte, Ben sei sehr nervös geworden, weil ihm ständig die viel zu langen Haare ins Gesicht fielen. Patrizia bot auf der Stelle an, die Fahrt nach Lohberg zu übernehmen. Sie hatte vor zwei Wochen ihre Führerscheinprüfung bestanden: «Wenn ich das Auto haben darf.»

Das Auto war Brunos BMW, das einzige auf dem Hof, in das Ben freiwillig einstieg. Zu Renates kleinem Corsa und Dieters Golf schüttelte er den Kopf, wie sich schon mehrfach gezeigt hatte.

Dieter war ganz und gar nicht einverstanden, dass Patrizia alleine mit Ben nach Lohberg fuhr. Man durfte nicht übersehen, Ben war ein junger Mann, dreiundzwanzig Jahre alt, ein hübsches, ernstes Gesicht, eine Figur wie Herkules, immer ordentlich gekleidet, seit er in ihrem Haushalt lebte. Immer frisch rasiert, neuerdings benutzte er sogar ein Aftershave, weil Bruno das auch tat, und was Bruno tat, musste gut sein.

Dieter hatte die Schmuserei auf dem alten Traktor noch nicht vergessen und wollte kein weiteres Risiko eingehen, Bruno auch nicht. Einen Führerscheinneuling von knapp einem Meter sechzig Körpergröße mit Ben in einem 520er BMW losschicken, das musste nun wirklich nicht sein.

Die Autofahrten, die Bruno inzwischen mit Ben unternommen hatte, waren zwar ohne unangenehme Zwischenfälle verlaufen. Dafür garantieren, dass Ben nicht mal versuchte, während der Fahrt auszusteigen, oder dass er ins Steuer griff, konnte jedoch niemand.

So führte Bruno ihn kurz nach drei zum Wagen. Die Fahrt verlief problemlos. Beim Friseur gab es jedoch Schwierigkeiten. Es war alles sehr ungewohnt. Das Becken, in das er den Kopf legen musste, weit nach hinten gebeugt. Bei seiner Mutter hatte er immer baden dürfen und in einem die Haare gewaschen bekommen. Das erledigte er nun morgens unter der Dusche, es wäre eigentlich nicht nötig gewesen, ihn in das Becken zu zwingen. Aber das ließ er noch über sich ergehen, weil eine junge Friseuse ihm die Haare wusch.

Doch dann kam der Meister persönlich mit der Schere, weil es offensichtlich war, dass man einen schwierigen Kunden hatte. Und es war viel zu schneiden nach all den Monaten, seine Mutter hatte das immer schnell erledigt.

Zweimal sagte er mit angespannter Miene: «Finger weg.»

«Ist gleich vorbei», beruhigte Bruno. «Schön still halten, Kumpel. Dann siehst du bald wieder aus wie ein Mensch und nicht mehr wie ein Mopp.»

Ihm reichte es, unvermittelt machte er eine heftige Bewegung mit dem Kopf, gerade als der Friseur die Seitenpartie noch etwas nacharbeiten wollte. Die spitze Schere fuhr nicht ins Haar, sie schrammte über die Kopfhaut und hinterließ eine blutende Wunde. Es war nicht weiter tragisch. Mit blutstillender Watte war das Malheur schnell behoben.

Bruno hatte schon befürchtet, er müsse auch noch mit ihm zum Krankenhaus, weil die Arztpraxis im Dorf an einem Mittwochnachmittag geschlossen war. Und er hätte nicht mal eine Versicherungskarte gehabt. Nur darum ging es, als Bruno nach dem Friseurbesuch mit Ben zum Schlösser-Hof fuhr, ein simples Stück Plastik veränderte alles.

Einen Hausschlüssel besaß Bruno. Den hatte Jakob ihm schon vor einer Weile ausgehändigt, falls er noch etwas holen musste für Ben. Jakob lebte immer noch bei den von Burgs, daran würde sich auch nichts mehr ändern.

Bruno war oft genug im Haus gewesen. Er wusste, wo Trude wichtige Unterlagen aufbewahrt hatte – im Wohnzimmerschrank. Und dort fand Bruno sie dann, nicht die Mitgliedskarte einer Krankenversicherung, nur die Kopie der Anklageschrift gegen Trude. Und dann las Bruno Kleu, dass Ben zwei Finger von seiner Tochter nach Hause gebracht und Trude sie verbrannt hatte.

Ben saß noch im Auto und drückte die blutstillende Watte gegen seinen Kopf, obwohl es längst nicht mehr blutete. Es war ganz gut so. Wäre er mit Bruno ins Haus gegangen, jetzt in seiner Nähe gewesen, Bruno hätte ihn auf der Stelle erschlagen. Jetzt wusste Bruno, was Paul Lässler fühlte. Er verstand, was Achim dazu gebracht hatte, die Betten auf dem Schlösser-Hof und Bens alte Puppe zu zerschneiden.

Eine halbe Stunde stand Bruno vor dem Schrank im Wohnzimmer. Die Zeilen der Anklageschrift verschwammen ihm schon nach wenigen Minuten vor den Augen. Er sah nur die Flammen vor sich und das puppenhaft schöne Gesicht seiner Tochter, aus der irgendwann eine zweite Maria geworden wäre. Eine Frau, die auch mit fünfundvierzig Jahren noch so makellos war, dass Bruno sich für einen Auserwählten hielt, wenn er bei ihr sein durfte. Er sah die Flammen so lange, bis er das Gefühl hatte, Trude hätte seine Tochter komplett verbrannt.

Dann stürmte er hinaus, befürchtete, dass er Ben in die Scheune prügeln, ihm den Schädel spalten, den Reservekanister auskippen und die ganze Bude abfackeln würde. Aber er riss nur die Wagentür auf, löste den Sicherheitsgurt, zerrte Ben aus dem BMW, schlug die Beifahrertür zu, rannte ums Auto herum, klemmte sich hinter das Steuer und brauste davon, immer noch die Flammen vor Augen und in der Brust. In seinem Innern war eine Hitze, dass er glaubte, zu verglühen. Er kam nur bis zu der Bresche, fand sich im Dreck beim Birnbaum wieder, noch ehe er wusste, wie er dahin gekommen war.

Und Ben stand allein mitten auf dem Hof vor seinem Elternhaus. Im ersten Moment war er viel zu verblüfft, um zu wissen, was er tun sollte. Bruno hatte ihm gut zugeredet, schön im Auto sitzen zu bleiben. Er war sitzen geblieben, und Bruno hatte ihn herausgerissen. Das verstand er nicht.

Die Haustür war noch offen, also ging er hinein und schaute überall nach, ob seine Mutter wieder da war oder ob vielleicht Achim Lässler Bruno mit dem großen Messer erschreckt hatte. Aber es war niemand da. In den Schlafzimmern sah es wüst aus, alle Decken waren zerschnitten. Das gefiel ihm nicht.

Er ging wieder ins Freie, zog die Tür hinter sich zu und trabte los. Dann wurde er schneller, erreichte den breiten Weg, lief hinter den Gärten vorbei. Mit Erleichterung sah er Brunos Auto vor der Bresche stehen. Nur hielt seine Erleichterung nicht lange vor.

Bruno lag auf dem großen Fleck nackter Erde beim Birnbaum, einen Arm hatte er angewinkelt, das Gesicht darin verborgen, mit der anderen Hand wühlte er im Dreck. Er nahm an, Bruno suche das schöne Mädchen.

Dabei wollte er ihm gerne helfen. Doch als er sich bemerkbar machte, schoss Bruno förmlich vom Boden in die Höhe, holte sofort aus und schlug zu. Er traf ihn an Brust, Schulter, Oberarmen, war völlig außer sich, nicht imstande, gezielt zu handeln, weinte und fluchte in einem Atemzug, prügelte dabei nur hilflos auf ihn ein.

Ben war völlig überrascht von dem Angriff, bog zuerst nur den Kopf nach hinten und steckte die Schläge aus Gewohnheit ein. Zweimal sagte er: «Kumpel.» Beim ersten Mal klang es verwirrt, beim zweiten Mal energisch. Unter Brunos Kinn zu schlagen, was bei Achim Lässler so gut funktioniert hatte, widerstrebte ihm. Plötzlich zog er Bruno an sich, umklammerte ihn mit beiden Armen und hinderte ihn so daran, noch einmal die Fäuste zu heben.

Bruno weinte immer noch heftig, schlug nun mit der Stirn gegen seine Schulter, versuchte, sich aus der Umklammerung zu befreien, das gelang ihm nicht. «Lass mich los», stammelte er. «Lass mich los, um Gottes willen.»

Ben gehorchte, trat einen Schritt zurück, betrachtete ihn zweifelnd und unsicher. «Kumpel», sagte er noch einmal.

«Scheiß auf Kumpel», schluchzte Bruno. «Hau ab. Na los, verschwinde. Geh mir aus den Augen, sonst schlag ich dich tot.»

Das wäre wohl so ohne weiteres nicht mehr möglich gewesen, wie Bruno am eigenen Leib gespürt hatte. Er suchte in seinen Taschen nach einem Tuch, um sich zu schnäuzen. Es schüttelte ihn immer noch. Diese Kraft in den Armen, als wäre er in einen Schraubstock geraten. Es war ihm noch nie passiert, sich nicht wehren zu können. Bisher hatte er sich nicht einmal wehren müssen, war immer der Angreifer gewesen.

Aber Bruno war überwältigt vom Begreifen, dass

Trude es gewusst hatte. Lange vor allen anderen wusste sie, was mit seiner Tochter geschehen war. Und wie oft hatte sie ihm ins Gesicht schauen können, ihm vorgelogen, Ben habe Lukka möglicherweise beim Beseitigen der Leichen beobachtet. Möglicherweise! Nachdem sie zwei Finger verbrannt hatte.

Und Jakob hatte ihm erzählt, die tausend Mark Unterhalt für seinen Sohn jeden Monat stammten aus Trudes Lebensversicherung. Von Lukkas Erbe wusste Bruno seit Monaten. Achim Lässler hatte Maria von den Aktien erzählt, nachdem er es von Miriam Wagner gehört hatte. Als Maria es ihm erzählte, hatte Bruno noch gedacht, dass auch ein Scheusal wie Lukka irgendwo eine menschliche Seite gehabt haben müsse, und dass Jakob sich nur dafür schäme, das Geld genommen zu haben.

Zweifel an Lukkas alleiniger Täterschaft hatte Bruno Kleu bis dahin nicht gehabt. Dafür konnte er sich zu gut hineinversetzen in diesen Scheißkerl, hatte schließlich in jungen Jahren auch einmal mit dem Gedanken an blutige Rache gespielt, sich ausgemalt, Paul Lässler zu zeigen, wie weh es tat, etwas nicht behalten zu dürfen, was man unbedingt zum Leben brauchte.

Bruno setzte sich auf die Erde, lehnte sich mit dem Rücken gegen den Baumstamm. Das Gestrüpp rundum verschwamm ihm vor den Augen, auch Ben verschwamm. Sekundenlang stand er noch hoch aufgerichtet vor ihm.

«Hau ab», sagte Bruno.

Da setzte Ben sich zögernd in Bewegung, ging zum Weg, schaute sich immer wieder um, ob er zurückgerufen wurde.

«Hau ab, du Idiot!», schrie Bruno noch einmal hinter ihm her.

Deutlicher hätte er ihm nicht sagen können, dass er gehen musste. Er wusste nur nicht, wohin. Zurück zu seinem Elternhaus? Aber dort war niemand mehr. Fast eine halbe Stunde stand er unschlüssig neben dem BMW, wartete, ob Bruno kam und es sich vielleicht noch anders überlegte. Zweimal ging er die wenigen Schritte zurück, wagte durch die Bresche einen Blick zum Birnbaum.

Er ließ Bruno äußerst ungern zurück, nur ging es wohl nicht anders. Langsam setzte er sich in Bewegung, trottete mit hängenden Schultern Richtung Bungalow und überdachte die Situation. Er musste irgendeinen Fehler gemacht haben, sonst hätte Bruno ihn nicht geschlagen und nicht geweint.

Die Tränen verwirrten ihn mehr als die Schläge. Dass ein Mensch auf ihn eindrosch und dabei weinte, hatte er noch nie erlebt. Sein Vater hatte immer nur geschimpft und gebrüllt, wenn er ihn verprügelte. Wer weinte, hatte große Schmerzen oder viel Angst und wusste nur nicht, dass es nicht besser wurde, wenn man weinte.

Als er den Bungalow erreichte, war er sicher, dass Bruno Hilfe brauchte. Aber er hatte sein Handy nicht dabei, hätte auch nicht gewusst, wen er in diesem Notfall anrufen sollte. Er hörte die Frauenstimmen, ihr Lachen, bog nicht nach rechts in den Weg, der zur Landstraße führte. Er ging links, am Bungalow vorbei zur Rückfront. Dem Haus seines Freundes hatte er sich stets nur von hinten genähert. Vorne gab es einen kleinen Zaun. Die große Rasenfläche, die sich der Terrasse anschloss, lag offen.

Wohl war ihm nicht dabei, er fürchtete, dass die fremde Frau wieder wie Bruno schrie: «Hau ab, du Idiot.»

Die fremde Frau saß zusammen mit der schönen, die ihn zu Tanja gefahren hatte, in der Abendsonne. Nicole Rehbachs Anblick erleichterte ihn ein wenig, auch wenn er von ihr immer noch nichts Gutes erwartete. Er steuerte auf sie zu.

Doch ehe er erklären konnte, warum er kam, gab die fremde Frau einen Pfiff von sich und sagte: «Wow. Es muss hier wirklich ein sehr gesundes Klima sein. Die starken Männer sprießen nur so aus dem Boden, und schön ist er auch noch. Herzchen, das wird ein Bilderbuchbaby. Soll ich ihn fragen, ob er Zeit hat und keine Ansprüche stellt, oder willst du?»

Was das bedeutete, wusste er nicht. «Kumpel weh», sagte er.

Die fremde Frau runzelte irritiert die Stirn, als die Schöne sagte: «Das ist Ben.»

«Kumpel weh», wiederholte er eindringlich und zog die Karten mit den Namen aus der Tasche.

Die fremde Frau betrachtete ihn so sonderbar, hatte gar keinen Blick für Brunos Bild. Die Schöne fragte: «Was ist denn passiert, ein Unfall?»

Das wusste er nicht. «Finger weg», sagte er.

Nicole sah die Blutstropfen auf der Schulter seines T-Shirts, dachte an das Messer in seiner Tasche, mit dem er laut Patrizia nur Holz bearbeitete. «Hast du Bruno Kleu etwas angetan?»

Er schüttelte heftig den Kopf. «Kumpel weh», sagte er noch einmal.

Und Nicole antwortete: «Schon gut, zeig mir, wo er ist.»

Sie lief mit ihm den Weg zurück, aber Bruno wollte sie nicht sehen, weinte und schrie, sie sollten beide verschwinden und ihn in Ruhe lassen.

Dieser Nachmittag im August 96, der alles veränderte, hatte für Miriam Wagner und Nicole Rehbach friedlich und harmonisch begonnen. Durch die kleinen Veränderungen der Einrichtung hatte sich die Atmosphäre im Bungalow in den vergangenen Wochen schon stark gewandelt.

An dem Mittwoch bot Miriam ihrer Freundin eine besondere Überraschung. Sie war aufgedreht wie ein Kind, als Nicole sie nach der Frühschicht wie schon so oft besuchte. Miriam öffnete, legte ihr die Hand vor die Augen. «Nicht blinzeln, Herzchen, erst schauen, wenn ich es sage.»

Sie führte Nicole durch die Diele, bei der Tür zum Wohnzimmer nahm sie die Hand weg. «Na, was sagst du?»

Zuerst war Nicole sprachlos. Die dunkle Ledergarnitur mit den hölzernen Armlehnen war durch helle Sitzelemente ersetzt. Der wuchtige Eichentisch hatte Platz gemacht für einen Tisch mit Glasplatte, die bisher nackten Terrassentüren waren mit einem luftigen Seidenstoff verhängt. Ein paar Topfpflanzen hauchten dem grossen Raum Leben ein, ein Schälchen hier, eine Vase dort brachten eine verspielte Note hinein.

«Es geht noch weiter», sagte Miriam und drängte sie hinaus auf die Terrasse. Dort standen Korbmöbel mit dicken Kissen unter einem Sonnenschirm. Der Tisch war schon mit dem neuen Service gedeckt. Zwei Stücke Sahnetorte standen im Kühlschrank.

«Die Landstraße bin ich inzwischen so oft gefahren, dass es anfängt, mich zu langweilen», sagte Miriam. «Jetzt können wir es uns hier gemütlich machen. Setz dich, ich hole den Kaffee und die Torte – aus dem Café Rüttgers, sie soll sehr gut sein.»

Es war ein sonniger, aber nicht zu heißer Nachmittag, Miriam aß ein Stück Torte, statt sich wie sonst üblich zuerst eine Zigarette anzuzünden. Während sie aß, nörgelte sie über den Mais: «Das Zeug macht mich nervös. Darin kann sich eine halbe Armee verstecken und man sieht nichts davon. Sprich doch mal mit deiner Schwägerin. Wenn Patrizia ihren Schwiegervater in spe lieb bittet, vielleicht ist er bereit, die Pampe unterzupflügen.»

«Da wird ein liebes Lächeln nicht viel helfen», meinte Nicole und wollte noch hinzufügen, dass auch Bruno Kleu in diesem Haus eine Tochter verloren hatte. Aber das sprach sie dann doch nicht aus.

Für einen Moment verzog Miriam frustriert das Gesicht und erkundigte sich: «Wen kann ich sonst fragen?»

«Keine Ahnung», sagte Nicole.

Miriam seufzte. Doch zwei Sekunden später lächelte sie wieder, lehnte sich im Korbsessel zurück, zündete eine Zigarette an und sagte: «Das ist heute erst die siebte. Du tust mir wirklich gut, Herzchen. Willst du nicht endlich ja sagen? Zweihundert Mark mehr und irgendwann ein Baby. Wenn Achim Lässler wirklich ein Auge auf dich geworfen hat, vielleicht haben wir Glück, und er bemüht sich mit dem Pflug hierher, um dich zu sehen. Dann wäre der Anfang gemacht und der Mais weg.»

Dass Achim Lässler nur etliche Meter von der Terrasse entfernt im Mais lag und Teile ihrer Unterhaltung verstand, ahnten sie beide nicht. Zu sehen war nichts von ihm. Hartmut Rehbach hatte sich nicht eingebildet, seine Frau wäre beim Schützenfest an der Imbissbude von Achim mit den Augen ausgezogen worden. Als Kind hatte Achim für seine Tante Maria geschwärmt, war mit sechs oder sieben Jahren fest entschlossen gewesen, sie eines Tages zu heiraten. Nicole war derselbe Typ, ein Traum, der für einen wie ihn unerfüllt bleiben musste.

Als Nicole nicht anwortete, meinte Miriam: «War nur ein Scherz, du darfst dich gerne künstlich befruchten lassen, wenn sich das eher mit deinem Gewissen vereinbart. Dann brauchen wir nur einen Samenspender, dagegen kann dein Mann keine Einwände erheben. Aber den Rest meine ich ernst. Ich hatte bisher nicht viele Nachmittage auf einer Terrasse, die ich wirklich genießen konnte, genau genommen ist das der erste. Und ich hätte gerne mehr davon. Es ist ein schönes Haus, und es wäre noch schöner, wenn es richtig sauber wäre, Haushalt ist nicht mein Ding. Ich schaffe es sogar, die Fertiggerichte aus dem Supermarkt zu verderben. Du musst mal einen Blick in den Backofen werfen, dann bekommst du einen Schock. Putzstreifen auf den Fenstern stören mich nicht. Bügeln musst du auch nicht, das geht alles in die Reinigung. Vormittags machst du sauber und kochst für uns, nachmittags unternehmen wir etwas oder machen es uns hier gemütlich.»

Nicole schwieg immer noch, wusste einfach nicht, was sie antworten sollte. Von den Gründen, die sie im April noch zu einem entschiedenen Nein bewegt hatten, waren die wichtigsten weggefallen. Ihre Skepsis Miriam gegenüber hatte sich restlos verloren, und die aufreibende Arbeit im Seniorenheim fiel ihr zusehends schwerer.

Auch hatte Hartmut sich in wenigen Wochen ebenso verändert wie die Atmosphäre im Bungalow. Er hatte einen neuen Lebenssinn gefunden, saß nicht mehr grübelnd und misstrauisch in der Wohnung. Jetzt saß er am Computer, probierte dies und das, wählte sich mal für eine Stunde ins Internet, sprach nur noch über Gigabytes, Downloaden, Antivirusprogramme und seine Homepage, er war voller Pläne.

Uwe von Burg hatte ihm zur Anschaffung der Anlage geraten. Uwes jüngerer Bruder Winfried von Burg hatte sich in Lohberg mit einem Computerladen selbständig gemacht, da hatte Uwe sogar einen Freundschaftspreis ausgehandelt. Den alten Opel hatten sie an einen Kollegen von Walter Hambloch verkauft und dank Walters Verhandlungsgeschick trotz des demolierten Kotflügels noch viertausend Mark dafür erzielt. Gut die Hälfte hatte Hartmut in den Computer investiert, den Rest aufs Sparbuch eingezahlt.

Siebentausend Mark auf der Bank, die Nabelschnur zur Welt im Wohnzimmer und einen Mercedes vor der Tür, den er allerdings erst haben konnte, wenn seine Frau von der Arbeit kam. Hartmut wagte sich inzwischen alleine nach Lohberg – mit Rückendeckung durch die Polizei. Walter Hambloch hatte seine Kollegen gebeten, ein Auge zuzudrücken, wenn sein Freund unterwegs war.

Ein bisschen unsicher war Hartmut noch, aber sehr vorsichtig. Wenn er während der Fahrt den Scheibenwischer betätigen musste, steuerte er an den Straßenrand. Die rechte Hand konnte er zwar benutzen, damit greifen, am Computer arbeiten und einiges mehr. Nur den Arm konnte er nicht heben, musste die Hand immer mit der Linken in Position bringen. Und mit dem Auto ging er kein Risiko ein. Er mied Stoßzeiten und die Innenstadt, fuhr nur zum Baumarkt in der Hoffnung, er könne sich bei Andreas Lässler irgendwie nützlich machen, vielleicht mal eine halbe Stunde aufs Büro aufpassen oder eine Kasse übernehmen, während die Kassiererin Pause machte.

Zum Computerladen fuhr er natürlich auch, um mit Winfried von Burg zu fachsimpeln – oder ihn davon zu überzeugen, dass er dringend eine Aushilfe brauchte, notfalls auf Abruf. Wenn Winfried irgendwo eine Anlage installieren musste, konnte er das nur nach Feierabend tun. So kam er nicht an große Kunden heran.

Der Computerladen wurde in der Hauptsache von Jugendlichen frequentiert, die an Spielen interessiert waren. Damit war kein Vermögen zu verdienen. Annette Lässler, die einige Monate vorher zu Winfried gezogen war, hatte eine Anstellung in der Lohberger Apotheke gefunden. Und Winfried machte keinen Hehl daraus, dass ihr kleines, aber festes Einkommen für ihn eine gewisse Sicherheit darstellte und es ihm ersparte, Unterstützung von seinen Eltern anzunehmen. Den Laden während der Geschäftszeit zu schließen, konnte er sich nicht leisten, eine Aushilfe auch nicht.

«Das mache ich gerne umsonst für den Anfang», sagte Hartmut Rehbach. «Übers Bezahlen können wir sprechen, wenn es richtig läuft. Und so ein bisschen Verkauf oder Büroarbeit, das kann ich.»

Stehen und gehen konnte er auch wieder stundenweise. Den Rollstuhl benutzte er nur noch als Sitzgelegenheit am Computer und draußen, weil er damit schneller war als mit Krücken und der Prothese, die er seit Wochen den ganzen Tag trug.

Hartmut blühte auf. Er wurde auch nicht mehr misstrauisch, wenn Nicole früh zu Bett ging. Manchmal sagte er sogar: «Du bist aber nicht sauer, wenn ich noch ein Stündchen surfe? Nachts ist es billiger.»

Natürlich war sie nicht sauer, eher erleichtert. Und das alles hatte sie Miriam zu verdanken. Im Bungalow war Nicole inzwischen so oft gewesen, dass sie kaum noch wusste, wie sie sich beim ersten Aufenthalt dort gefühlt hatte. Es gab nur einen Grund, der sie noch zögern ließ. Im Seniorenheim hatte sie eine feste Stelle; wenn sie kündigte und sich herausstellte, dass Miriam doch nicht auf Dauer im Dorf leben wollte…

Walter Hambloch gab das zu bedenken. Seit Miriam nicht mehr bereit war, einen Abend zu viert beim Italiener in Lohberg zu verbringen, war er nicht mehr so gut auf sie zu sprechen.

«Irgendwas stimmt nicht mit ihr», sagte Walter. «Sie hat keinen Mann, keinen Freund, meiner Einschätzung nach gar kein Interesse am anderen Geschlecht. Und so übel sieht sie wirklich nicht aus, wenn sie sich zurechtgemacht hat. Ich halte jede Wette, sie ist vom anderen Ufer und nur an dir interessiert, Nicole. Wenn sie merkt, dass sie die Falsche aufs Korn genommen hat, stehst du wahrscheinlich wieder auf der Straße. Oder willst du die Seiten wechseln?»

Das hatte Nicole nicht vor. Sie glaubte auch nicht, dass Miriam lesbisch sein könnte. Es hatte bisher nicht den kleinsten Annäherungsversuch gegeben, im Gegenteil. Miriam schien sehr darauf bedacht, körperlich Abstand zu halten.

Nicole war es egal, wie Walter Hambloch über sie und Miriam dachte. An dem Mittwochnachmittag drehten sich ihre Gedanken nur um das Kind, das sie haben könnte, wenn sie Miriams Angebot annahm, vielleicht auch um einen Mann, irgendeinen, der keine Forderungen stellte, der nur zärtlich war – und zeugungsfähig.

Und dann stand plötzlich Ben da.

17. September 1997

Im Dorf kursierten ein paar Gerüchte, wer sie aufgebracht hatte, wusste niemand genau. Es hieß, Vanessa Greven sei mit einem Liebhaber durchgebrannt. Nicht alle glaubten das, aber Vanessa war eine Fremde gewesen. Um Leute von auswärts machte man sich nicht viele Gedanken.

Nur in dem kleinen Supermarkt an der Kirche vermisste man sie schmerzlich, eine Stammkundin, die nicht auf Preise geschaut und nicht zu denen gehört hatte, die für größere Einkäufe nach Lohberg fuhren. Und dann hatte sie immer diese spezielle Teemischung verlangt, die lag nun im Regal, keiner wollte sie.

Aber niemand dachte mehr an etwas Schlimmes, auch Vanessas Mörder nicht. Er trauerte seit Wochen um die Frau, die er getötet hatte. Das Deckenbündel in dem alten Gewölbekeller versetzte ihn bei jedem Besuch ein wenig mehr in einen Zustand tiefer Depression. In den ersten Tagen war es noch schön gewesen mit ihr, obwohl sie nicht mehr lebte.

Er hatte sich wohl gefühlt, wenn er neben ihr saß. Es war ruhig und friedlich, hübsch eingerichtet, überall Lichter verteilt und die kleinen Holzfiguren. Niemand störte ihn, kein Mensch wagte sich in der Nacht zum Bruch. Er konnte sich völlig seinen Gedanken und Träumen hingeben, musste nicht ständig wachsam sein. Damit die Decken nicht gar so nach Tod aussahen, hatte er sie mit einigen Kleidungsstücken aus dem Koffer bedeckt.

Aber inzwischen drang der Geruch durch, wenn er unmittelbar neben ihr saß, störte es ihn. Von Mal zu Mal musste er etwas mehr Abstand halten. Und so viel Platz war nicht in dem Raum unter den Trümmerbergen. Nun saß er schon auf der morschen Stiege, halb im Freien, musste den Kopf einziehen, weil ein dicker Balken quer über dem Eingang lag. Es war unbequem und kühl, in den vergangenen Nächten hatte es geregnet, in dieser Nacht zum Glück nicht. Es war seine letzte Nacht mit ihr.

Er zögerte die Trennung so lange wie möglich hinaus. Es war schon alles vorbereitet, das Loch für sie ausgehoben. Es war nicht sehr tief, im Bruch war es nicht möglich, tief zu graben. Überall im Boden lagen Steine. Auswickeln mochte er sie nicht mehr, wollte sich nicht anschauen, in welchen Zustand er sie versetzt hatte.

Er hatte das nicht gewollt, hatte es nur tun müssen, damit sie ihn nicht verriet. Aber vielleicht hätte sie das gar nicht getan. Sie war älter gewesen, reifer, erfahren, nicht so ein junges, dummes Ding wie Svenja Krahl, nicht so arrogant wie Rita Meier, nicht ängstlich wie Katrin Terjung. In der Zeit mit ihr hatte er kaum einmal an eine der anderen gedacht, auch nur selten an Nicole und gar nicht an Miriam Wagner. Das tat er auch in der Nacht noch nicht.

Er tat nur, was getan werden musste, hatte Säcke mitgebracht, weil er das Deckenbündel nicht noch einmal tragen wollte, auch nicht tragen durfte, man hätte den Tod riechen können, wenn er sie noch einmal auf die Schulter nahm. Kordel hatte er auch dabei, streifte die Säcke von oben und unten über die Decken, umwickelte alles mit der Kordel und schleifte sie zu der morschen Stiege.

Dann zog er sie hoch, unter dem querliegenden Balken durch zu dem Loch. Die Säcke wurden dabei beschädigt, das kümmerte ihn nicht. Nachdem er sie hingelegt und mit Erde bedeckt hatte, grub er an anderen Stellen ein paar Pflanzen aus, drückte die Wurzel in der lockeren Erde fest und legte auch noch ein paar Steine hin.

Es war immer noch dunkel, als er endlich fertig war. Er wartete, bis im Osten der erste graue Schimmer des Tages aufzog, um zu prüfen, wie stark das Grab sich von der Umgebung unterschied. Die lockere Erde sah noch sehr verräterisch aus, doch mit dem nächsten kräftigen Regen, wenn die Pflanzen Wurzeln schlugen, würde niemand mehr etwas sehen.

Von dem Koffer und ihren Sachen mochte er sich nicht

trennen. Er packte alles ein und versteckte den Koffer im hintersten Winkel des Gewölbes. Auch die Kerzenstummel und Figuren ließ er zurück. Die Steine häufte er nicht mehr vor den Eingang.

Ehe er die Frau hergebracht hatte, war der Eingang offen gewesen. Und in wenigen Wochen begann die Rübenernte. Auf der anderen Seite des Weges zogen sich die großen Rübenfelder entlang, die Bruno Kleu gehörten. Es war nicht auszuschließen, dass einmal einer der Männer über die Kante stieg und sich wunderte, wenn da wieder die Steine lagen, der offene, dunkle Schlund reizte bestimmt niemanden, die Stiege hinunterzuklettern und sich in dem Loch umzuschauen.

Klärende Gespräche

Bens unverhofftes Auftauchen vor der Terrasse hatte Miriam Wagner zunächst sehr gestört. Nicole war so nahe daran gewesen, das Arbeitsangebot anzunehmen.

Dabei ging es Miriam nur um eins: Sie wollte Nicole behalten und mehr von ihr haben als diese Stunden am Nachmittag alle zwei Wochen. Sich zurückfallen lassen in die frühen Jahre, geliebt, umsorgt, gehätschelt und bekocht werden, von morgens bis abends in der Nähe einer Frau, die sie so sehr an ihre Mutter erinnerte.

Genau genommen hatte Nicole mehr von Miriams Mutter, als der Tochter lieb war. Dieses Zögern, unfähig, aus eigener Kraft einen Schlussstrich zu ziehen. Da brauchte es einen massiven Anstoß von außen. Die Befriedigung einer Sehnsucht – so wie Heinz Lukka damals die Sehnsüchte ihrer Mutter befriedigt hatte.

Und dann stand plötzlich der Mann vor ihnen, der

Heinz Lukka getötet hatte. Und so hatte Miriam sich ihn nicht vorgestellt. Sein Anblick verfolgte sie noch, lange nachdem Nicole mit ihm verschwunden war. Seltsamerweise war es nur sein Anblick. Sie meinte, sie hätte Lukka in diesen großen Händen sehen müssen. Die letzten Sekunden seines Lebens, brechende Augen, niedergestreckt von diesem Riesen, neben dem er wie ein Kind gewirkt haben musste.

Es erstaunte sie sehr, als ihr nach ein paar Minuten bewusst wurde, dass sie nur verärgert war über die Störung. Nicole tat ihr mehr als gut, sie hatte ein Wunder vollbracht. Wie ihre Mutter in den frühen Jahren Wunder vollbracht hatte bei aufgeschlagenen Knien und verbrannten Fingern. Einmal pusten und der Schmerz ließ nach, daran hatte sie immer fest geglaubt.

Flüchtig fragte Miriam sich, was wohl mit Bruno Kleu passiert sein mochte, es interessierte sie nicht wirklich. Sie warf einen Blick auf ihre Armbanduhr und begann sich zu langweilen. Nicole war seit zwanzig Minuten weg. Mit einem Seufzer erhob sie sich, ging zur Haustür und schaute den Weg hinunter. Vor der Biegung, die der Weg bei der Apfelwiese machte, stand ein schwarzer Wagen. Auf die Entfernung von fünfhundert Metern war die Marke nicht zu erkennen.

Etliche Minuten später tauchte hinter dem Wagen jemand auf. Ben – unübersehbar. Kurz darauf kam auch Nicole aus dem Gestrüpp. Sie näherten sich rasch, die letzten Meter im Laufschritt. Nicole nannte ihr hastig eine Telefonnummer und bat, auf Bruno Kleus Hof anzurufen. «Patrizia soll herkommen. Erzähl irgendwas, mir sei schlecht geworden oder so.»

«Was ist denn los?»

«Keine Ahnung», log Nicole. Der Anblick beim Birnbaum war eindeutig gewesen. «Bruno Kleu hat vermutlich Kreislaufprobleme. Ich habe Tropfen gegen zu niedrigen Blutdruck.»

«Mach keine Experimente, Herzchen», mahnte Miriam. «Der Blutdruck kann auch zu hoch sein, die Symptome sind gleich.»

Nicole nickte und wollte kehrtmachen.

«Was ist mit ihm?», fragte Miriam und zeigte auf Ben, der einfach nur so dastand.

«Er kann hier warten.» Nicole wandte sich an ihn. «Du bleibst hier stehen, ja? Lauf nicht weg. Patrizia kommt bald.»

Er nickte. Nicole lief eilig den Weg zurück. Miriam ging wieder ins Haus und schloss die Tür. Das Telefon stand im Arbeitszimmer. Den Hörer hielt sie schon in der Hand, wählte die erste Zahl, schaute zum Fenster. Er stand unverändert da – wie abgeschaltet. Jeder andere wäre ein paar Schritte hin und her gegangen, hätte in die Richtung geschaut, aus der jemand kommen sollte. Ben tat nichts dergleichen. Er hielt den Kopf gesenkt, als sei das Todesurteil über ihn gesprochen worden und er warte nur noch auf den Henker.

Mein Freund Ben, dachte Miriam. Sei nett zu ihm. Warum nicht? Sie legte auf, ging zur Haustür, zögerte noch einen Moment, ehe sie öffnete. Dann fragte sie: «Möchtest du hereinkommen und bei mir warten?»

Er schaute zweifelnd auf, nickte unschlüssig und kam langsam näher. Irgendetwas in seinem Gesicht berührte sie eigenartig. Solch einen Ausdruck hatte sie noch nie gesehen. Debil wirkte er nicht, nur verzweifelt, voller Resignation und Furcht.

«Hast du Angst?»

Er nickte wieder, betrat die Diele, blieb nach zwei Schritten stehen. Sie versuchte es mit einem Scherz, nach dem ihr gar nicht war. «Hier beißt niemand mehr. Du glaubst doch nicht wirklich, hier wäre noch ein Hund? Nach all den Jahren kannst du das nicht mehr glauben.»

«Kumpel weg», sagte er.

«Er kommt schon wieder in Ordnung», antwortete sie, wusste nicht, wie er das weg meinte. Weg konnte Bruno Kleu kaum gewesen sein, sonst wäre Nicole nicht zurückgelaufen. «Nicole hat heilende Hände. Sie streicht ihm über die Stirn und alles ist gut, du wirst sehen.»

Er schaute sie an mit einem Blick, der sein gesamtes Elend spiegelte, dabei schüttelte er langsam den Kopf. «Kumpel weg.» Er legte eine Hand an die Brust. Diese Geste hatten die Ärzte ihm beigebracht, sich selbst zu bezeichnen, weil er seinen Namen nicht über die Lippen brachte. Warum er sich ausgerechnet in dieser Situation daran erinnerte und nicht stattdessen die Karte mit seinem Namen zeigte, vielleicht war es die Furcht, das Wissen, dass er den weißen Leuten an dem schlimmen Ort wieder sehr nahe war, wenn Bruno ihn nicht mehr sehen wollte.

«Weg», sagte er mit der Hand an der Brust.

Miriam Wagner verstand die Geste völlig falsch. «Nun mach dich nicht verrückt, es wird nicht gleich ein Herzinfarkt sein. Ihm ist bestimmt nur übel geworden. Komm.» Sie hatte nach seinem Arm gegriffen, ehe ihr bewusst wurde, dass sie ihn anfasste. Als ihr auffiel, dass sie ihn vorwärts schob, waren sie bereits im Wohnzimmer – ungefähr an der Stelle, an der Lukka gelegen haben musste.

Ben stockte, schaute sich um. In seine Resignation mischte sich ein wenig Neugier. Es sah alles so anders aus. Er ließ den Blick über die neue Einrichtung wandern, betrachtete den hellen Teppich. «Freund?»

«Verstehe ich das richtig, du möchtest mein Freund sein?» Sie lachte kurz auf und ließ seinen Arm los. «So war das aber nicht gemeint.»

Sie verstand es auch nicht richtig, er nickte trotzdem,

wollte gerne ihr Freund sein. Sie sah ein bisschen aus wie seine kleine Schwester. Und wenn sie nicht schimpfte, ihn freundlich ins Haus bat, vielleicht durfte er bei ihr bleiben, wenn Bruno ihn nicht mehr sehen wollte.

Sie trug eine kurze Hose. So weit war sie inzwischen, musste ihre Narben vor Nicole nicht mehr verstecken. Er registrierte die tiefen Dellen im Fleisch ihres Oberschenkels, wusste nichts vom Stolz einer zutiefst verletzten Frau, kannte keine Scheu, etwas genau zu bezeichnen. Er zeigte auf ihr Bein. «Weh?», fragte er.

«Nein, es tut nicht mehr weh», sagte sie. «Es sieht nur noch hässlich aus.» Sie zeigte zu den offenen Terrassentüren. «Setz dich draußen hin.» Sie konnte nicht länger mit ihm im Wohnzimmer stehen, nicht an dieser Stelle, wo Lukka gestorben war.

Er ging ins Freie. Auf dem Tisch stand noch das benutzte Geschirr. Es war auch noch Kaffee in der Isolierkanne, vermutlich war er sogar noch warm genug. Sie müsste nur ein frisches Gedeck aus der Küche holen. Aber sie wusste nicht, ob sie ihm einen Kaffee anbieten sollte, ging stattdessen ins Schlafzimmer und zog einen wadenlangen Rock an.

Es war so irreal. Sie hatte ihn angefasst. Nur ein Reflex. Aber normalerweise neigte sie nicht zu solchen Reflexen. Er hatte eine sonderbare Wirkung auf sie. Diese Kraft, das kurzärmelige T-Shirt stellte seine Muskeln deutlich zur Schau, und sein Gesicht strahlte so viel Hilflosigkeit aus.

Er lächelte sie unsicher an, als sie ihm ins Freie folgte und wieder in dem Sessel Platz nahm, in dem sie zuvor gesessen hatte. Er saß auf Nicoles Platz. Sie hatte nur zwei Sessel für die Terrasse angeschafft, weil sie nicht erwartet hatte, hier jemals mehr als Nicoles Gesellschaft zu genießen. Dann zog er seine Karten aus der Hosentasche, hielt ihr BEN hin und bedeutete mit einer Geste, dass sie an der Reihe sei, sich vorzustellen.

«Ich bin die kleine Maus», sagte sie. «So hat Lukka mich immer genannt. Von dir hat er oft gesprochen und sehr viel über dich geschrieben. Hat er dir auch einmal von mir erzählt?»

Er schaute sie nur zweifelnd an. Dass sie eine kleine Maus war, glaubte er nicht, kleine Mäuse sahen ganz anders aus. Aber wenn sein Freund Lukka sie nur so genannt hatte, das leuchtete ihm ein, seine Schwester hatte ihn Bär genannt und Waldmensch.

«Sehr auskunftsfreudig bist du nicht», stellte sie fest. «Aber du kannst doch sprechen. Kannst du nicht mehr sagen als Kumpel, Freund, weh und weg?»

«Fein», sagte er.

Sie lachte leise. «Phantastisch, fünf Worte.»

«Fein weg», sagte er, zog die Karten seiner Mutter und seiner Schwester aus dem kleinen Haufen und legte sie nebeneinander zwischen die mit Sahneresten verschmierten Teller auf den Tisch.

Sie lachte noch einmal. «Sehr aufschlussreich.»

«Freund weg», sagte er und zeigte mit ausgestreckter Hand in den Wohnraum. Und sie bemerkte seine Narben, die unzähligen kleinen, die er sich im Laufe der Jahre irgendwo draußen an Dornen und Stacheldraht zugezogen hatte, und die großen. Die Stimme der Kanzleisekretärin zog ihr noch einmal durch den Kopf. «... keine Zweifel, dass der schwachsinnige junge Mann nur das Leben seiner Schwester verteidigt ...»

Abwehrverletzungen, sie waren typisch, wenn jemand in die Klinge eines Messers griff. Auf wie vielen Fotos hatte sie das gesehen? Die Hände der Opfer von Messerangriffen sahen so aus, und meist gehörten dazu noch Fotos von einer durchschnittenen Kehle oder Stichwunden.

«Das ist etwas, was ich nie begreifen werde», sagte sie. «Marias Tochter und Britta Lässler kann ich noch nachvollziehen. Die beiden anderen hatten vielleicht einfach nur Pech. Aber deine Schwester will mir nicht in den Kopf. Welchen Grund hatte Lukka, sie zu verletzen? Du warst dabei, sag es mir.»

Er hätte es ihr vielleicht sagen können. Zu den Bildern in seinem Kopf gehörten viele Worte, und einige waren noch da. Aber es waren nicht seine Worte. Die Notwendigkeit, sie in bestimmten Situationen auszusprechen, kannte er nicht. Er durchlebte es immer nur für sich allein.

Marlene Jensen, die ihn mit ihrem ungehaltenen: «Lass das, du Idiot», in die Schranken verwies, als er die Finger durch ihr Haar gleiten ließ.

Britta Lässler, die weinend neben ihm ging und schluchzte: «Du bist selber schuld, wenn alle so was von dir denken.»

Und die Stimme seines Freundes, als Tanja blutend am Boden lag: «Was hast du gemacht, du dummer Kerl? Geh nach Hause, geh zu Mutter. Ich bringe es zu Ende. Das muss sein.»

Die fremde Frau, die kleine Maus hieß, sagte auch viele Worte, fast so viele wie Patrizia, bei der alles immer so leicht und schnell klang. Die kleine Maus klang langsam und schwer, so wie er sich jetzt fühlte, allein. Traurig sagte Patrizia dazu. Er war sehr traurig, die Frau vor ihm auch.

Währenddessen bemühte Nicole Rehbach sich um Bruno Kleu. Zweimal verlangte Bruno, sie solle sich zum Teufel scheren. Das tat sie natürlich nicht. Nicole redete und redete, fast so viel wie Patrizia, ohne zu wissen, was sie eigentlich sagen sollte.

Aus den halben Sätzen, die er von sich gab, zog Nicole den Schluss, dass Bruno vermutete, Ben könne seine

Tochter und die beiden anderen getötet haben. Es war ein Missverständnis, aber das erkannte Nicole nicht. In bester Absicht beging sie den großen Fehler, Bruno zu erklären, was sie von Bens Schwester Bärbel gehört hatte.

Bruno glaubte Nicole nicht eine Sekunde lang. Die Leichen in Lukkas Auftrag begraben. Er hatte Lukka gut gekannt und war sicher, das Risiko wäre der Scheißkerl nie eingegangen. Ben war unkalkulierbar. Was er tun sollte, tat er nur, wenn man ihn dabei die ganze Zeit über im Auge behielt.

Wie oft hatte Jakob sich früher darüber aufgeregt, dass man ihn nicht kontrollieren konnte. Man erklärte ihm, warum dieses oder jenes so sein oder getan werden müsste. Er nickte, als habe er alles verstanden und könne das auch akzeptieren. Dann tat er genau das Gegenteil.

Nicole erkannte rasch, dass sie den Schaden nur vergrößert hatte. Also schlug sie vor: «Sie sollten einmal mit Walter Hambloch sprechen, Herr Kleu. Er kann Ihnen das alles genau erklären. Er war im Bungalow und auch dabei, als die Leichen geborgen wurden.»

Walter Hambloch saß mit Hartmut zusammen am Computer. Erfreut reagierte er nicht, als Nicole mit Bruno Kleu auftauchte und ihm Auskünfte abverlangte. Er stellte erst einmal klar, dass er in Teufels Küche komme, wenn er polizeiliche Erkenntnisse an eine Privatperson weitergäbe. Erst als Bruno erklärte, warum er als Privatperson so brennend interessiert sei und was er in Trudes Wohnzimmerschrank gefunden hatte, gab Walter Hambloch nach.

Dass gegen Trude Schlösser Anklage erhoben worden war, hörte der Polizist zum ersten Mal. Bärbel hatte nur mit Nicole darüber gesprochen. Als er dann noch hörte, wie viele Beweise Bens Mutter vernichtet hatte, sagte Walter Hambloch fassungslos: «Das ist ja unglaublich.»

Er erklärte erst einmal ausdrücklich, an Lukkas Schuld und am Tatort Keller habe es keine Zweifel gegeben. Im Freien sei es unmöglich gewesen, die Frauen in den Zustand zu versetzen, in dem sie gefunden worden waren. Dann ging Walter Hambloch ins Detail.

Bruno begriff schon nach wenigen Sätzen, dass Nicole zumindest in einem Punkt die Wahrheit gesagt hatte. Ein Loch von der Tiefe hätte Lukka niemals schaufeln können. Wann hätte der Zwerg das machen sollen? Tagsüber war er in seiner Kanzlei gewesen. Das Risiko wäre er auch nicht eingegangen, man hätte ihn sehen können. Und bei Nacht hätte er eine Lampe gebraucht, das hätte er erst recht nicht riskiert.

Und so wie Walter Hambloch die Fundsituation beschrieb, die Verwunderung des Gerichtsmediziners, alles hübsch beieinander, als hätte der Täter seinen Opfern zuletzt noch so etwas wie Ehrfurcht erweisen wollen. Ehrfurcht hatte Lukka bestimmt nicht gehabt. Für Bruno war die Sache einigermaßen klar. Lukka hatte die Leichen irgendwo abgelegt, wie er es mit Britta getan hatte. Den Rest hatte Ben übernommen. Aber warum?

Bruno beruhigte sich allmählich, nippte gelegentlich an dem Weinbrand, den Nicole ihm eingeschenkt hatte. Es war weit nach acht Uhr, als er sich bei Walter Hambloch und Nicole bedankte. Was er tun wollte oder konnte, wusste er noch nicht genau. Ben nach den Gründen für sein Handeln fragen natürlich, obwohl keine Aussicht auf eine verständliche Antwort bestand.

Bruno rechnete damit, dass Patrizia Ben längst abgeholt und zurück auf den Hof gebracht hatte. Kurz entschlossen fragte er Nicole, ob sie bei Lukkas Erbin ein gutes Wort für ihn einlegen könne. Er hätte gerne einen Blick in den Keller geworfen.

Wider Erwarten saß Ben noch auf der Terrasse des

Bungalows, trank stark gesüßten, nur noch lauwarmen Kaffee und hörte sich an, was Miriam Wagner ihm erzählte. Vierzehn Jahre Illusion, unzählige Briefe, jeden Monat ein Treffen in einem Restaurant und nie den geringsten Verdacht. Hin und wieder verstand er einen Satz, begriff, dass Lukka sie enttäuscht und verletzt hatte. Dass sie eine Gemeinsamkeit sah. Auch er war enttäuscht und verletzt worden.

Miriam nahm seine rechte Hand, diesmal bewusst, hielt sie, als wolle sie ihm aus den Narben die Zukunft vorhersagen. Sechs tiefe, weiße Linien allein im rechten Handteller, quer durchgezogen, und mehrere Kerben in den Fingern. Und sie zeichnete mit einer Fingerspitze jede einzelne nach. Es gefiel ihm sehr gut. Nur konnte er es nicht mehr lange genießen.

Vom breiten Weg war Motorengeräusch zu hören und erstarb vor dem Grundstück. Zwei Autotüren schlugen. Dann tauchte Bruno bei der Hausecke auf, dicht gefolgt von Nicole.

Nicole war nicht sehr erfreut von Bens Anblick, hielt es für einen Fehler, dass Miriam ihn hereingerufen und sich die ganze Zeit mit ihm beschäftigt hatte. Gerade erst war es ihr gelungen, etwas Abstand zu gewinnen.

Bruno begrüßte Miriam zuerst nur mit einem kurzen Nicken und wandte sich an Ben. «Das gefällt dir, was? Mit einer jungen Frau in der Sonne sitzen und Händchen halten.»

Ben nickte, war so erleichtert, dass es Bruno wieder gut ging, dass er nicht mehr verlangte: «Hau ab, du Idiot.»

Nicole erklärte unterdessen im Flüsterton, warum sie in Begleitung zurückgekommen war. Zuerst weigerte Miriam sich, Bruno Kleu in den Keller zu lassen. «Das ist kein Museum da unten.»

«Das ist mir klar», erwiderte Bruno. «In ein Museum

gehe ich auch nicht. Geben Sie mir ein paar Minuten, Frau Wagner, nur ein paar Minuten, bitte.» Er sprach von Britta Lässlers Obduktionsbericht, von seinen Gefühlen, den grausamen Vorstellungen, die ihn quälten, dass seine Tochter ebenso habe leiden müssen. Und von seiner Hoffnung, dass er es vielleicht abhaken könnte, wenn er einmal etwas Konkretes hatte.

Schließlich gab Miriam Wagner nach, nur hinunterbegleiten mochte sie ihn nicht. Aber der Raum war nicht zu verfehlen, er lag hinter einer Stahltür. Sie war verschlossen, der Schlüssel steckte außen. Bruno Kleu blieb etwa zwanzig Minuten unten, versuchte sich vorzustellen, wie das ausgesehen haben musste. Wie in einem Schlachthaus, hatte Walter Hambloch gesagt, allerdings erst, nachdem die Spurensicherung Speziallampen eingeschaltet hatte.

Jetzt war nichts zu sehen, ein wenig Staub vielleicht, sonst nichts. Der Raum war gefliest bis unter die Decke, leicht sauber zu halten. Ein paar Trimmgeräte standen herum, eine Dusche in der Ecke, zwei Metallringe an der Innenwand. Bruno musste eine Hand vor den Mund pressen, um nicht zu schreien.

Nicole hatte ein ungutes Gefühl, als Bruno aus dem Keller zurückkam und Ben aufforderte, mit ihm zum Wagen zu gehen. Es sah nicht so aus, als hätte er alles geglaubt, was Walter Hambloch ihm erklärt hatte. Er fuhr auch nicht zur Landstraße hinunter, wendete den BMW auf der Kreuzung und fuhr mit Ben noch einmal zurück zur Fundstelle. Als Nicole sich auf den Heimweg machte, sah sie beide beim Birnbaum stehen.

Bruno sprach auf Ben ein, erhielt jedoch nur ein Achselzucken zur Antwort. Die Unsitte, unangenehmen Fragen auf diese Weise auszuweichen, hatte er bei Dieter Kleu abgeschaut. Er hatte Angst. Da mochte Bruno noch hundertmal sagen: «Ich weiß, dass du sie hier verbuddelt hast, ich will nur wissen, warum.»

Dass Bruno es wusste, machte es für ihn nicht leichter. Zurück zu den weißen Leuten. Er hatte wirklich große Angst.

Auch Renate Kleu bemerkte, dass etwas nicht stimmte. Dass es beim Friseur sehr lange gedauert hatte und Blut geflossen war, glaubte sie noch. Den Beweis hatte Ben auf seinem T-Shirt und am Kopf. Spuren von Fäusten sah Renate nicht, weil Bruno ihn nicht ins Gesicht geschlagen hatte. Renate glaubte auch, dass Bruno mit Ben nach dem Friseurbesuch irgendwo in Lohberg etwas getrunken hatte, um ihn für die Schramme am Kopf zu entschädigen. Die Bedienung sei sehr nett gewesen und habe ein bisschen mit Ben geflirtet.

Da sagte Renate noch: «Mach bloß keinen Quatsch.»

Und Bruno antwortete: «Träumen darf er doch.»

Dann ging Bruno hinauf in Bens Zimmer und konfiszierte das alte Springmesser. Und darüber wunderte Renate sich sehr. Es musste einen Grund geben, wenn Bruno das Messer monatelang duldete, ihr abverlangte, beide Augen zuzudrücken, und es Ben dann wegnahm. Bloß weil er beim Friseur gezappelt oder in irgendeiner Kneipe mit einer freundlichen Bedienung geflirtet hatte, bestimmt nicht.

Renate fiel in den nächsten Tagen auch auf, dass Bruno ihm nicht mehr auf die Schulter klopfte, ihn nicht mehr Kumpel nannte, ihn nur noch so nachdenklich betrachtete. Mehrfach versuchte sie von Ben zu erfahren, was vorgefallen war, hörte immer nur: «Kumpel weh, Fein fein macht.» Dann zog er die Karte mit seinem Namen und sagte: «Weg.» Renate konnte sich darauf keinen rechten Reim machen, für sie klang es so, als hätte Bruno ihm gedroht. Schließlich stellte sie Bruno zur Rede.

Er bestritt irgendeinen unangenehmen Zwischenfall.

Doch Renate glaubte ihm nicht. «Ich weiß nicht, was passiert ist», sagte sie. «Und ich weiß nicht, was du vorhast. Aber ehe du es tust, erkundige dich besser bei Maria, ob sie bereit ist, deinen Haushalt zu führen, die Kälber zu versorgen und sich um die Kühe zu kümmern. Sobald ich merke, dass du irgendwas mit Ben im Schilde führst, bin ich weg.»

Widerstand von seiner Frau kannte Bruno Kleu nicht. Dass sie Partei für Ben ergriff, hatte er nicht erwartet, wo sie ihn doch zu Anfang nur mit Widerwillen aufgenommen hatte. Er nahm ihre Drohung auch nicht sofort ernst. Wo sollte sie denn hin, sie hatte doch nicht mal einen Beruf gelernt, der sie hätte ernähren können, und großartigen Unterhalt von ihm durfte sie nicht erwarten. Es war längst nicht mehr so rosig in der Landwirtschaft, man kam gerade mal so über die Runden.

Dann hörte Bruno zu seinem Erstaunen, dass es in Lohberg einen Mann gab, der mit Freuden für Renate sorgen wollte und sie mit offenen Armen aufnehmen würde. Und wenn sie ihn tatsächlich verließ, bei einem Hof von der Größe wäre das eine Katastrophe gewesen. Maria zu fragen, konnte Bruno sich ersparen. Die Antwort kannte er.

Maria hatte sich sehr verändert, wollte ihr Leben genießen, nichts mehr sehen und hören von Lukka, ihrer Tochter und allem, was damit zusammenhing. Sie hatte auch schon gedroht, Bruno zu verlassen, wenn er das Thema nicht endlich abhakte. Ein paar Mal hatte er gedacht, dass sie vielleicht Recht hatte, dass er sich nur unnötig damit quälte und doch nichts mehr ändern konnte. Jetzt dachte er anders, weil er wissen wollte, was Ben veranlasst hatte, für Lukka den Totengräber zu spielen. Zu einem kleinen Teil war es aber auch die Verantwortung, die er sich mit Ben ins Haus geholt hatte.

2. Oktober 1997

Das nächste Opfer hieß Dorit Prang, war achtundzwanzig Jahre alt und seit drei Jahren verheiratet. Seit zwei Monaten lag ihr Mann in einer Kölner Klinik, Krebs. Dorit Prang hatte bis zum Abend an seinem Bett gesessen und einen von den vielen Blumensträußen mitgenommen, die Kollegen ihres Mannes ihm in die Klinik gebracht hatten. In ihr Haus am Lerchenweg zog es sie nicht. Sie wollte die Blumen zum Grab ihrer Großeltern bringen.

Für den großen, dunkel gekleideten Mann in ihrer Nähe hatte sie keinen Blick. Erst als er fast neben ihr stand, hob sie den Kopf. Sie hatte geweint, war ganz in Gedanken und erschrak nicht einmal, als er ihr das Messer zeigte. Sie schrie auch nicht, als er ihr die Hände um den Hals legte.

Er drückte zu, nicht fest und nur so lange, bis sie zusammenbrach. Dann ließ er sie sofort los und trug sie in den Schatten der Kirche. Dort wartete er mit ihr, bis er sicher sein konnte, auf den Straßen keinem Menschen mehr zu begegnen.

Damit sie unterwegs nicht schrie und jemanden aufmerksam machte, stopfte er ihr Papiertücher in den Mund. Und damit sie nicht nach ihm schlug, band er ihr die Hände mit seinem Gürtel auf den Rücken.

Es war ein langer Weg. Er musste sie stützen. Das letzte Stück trug er sie sogar. Dann legte er sie nieder, legte sich dazu. Bis zum Morgen blieb er bei ihr. Ehe er sie verließ, steckte er ihr wieder das Papier in den Mund, band ihr Hände und Füße zusammen. Dann häufte er die Steine vor den Eingang. Es war keine gute Lösung. Die Rübenernte stand nun kurz bevor. Aber er wusste keine bessere Möglichkeit, sie unterzubringen.

Als er am nächsten Abend eine Plane anbrachte, damit der Wind nicht eindringen konnte, war die Frau wach. Er brachte ihr etwas zu essen und zu trinken und dachte, sie sei danach etwas freundlicher zu ihm. Doch statt sich zu bedanken, weinte sie, als er das Papier aus ihrem Mund nahm, bettelte, er solle sie gehen lassen, ihr Mann sei krank, habe nur noch kurze Zeit zu leben und brauche sie dringend.

Verraten und verkauft

Eine knappe Woche nach seinem Zusammenbruch beim Birnbaum und den zwanzig Minuten im Keller des Bungalows fuhr Bruno am frühen Vormittag mit Traktor und Pflug los, um sich bei Miriam Wagner zu revanchieren.

Beim ersten Besuch hatte er sich nur bedankt und Miriam hatte dabei ihr Studium erwähnt. Bruno machte keinen Unterschied zwischen Psychologie und Psychiatrie. Und wenn er mit seinen Mitteln nicht weiterkam …

Er wollte Ben auf keinen Fall zurück in die Landesklinik oder an sonst einen sicheren Ort bringen. Dafür gab es viele Gründe. Einer war das Geld, das für Bens Unterhalt gezahlt wurde. Tausend Mark haben und nicht haben – für drei Mahlzeiten täglich, hin und wieder eine neue Jeans, ein T-Shirt oder ein Paar Schuhe. Ben kümmerte es nicht, ob man ihm eine Hose für siebzig Mark im Kaufhaus holte oder eine für hundertsiebzig aus der Boutique, Hauptsache, sie war bequem. Da blieb eine hübsche Summe übrig.

Aber es war nicht nur das Geld. Bruno hatte sein Wort gegeben, daran änderte auch die verfluchte Anklageschrift nichts. Wenn er darüber nachdachte, sah er Trude mit ihrem müden, verhärmten Gesicht der letzten Wochen am Herd stehen. Dann wusste er, sie hätte das nicht getan, wenn sie nicht von Bens Unschuld überzeugt gewesen wäre. Sie hätte ihm eher etwas ins Essen gerührt und sich selbst auch eine große Portion genommen.

Vielleicht hatte er Ben einmal zu oft auf die Schulter geklopft, ihn einmal zu oft Kumpel genannt, einen Vergleich zu viel gezogen mit der eigenen Jugend und der Zeit, in der man ihn als Mörder verdächtigt und in die Mangel genommen hatte. Das war der dritte und wichtigste Grund, dieses Gefühl der Verbundenheit und des Mitleids. Wenn er zur Tür hereinkam und das kurze Aufleuchten in Bens Augen sah - wie ein Hund, der stundenlang auf sein Herrchen gewartet hat, freudig mit dem Schwanz wedelt, wenn Herrchen endlich erscheint. Dann hoffte der Hund, jetzt ginge es an die frische Luft. Und dann die Enttäuschung, die bangen Fragen im Blick, die nicht über die Zunge wollten, die Unterwürfigkeit, bedingungslose Ergebenheit, die Bruno schon so oft erschüttert hatte. Schick mich nicht weg, wo soll ich denn hin?

Ben hatte wohl wirklich einen Mann gebraucht, eine Leitfigur, an der er sich orientieren konnte. Jakob in seiner Hilflosigkeit, die leicht in Jähzorn umschlug, war dafür nicht geeignet gewesen. Bruno hätte den Papst verprügelt oder den Bundeskanzler, wenn sie ihm eine Veranlassung gegeben hätten und er an sie herangekommen wäre. Auch bei seiner Frau war ihm die Hand einmal ausgerutscht, aber niemals bei seinen Söhnen. Bei jeder Tracht Prügel, die er in jungen Jahren von seinem Vater bezogen hatte, hatte er sich geschworen, so nicht. Daran hatte er sich gehalten. Zwar war Ben nicht sein Sohn, aber er vertraute ihm.

Und Bruno wünschte sich, umgekehrt wäre das auch wieder der Fall. Darum ging es, als er mit Traktor und

Pflug zum Bungalow fuhr, nur darum. Er war sicher, mit Miriams Hilfe von Ben die Wahrheit zu erfahren – auf die eine oder andere Weise. Er hatte das Gutachten gelesen, kannte die Einschätzung der Ärzte, dass Ben nicht lügen, dass er nur unangenehmen Fragen ausweichen konnte. Das tat er bei ihm. Vielleicht war es eine Aufgabe für Fachleute in einer geschlossenen Einrichtung, aber das war nicht der Sinn der Sache. Und wenn man Fachleute im Dorf hatte...

Den ganzen Tag war Bruno mit dem Mais beschäftigt. Es war ein sehr großes Feld. Miriam schaute von der Terrasse aus zu, zweimal lud sie ihn auf einen frischen Kaffee ein, dabei plauderte sie ganz zwanglos. Sie war sehr interessiert am Auslöser für seinen Zusammenbruch. Von Nicole hatte sie nur ausweichende Antworten erhalten.

Geduldig zugehört, wenn es um seine Tochter ging, hatte ihm bis dahin noch niemand. Fast zwei Stunden dauerte das erste Gespäch. Bruno Kleu war der Erste, an dem Miriam Wagner ausprobierte, was sie studiert hatte. Er fühlte sich besser danach. Als er ging, riet er ihr dringend, die Grundstücksgrenzen zu sichern, ebenso Fenster und Türen. Jetzt – wo der Mais nicht mehr da war.

Daraufhin beauftragte Miriam eine Gärtnerei aus Lohberg, die schnell wachsenden Zypressen zu pflanzen, die schon bald eine dichte, grüne Wand neben dem Weg bildeten, unüberwindlicher als jede Mauer und jeder Zaun es gewesen wäre. Zusätzlich ließ sie an sämtlichen Fenstern und den Terrassentüren Rollläden einbauen, die elektronisch über eine Zahlenkombination geöffnet und geschlossen wurden. Hinein kam niemand mehr, dem sie die Haustür nicht öffnete.

Bruno kam noch zweimal, erzählte alles über seine Tochter und sein Verhältnis zu Maria. Dann sprach er endlich über Ben. Dass er keinen Sinn darin sah, eine Antwort aus ihm herauszuprügeln. Zum einen, weil das nicht die richtige Methode war, zum anderen hatte er ihm beigebracht, zurückzuschlagen. Aber für eine Frau wie Miriam, die Psychologie studiert hatte, wissen musste, wie man Leute zum Reden brachte...

Miriam lachte ihn aus. «Entschuldigen Sie, Herr Kleu, er spricht gerade mal sechs Worte. Wie soll ich ihn zum Reden bringen?»

«Ein paar mehr als sechs sind es inzwischen», sagte Bruno. «Und was er nicht sagen kann, zeigt er. Patrizia hat Karteikarten für ihn gemacht. Lesen kann er nicht. Ich denke, er merkt sich die Anordnungen der Buchstaben. Auf jeden Fall findet er Häuser und Kühe inzwischen auch, ohne die Bilder zu sehen, die sind auf der Rückseite.»

«Häuser und Kühe.» Miriam lächelte. «Was ist mit Verzweiflung, mit dem Gefühl, in ein Loch zu fallen und nur mühsam wieder Boden unter die Füße zu bekommen?»

«Es gibt nicht für alles Bildchen», sagte Bruno. «Und ich dachte, das wäre eine reizvolle Aufgabe für Sie. Die Honorarfrage ist kein Problem. Ich bin sicher, dass seine älteste Schwester lieber Sie bezahlt als die Kosten für eine erneute Heimunterbringung, und die müsste man theoretisch ins Auge fassen, wenn man nicht genau weiß, warum er das getan hat, und ihm nicht klar machen kann, was er tun muss, wenn so was nochmal vorkommen sollte.»

Miriam lachte. «Das ist ja wohl kaum zu erwarten. Und ich bin wirklich nicht die richtige Adresse, Herr Kleu. Mir fehlt die entsprechende Ausbildung.»

Dass Ben die Leichen begraben haben sollte oder musste, berührte sie nur am Rande. Es änderte nichts an

Lukkas Schuld. Und es war eine Sache, mal mit Ben auf der Terrasse zu sitzen. Sich regelmäßig mit ihm zu beschäftigen und Dinge ans Licht zu bringen, die sie so genau gar nicht mehr wissen wollte, war eine ganz andere Sache.

Sie wollte sich nicht den mit Nicoles Hilfe mühsam erkämpften Frieden zerstören lassen, wollte ihre psychologischen Kenntnisse lieber nutzen, um Nicole die Stelle als Haushaltshilfe mit dem besonderen Köder Baby so lange schmackhaft zu machen, bis ihre neue Freundin an gar nichts anderes mehr denken konnte.

Anfang Oktober 96 kündigte Nicole endlich ihre Stelle als Altenpflegerin. Sie hatte sechs Wochen Kündigungsfrist, konnte somit ab Mitte November im Bungalow arbeiten.

Walter Hambloch warnte nachdrücklich. «Überleg dir das gut, Nicole. Natürlich ist es ein reizvolles Angebot, mehr Geld für weniger Arbeit. Aber die Sache hat einen Haken, da bin ich sicher. Eine Putzfrau für die Bude kann sie billiger haben, und sie hätte sich längst darum bemüht, wenn es nur darum ginge. Aber ihr geht es um etwas anderes, ganz bestimmt. Überleg doch mal, sie hat sich an dich rangemacht, als sie hörte, dass du Lukka an dem Sonntagabend noch gesehen hast.»

«Sie hat sich nicht an mich rangemacht», stellte Nicole richtig. «Ich bin ihr ins Auto gefahren.»

«Ja», sagte Walter Hambloch. «Und zur Belohnung kriegst du fünftausend Mark und einen nur zwei Jahre alten Mercedes geschenkt.»

«Geliehen», korrigierte Nicole.

«Werd nicht spitzfindig», sagte Walter. «Das Geld war nicht geliehen. Mit Speck fängt man Mäuse, Nicole. Ihr geht es nur um Lukka. Sie hat schnell begriffen, an welche Leute sie durch dich herankommt, da halte ich jede Wette. Zuerst hatte sie mich im Visier. Jetzt hat sie Bruno Kleu am Haken, über ihn kriegt sie Ben in die Finger.»

«Sie will Ben nicht in die Finger bekommen», sagte Nicole. Miriam hatte ihr von Bruno Kleus Ansinnen erzählt. «Sie will nur ihre Ruhe.»

«Erzählt sie dir. Und was machst du, wenn sie ihre Meinung ändert? Wenn du von ihr abhängig bist …»

«Dann koch ich eben für drei», schnitt Nicole ihm das Wort ab. Walter ging ihr auf die Nerven mit seinen düsteren Vermutungen, die jeder Grundlage entbehrten.

«Du bist doch bloß sauer auf Miriam, weil du nicht bei ihr landen konntest», mischte Hartmut sich ein. «Gönnst du es uns nicht, wenn es uns ein bisschen besser geht? Zweihundert Mark mehr jeden Monat, die können wir gut gebrauchen. Und für Nicole wird alles leichter, keine Schichtarbeit, jedes Wochenende frei. Den Mercedes braucht sie auch nicht mehr. Ist ja nur ein Kilometer. Den kann sie zu Fuß gehen. Dann könnte ich vielleicht auch noch was dazuverdienen. Winfried wäre bereit, mich im Computerladen als Aushilfe zu nehmen. Erst mal für lau, aber dabei bleibt es nicht, das garantiere ich dir.»

Dass er ihnen etwas nicht gönnte, bestritt Walter Hambloch energisch.

«Es hört sich aber so an», sagte Hartmut. «Manchmal weiß man wirklich nicht, was man bei dir noch denken soll.»

Walter Hambloch winkte ab. «Macht doch, was ihr wollt. Aber wundert euch nicht, wenn das dicke Ende nachkommt.»

Weder Nicole noch ihr Mann hatten Zweifel an Miriams guten Absichten. Und Miriam reagierte mit überschwänglicher Freude auf die Nachricht von der Kündigung. Ihren Sieg wollte sie gleich am Samstagabend feiern, aber dafür war der Italiener in Lohberg nicht geeignet. Sie reservierte einen Tisch für vier Personen in dem Kölner Restaurant, in dem sie ihren letzten Abend mit Lukka verbracht hatte. Hambloch durfte mitkommen und sich davon überzeugen, dass Lukkas Erbin nichts weiter wollte als ein geruhsames Leben auf dem Lande führen.

Miriam genügte, was sie erreicht hatte. Sie hatte mit Lukkas Henker in der Sonne gesessen und ihn sympathisch gefunden. Sie hatte mit Lukkas Erzfeind Bruno Kaffee getrunken, sich angehört, wie ihm zumute war, und ihm ein paar gute Tipps für den Umgang mit Maria Jensen gegeben. Und Lukka konnte sich nicht mal im Grab umdrehen, er war ja nur noch Asche.

Sie bewegte sich auf sehr dünnem Eis und spürte nicht, wie zerbrechlich die Kruste unter ihr war. In sechs Wochen war ihre Ersatzmutter für sie da, Tag für Tag, würde kochen und wischen, sie umsorgen und lieben.

Es war zu Beginn ein netter Abend, obwohl Walter Hambloch kein Blatt vor den Mund nahm und all die Bedenken äußerte, die er schon bei Nicole und Hartmut angebracht hatte. Miriam hörte ihm lächelnd zu, ließ sich durch nichts aus der Fassung bringen. Als er endlich schwieg, erkundigte sie sich: «Ist dir der Begriff Eifersucht geläufig, Walter? Es gibt verschiedene Formen. Es gibt zum Beispiel junge Männer, die sich für ihre Freunde ein Bein ausreißen und allergisch reagieren, wenn jemand etwas gibt, was sie nicht geben können. Da vermuten sie alle möglichen und unmöglichen Hintergedanken und wühlen so lange herum, bis sie ein Haar in der Suppe finden. Du wirst lange suchen müssen, Walter, ich leide nicht unter Haarausfall.»

«Ich bin auch nicht eifersüchtig», sagte Walter. «Ich frag mich nur, was für dich an Nicole so interessant war.»

«Ist», korrigierte Miriam. «Es hat sich nichts geändert, Walter, nur weil ich einige Gespräche mit Bruno Kleu geführt habe. Das war beruflich. Bei Nicole suche ich Freundschaft, und das solltest du nachempfinden können. Du bezeichnest dich doch auch als ihren Freund.»

Nicole verfolgte den Disput aufmerksam. Hartmut Rehbach war eher missmutig, ihm passte es nicht, dass Walter Miriam in dieser Form angriff. Aber sein Menü lenkte ihn ab. Hartmut hatte nur einen flüchtigen Blick auf die Speisekarte geworfen, festgestellt, dass er sie nicht lesen konnte, nach Gutdünken ausgewählt und etwas serviert bekommen, von dem er nicht genau wusste, was es war. Und in einem so noblen Lokal wollte er kein Aufsehen erregen. Nicole fischte verstohlen alles von seinem Teller, was er auf den Rand schob.

«Freundschaft kauft man nicht», sagte Walter. «Wer so vorgeht, will etwas anderes. Ich habe nicht studiert wie du, Miriam. Aber ein bisschen Psychologie eignet man sich mit der Zeit an in meinem Job.»

«Natürlich», stimmte sie ihm spöttisch zu. «Wie will man sonst beurteilen, warum Promillesünder zu tief ins Glas schauen oder die Geschwindigkeitsbeschränkung auf der Landstraße so oft überschritten wird.» Sie winkte den Oberkellner heran und ließ Dessertkarten bringen.

Walter fuhr sein schwerstes Geschütz auf. Dass er sie für krank hielt, normal sei es jedenfalls nicht, wenn eine junge Frau sich in einem Haus einquartiere, in dem sehr wahrscheinlich fünf Menschen gestorben waren, darunter das jüngste Kind einer Familie, die nur achthundert Meter entfernt wohnte.

Wie er das ausdrückte, klang es nicht nach einer gesicherten Erkenntnis. «Was heißt sehr wahrscheinlich?», fragte sie.

«Mit an Sicherheit grenzender Wahrscheinlichkeit», korrigierte Walter. «Es gab nicht viele Sachbeweise. Lukka hatte Zeit genug, gründlich sauber zu machen. Zwischen Svenja Krahl und Britta Lässler lagen immerhin fünf Wochen.»

Und dann nannte Walter Hambloch ein Datum, nannte den Tag, an dem Svenja Krahl beim Bendchen vergewaltigt worden war, nannte den Abend im Juli 95, an dem sie Heinz Lukka zum letzten Mal gesehen hatte.

«Das kann nicht sein», sagte sie. «Nicht an dem Abend.»

«Und ob», sagte Walter. «Es war ein Sonntag.» Er wandte sich an Hartmut und Nicole. «An dem Abend haben wir noch so lange in eurer Wohnung gearbeitet, erinnert ihr euch? Andreas und Uwe haben die Deckenpaneele angebracht.»

«Genau», bestätigte Hartmut, «und du hast zwei Flaschen Bier getrunken und ihnen zugeschaut. Am besten hörst du jetzt auf davon. Du hast uns schon genug vom Abend versaut. Du kannst von Glück sagen, dass Miriam es so locker nimmt.»

Davon konnte keine Rede mehr sein. «Moment», sagte sie. «Hier geht es um Mord. Lukka kann Svenja Krahl nicht getötet haben, wenn er nicht im Dorf war. Das war er mit Sicherheit nicht. Er war hier, an dem Tisch dort haben wir gesessen.» Sie zeigte mit dem Daumen über die Schulter, sah es noch so klar vor sich. Der schmächtige alte Mann ihr gegenüber, der sich ein Lächeln abrang und sagte. «Wenn ich dich sehe, geht es mir immer prächtig.» Sie sah ihn noch die Rechnung begleichen, ein großzügiges Trinkgeld geben – und die Rechnung auf dem Tisch zurücklassen – sein Alibi.

Walter schüttelte nachdrücklich den Kopf und bestand darauf: «Du musst dich irren, Miriam.»

Sie war sich ihrer Sache völlig sicher. «Es war mein letzter Abend mit ihm. Montag früh bin ich in Urlaub gefahren.»

«Ihr habt aber bestimmt nicht die ganze Nacht hier gesessen», entgegnete Walter. «Um zwei Uhr kann er wieder im Dorf gewesen sein.»

«Er ist nicht zurückgefahren», sagte sie. «Er wollte ein Hotelzimmer nehmen für die Nacht, hatte am nächsten Morgen einen Termin am Landgericht und wollte nicht unnötig hin und her fahren.»

Walter betrachtete sie nachdenklich und meinte nach ein paar Sekunden: «Dann haben die Burschen wohl den falschen Tag angegeben. Die sind doch erst sieben Monate später nochmal zu Svenja Krahl befragt worden. Wer weiß denn nach sieben Monaten noch so genau ...»

Das ist kein Argument, dachte Miriam. Walter Hambloch wusste nach mehr als einem Jahr noch, dass an dem Abend die Deckenpaneele angebracht worden waren. Sie konnte sich kaum noch auf seine Stimme konzentrieren. Ihr wurde so entsetzlich übel, dass sie glaubte, sich übergeben zu müssen. Wie durch Watte hörte sie Nicole fragen: «Sollen wir mal rausgehen, Miriam? Frische Luft tut dir bestimmt gut.»

Das hörte sie noch, danach rauschte einiges an ihr vorbei, als hätte sie Wasser in den Ohren. Die Eisdecke hatte nachgegeben, sie war eingebrochen, strampelte hilflos in eisiger Kälte, fühlte, dass Nicole nach ihrer Hand griff, ihr auch gegen die Wange klopfte. Sie hörte Fetzen einer Auseinandersetzung, hätte aber nicht sagen können, ob nur Hartmut Rehbach heftig auf Walter Hambloch einsprach oder ob Nicole sich beteiligte.

Nicole setzte ihr ein Glas an die Lippen, Mineralwasser. Alkohol trank Miriam nie, nicht einmal Wein zum Essen. Automatisch schluckte sie, es schmeckte nach nichts. Nur die Kohlensäure spürte sie auf der Zunge wie Schaumbläschen.

«Geht's wieder, Miriam?», fragte Nicole.

Es ging nicht, der Schaum in ihrem Mund verhinderte, dass sie aussprechen konnte, was sie dachte. Heinz Lukka hatte Svenja Krahl nicht getötet, er konnte sie gar nicht getötet haben. Und wenn dieses Mädchen mit zwei anderen zusammen in einem Grab gelegen hatte, musste man seine Schuld auch bei Marlene Jensen und der Amerikanerin bezweifeln. Sein Abschiedsbrief! Zwei Tage nach Marlene Jensens Verschwinden geschrieben – einen lang gehegten Traum verwirklichen. Sie hatte doch gleich so ein sonderbares Gefühl gehabt bei dieser Formulierung.

Der Oberkellner kam an den Tisch und erkundigte sich, ob die Dessertauswahl nicht nach ihren Wünschen sei. «Doch», sagte sie. «Aber wir verzichten auf das Dessert. Ich möchte zahlen.»

Wenig später gingen sie ins Freie. Hartmut auf Krücken, Walter hielt sich ein Stück hinter ihm, um sich nicht noch mehr Vorwürfe anhören zu müssen. Nicole führte Miriam am Arm hinaus und sagte besorgt: «Du kannst doch so nicht fahren. Gib mir den Schlüssel. Ich bringe dich nach Hause.»

Das kam überhaupt nicht infrage. Mutter am Steuer. Mutter hatte sie monatelang in Sicherheit gewiegt. Und dann hatte Mutter sie geradewegs in den Untergang gefahren.

«Ich glaube, es ist besser, wenn ich sie begleite», meinte Walter. «Tut mir Leid, Miriam, wirklich. Ich wollte uns den Abend nicht verderben. Ich konnte ja nicht ahnen, dass du … Es muss der Samstag gewesen sein, die Burschen waren immer samstags in der Diskothek.»

Der Jaguar hatte eine Zentralverriegelung, er stieg ein, ohne sich zu erkundigen, ob sie überhaupt eine Begleitung oder jetzt lieber allein sein wolle. Zweimal geriet sie in Versuchung, es ihn bedauern zu lassen. Während der Fahrt verlor er kein Wort, betrachtete sie nur verstohlen von der Seite. Das fühlte sie.

Die Narbe auf ihrer Wange juckte unter seinen Blicken, sie juckte immer, wenn jemand sie anstarrte. Lange musste sie es nicht ertragen. Nachts herrschte nicht viel Verkehr auf der Autobahn. Die Landstraße nach Lohberg war völlig frei, der Jaguar fuhr locker zweihundertzwanzig Stundenkilometer. Sie brauchte nur knapp zwanzig Minuten. Schon kurz hinter Köln war der Mercedes zurückgeblieben.

Miriam fuhr in die Garage. Walter Hambloch bestand darauf, sie auch ins Haus zu begleiten. Sie war nicht in der Verfassung, um ihn daran zu hindern. Als sie den Bungalow durch die Verbindungstür zur Diele betraten, steuerte er umgehend den Wohnraum an. Er kannte sich gut aus. Der Polizist am Ort des Geschehens.

«Ich mache dir etwas zu trinken.» Dann stand er auch schon an der Hausbar und hantierte mit Flaschen und Gläsern. Er bestand darauf, dass sie ihr Glas sofort austrank, füllte es noch einmal und versprach dabei: «Ich gehe der Sache nach, Miriam. Eine Hotelbuchung lässt sich auch nach all der Zeit noch überprüfen. Wahrscheinlich hat er dir nur erzählt, dass er nicht zurück ins Dorf will. In welchem Hotel ist er abgestiegen?»

«Das weiß ich nicht.»

«Ich finde es heraus.» Walter Hambloch war sehr zuversichtlich. Es wunderte sie, dass er sich überhaupt darum bemühen wollte, wenn er meinte, die beiden Männer hätten den falschen Tag angegeben. Und wenn dem so war, dann hatte ihr an jenem Sonntag im Juli 95 ein

Mann gegenübergesessen, der nur eine Nacht zuvor ein Mädchen getötet und damit seinen ersten Mord begangen hatte. Das konnte sie nicht glauben. Lukka war an dem Abend nicht anders gewesen als sonst. Sie war überzeugt, ihr hätte eine Veränderung in seinem Verhalten auffallen müssen.

Allmählich wurde sie ruhiger, ob es am Alkohol lag oder an der unvermittelt geweckten Hoffnung, hätte sie nicht sagen können. «Kannst du mir Einblick in die Ermittlungsunterlagen verschaffen?», fragte sie nach einer Weile.

Walter bedauerte. «Die liegen bei der Staatsanwaltschaft. Da kommt von uns niemand mehr ran.»

Dann verabschiedete er sich. Sie begleitete ihn zur Tür und schaute noch in die Dunkelheit, als er längst verschwunden war. Als sie die Tür endlich schloss, hörte sie Heinz Lukka in seiner sanften, eindringlichen Art fragen: «Warum hast du nicht sofort mit mir darüber gesprochen, kleine Maus?» Damals hatte er sich rechtfertigen, die Sache mit dem verfluchten Horrorfilm klarstellen können. Vielleicht hätte es auch im August 95 eine Erklärung gegeben. Um diese Chance hatte der Idiot ihn am Ende betrogen. Und sie hatte mit ihm auf der Terrasse gesessen, seine Hände gehalten …

Am Sonntagvormittag fuhr Nicole vergebens zum Bungalow, um zu sehen, wie es Miriam ging. Ihr wurde nicht geöffnet. Am Nachmittag probierte sie es nochmal, Miriam war nicht mehr da.

Drei volle Wochen lang versuchte Miriam, mit sich selbst ins Reine zu kommen. An Nicole, die auf ihr Drängen hin eine feste Anstellung gekündigt hatte, dachte sie kaum einmal. Sie fuhr herum ohne Sinn und Zweck. Nirgendwo blieb sie länger als einen Tag. Und egal, wo sie anhielt, Lukkas Stimme war schon da. Manchmal hörte sie auch Bruno Kleu über die Finger seiner Tochter sprechen, hörte ihn sagen: «Ich dachte, es wäre eine reizvolle Aufgabe für Sie.» Das gab den Ausschlag für die Rückkehr.

Am letzten Mittwoch im Oktober 96 fuhr sie wieder an dem Alleebaum auf der Landstraße vorbei. Um die Mittagszeit betrat sie den Bungalow und hatte zum ersten Mal das Gefühl, nach Hause zu kommen und eine sinnvolle Aufgabe zu haben. Wenn Bruno Kleu so gerne wissen wollte, wie die Finger seiner Tochter in Bens Hände geraten waren …

In Lohberg hatte sie sich mit ein paar Lebensmitteln versorgt, unter anderem ein Fertiggericht gekauft, das im Backofen verkohlte, weil sie keinen Appetit hatte und es vergaß. Um den beißenden Geruch zu vertreiben, öffnete sie das Küchenfenster. Am frühen Nachmittag hielt der Mercedes vor dem Haus, zwei Sekunden später klingelte Nicole an der Haustür.

Sie wollte nicht öffnen, aber Nicole war sehr hartnäckig, nahm den Finger gar nicht wieder vom Klingelknopf. Als Miriam in die Diele ging, war sie noch ruhig. Doch kaum hatte sie die Tür geöffnet, fiel die Fassade in sich zusammen.

«Da bist du ja wieder», sagte Nicole erleichtert. «Wo warst du denn? Wir haben uns solche Sorgen gemacht.»

Das brachte sie völlig aus der Fassung. Es hatte sich noch nie ein Mensch Sorgen um sie gemacht, höchstens ihre Mutter in frühen Jahren. Heinz Lukka hatte immer gesagt, sie sei stark. «Kleine Mäuse sind unverwüstlich, sie lassen sich nicht ausrotten.» Ausrotten! Ein merkwürdiger Ausdruck, das wurde ihr jetzt erst bewusst.

Nicole nutzte den Moment der Verwirrung, schob Miriam von der Tür zurück in die Diele, schloss die Tür, schob sie weiter ins Wohnzimmer, drückte sie in einen Sessel und setzte sich ihr gegenüber. «Ich war jeden Tag hier und hatte keine Ahnung, was ich tun sollte. Walter hat schon überlegt, ob er dein Auto suchen lassen soll. Er macht sich ziemliche Vorwürfe, weil er sich so blöd benommen hat an dem Abend in Köln.»

«Er hat sich nicht blöd benommen», sagte sie. «Er hat mir die Augen geöffnet.»

«Das ist doch Unsinn, Miriam.» Nicole wurde eindringlich. «Walter hat in sämtlichen Kölner Hotels nachgefragt. Lukka hat nirgendwo übernachtet. Er war hier in der Nacht.»

«Und warum hat er mich mit dem Hotel belogen? Konnte er hellsehen? Wusste er, dass in der Nacht ein Mädchen bei ihm auftauchen würde? Du hast ihn nicht erlebt an dem Abend. Er war ausgeglichen und zufrieden. So ein Mann fährt nicht nach Hause und bringt irgendein Mädchen um, das nur zufällig bei ihm klingelt, vielleicht nach einem Taxi telefonieren will. Nenn mir einen vernünftigen Grund, warum er das hätte tun sollen.»

«Manchmal wissen solche Kerle selbst nicht, welchen Grund sie haben.»

«Nenn ihn nicht Kerl.»

«Doch, das tu ich», sagte Nicole. «Bruno Kleu nennt ihn sogar Scheißkerl, und ich schätze, das ist der richtige Ausdruck.» Sie beugte sich im Sessel vor, und ihre Stimme klang noch eindringlicher. «Sei vernünftig, Miriam. Lukka hat schon lange vor dem Sommer Frauen getötet. Walter sagte, kein Mensch weiß genau, wie viele Opfer es tatsächlich waren. Er war viel unterwegs, hat sich wahrscheinlich auf seinen Reisen ausgetobt und hier nur zugeschlagen, wenn sich eine günstige Gelegenheit bot. Du solltest dich mal mit Uwe von Burg unterhalten. Er kann dir einiges über Lukka erzählen. Seine Mutter hat sich früher um eine alte Frau gekümmert, die einen Mord beobachtet hat. Das war im August 80, eine junge Artistin, die Maria Jensen sehr ähnlich sah.»

Nicole sagte noch eine Menge mehr. Das meiste rauschte an Miriam vorbei. August 80, das blieb haften. Zu der Zeit hatte ihre Mutter Heinz Lukka schon gekannt. Minutenlang kreisten ihre Gedanken um die letzte Fahrt mit ihrer Mutter, um die Flüche und Verwünschungen. «Scheißkerle allesamt. – Warum bin ich nicht selbst darauf gekommen? Und da wundere ich mich, dass mir …»

Irgendwann sagte Nicole: «Miriam, ich weiß, dass Lukka dir sehr viel bedeutet hat. Aber du solltest dir auch etwas bedeuten. Mach dich nicht kaputt für dieses Schwein und lass Ben in Ruhe. Nehmen wir den allerschlimmsten Fall, Lukka hätte Svenja Krahl und die beiden anderen nicht getötet. Was ändert sich für dich? Gar nichts. Es bleiben die beiden Kinder.»

«Und du meinst, das kann man so hinnehmen?», fragte sie. «Denkst du dabei nicht an Patrizia? Sie ist täglich mit Ben zusammen. Und wenn es auch nur den Hauch eines Verdachts gibt, sollte man dem nachgehen, oder siehst du das anders?»

Nicole schüttelte den Kopf, wusste nicht, was sie noch antworten sollte.

7. Oktober 1997

Dorit Prangs Verschwinden wurde von mehreren Personen registriert. In der Kölner Klinik fiel den Krankenschwestern auf, dass die junge Frau ihren Mann nicht mehr besuchte. Ihr Mann bemerkte das natürlich auch, aber es ging ihm sehr schlecht. Er war nicht imstande, einmal zu Hause anzurufen und zu fragen, warum Dorit ihm nicht beistand in seinen letzten Tagen.

Eine Krankenschwester versprach, das für ihn zu tun.

Als sie keine Verbindung bekam, dachte sie sich ihren Teil. Von dem, was zwei Jahre zuvor im Dorf passiert war, wusste die Krankenschwester nichts. Sie wusste nur, dass junge Frauen oft einer Belastung auswichen und es nicht ertrugen, einen geliebten Menschen zu verlieren.

Aber noch jemand vermisste Dorit Prang, ihre Nachbarin Maria Jensen. Maria hatte die junge Frau am 2. Oktober gegen Mittag zum Bahnhof nach Lohberg gefahren, weil Dorit Prang unter der seelischen Belastung nicht selbst fahren sollte. Maria fuhr sie täglich um dieselbe Zeit. Zurück ins Dorf kam Dorit immer mit einem Taxi. Maria hatte sie auch am Donnerstag und am Freitag nach Lohberg fahren wollen, an beiden Tagen jedoch vergebens bei ihr geklingelt und zuerst angenommen, sie sei vielleicht doch selbst gefahren.

Am Samstag, es war der 5. Oktober, besuchte Maria das Grab ihrer Tochter und entdeckte den verwelkten Blumenstrauß vor dem Grabstein von Dorit Prangs Großeltern. Der Strauß lag einfach da, neben der leeren Vase. Das kam Maria sehr merkwürdig vor. Am Sonntagnachmittag sprach sie auf Bruno Kleus Hof über ihre Vermutung. An diesem Nachmittag lebte Dorit Prang noch.

Es war der Geburtstag von Dieter Kleu. Nicole und Hartmut Rehbach saßen mit am Kaffeetisch, Ben half Patrizia in der Küche. Maria hätte gerne einmal in der Garage von Dorit Prang nachgeschaut, ob das Auto noch da war. Wenn Bruno bereit gewesen wäre, das Tor aufzubrechen. Bruno tippte sich nur an die Stirn und schlug vor, sie solle die Wache in Lohberg verständigen. Dann konnte die Polizei die Garage aufbrechen lassen.

«Die husten mir was», sagte Maria. «Ich habe auf der Wache angerufen, sie sehen keinen Handlungsbedarf. Dorit ist eine erwachsene Frau. Mit Hambloch habe ich auch gesprochen. Er wohnt ja in meiner Nähe, und ich dachte, wenn er offiziell nichts tun kann, dann vielleicht als Nachbar. Er hat genauso reagiert wie du, Garage aufbrechen sei Hausfriedensbruch. Es gebe keine Anzeichen, dass Dorit etwas zugestoßen sei. Aber Dorit muss etwas zugestoßen sein. Und ich halte jede Wette, es ist auf dem Friedhof passiert. Warum hat sie die Blumen nicht mehr ins Wasser gestellt?» Darauf bekam Maria keine Antwort. «Jetzt sind es schon zwei Frauen», sagte Maria und schaute in die Runde. «Oder glaubt hier jemand, dass die Greven mit einem jugendlichen Liebhaber durchgebrannt ist? Ich glaub's nicht. Wo hätte sie denn einen Liebhaber kennen lernen sollen, im Supermarkt oder vielleicht im Atelier? Woanders war sie doch nicht.»

Auch darauf bekam Maria keine Antwort. Sie schaute wie zufällig auf Ben und erkundigte sich anscheinend ohne Zusammenhang bei Bruno: «Wie lange willst du ihn eigentlich noch hier behalten?» Bruno ignorierte auch diese Frage.

Nach dem Kaffee weinte Patrizia sich in der Küche bei ihrer Schwägerin aus. Nicole half ihr, die Reste der Torten zusammenzustellen und das Geschirr in die Spülmaschine zu räumen. Ben war hinauf in sein Zimmer gegangen.

«Das macht Maria jedes Mal, wenn sie hier ist», schimpfte Patrizia unter Tränen. «Seit meiner Hochzeit geht das so. Sie hat sich übernommen mit dem Haus am Lerchenweg, würde es gern wieder loswerden und hier einziehen. Jetzt ist ja jemand da, der die Kühe rauslässt, die Kälber versorgt und den Dreck wegmacht. Aber dass Ben auch hier ist, passt ihr nicht. Die blöde Kuh, sie will, dass er wieder in ein Heim kommt. Und das sagt sie immer, wenn er dabeisitzt. Bruno hat schon ein paar Mal gesagt, sie soll den Mund halten, sie macht ihn nervös. Da sagt sie, der versteht doch nur Bahnhof. Er versteht alles, das kannst du glauben.»

Patrizia stellte ein Tablett mit Torte in den Kühlschrank. «Das mit dem Friedhof sagt sie nur, weil sie genau weiß, dass Ben jeden Abend dahin geht. Ich mache eine ambulante Entbindung. Sonst ist er weg, wenn ich wiederkomme.» Patrizia ließ sich auf einem Stuhl nieder, dann fragte sie: «Versprichst du mir was? Wenn ich ins Krankenhaus muss, kann ich ihn so lange zu dir bringen? Ich mach auch schnell, es dauert bestimmt nur ein paar Stunden, dann bin ich wieder hier.»

Patrizia hatte eine romantische Vorstellung von einer Geburt, war überzeugt, sofort danach mit ihrem Kind im Arm wieder ins Auto zu steigen, nach Hause zu fahren und sich um Ben kümmern zu können. Nicole sah das ein wenig anders, nickte trotzdem und fand, Maria hatte Recht. Jetzt waren schon zwei Frauen, ohne Spuren zu hinterlassen, verschwunden. Genau wie vor zwei Jahren. Sie überlegte, ob sie etwas unternehmen sollte.

Neue Ansichten

In den ersten beiden Novemberwochen des Jahres 96 hatte Nicole nichts unternommen, nur viel gegrübelt. Ihre sichere Zeit lief ab, für die Zukunft sah es düster aus. Miriam war so anders seit dem Abend im Restaurant, tat genau das, was Walter prophezeit hatte verhandelte mit Bruno Kleu, ab wann und wie oft Ben zu ihr kommen sollte. Für Nicole hatte sie kaum noch Zeit.

In der ersten Woche hatte Nicole Spätschicht, hielt zweimal vergebens am Vormittag beim Bungalow. Miriam war unterwegs, machte Besuche in der Landesklinik, sprach mit den Ärzten, die Ben dort betreut hatten, holte sich nützliche Ratschläge für den Umgang mit ihm.

In der zweiten Woche klingelte Nicole dreimal am Nachmittag, ohne Erfolg. Es lief laute Musik. Nicole erkannte die Gruppe «Vaya con dios». Danny Klein sang «Forever blue» und war noch vor der Haustür sehr gut zu verstehen. Dreimal dasselbe Lied, es schallte durchs ganze Haus. Ob Miriam bei dem Lärm den Türgong nicht hörte oder nicht öffnen wollte, darüber dachte Nicole lieber nicht nach.

Sie tat sich sehr schwer in den letzten Tagen im Seniorenheim. Es kam so viel zusammen. Walter Hamblochs düstere Prognosen, Miriams Rückzug aus einer Beziehung, die so viel versprechend begonnen hatte, und die Melancholie auf der Station. Viele der alten Leute kannte sie doch seit Jahren, alle ihre Kolleginnen bedauerten, dass sie ging. Und sie wusste nicht mehr, wohin.

Am 16. November fuhr sie zum letzten Mal zur Frühschicht. Am Nachmittag kam sie zurück, später als sonst. Der Abschied hatte sich hingezogen, Einkäufe hatte sie auch noch gemacht. Die Lebensmittel lagen im Kofferraum. Auf dem Beifahrersitz lag ein halbes Dutzend kleiner Päckchen, Abschiedsgeschenke. Ein paar von den alten Leuten hatten geweint.

Ihr war sehr sonderbar geworden, als eine bettlägerige Frau sagte: «Das heißt nicht auf Wiedersehen, Kindchen. Wir sehen uns nicht wieder, nicht in diesem Leben.»

Bei den Worten hatte sie den Dorffriedhof vor sich gesehen, ein schweigendes Grüppchen an einem offenen Grab. Wie von einer Kamera herangezoomt waren einzelne verweinte Gesichter aufgetaucht. Ihre Schwiegereltern, der Freundeskreis und Patrizia. Ihr eigenes Gesicht und ihren Mann suchte sie vergebens.

Es dauerte einen Moment, ehe sie zu begreifen glaubte, dass sie sich nur an die Beerdigung von Hartmuts Großmutter erinnerte. Das Szenario stimmte jedenfalls, und da

Hartmut neben ihr gestanden hatte, konnte sie sein Gesicht in der Menge nicht entdecken. Sie hätte zur Seite schauen müssen, aber das tat man wohl nicht, wenn man sich bloß erinnerte.

Sie hätte gerne ein paar Worte mit Miriam gewechselt. Über die Worte der alten Frau, die Erinnerung an den Friedhof und die Furcht, den sicheren Hafen verlassen zu haben und nun in unbekannten Gewässern zu treiben.

Die Musik hörte sie schon, als sie in den breiten Weg einbog. «Forever blue.» Sie wusste, dass Miriam ihr nicht öffnen würde, stieg trotzdem aus, klingelte ein paar Mal, wartete – es hatte keinen Sinn.

Deprimiert stieg Nicole wieder ins Auto und fuhr nach Hause. In die Garage fahren konnte sie nicht, davor stand ein Streifenwagen. Martin Schlömer, der junge Kollege von Walter Hambloch, der ihren alten Opel gekauft hatte, saß hinter dem Steuer und war mit einem Rätselmagazin beschäftigt. Er schaute kurz auf, als sie ausstieg, grüßte salopp mit einer Hand und vertiefte sich wieder in sein Magazin.

Walter Hambloch saß mit Hartmut am Computer. Während sie ihre Abschiedsgeschenke auf dem Couchtisch ablegte, erkundigte er sich: «Du bist spät dran, warst du noch bei Miriam?»

Nicole schüttelte den Kopf. Walter grinste flüchtig. «Sie hat dich nicht reingelassen, was? Bruno Kleu war den halben Nachmittag bei ihr mit Ben. Vergangene Woche habe ich seinen BMW auch ein paar Mal vor dem Bungalow gesehen. Da war er aber alleine bei ihr. Wenn sie so weitermacht, darf sie sich nicht wundern, wenn hier ein paar Gerüchte aufkommen.»

Ehe Nicole antworten konnte, sagte Hartmut: «Kann dir doch egal sein.»

Nicole holte einen Korb aus der Küche für die Lebensmittel, die lose im Kofferraum lagen. Walter verabschiedete sich rasch von Hartmut und folgte ihr ins Freie, draußen sprach er weiter: «Jetzt bist du abgemeldet, was? Ich hab mir gedacht, dass so was passiert. Ihr ging es von Anfang an nur um Lukka. Und jetzt hat sie den Richtigen in den Fingern.»

Sie hatten den Mercedes und den Streifenwagen erreicht. Nicole öffnete den Kofferraum, packte die Lebensmittel in den Korb. Walter half ihr dabei, zog eine kleine Sprühdose aus der Hosentasche, legte sie zu den Waren und sagte: «Wenn du ab Montag hier zu Fuß unterwegs bist, kannst du vielleicht mal so was brauchen.»

«Was ist das?»

«Tränengas», antwortete er. «Aus kurzer Distanz in die Augen, aber achte auf den Wind, sonst setzt du dich selbst außer Gefecht. Ein bisschen Sport solltest du auch treiben, laufen vor allem. Kauf dir ein paar gute Schuhe.» Er zeigte auf ihre Slipper. «In den Tretern hast du keine Chance, wenn's brenzlig wird.»

«Was soll denn hier brenzlig werden?»

«Kann man nicht wissen», sagte er. «Ich habe ein ganz blödes Gefühl. Hartmut will nichts davon hören. Aber er muss auch nicht zweimal täglich einen Kilometer im Dunkeln laufen. Neulich hab ich Achim getroffen, er hat ein paar interessante Sachen erzählt. Wusstest du, dass Bruno Kleu Ben trainiert hat? Achim sagte, er hätte ihn mit einem einzigen Schlag zu Boden geschickt. Nun frag ich mich, was Miriam ihm noch beibringen soll. Vielleicht wie man mit Messern spielt. Wenn sie Lukkas Unschuld beweisen will, ist das ein guter Weg. Und du bist genau der Typ, den sie brauchen. Drei von den vier Opfern waren blond. Pass gut auf dich auf, versprich mir das.»

Nicole wusste nicht, was sie darauf antworten sollte.

Es klang ziemlich weit hergeholt. Walter ging zum Streifenwagen, ehe die Wache in Lohberg bemerkte, dass er wieder während der Dienstzeit Privatbesuche gemacht hatte. Sie trug den Korb in die Küche.

Nachdem die Lebensmittel verstaut waren, kochte sie Kaffee. Sie hatte Hefegebäck mitgebracht, Hartmut liebte das, wollte aber am Computer sitzen bleiben. Er probierte ein neues Spiel aus. Von Miriam, ihren Sorgen und der Angst vor der Zukunft wollte er nichts hören, meinte nur: «Das renkt sich schon wieder ein, wenn du jeden Tag mit ihr zusammen bist.»

Am Abend kamen Andreas und Sabine Lässler zu Besuch. Andreas bestätigte die Sache mit dem Faustschlag, meinte jedoch, es habe Achim bestimmt nicht geschadet, noch zwei oder drei Schläge mehr hätten ihn vielleicht völlig zur Vernunft gebracht. Sabine erzählte, dass Walter sich in letzter Zeit sehr um Achim bemühte und versuchte, ihn zu einem Bier in Ruhpolds Schenke oder einem Abend in Köln zu überreden. Sie kannten sich ja schon, seit sie Kinder waren. Nur war Walter damals der Freund von Andreas gewesen.

«Jetzt sind die zwei Richtigen zusammen», meinte Sabine. «Achim weiß eine gute Männerfreundschaft bestimmt zu schätzen. Er kriegt bei der holden Weiblichkeit ja auch kein Bein an die Erde, aber in Köln haben sie sicher mal Glück.»

Sabine hatte leicht reden, fand Nicole, sie war im siebten Monat schwanger, saß neben einem Mann, der nicht zu einem Stück Plastik greifen musste, wenn er mit ihr schlief, der auf zwei Beinen neben ihr ging, einen gesunden rechten Arm um ihre Schultern legte. Der Anblick verfolgte sie am Sonntagmorgen noch.

Hartmut setzte sich sofort nach dem Frühstück wieder an den Computer. Ungewaschen, unrasiert, so wie er aus dem Bett gestiegen war. Er hatte nur den Pullover übergezogen, den er schon am Samstag getragen hatte. Dazu trug er die Shorts, in denen er geschlafen hatte. Sie bedeckten nicht einmal den Urinbeutel, der an seinem Oberschenkel befestigt war und sich mittels Dauerkatheter füllte.

Plötzlich wusste sie nicht mehr, wie es gewesen war, mit ihm zu schlafen. Sie sah sich mit Walter durch den Garten gehen. Walter war keine Schönheit, bestimmt nicht, aber er war ein Mann, der sich vielleicht in Köln eine Frau für Geld suchen musste – allein oder mit Achim Lässler. Sie sah sich mit Achim bei der Garage stehen – an dem Septembertag im vergangenen Jahr, als seine Schwester beerdigt wurde, morgens in aller Herrgottsfrühe. Ein kräftiger junger Mann, blond und gut aussehend wie Andreas, nur ein bisschen kantiger. Er war so verletzt gewesen, so zerbrechlich, dass sie ihn beinahe in die Arme genommen hätte.

Sie sah sich neben Ben im Auto sitzen, hatte diesen Duft in der Nase, Aftershave, und dachte, das gibt's nicht. Wer würde von Ben erwarten, dass er Aftershave benutzt? Ein Mann nach dem anderen. Überall waren Männer, und ihrer saß mit einem Dauerkatheter am Computer. Sie war erleichtert, als Patrizia erschien und sie aus ihren Gedanken riss.

Patrizia erkundigte sich, ob der Abschied im Seniorenheim schwer gefallen sei, und tröstete: «Ich glaube, es ist aber besser für dich. Du musst dir nicht mehr anschauen, wie jemand stirbt. Das ist ja ein großes Problem bei so alten Leuten. Weißt du noch, wie Oma gestorben ist? Das hat so lange gedauert. Da hat Hartmut oft gesagt, das kann er sich kaum anschauen, er fährt eigentlich nur noch hin, weil er dich sehen will.»

«Ja, das weiß ich noch», sagte sie.

Dann bewunderte Patrizia die kleinen Abschiedsgeschenke, die inzwischen ausgepackt auf dem Sideboard lagen. Patrizia wollte wissen, ob Nicole das wirklich alles brauche oder ob sie das eine oder andere Teil haben könne. Ben würde sich bestimmt freuen über eine kleine Spieluhr, auf der sich eine Tänzerin zu einem Sonett drehte.

«Nimm sie», sagte Nicole. «Wer ist eigentlich auf den Gedanken gekommen, ihm ein Aftershave zu kaufen?»

«Dieters Mutter», antwortete Patrizia. «Er hatte sich mal eine leere Flasche von Dieters Vater aus dem Müll genommen. Da hat sie ihm ein eigenes mitgebracht. Das riecht gut, oder?»

«Ja», sagte Nicole. «Es riecht sehr gut.»

Patrizia hob die Spieluhr an. «Danke. Das ist wirklich nett von dir, dass er die haben darf. Aber er ist auch so ein lieber Kerl. Wenn du am Montag zu Miriam gehst, kannst du vielleicht mal mit ihr sprechen. Ab nächsten Freitag wird er sie ja auch regelmäßig besuchen, er kriegt eine Förderstunde pro Woche. Finde ich toll, dass sie das macht. Und ich dachte, wenn du ihr sagst, dass er so schöne Figuren macht, dann spricht sie mal mit Dieters Vater, dass er wieder ein Messer haben darf. Er muss doch irgendwas haben, womit er sich beschäftigen kann.»

«Das muss aber doch nicht ausgerechnet ein Messer sein», meinte Nicole, dachte an die Warnung, die Walter Hambloch ausgesprochen, und die Spraydose, die er ihr in den Korb gelegt hatte. Tränengas. Pass gut auf dich auf, versprich mir das.

13. Oktober 1997

Als der Mann in der Nacht kam, jammerte die Frau nicht mehr. Dorit Prang hatte sich in dem zugigen, dreckigen Loch eine Erkältung zugezogen und war mit dem Knebel im Mund qualvoll erstickt.

Der Mann bemerkte nicht sofort, dass sie tot war. Kalt war sie in jeder Nacht gewesen, weil es in dem Gewölbekeller so kalt war. Und im schwachen, unruhigen Licht der Kerzen fielen ihm die ersten, leichten Verfärbungen ihrer Haut nicht auf. Als er dann registrierte, was mit ihr geschehen war, war er sehr enttäuscht, betrachtete es aber nicht als seine Schuld.

Er blieb zwei Stunden bei ihr, häufte wieder die Steine vor den Eingang, weil er sie noch eine Weile behalten wollte. Bei ihr sitzen und von Nicole träumen.

In dieser Nacht zog es ihn mit Macht zu Nicole, wenigstens ihre Nähe wollte er spüren. Es war viel zu spät, um sie nochmal sehen zu können.

Zu seinem Erstaunen brannte noch Licht im Schlafzimmer. Er sah den schmalen gelben Streifen durch die Gardine fallen. Nicole zog die Gardine nie völlig zu. Vorsichtig schlich er über den Betonpfad heran. Man musste immer aufpassen, wohin man trat. Manchmal lagen kleine Steinchen auf dem Pfad, dann knirschte es unter den Schuhen.

Und dann hörte er etwas, das ihn maßlos zornig machte. Nicole wollte dafür sorgen, dass die beiden Frauen gefunden wurden. Ihr Mann schien nicht einverstanden zu sein. Nicole redete weiter auf ihn ein. Er verstand jedes Wort. Sie sprach über Svenja Krahl und Katrin Terjung. Über Miriam Wagner und einen Hinweis, den Lukka hinterlassen hatte. Es klang, als habe Svenja Krahl Lukka noch gesagt, wem sie im Bendchen begegnet war.

Länger als eine Stunde stand er auf seinem Horchposten, stand noch da, als es hinter dem Fenster längst dunkel geworden war. Als er endlich ging, wusste er genau, was er tun musste, um seine Freiheit zu behalten.

In dieser Nacht starb Rita Meier. Wenige Stunden später, am Morgen des 14. Oktober, verschwand Katrin Terjung. Sie verließ ihr Elternhaus an der Bachstraße kurz vor sechs Uhr, wollte mit dem ersten Bus nach Lohberg, dort den Zug nehmen und ihren Freund in Norddeutschland besuchen. Es sollte eine Überraschung werden. Beide Frauen wurden erst Tage später vermisst.

DRITTER TEIL
Mein Alptraum

14. Oktober 1997

Dass es schon vier Opfer waren, wusste Nicole Rehbach nicht, als sie mich anrief. Das war kurz nach sechzehn Uhr. Sie hatte lange nachgedacht, an wen sie sich wenden könnte, wenn die Beamten der Lohberger Wache keinen Handlungsbedarf sahen. Nicole bat um ein Gespräch unter vier Augen. Ben erwähnte sie nicht, erklärte nur, dass eine junge Frau im Bendchen vergewaltigt worden war, die jedoch keine Anzeige erstatten möchte. Außerdem seien höchstwahrscheinlich zwei Frauen verschwunden. Sie nannte mir die Namen Vanessa Greven und Dorit Prang.

Ich rief sofort anschließend die Polizeiwache in Lohberg an. Man wusste nur, dass Leonard Darscheid ein Stapel Transportdecken gestohlen worden war, nachdem seine Lebensgefährtin ihn verlassen und bei ihrer Abreise vergessen hatte, eine Außentür zu schließen. Dass Maria Jensen wegen Dorit Prang Alarm geschlagen hatte, darüber gab es nicht mal eine Aktennotiz. Und die Vergewaltigung im Bendchen war natürlich nicht bekannt.

Danach versuchte ich mein Glück auf dem Schlösser-Hof. Ich hatte keine Ahnung, was seit dem Leichenfund im März 96 im Dorf passiert war. Mitte Mai 96 hatte ich vom Büro des Staatsanwalts nur die lapidare Mitteilung erhalten, das Strafverfahren gegen Trude sei eingestellt worden. Dass Trude gestorben war, wusste ich nicht.

Es hatte mich nach der Mitteilung vom Staatsanwalt

wohl ein paar Mal in den Fingern gejuckt, Trude anzurufen, zu fragen, wie es ging, ob Ben sich wieder gut eingelebt hatte, wie er sich verhielt und so weiter. Getan hatte ich es nicht, weil ich meine Distanz zurückhaben wollte.

So ist das in meinem Job, man schließt keine Freundschaften, pflegt keine Kontakte mit Menschen, die in Mordserien verwickelt waren und Beweisstücke verbrannt haben. Man schließt die Sache ab und muss versuchen, die Opfer zu vergessen, sonst kann man nicht weiterarbeiten. Aus polizeilicher Sicht war es im Dorf ruhig geblieben. So hatte ich mich nie fragen müssen, ob ich im März 96 einen Fehler gemacht hatte.

Natürlich bekam ich keine Verbindung zum Schlösser-Hof. Der Anschluss existierte gar nicht mehr. Ich sprach mit Dirk Schumann, dem Kollegen, mit dem zusammen ich im Sommer 95 ermittelt hatte, über Nicole Rehbachs dürftige Auskünfte. Im März 96 war Dirk nicht an den Ermittlungen beteiligt gewesen, einfach weil es nach dem Leichenfund keine Ermittlungen mehr gegeben hatte.

Nun lachte er und meinte: «Die werden doch vor zwei Jahren nicht den Falschen eingeäschert haben.» Dann sagte er: «Mach dich nicht verrückt, Brigitte. Zwei erwachsene Frauen in wackligen Beziehungen bedeuten höchstwahrscheinlich, dass die beiden Damen sich ein paar nette Tage machen.»

Für Nicole Rehbach war der 14. Oktober ein besonderer Tag. In ihrem Personalausweis war dieses Datum als ihr Geburtstag angegeben. Ob sie tatsächlich an dem Tag geboren war, konnte niemand mit Bestimmtheit sagen. Ihr war das auch nicht so wichtig. Sie rechnete damit, dass am Abend ihre Freunde erschienen, um zu gratulieren. Es war so üblich, besondere Einladungen brauchte es nicht.

Wie immer war Walter Hambloch der Erste. Er kam schon kurz nach sechs Uhr, half bei der Zubereitung eines kleinen Büfetts und holte die Getränke herauf, die im Keller des Hauses an der Bachstraße aufbewahrt wurden. Miriam wollte nicht kommen, hatte keine Lust auf einen Abend mit Walter Hambloch. Außerdem wollte sie eine kleine Reise machen.

Hartmut Rehbach kam gegen sieben Uhr nach Hause. Er war inzwischen als eine Art Kompagnon im Computerladen tätig, wurde nach Umsatz bezahlt und verdiente recht gut. Kurz nach ihm trafen Andreas und Sabine Lässler ein, wenig später auch Bärbel und Uwe von Burg. Als Letzte kamen Patrizia und Dieter Kleu, die mussten mit zwei Küchenstühlen vorlieb nehmen, weil es an Sitzgelegenheiten mangelte.

Patrizia entschuldigte Ben, der eigentlich hätte mitkommen sollen, aber wenn Bärbel dabei war, war das eine Sache für sich. Bärbels Einstellung zu ihrem Bruder hatte sich in den letzten Monaten stark gewandelt, umgekehrt war das nicht der Fall. Bärbel fühlte sich oft verpflichtet, in Bens «Erziehung» einzugreifen. Und Patrizia passte es nicht, wenn jemand an ihm herummäkelte. Sich offen gegen Bärbel zu stellen, wagte sie nicht. Im Notfall brauchte sie Bens ältere Schwester als Verbündete, um die von Maria Jensen gewünschte oder nachdrücklich geforderte Heimeinweisung zu verhindern.

Nichts deutete an diesem Abend darauf hin, dass die Uhr ablief. Es war ein Abend, wie Nicole schon etliche erlebt hatte. Die Unterhaltung war oberflächlich heiter. Niemand sprach von Vanessa Greven oder Dorit Prang. Trotzdem konnte Nicole den Abend nicht genießen und hoffte, dass ihre Gäste nicht allzu lange blieben. Der Zigarettenqualm störte sie, außerdem musste sie immer wieder an das Gespräch mit mir am nächsten Morgen denken.

Kurz nach elf Uhr öffnete Nicole die Terrassentür, um einmal durchzulüften. Sie meinte, im Garten Geräusche zu hören. Es klang, als werfe jemand Steinchen auf den Betonpfad oder zertrete sie beim schnellen Rückzug. Aber es war zu dunkel, um etwas zu erkennen. Andreas bemerkte, dass Nicole angestrengt ins Freie schaute. Sowohl Walter als auch Sabine fiel auf, dass sie nervös war, als sie sich wieder hinsetzte.

Ein paar Minuten später meckerte Bärbel: «Jetzt mach doch mal einer die Tür zu, das wird doch viel zu kalt hier.»

Andreas schloss die Tür und warf bei der Gelegenheit einen langen Blick in den Garten. Er sah und hörte nichts.

Kurz darauf verabschiedeten sich Patrizia und Dieter. Sie mussten sich früh am nächsten Morgen ums Vieh kümmern und verließen den Anbau durch die Verbindungstür, die vom Wohnzimmer in den Flur des Hauses führte. Sie waren auch über die Bachstraße gekommen, hatten dort ihr Auto abgestellt.

Etwa zehn Minuten später brachen Andreas und Sabine auf. Nicole begleitete beide mit einer Taschenlampe durch den Garten. Andreas hatte seinen Wagen auf dem unbeleuchteten Feldweg abgestellt. Nachdem sie abgefahren waren, lief Nicole rasch zurück. Es war kalt, die Luft sehr feucht, sie hatte ihren Mantel nicht angezogen.

Sie musste rund fünfzig Meter zurücklegen. Das Grundstück ihrer Schwiegereltern war sehr groß wie alle Grundstücke an der Bachstraße. Auf halber Strecke hörte sie etwas hinter sich. Sie drehte sich um und ließ den Kegel der Taschenlampe wandern. Das sahen die Gäste im Wohnzimmer noch. Bis zur Garage reichte das Licht allerdings nicht.

Walter Hambloch kam zur offenen Terrassentür und rief: «Stimmt etwas nicht, Nicole?»

Sie antwortete nicht, kam nur im Laufschritt näher. Als sie das Wohnzimmer betrat, fragte Bärbel: «Treibt mein Bruder sich draußen herum, warum kommt er denn nicht rein?»

«Ich habe niemanden gesehen», erwiderte Nicole.

«Werden wir aber gleich», meinte Bärbel, erhob sich mit einem vernehmlichen Seufzer, ging zur Terrassentür und rief in den Garten: «Na komm, du Streuner. Hier drinnen ist es gemütlicher, und hier gibt es noch was Feines zu essen, leckeren Salat und kalten Braten. Eine Cola für dich haben wir auch.»

Nichts rührte sich. Bärbel wartete einige Sekunden, schloss die Tür und nahm wieder auf der Couch Platz mit dem Hinweis: «Ben ist mit Sicherheit nicht da. Für eine Cola leistet er Satan persönlich Gesellschaft.»

«Satan vielleicht», bemerkte Walter Hambloch ironisch.

Bärbel und Uwe von Burg brachen erst kurz vor Mitternacht auf. Walter machte keine Anstalten, sich anzuschließen. Er war immer der Letzte. «Komm, Waldi», forderte Bärbel ihn auf. «Gehen wir, es schickt sich nicht zu bleiben, bis die Hausfrau im Sessel einschläft.»

Walter riet Nicole, den Schlüssel nicht in der Tür stecken zu lassen. Es war eine Glastür. «Wenn du den Schlüssel abziehst, muss man die ganze Tür zertrümmern, um reinzukommen. Das macht Lärm, das überlegt sich jeder dreimal, der einigermaßen bei Verstand ist.»

Nicole hielt seine Warnung für sehr übertrieben, nahm an, er mache sich wohl doch Sorgen wegen der beiden Frauen, auch wenn er nichts unternommen hatte, vielleicht wirklich nichts unternehmen konnte.

Walter verabschiedete sich von Hartmut, wünschte ihm eine gute, vor allem schmerzfreie Nacht. Nicole holte rasch ihren Trenchcoat. Er hing an einem Haken hinter der Verbindungstür im Hausflur. Zu viert verließen sie den Anbau. Wieder ging sie mit einer Taschenlampe voraus. Auch Uwe von Burg hatte seinen Wagen auf dem Feldweg abgestellt. Walter Hambloch war zu Fuß gekommen.

Uwe erkundigte sich, ob sie ihn mitnehmen sollten. Das Anwesen der von Burgs lag nahe dem Lerchenweg. «Ich lauf lieber», antwortete Walter, wie nicht anders zu erwarten. «Dann bin ich richtig müde, wenn ich ankomme. Da macht das Ausschlafen mehr Spaß. Morgen habe ich frei.»

Bärbel und Uwe stiegen ein und fuhren in östlicher Richtung. Walter lief hinterher und verschwand in der Dunkelheit. Nicole ging rasch zurück zum Anbau, verschloss die Tür mit Hartmuts Schlüssel, der immer auf dem Computertisch lag. Sie zog den Schlüssel auch ab, wie Walter geraten hatte, obwohl es ihr lächerlich vorkam.

Die Spuren ihrer Geburtstagsfeier hatte Hartmut schon zum größten Teil beseitigt, die Reste in den Kühlschrank gestellt, Gläser, Geschirr und die beiden Aschenbecher in die Küche gebracht. Aufräumen wollte Nicole am nächsten Morgen. Arbeiten musste sie nicht in den nächsten Tagen, Miriam wollte anrufen, wenn sie von ihrer Reise zurück war.

Etwa zu diesem Zeitpunkt fuhren Andreas und Sabine Lässler mit ihrer kleinen Tochter am Bungalow vorbei zur Landstraße. Sie waren noch länger bei Antonia gewesen, die auf ihre Enkeltochter aufgepasst hatte.

Die Lampe über der Haustür am Bungalow brannte. Sie war mit einem Bewegungsmelder ausgestattet und schaltete sich automatisch ein, wenn jemand vorbeilief oder -fuhr. In dieser Nacht hatte Miriam Wagners Jaguar die Lampe eingeschaltet. Andreas und Sabine Lässler sahen den Wagen noch kurz vor sich auf der Landstraße und meinten, es hätten zwei Personen darin gesessen.

Neue Gefahr

Am 18. November 96 hatte Nicole zum ersten Mal kurz vor neun Uhr die Wohnung verlassen, um für Miriam zu arbeiten. Sie ging ohne Eile, randvoll mit Gedanken, widerstreitenden Gefühlen und dem Bedürfnis, immer weiter zu gehen und nirgends anzukommen. Sie fühlte sich niedergeschlagen und hatte Angst vor dem, was sie erwartete. Es war genau das eingetreten, was Walter Hambloch vorhergesagt hatte.

Aber dann sah es wieder ganz anders aus. Miriam erwartete sie mit einem üppig gedeckten Tisch und der guten Laune, die sie während der Sommermonate gezeigt hatte. Sie war nicht übertrieben fröhlich, wirkte nur ausgeglichen und zufrieden.

Obwohl Nicole schon mit Hartmut gefrühstückt hatte, saßen sie noch fast zwei Stunden in der Küche. Gleich zu Anfang fiel Miriam auf: «Du wirkst so elegisch, freust du dich nicht?»

«Worauf?», fragte Nicole. «Dass du das nächste Mal für ein paar Wochen verschwindest und ich keine Ahnung hab wohin? Dass du dich mit Ben beschäftigst, diesen ganzen Mist wieder aufwühlst, völlig ausflippst, und ich steh auf der Straße oder hier vor der Tür und darf mir Danny Klein anhören? Forever blue. Miriam, du packst das nicht, lass die Finger davon. Wir hatten so eine schöne Zeit im Sommer. Und ich hatte gedacht, so ginge es weiter. Aber wenn ich schon mal denke, es könnte besser werden.»

Miriam seufzte vernehmlich. «Tut mir Leid, wirklich. Ich verstehe, dass du dir Sorgen machst. Aber du wirst nicht auf der Straße stehen, nur weil ich ausflippe. Das war nur der erste Schock. Ich habe mir gut überlegt, was ich tue. Und ich bin mit Ben keine Verpflichtung für alle Zukunft eingegangen. Es ist ein Versuch, eine Chance, die musst du mir zugestehen. Lass mich begreifen, was hier vorgegangen ist und wem ich wirklich vertraut habe. Ben weiß es, er muss es wissen.»

«Aber er kann es dir nicht sagen.»

«Doch», widersprach Miriam, «er kann – auf seine Weise. Du musst dir das nicht anschauen. Ich habe seine Stunden mit Absicht auf den Freitagnachmittag gelegt. Du wirst Einkäufe machen in der Zeit. Wenn du aus Lohberg zurückkommst, ist er wieder weg, und ich bin in Ordnung, das verspreche ich dir.»

Nicole wusste nicht, ob sie über diese Regelung erleichtert sein sollte. In Anbetracht ihrer verworrenen Gefühle während der Fahrt zur Eisdiele schien es eine vernünftige Lösung, ihm nicht zu begegnen, um nicht wieder auf völlig verrückte Gedanken zu kommen. Andererseits wäre sie lieber in der Nähe geblieben, für den Fall, dass es nicht so lief, wie Miriam es sich vorstellte. Und sie wusste nicht genau, ob sie aus Sorge oder wegen ihrer verrückten Gedanken lieber in der Nähe geblieben wäre. Er hatte etwas an sich gehabt an dem Sonntagnachmittag …

«Hast du eine Ahnung, was für ein Gerede das im Dorf gibt, wenn du dich auch noch allein mit ihm beschäftigst?»

Miriam lachte leise. «Im Dorf wird niemand etwas davon mitbekommen. Es redet vermutlich nur einer. Und wenn Walter spekuliert, darfst du ihm erzählen, dass ich in Ben den idealen Partner für mich sehe. Sein kraftstrotzender, gesunder Körper und mein Kopf, der bei mir als Einziges richtig funktioniert, meistens jedenfalls. Wir wären das ideale Paar. Auf diese Weise käme ich zu einem schönen Mann, der nicht auf mein Auto spekuliert und sich nachts vermutlich mit einem Kuss auf die Wange zufrieden gibt. So viel Glück hätte ich bei Walter kaum gehabt.»

«Dass Walter auf dein Auto spekuliert hat, war doch nur ein Scherz», sagte Nicole. Mehr fiel ihr dazu nicht ein.

Miriam lachte noch einmal, fröhlich klang es allerdings nicht. «Aber der Rest war kein Scherz. – Tut mir Leid, wenn Walter sich Hoffnungen gemacht hat, die ich nicht erfüllen kann. Ich habe noch nie mit einem Mann geschlafen und beabsichtige nicht, es jemals zu tun.»

Als sie Nicoles verblüffte und ungläubige Miene sah, fügte sie an: «Auch nicht mit einer Frau, mach dir keine Sorgen. Im Internat hat es mal eine bei mir versucht, sie hat es bitter bereut. Ich mag nicht angefasst werden. Es ist nicht viel da, was ein Mann gerne anfassen möchte. Und auf schockierte oder mitleidige Blicke lege ich keinen Wert.»

«So schlimm, wie du meinst, siehst du gar nicht aus», sagte Nicole. «Ich hab dich schon mal ohne Make-up gesehen und auch in einer kurzen Hose.»

«Ich schätze, du bist auch einiges gewöhnt», meinte Miriam.

Sie waren vom Thema abgekommen. Es war Miriam ganz recht so. Sie war nicht halb so sicher, wie sie sich gab. Der vergangene Samstagnachmittag mit Ben und Bruno hatte eine merkwürdige Stimmung hinterlassen. Bruno hatte Ben erklärt, dass er ab der nächsten Woche zu ihr kommen dürfe, und er hatte so eifrig genickt, sie angelächelt, ihr die Hand hingehalten, um sich zu verabschieden. Und als sie sich nicht überwinden konnte, seine Hand zu nehmen, hatte er es getan. «Fein.»

Miriam erhob sich. «Räum den Tisch ab. Dann überlegen wir, was wir zu Mittag essen. Ich fürchte, ich habe nichts im Haus, was du kochen könntest.»

Nachdem Nicole die Küche aufgeräumt hatte, führte Miriam sie herum, damit sie sich mit allem vertraut machte. Die Fenster mussten geputzt werden, nur wollte sie damit nicht unbedingt beginnen. Es bot sich auch reichlich Auswahl. Haushalt war wirklich nicht Miriams starke Seite.

Aus der Dusche und von den Wasserhähnen mussten Kalkablagerungen entfernt werden. Die Parkettböden in Wohnraum und Arbeitszimmer waren mit einem Schmierfilm überzogen, weil Miriam den falschen Reiniger benutzt hatte. Der Backofen in der Küche war völlig verkrustet.

«Den machst du bitte zuerst», verlangte Miriam. «Die ganze Küche stinkt, wenn ich ihn einschalte. Das Arbeitszimmer kannst du dir vornehmen, wenn du sehr viel Zeit hast. Ich benutze es nicht.»

Im Schlafzimmer waren der Teppichboden, sämtliche Möbel und sogar der Bettüberwurf mit einer dicken Staubschicht überzogen. Es war offensichtlich, dass Miriam in diesem Raum nur den Schrank nutzte, um ihre Garderobe unterzubringen. Zwei von den neuen Sitzelementen im Wohnzimmer ließen sich ausklappen und ergaben ein passables Gästebett.

«Du hast wohl seit März nicht mehr in einem richtigen Bett geschlafen», stellte Nicole fest.

«Ich musste immer auf die Couch, wenn wir bei Lukka übernachtet haben.»

«Hier übernachtest du aber nicht nur, du lebst hier und könntest das Arbeitszimmer zum Schlafzimmer machen. Die Räume sind gleich groß. Und mit einer neuen Einrichtung …»

«Wir werden sehen», sagte sie.

Abgesehen von der Grundreinigung war nicht viel zu tun. Und die konnte Nicole vornehmen, wie sie wollte. Miriam machte ihr keinerlei Vorschriften. Nur die Mahlzeiten wollte sie pünktlich serviert haben, begonnen mit einem üppigen Frühstück um neun Uhr, das sie im Bett auf der Couch einnahm. Miriam händigte ihr einen Hausschlüssel aus und sagte: «Ich lasse mich gerne verwöhnen. Bisher hat das niemand getan.»

Mittagessen um halb eins. Besondere Wünsche für die Mahlzeiten hatte Miriam nicht. «Ich esse alles gern, was ich nicht selbst kochen muss.» Um vier Uhr noch einmal Kaffee und ein Stück Torte oder etwas Gebäck. «Wenn du willst, kannst du danach gehen», sagte Miriam.

Über Mittag fuhren sie nach Lohberg, weil wirklich gar nichts da war, was Nicole hätte kochen oder braten können, nicht mal Eier. Sie aßen beim Italiener eine Kleinigkeit, machten anschließend die Besorgungen für die nächsten Tage.

Erst am späten Montagnachmittag tat Nicole, wozu Miriam sie engagiert hatte: Sie schrubbte den Backofen und entfernte Kalkablagerungen im Bad, bis Miriam sagte: «Heb dir etwas für morgen auf. Wenn du so weitermachst, hast du bald nichts mehr zu tun.»

Als Nicole sich auf den Heimweg machte, war es schon dunkel. Miriam bot an, sie rasch zu fahren. Aber für den Kilometer lohne das nicht, meinte Nicole. Sie hatte eine Taschenlampe dabei, auch Walters Sprühdose mit Tränengas, obwohl sie die für völlig überflüssig hielt. Sie erreichte den Anbau unbehelligt.

Am Dienstag- und Mittwochabend geschah ebenfalls nichts von Bedeutung. Jedes Mal kam sie abends in eine leere Wohnung. Hartmut nutzte die freie Verfügung über das Auto, fuhr am Vormittag zum Computerladen und fand den Heimweg erst, wenn Winfried von Burg ihn vor die Tür setzte.

Am Donnerstag kurvte ab Mittag ein Traktor über das große Feld. Zu sehen war nichts, die Zypressen versperrten den Blick. Aber das Motorengeräusch war gut zu hören. Zweimal verklang es, als der Traktor zum Lässler-Hof fuhr. Nach einer halben Stunde kam er jedes Mal zurück.

Miriam wurde ein wenig nervös. «Was treibt der da?»

Was Achim Lässler trieb, offenbarte sich, als Nicole am frühen Nachmittag die Terrassentüren öffnete, um einmal gründlich durchzulüften. Ein penetranter Gestank zog ins Wohnzimmer. Achim Lässler düngte. Ob das um die Jahreszeit noch sein musste, wusste Nicole nicht. Miriam hielt es für reine Schikane. Und es fand kein Ende. Mit Einbruch der Dunkelheit waren die Scheinwerfer des Traktors trotz der Zypressen als huschender Lichtschein wahrzunehmen. «Der will wohl überhaupt nicht mehr aufhören mit dieser Sauerei», schimpfte Miriam ungehalten.

Achim Lässler hörte auf, als Nicole den Bungalow verließ. Er steuerte den Traktor samt Gülleanhänger mitten auf den Weg. Nicole kam nicht weiter. Er stieg ab und kam auf sie zu.

«Jetzt fang doch nicht wieder an mit dem Quatsch», sagte sie.

«Geht's dir gut?», fragte er.

«Ja», sagte Nicole.

«Ist das Blut noch da?»

«Nein.»

«Hast du es weggemacht?»

«Nein. Es war auch nicht von deiner Schwester, wirklich nicht. Es war von Tanja Schlösser.»

Achim Lässler nickte versonnen und schaute über sie

hinweg zum Bungalow. «Ich hab euch gehört – im Sommer, als sie Ben reingeholt hat. Lass die Finger von ihm. Er ist kein Mann für dich. Er ist überhaupt kein Mann.»

«Das weiß ich», sagte Nicole.

Er nickte wieder. «Aber du brauchst einen. Ich hätte gerne mal mit dir getanzt auf dem Schützenfest damals, hab mich nicht getraut zu fragen.»

«Das wusste ich nicht», sagte Nicole.

Achim Lässler nickte zum dritten Mal. «Dachte ich mir. Hättest du nein gesagt?»

«Ja», sagte Nicole.

Er nickte zum vierten Mal. «Und wenn ich dich jetzt frage?»

«Ohne Musik tanze ich nie», sagte Nicole. «Ich glaube auch kaum, dass mein Mann damit einverstanden wäre.»

«Dein Mann ist doch auch keiner mehr», antwortete Achim Lässler. «Also nenn ihn nicht so. Bruno sagte, wenn man was will, muss man dafür kämpfen. Ich will dich. Und wenn's nicht anders geht, räume ich deinen Mann aus dem Weg. Er hat's nicht besser verdient.» Er zeigte mit ausgestrecktem Arm zum Bungalow. «Und sie auch nicht. Mit ihr fange ich an. Ich zeig ihr, wie das ist, wenn man in so einer Bude festsitzt und genau weiß, dass man nicht mehr lebend rauskommt.»

«Red doch keinen Unsinn», sagte Nicole.

Er schüttelte den Kopf. «Ist kein Unsinn. Ich muss das tun. So geht's nicht weiter.»

Das Bedürfnis, ihn in die Arme zu nehmen, hatte Nicole in dem Moment nicht. Der Güllegestank nahm ihr den Atem. Sie drehte um und lief zurück zum Bungalow.

Miriam war nicht halb so beunruhigt, wie Nicole erwartet hatte. «Lässler redet nur, mach dir um ihn keine Sorgen. Wenn er handeln wollte, hätte er das längst getan. Glaub mir, ich weiß, wie Menschen in Ausnahmesituationen reagieren.»

Nicole glaubte nicht, dass Miriam es wusste. Die Situation hatte sich geändert – für sie, für Hartmut, sogar für Miriam. Nur für Achim Lässler nicht.

Als die Scheinwerfer des Mercedes auftauchten, rannte sie winkend auf die Kreuzung. Der Traktor stand immer noch auf dem Weg. Von Achim Lässler war in der Dunkelheit nichts zu sehen.

Im Gegensatz zu Miriam war Hartmut sehr schockiert von der Drohung. Er wendete auf der Kreuzung, dann nahmen sie den Umweg über die Bachstraße und die östliche Kreuzung, um die Garage anzusteuern. Kaum in der Wohnung, rief Hartmut sofort Andreas an. Andreas legte ihm dringend nahe, mit Walter zu sprechen.

«Tut mir Leid, das sagen zu müssen», gestand Andreas. «Aber ich habe keinen Einfluss auf meinen Bruder. Und ich würde es auch nicht auf die leichte Schulter nehmen, wenn er so etwas von sich gibt.»

Am Freitagmorgen fuhr Walter Hambloch zum Lässler-Hof, um ein sehr ernstes Wort mit Achim zu sprechen. Er traf jedoch nur Antonia an. Paul Lässler war mit Tanja zum Krankenhaus gefahren. Und Antonia konnte nicht sagen, wo Achim sich aufhielt. Sie wusste es wirklich nicht, hatte ihren Sohn nicht mehr gesehen, seit er am vergangenen Abend mit der letzten Fuhre Gülle vom Hof gefahren war. Der Traktor stand auch an dem Morgen noch auf dem Weg. Antonia fuhr ihn zurück auf den Hof, rief ihre Schwägerin an und bat Maria, mit Achim zu sprechen, damit er endlich zur Vernunft kam.

Maria rief Bruno Kleu zu Hilfe, gemeinsam machten sie sich auf die Suche. Ehe man mit Achim reden konnte, musste man ihn erst einmal finden. Am späten Nachmittag entdeckten sie ihn – in der Scheune auf dem Schlösser-Hof. Er lag auf dem Zwischenboden, wie es Ben oft getan hatte, wenn er den Lässler-Hof beobachtete.

Achim schaute nicht, lag einfach nur da, starrte das Deckengebälk an und sagte: «Ich glaube, ich fang mit Papa an. Wenn man es genau nimmt, ist das alles seine Schuld. Er hat zu Britta gesagt, sie soll sich ein bisschen fern halten von Ben, obwohl er es besser hätte wissen müssen. Wenn er die Schnauze gehalten hätte, wäre ihr nichts passiert.»

Maria brachte ihren Neffen dazu, ihnen zum Auto zu folgen. Nachdem er eingestiegen war, sagte Achim zu Bruno: «Aber wenn Ben die Frau anrührt, mache ich ihn kalt. Noch mal erwischt er mich nicht unvorbereitet, das kannst du glauben.»

An diesem Freitagnachmittag hatte Ben seinen ersten Termin im Bungalow. Bruno fuhr ihn persönlich hin, warnte Miriam bei der Gelegenheit noch einmal vor Achim und bat, auch Nicole zu warnen. «Der Junge hat sich da was in den Kopf gesetzt», sagte Bruno. «Er meint, Frau Rehbach schuldet ihm was. Und wenn sie unbedingt ein Kind will, könnte sie auf die Weise zahlen. Entweder freiwillig oder …»

Nicole war nicht da, sie machte Einkäufe in Lohberg wie besprochen, durfte dafür den Jaguar nehmen. Als sie zurückkam, war Ben schon wieder weg. Und Miriam hatte andere Probleme als Achim Lässler. Sie hatte es keine volle Stunde lang ertragen – allein mit Ben im Wohnzimmer. Lukkas Stimme im Ohr, und bei dem Anblick von Bens großen zerschnittenen Händen meinte sie, ihn auch sehen zu können: röchelnd, brechende Augen, die letzten Sekunden seines Lebens. Und das war nicht das Schlimmste.

Was es für sie unerträglich machte, war Bens argloses Lächeln und sein unverhohlenes Interesse an ihren Verletzungen. Dreimal zeigte er ohne jede Scheu auf ihr Bein, obwohl sie einen langen Rock trug. Und trotz des aufwendigen Make-ups entging ihm auch die Narbe auf ihrer Wange nicht.

Sie legte ihm die ausgeschnittenen Zeitungsfotos der Opfer vor, er warf nur einen flüchtigen Blick darauf und erkundigte sich Anteil nehmend: «Freund weh macht?»

Zweimal antwortete sie: «Nein, Lukka hat mich nicht verletzt. Es war ein Autounfall.» Und sie wusste, dass es nur zum Teil der Wahrheit entsprach. Lukka hatte sie schlimmer verletzt als dieser verfluchte Alleebaum.

Beim dritten Mal wurde sie laut. «Nein, verdammt. Er hat mir nichts getan. Jetzt hör auf davon.»

Und er betrachtete sie so skeptisch, als glaube er ihr kein Wort, tippte mit einem Finger auf die Zeitungsausschnitte. «Freund Fein weh macht.»

In ihren Ohren klang es, als hätte er gesagt: «Mach dir nichts vor, wir wissen doch beide, was er mit jungen Frauen und Mädchen angestellt hat. Du kannst dir die Mühe mit mir sparen. Ich habe ihnen nur die letzte Ehre erwiesen.»

Und Bruno Kleu hatte gesagt, er könne nicht lügen. Die Ärzte in der Landesklinik hatten es bestätigt. Es machte sie so hilflos. Ihn noch einmal anschreien schaffte sie nicht. Stattdessen dämpfte sie die Stimme zu einem gefährlich ruhigen Ton, der ihn zu einem Stirnrunzeln veranlasste. «Wir werden feststellen, wer was gemacht hat. Und wenn du eines der Mädchen angerührt hast, bringe ich dich um.»

Er schaute sie nur ratlos an. Bringe ich dich um, das klang für ihn nicht nach einer Drohung. Totmachen war ihm ein Begriff, aber den verband er nur mit kleinen Tieren wie Hühnern, Katzen und Käfern. Bringen, den Ausdruck kannte er natürlich, rühren auch. Das tat Renate, wenn sie einen Kuchen backen wollte, und da sagte Renate oft: «Bring mir noch ein Ei, Ben.»

Angerührt hatte er keines der Mädchen, das wusste er mit Sicherheit. Er hatte sie angefasst. Und das hatte er tun müssen, wie hätte er sie sonst so in die Erde legen sollen, dass alle Teile an ihrem Platz waren?

15. Oktober 1997

Ben war nicht in seinem Zimmer, als Patrizia und Dieter Kleu von Nicoles Geburtstagsfeier zurückkamen. Sie hatten auch nicht erwartet, ihn in seinem Bett zu finden. Die Figur, an der er abends geschnitzt hatte, um sie Nicole zum Geburtstag zu schenken, war noch nicht fertig. Es war eine Frau mit kurzem Haar, das war schon gut zu erkennen. Sie saß in einem Sessel, das war auch gut zu erkennen. Ein Arm war angewinkelt, es sah aus, als führe sie ein Glas zum Mund. Aber Hand und Glas waren noch nicht geformt. Insgesamt war die Figur noch sehr rau, überall sah man die Ansätze des Messers, mit dem er schnitzte. Man hätte sie zum Schleifen in Leonard Darscheids Atelier bringen müssen. Daran wagte Patrizia nicht einmal zu denken.

Als Patrizia, Dieter und Bruno Kleu am nächsten Morgen um sechs aufstanden, war Ben immer noch nicht da. Auch das war nicht ungewöhnlich. Manchmal kam er frisch geduscht und fertig angezogen aus seinem Zimmer, wenn sie hinaus auf den Flur trat. Manchmal saß er schon erwartungsvoll in der Küche und hatte den Tisch gedeckt. Manchmal tauchte er erst in der Einfahrt auf, wenn sie mit dem Frühstück begonnen hatten.

An dem Morgen nicht. Patrizia versuchte, ihn auf seinem Handy zu erreichen, es klingelte, aber er nahm nicht ab. Das war noch nie vorgekommen. «Jetzt reg dich nicht auf», sagte Bruno. «Er kommt schon, wenn er Hunger hat.»

Er kam nicht. Um halb acht brachen die Männer auf, das Vieh war versorgt, die Rüben warteten. Bruno stieg zu Dieter in den Golf, um zum Schlösser-Hof zu fahren, wo die Maschinen in der Scheune standen. Um zehn Uhr hatte Patrizia einen Termin beim Gynäkologen – sie war inzwischen im letzten Monat schwanger – da konnte sie Ben nicht mitnehmen. «Wenn er auftaucht, bringst du ihn raus zum Bruch», sagte Bruno.

Es war neblig. Der Golf fuhr vom Hof und verschwand schon kurz hinter der Einfahrt. Immer wieder schaute Patrizia aus dem Fenster. Draußen bewegten sich nur die Nebelschwaden. Bis um acht Uhr versuchte Patrizia noch zweimal, Ben auf dem Handy zu erreichen. Beim ersten Mal hörte sie noch das Freizeichen, beim zweiten Mal war das Telefon ausgeschaltet. Das hatte er bis dahin nie gemacht.

Patrizia war sehr beunruhigt, wollte nicht nach Lohberg fahren, ohne zu wissen, dass er gut aufgehoben war. Sie stieg ins Auto, drehte eine Runde, wusste aber nicht so recht, wo sie nach ihm suchen sollte um diese Zeit. Zuerst fuhr sie zum Friedhof, obwohl sie nicht erwartete, ihn dort anzutreffen. Dann kurz rauf zum Schlösser-Hof, ohne Erfolg. Jakob wohnte bei den von Burgs, schaute nur ab und zu im Haus nach dem Rechten. Patrizia fuhr weiter zu ihrer Schwägerin, weil Nicole ihn ab und an schon mal zum Frühstück hereinrief, wenn sie wusste, dass Patrizia zum Arzt musste und er morgens in ihrem Garten auftauchte. Nur hatte Patrizia ihren Arzttermin am vergangenen Abend nicht erwähnt.

Eine Viertelstunde nach Patrizia traf ich ein. Nach

einem langen Abend und einer Nacht voller Erinnerungen an Ben und den Blutsommer war ich sehr früh aufgebrochen, viel früher als ursprünglich beabsichtigt. Ich wollte zuerst zum Schlösser-Hof, sehen, was dort los war.

Mit Nicole Rehbach hatte ich keine bestimmte Uhrzeit vereinbart. «Ich bin den ganzen Tag zu Hause», hatte sie gesagt und mich gebeten, über den Feldweg zu kommen. «Wenn Sie an der Tür zur Bachstraße klingeln, höre ich vielleicht nicht, wenn Sie klingeln. Meine Schwiegereltern sind in Urlaub.»

Das war fadenscheinig, weil die Verbindungstür von ihrem Wohnzimmer direkt in den Hausflur führte. Aber wenn ich den Wagen auf der Bachstraße abstellte, mussten die Nachbarn ihn bemerken. Offensichtlich wollte Nicole Aufsehen vermeiden.

Im dichten Verkehr auf der Autobahn brauchte ich fast eine Stunde, ehe ich das Ortsschild erreichte und abbog. Es war immer noch neblig. Ich war dankbar für die schlechte Sicht. So sah ich vom Bungalow im Vorbeifahren nicht viel mehr als den niedrigen Zaun des Vorgartens und an der Grundstücksgrenze neben dem Weg zum Lässler-Hof die Zypressen als hohe, grüne Wand aufragen. Der Vorgarten machte einen gepflegten Eindruck. An den beiden Fenstern der Vorderfront waren die Rollläden herabgelassen. Die rustikalen Holzläden dienten nur noch der Zier.

Fünfhundert Meter weiter auf Höhe der Apfelwiese kam mir ein Mann entgegen. Ich sah ihn erst im letzten Moment und in der flüchtigen Sekunde im Nebel nur, dass er dunkel gekleidet war. Er lief schnell und hatte den Kopf eingezogen. Beim Blick in den Rückspiegel sah ich schon nichts mehr von ihm.

Noch einmal fünfhundert Meter weiter stand die Garage am Wegrand, die Nicole Rehbach mir als Zielpunkt genannt hatte. Davor stand ein roter Van und blockierte die Ausfahrt. Alarmierend war daran nichts, und später hätte ich nicht sagen können, was an dem Van mich veranlasst hatte zu halten.

Der fallende Nebel legte sich wie ein feuchtes Tuch auf mein Gesicht. Fünfzig Meter zum Anbau. Der Betonpfad zwischen den Beeten bröckelte an den Rändern, war dunkel und glitschig von der Nässe. Ich musste aufpassen, wohin ich trat. Als ich noch etwa zehn Meter von der Terrasse entfernt war, hörte ich es. Ein dünnes, schwaches Stimmchen, dem die Kraft fehlte, laut zu schreien. «Hilfe, warum hilft mir denn keiner?»

Ich rannte die letzten Meter, die Rampe hinauf. Eine Tür, die sich durch einen Knauf und ein Türschloss von üblichen Terrassentüren unterschied, stand weit offen. Auf dem Kachelboden dahinter hatte sich Feuchtigkeit ausgebreitet. Eine Trittspur führte von außen herein.

Der Wohnraum war übersichtlich, spärlich eingerichtet. Drei Zimmertüren führten in andere Räume, zwei an der Stirnwand waren geschlossen, die Tür an der rechten Seitenwand offen. Aus dem Raum dahinter kam die schwache Stimme. Die Hilferufe waren verstummt, stattdessen stammelte sie jetzt: «Ich bin ganz vorsichtig, Nicole. Ich tu dir nicht weh. Ich kann dich auch tragen. Ich weiß, wie das geht. Das habe ich in der Fahrschule gelernt.»

Das Schlafzimmer. Neben der freien Hälfte des Doppelbetts, nahe der Tür, zerrte ein unförmiges Geschöpf in Latzhose, Pullover und Sportschuhen das Laken von der Matratze. Auf dem Teppichboden vor dem Fußende des Bettes verteilten sich dunkelrot gefärbte Papierknäuel. Taschentücher, mit denen sie die Wunden betupft hatte.

Sie drehte mir für einen Moment das Gesicht zu,

nackte Panik in den Augen. Ein bekanntes Gesicht. Aber ich kannte sie doch alle, die mit dem Sommer 95 zu tun gehabt hatten. Patrizia Rehbach, dass sie inzwischen Kleu hieß, wusste ich noch nicht.

Ich war wieder mittendrin, fühlte mich sekundenlang wie in einem Alptraum. Der verfluchte Sommer und der März 96, wie oft ich davon geträumt hatte, weiß ich nicht mehr. Irgendwann hatte ich aufgehört, die Nächte zu zählen, in denen ich aus dem Schlaf schreckte. Immer der gleiche Traum, Ben an meiner Seite beim Birnbaum. Er setzte den Klappspaten an, um eine Leiche zu vergraben. Und ich ließ es ihn tun.

Mein Mann hatte mir häufig erklärt, es seien Gewissensbisse. Nur mit ihm hatte ich gesprochen über meine Erkenntnis, dass Ben die drei Frauen begraben hatte. Und er hatte wiederholt gesagt: «Ich verstehe nicht, was in dir vorgegangen ist, Brigitte. Da können fünf Gutachter behaupten, der Mann stelle keine Gefahr für seine Umwelt dar. Als sie zu der Ansicht gelangten, wussten sie nicht, was er sich geleistet hatte. Und du lässt ihn da einfach zurück. Was hast du dir dabei gedacht?»

Gar nichts. Doch, natürlich eine Menge, ich hatte es doch nur für Trude getan. Für all die Stunden in ihrer Küche, für die immer gleiche Frage: «Was hätten Sie gemacht, wenn er Ihr Sohn wäre, Frau Halinger?»

Keine Ahnung, wirklich nicht. Ich hatte mich nie in Trudes Lage versetzen können. Mein Sohn sprach zwar auch in knappen, aber klar verständlichen Sätzen. Wenn er zu Hause etwas auf den Tisch legte, mussten sich niemandem die Nackenhaare sträuben. Es sollte nach Möglichkeit nur jemand die Geldbörse zücken und ihm erstatten, was er ausgelegt hatte für Schulbücher oder neue Socken. Mein Sohn hatte nur gegen eine leichte Akne gekämpft, nie um ein Leben. Und er hatte nie Angst vor seinem Vater haben müssen, war nie geschlagen worden. Mein Mann ist Pazifist, er löst Probleme mit endlosen Diskussionen. Es geht einem häufig auf die Nerven, aber es tut nicht weh.

Man hat mir später vorgeworfen, ich hätte erneut vertuschen wollen, was ich im März 96 glaubte erkannt zu haben. Ich hätte nur versucht, mich selbst zu schützen und nichts anderes im Kopf gehabt als den Blutsommer. So war es nicht. Ich habe nicht versucht, mich selbst zu schützen. Aber was hätte ich anderes im Kopf haben sollen bei diesem Anblick?

Nicole Rehbach lag bäuchlings auf der zweiten Betthälfte. Es war nicht sehr hell im Zimmer, der Tag zu trüb, die Übergardine teilweise vorgezogen. Und für einen irrealen Augenblick dachte ich, sie trüge einen eng anliegenden, rot gemusterten Schlafanzug. Ich hatte schon viel gesehen, aber noch nie einen so blutigen Körper auf so blutiger Bettwäsche.

Ihr linkes Bein hing über den Bettrand, das Knie berührte den Boden. In dünnen Streifen floss das Blut von der Hüfte über ihren Oberschenkel und war stellenweise schon angetrocknet. Ihr Gesicht war halb im Kissen verborgen, blutig, als hätte jemand mit blutigen Händen ihre Wangen gestreichelt. Unzählige Schnittwunden, wie tief sie ins Fleisch gingen, konnte ich nicht abschätzen. Ihr gesamter Rücken war zerschnitten, das Blut über Arme und Beine verrieben.

Patrizia stand unter Schock, mein unerwartetes Erscheinen nahm sie als willkommen hin, sie huschte zur anderen Seite des Bettes. «Helfen Sie mir mal», verlangte sie energisch. «Wir packen sie warm ein und bringen sie weg. Ich hab Brunos Auto, da ist genug Platz drin.»

Sie machte sich daran, den blutigen Körper mit dem Laken zu umwickeln. Ich schob sie zur Seite und hatte

Angst, das Laken wieder wegzunehmen, wollte Nicole Rehbach nicht umdrehen und Stichwunden sehen. Aber es gab keine, Brust und Leib waren unverletzt, nur rot gefärbt von dem blutigen Laken.

Patrizia neben mir atmete mit geöffnetem Mund, schaute mit großen Augen zu. «Oder ist sie tot?»

Das war sie nicht, noch nicht. Ihr Atem ging flach, der Puls war am Hals tastbar. Ich konnte nicht abschätzen, wie bedrohlich ihre Verletzungen waren. «Hast du schon einen Arzt gerufen?»

«Das ging nicht», erklärte Patrizia. «Aber ich hab einen Termin um zehn Uhr.» Sie war völlig verstört.

Ich verständigte die Notrufzentrale, die Wache in Lohberg und meinen Kollegen Dirk Schumann. Er wusste, was zu tun war. Dann versuchte ich, von Patrizia ein paar Auskünfte zu erhalten. Für Nicole Rehbach konnte ich nicht viel tun, nur ihren Puls und die Atmung überwachen, mich bereithalten für eine Reanimation, die bei dem Blutverlust wahrscheinlich sinnlos gewesen wäre.

Patrizia plapperte wirr durcheinander von Bruno, ihrem Mann, viel Arbeit in den Rüben, Nicoles Geburtstagsfeier und einem Geschenk, das nicht fertig geworden war. Dabei schob sie eine Hand in die Seitentasche ihrer Latzhose.

Ich war selbst nicht in der richtigen Verfassung, aber irgendwann fiel mir doch auf, dass sie die Hand nicht wieder aus der Tasche nahm. «Was hast du da?»

«Nichts», behauptete sie. «Ich wollte es Nicole nur mal zeigen, aber es ist noch nicht fertig, habe ich doch schon gesagt.»

«Lass mich mal sehen.»

Sie zog eine Holzfigur aus der Tasche, die Mädchenfigur ohne Kopf und Hände, die Vanessa Greven im Schreck hatte fallen lassen, als ihr Mörder erschien. Wie hätte ich ahnen sollen, welche Bedeutung diesem Teil zukam? Patrizia ließ mich nur einen kurzen Blick darauf werfen, steckte sie sofort wieder ein und behauptete: «Sie ist mir leider kaputtgegangen, aber das kann man wieder kleben mit Holzleim.»

Sie wusste vor Panik nicht ein noch aus und zauberte trotzdem eine einigermaßen plausible Erklärung herbei. Die personifizierte Naivität. Mütterchen Courage in Sorge um ihr Riesenbaby. Für Patrizia war Ben das, pflegeleichter als ein Säugling, er brauchte keine Windeln, konnte alleine essen, duschen und machte sich nützlich, soweit es seinen Möglichkeiten entsprach.

«Wie lange bist du schon hier?» Ich betrachtete ihren prallen Leib und den breiten, goldenen Trauring. «Darf ich überhaupt noch du sagen?»

«Klar doch.» Patrizia strich eine Haarsträhne aus der Stirn, ihre Hände hinterließen einen blutigen Streifen. Sie überlegte. «Keine Ahnung, nicht lange. Als ich ankam, hab ich noch gedacht, jetzt übertreibt Nicole aber mit Lüften. Man kann doch die Tür nicht auflassen bei dem Wetter. Es wird ja alles nass.»

Das war die einzige sinnvolle Information, die ich von ihr erhielt. Von Ben war mit keinem Wort die Rede. Mir kam auch nicht der Gedanke, mich bei ihr nach ihm zu erkundigen. Sie wollte ins Wohnzimmer mit dem Hinweis: «Ich sag mal schnell meinen Termin ab, vielleicht geht es jetzt.»

Ich hielt sie zurück. «Nichts anfassen.»

«Aber ich muss denen sagen, dass ich nicht kommen kann.»

Sie richtete den Blick auf ihre Schwägerin und stammelte: «Das ist so gemein. Wer macht denn so was?»

Ich überließ ihr mein Handy, damit war sie ein wenig abgelenkt. Zuerst rief sie in der Praxis ihres Gynäkologen an, danach Bruno Kleu. «Mit Nicole ist was passiert, sie blutet ganz furchtbar.» Das hörte ich noch.

Ob sie noch mehr sagte, weiß ich nicht. Der eintreffende RTW lenkte mich von ihr ab, der Notarzt war dicht hinter dem Rettungswagen. Sie verloren nicht viel Zeit mit der Erstversorgung vor Ort. Der Notarzt legte nur eine Infusion an und gab ein knappes Kommando: «Raus mit ihr!» Die beiden Sanitäter hoben sie auf eine Trage, deckten sie zu und hasteten mit ihr ins Freie.

Ich konnte gerade noch fragen. «Wohin bringen Sie sie?»

«Lohberg», rief der Notarzt auf dem Weg zu seinem Wagen. «Die haben seit geraumer Zeit einen Chirurgen, wie Sie lange einen suchen müssen.»

Dann waren sie weg. Das Martinshorn hörte ich noch eine ganze Weile. Ich wollte mich wieder Patrizia widmen, aber sie war nicht mehr da. Mein Handy hatte sie mitgenommen. Ich konnte zu diesem Zeitpunkt noch nicht wissen, dass Nicoles Wunden ihr einen ganz bestimmten Verdacht aufgedrängt hatten.

Nur eine sinnvolle Beschäftigung

Da Nicole sich geweigert hatte, mit Miriam Wagner über ein Messer für Ben zu sprechen, beschaffte Patrizia ihm im November 96 auf ihre Weise geeignetes Werkzeug. Für Nicole war die erste Arbeitswoche im Bungalow vorbei, und abgesehen von dem trübsinnigen Beginn und dem hässlichen Zwischenfall mit Achim Lässler war es eine recht angenehme Woche für sie gewesen.

Nach ihren Einkäufen am Freitagnachmittag hatten sie noch gemütlich Kaffee getrunken, Apfelstrudel gegessen, sich über dies und das unterhalten. Das Thema Ben und Lukka vermieden beide.

Samstags hatte Nicole frei, Patrizia auch. Bevor sie an diesem Morgen zu Bruno Kleus Hof radelte, kam sie in den Anbau – ohne besonderen Grund, nur um mal zu fragen, wie es ging. Nicole und Hartmut saßen noch beim Frühstück. Hartmut wollte danach zum Computerladen fahren. Überaus hilfsbereit begleitete Patrizia ihren Bruder zur Garage, damit er nicht nochmal aussteigen musste, um das Garagentor zu schließen. Zurück in die kleine Wohnung kam sie nicht mehr.

In der Garage lag ein Stapel mit Holzresten, die vom Innenausbau der Wohnung übrig geblieben waren. Es hing auch etwas Werkzeug an der Wand. Als Nicole nach draußen ging, um nachzuschauen, was Patrizia so lange in der Garage trieb, waren bereits alle kleineren Holzteile in zwei großen Plastiktüten verstaut. Nun zersägte Patrizia eifrig Deckenpaneele und einen Balkenrest in handliche Stücke. Der Gedanke, um Erlaubnis zu fragen, war ihr nicht gekommen. «Ihr braucht das doch nicht mehr. Und Ben freut sich bestimmt, wenn ich ihm ein bisschen Holz mitbringe.»

Dass Holz allein nicht genügte, erklärte Patrizia nicht. Und Nicole hatte das winzige Pferdchen aus dem Bruch längst vergessen. Auch an Patrizias Bitte um ein gutes Wort bei Miriam dachte sie nicht mehr. Sie half noch bei der Arbeit, hielt den Balken fest, damit Patrizia gerade sägen konnte, suchte anschließend noch zwei große Plastiktüten im Küchenschrank.

Unbemerkt von Nicole konfiszierte Patrizia im Wohnzimmer einen Satz kleiner Feilen und ein so genanntes Konfektionsmesser. Mit dieser Art von Messern hatte Patrizias Mutter vor Jahren in Heimarbeit für einen kleinen Betrieb in Lohberg die Anspritzer von Plastikgussteilen entfernt. In einem flachen Griff etwa von der Länge eines Bleistifts steckte eine austauschbare, kurze, sehr spitze und höllisch scharfe Klinge. In Patrizias Elternhaus lagen auch noch drei Päckchen mit je hundert Ersatzklingen.

Patrizia wollte nicht mehr, als Ben ein wenig ablenken von all den Dingen, die er nicht mehr hatte und durfte. Dass Renate oder Bruno Kleu einverstanden wären, wenn sie ihn mit einem Konfektionsmesser ausstattete, glaubte sie kaum. Deshalb steckte sie ihr Beutestück kurz darauf zusammen mit drei Feilen, einem halben Dutzend Ersatzklingen und etlichen Filzstiften in ein ausrangiertes Schulmäppchen. Zur perfekten Täuschung legte sie noch einen Schreibblock dazu.

Am Samstagnachmittag brachte sie ihm am Küchentisch erst einmal bei, wie man mit Filzstiften auf ein Blatt Papier kritzelte. Als Renate den Tisch brauchte, um einen Korb Wäsche zu bügeln, räumte Patrizia bereitwillig das Feld. «Wir malen in seinem Zimmer weiter.»

Die Tür blieb offen, damit nicht wieder ein falscher Verdacht aufkam. Heiko hatte das Haus nach dem Mittagessen verlassen, in der oberen Etage hielt sich niemand auf. Patrizia konnte ihn ungestört unterweisen.

Erstens: Er durfte sich nur in dem kleinen Duschbad mit Holz und dem Messerchen beschäftigen. Auf die Weise verhinderte sie, dass er mit dem Messer in der Hand erwischt wurde. Es konnte immer mal passieren, dass Renate oder Bruno abends noch einen Blick in sein Zimmer warfen. Aber ins Bad gingen sie beide nicht. Und dort ließen sich Holzspäne leichter beseitigen als vom Teppichboden. Da Patrizia es übernommen hatte, in Bens kleinem Reich für Ordnung und Sauberkeit zu sorgen, bestand keine Gefahr, dass Renate einmal stutzig wurde.

Zweitens: Er musste gut aufpassen, durfte sich nicht in

die Finger schneiden. Die winzige Klinge verursachte klaffende Fleischwunden, die genäht werden mussten. Das hatte Patrizia einmal bei ihrer Mutter erlebt.

Drittens: Wenn die Klinge nicht mehr scharf genug war und er sie auswechseln musste – Patrizia zeigte ihm, wie das gemacht wurde –, sollte er die alte Klinge ins Klo werfen und gut abziehen. Und mit den Feilen konnte er den Figürchen dann den letzten Schliff geben.

Während Patrizia den Block bekritzelte und ihm dabei wieder eine ihrer Geschichten erzählte, probierte er das ungewohnte Konfektionsmesser an einem Stück Holz aus. Es schnitt sehr gut, viel besser als das alte Springmesser, das Bruno ihm weggenommen hatte. Patrizia wollte ein Pferdchen. Das schaffte er bis zu Dieters Auftauchen nicht ganz. Das Pferd als solches war zwar fertig, aber es hatte noch einen Auswuchs auf dem Kopf. Fast sah es aus, als trüge es einen Zylinder.

Patrizia vermutete, es sollte ein Horn werden. Dieter wollte zur Diskothek nach Lohberg. Das vermeintlich letzte Einhorn nahm Patrizia mit, damit Ben nicht auf den Gedanken kam, es Bruno, Renate oder Heiko zu zeigen. Sicherheitshalber hatte sie nur zwei Holzstücke mitgebracht, in den Jackentaschen ins Haus geschmuggelt. Die vier prall gefüllten Tüten standen in ihrem Zimmer im Elternhaus, Vorrat für lange Zeit. Beim zweiten Stück, das sie mitgebracht hatte, handelte es sich um ein etwa handtellergroßes Deckenpaneel.

«Damit darfst du weitermachen, wenn Renate zu ihrem Freund fährt. Heiko guckt bestimmt Fernsehen, der stört dich nicht.»

Dann verabschiedete sie sich, kurz darauf verließ auch Renate das Haus. Bruno war schon am frühen Nachmittag zu Maria gefahren. Heiko bekam Besuch von zwei Freunden, die zwei Videofilme mitbrachten. Ben setzte sich auf den Klodeckel im Bad und ritzte mit der scharfen Messerspitze feine Linien in das Paneel – wie früher in die Innenseite von Rinden – zwei winzige Figürchen, umgeben von allerlei Kratzern und Kringeln. Man brauchte eine Lupe, um Einzelheiten zu erkennen.

Die Mühe, nach einer Lupe zu suchen, machte Patrizia sich am Sonntagvormittag nicht. «Du musst es größer machen», sagte sie. «So ist es viel zu klein. Da kann man nicht erkennen, was es sein soll. Mach nur ein Männchen auf jedes Stück, wir haben Holz genug.» Sie nahm das Stück an sich und ließ ihm ein neues da, damit er für den Abend etwas zu tun hatte.

An dem Sonntag kam Patrizia noch spät in den Anbau gehuscht, um ihrer Schwägerin Bens Werk zu zeigen, traf aber nur ihren Bruder und Walter Hambloch an, die am Computer beschäftigt waren. Hartmut warf nur einen flüchtigen Blick auf das Pferd.

Walter Hambloch wurde aufmerksam, als Patrizia das Stück Paneel vorzeigte.

«Das hat Ben auch gemacht. Ich glaube, das sind Leute im Wald. Aber man kann es nicht genau erkennen. Ich habe ihm schon gesagt, er muss es größer machen.»

Walter Hambloch nahm Patrizia das Paneel aus der Hand, betrachtete es mit vor Anstrengung zusammengekniffenen Augen. Dann ging er zum Sideboard. Er kannte sich aus, im mittleren Schubfach lag eine Lupe. Leute im Wald – gut möglich. Die Kratzer und Kringel sollten wohl Baumstämme und Unterholz darstellen.

«Und womit hat Ben das gemacht?», erkundigte sich Hartmut. «Hier fehlen nämlich ein paar Feilen und ein Konfektionsmesser. Nicole weiß nicht, wo es geblieben ist.»

Statt einer Antwort fragte Patrizia: «Ist das nicht schön?»

«Das Messer kriege ich zurück», sagte Hartmut, «und zwar schnell. Du bist wohl nicht bei Trost, Ben ein Messer in die Finger zu drücken. Was sagt Bruno Kleu denn dazu, weiß er das?»

Unerwartet kam Walter Hambloch ihr zu Hilfe: «Jetzt reg dich doch nicht auf. Ben hatte immer Messer und ganz andere Kaliber als deine Konfektionsdinger. Mit so einer Klinge kann er nun wirklich nichts anstellen, sich höchstens tüchtig in die Finger schneiden.»

«Für den Hals reicht es auch», sagte Hartmut Rehbach.

15. Oktober 1997

Ich nahm an, Patrizia sei dem RTW hinterhergefahren. Das war nicht der Fall, wie sich bald herausstellte. Sie kam schon nach gut einer Viertelstunde zurück, immer noch in Latzhose und Pullover, die Hose war am Bauch mit Blut beschmiert, der Pullover an den Ärmeln. Ihre Hände und das Gesicht hatte sie gewaschen, gab mir mit verlegenem Lächeln mein Handy zurück.

«Entschuldigung, ich hab erst gesehen, dass ich es noch hatte, als ich schon im Auto saß. Ich musste so dringend. Der Kleine drückt auf die Blase, nachts muss ich auch dreimal raus. Und ich dachte, wenn ich hier nichts anfassen darf ...»

Sie hatte sich rasch auf dem Hof ihres Schwiegervaters umgeschaut, ob Ben inzwischen gekommen war. Ohne Erfolg. Dann hatte sie Bruno Kleu umfassend informiert und auf seine Anweisung hin das Konfektionsmesser und die halb fertige Schnitzerei aus Bens Zimmer verschwinden lassen. Bruno hatte ihr versprochen, sich sofort um Ben zu kümmern. «Ich denke, ich weiß, wo er steckt. Ich hole ihn. Dann behalte ich ihn hier. Wenn jemand nach ihm fragt, er ist heute früh um sieben Uhr mit uns rausgefahren. Er war die ganze Zeit bei mir.»

Von dieser Sorge befreit, hatte Patrizia wieder Zeit für ihre Schwägerin. «Sollen wir nicht mal ins Krankenhaus fahren und sehen, wie es Nicole geht?»

«Später», sagte ich und hoffte, dass mein Kollege und die Spurensicherung bald eintrafen. Kurz vor Patrizia waren zwei Beamte der Lohberger Wache erschienen, sie hatten sofort mit der Befragung der Nachbarschaft begonnen. Ich hatte mir einen ersten Eindruck verschafft, wusste aber nicht, was ich denken sollte. Ob dieser Fall mit unserer Verabredung zusammenhing? Wenn jemand hätte verhindern wollen, dass Nicole Rehbach mit mir über eine Vergewaltigung und die beiden verschwundenen Frauen sprach, hätte er sie umgebracht, aber nicht zerschnitten. Das war Hass.

Nichts deutete auf ein gewaltsames Eindringen oder einen Kampf hin. Kein Schrank war durchwühlt. Türschloss und Scheibe der Terrassentür waren unbeschädigt. Durch das in Kippstellung befindliche Schlafzimmerfenster konnte niemand eingestiegen sein, es war durch einen Schließmechanismus in dieser Stellung gesichert. Wenn Nicole hatte durchlüften wollen, wie Patrizia vermutete, gab es nur die Tür, die große Glasscheibe daneben war fest mit dem Mauerwerk verbunden. Und dass jemand zufällig auf dem Weg vorbeigekommen war und eine günstige Gelegenheit genutzt hatte, war bei dem Nebel unwahrscheinlich.

Auf dem Kachelboden im Eingangsbereich wimmelte es jetzt von schmutzigen Trittspuren. Es waren nach mir noch mehrere Leute durch die Nässe gelaufen. Als ich kam, waren da nur die Sohlenabdrücke von Patrizia gewesen. Das sah ich noch vor mir.

Die rechte Tür an der Stirnwand des Wohnzimmers führte in den Flur des Hauses an der Bachstraße, die Haustür war ordnungsgemäß verschlossen. Die linke Tür führte in eine kleine Küche. Dort war das Fenster geschlossen und unbeschädigt. Der Tisch war für drei Personen gedeckt, gefrühstückt hatte aber niemand, Geschirr und Besteck waren unbenutzt, die Glaskanne der Kaffeemaschine gefüllt, die Maschine eingeschaltet. Ich zog einen Stift aus meiner Tasche, schaltete sie damit aus und fragte mich, für wen das dritte Gedeck gedacht gewesen war.

Die Tür zum Bad befand sich neben dem Kleiderschrank im Schlafzimmer. Es war ein schmaler, fensterloser Raum mit spartanischer Ausstattung. Duschkabine mit Plastikvorhang und Waschmaschine auf einer, Waschbecken und Toilette auf der anderen Seite. Auf der Ablage über dem Becken lag ein alter Nassrasierer zwischen Kamm, Bürste und zwei Zahnputzgarnituren. Auf dem Toilettendeckel lagen ein Frotteebademantel und saubere Unterwäsche, Slip und Büstenhalter. Auf dem Fußboden eine zweite Garnitur – getragen, und ein Handtuch – trocken.

Das Becken war der Dusche genau gegenüber angebracht. Am Beckenrand war eine Blutspur, nur ein Schmierstreifen. «Das ist nicht von mir, ich war da nicht drin, hab nicht daran gedacht, ein Handtuch zu holen», behauptete Patrizia, und ich glaubte ihr.

Die Szenerie ließ vermuten, dass Nicole Rehbach im Bad überrascht und vielleicht niedergeschlagen worden war, dann hatte sie jemand ins Schlafzimmer geschleppt und aufs Bett gelegt.

Eine Tatwaffe sah ich nirgendwo, auch keinen Schlüssel. Wo Nicole ihr Schlüsselmäppchen über Nacht aufbewahrte, wusste Patrizia nicht. «Manchmal legt sie es auf den Küchenschrank, manchmal aufs Sideboard. Sie legt es immer irgendwo hin, oft sucht sie es dann, wenn sie nochmal weg muss.»

Der Telefonstecker im Wohnzimmer war herausgezogen und lag auf dem Boden, fast völlig verdeckt von dem Sideboard. Die blutigen Fingerabdrücke auf dem Apparat stammten von Patrizia. «Ich hab den Notruf gewählt, und das ging nicht. Ich hatte solche Angst.»

Die hatte sie immer noch, wahnsinnige Angst, vor allem wegen der Holzfigur ohne Kopf und Hände, die Nicole in einer Hand gehalten hatte, als Patrizia sie fand. Davon hatte sie nicht einmal Bruno erzählt. Inzwischen lag das verräterische Teil tief unten im Mülleimer in ihrer Küche. Einen Herd mit Feuerung gab es dort nicht, sonst hätte sie es vermutlich gemacht wie Trude.

Hätte sie nur einen Ton verlauten lassen über Vanessa Greven, aber zu dem Zeitpunkt hätte sie sich eher die Zunge abgebissen, als ihre Besuche mit Ben im Atelier zu erwähnen. Dass ihre Schwägerin mich angerufen hatte, wusste sie nicht. Und auch nicht, worüber Nicole mit mir hatte sprechen wollen.

Auf meine Frage nach dem herausgezogenen Telefonstecker antwortete sie: «Früher hat mein Bruder den jeden Abend rausgezogen, aber das ist schon lange her. Ich wusste nicht, dass er es jetzt wieder tut.»

«Warum hat er es früher getan?»

«Achim Lässler hat oft angerufen, wegen Britta. Sie wissen schon. Das ist aber lange her. Ich hab nicht mehr daran gedacht.» Sie hatte auch keinen Mann in dunkler Kleidung gesehen, weder auf dem Weg noch im Garten.

Endlich fragte ich sie, wo ihr Bruder sich aufhielt:

«Weiß ich nicht genau, Hartmut musste früh weg, hat er gestern Abend gesagt. Nach Bochum, glaube ich.»

Sie wusste genau, dass ihr Bruder nie weiter als bis Lohberg fuhr. Vielleicht befürchtete sie, dass er ihr die Schuld geben würde, wenn er erfuhr, was mit seiner Frau geschehen war. Sie erklärte mir nicht einmal, dass er in Winfried von Burgs Computerladen beschäftigt war, behauptete, er sei selbständig – was im weitesten Sinne sogar zutraf. «Aber ein Handy hat er nicht. Wenn er unterwegs ist, kann man ihn nicht erreichen. Damit warten Sie auch besser, bis er nach Hause kommt. Wenn Sie ihm das sagen, kann er bestimmt nicht mehr fahren.»

Kurz nach zehn trafen endlich mein Kollege und die Spurensicherung ein. Dirk Schumann übernahm das Kommando vor Ort, ich fuhr zum Krankenhaus. Patrizia wollte unbedingt mit.

Während der Fahrt wollte sie noch einmal telefonieren, rief Bruno Kleu an und erkundigte sich, ob sie zu Mittag Gulasch machen sollte. Die Antwort verstand ich nicht. Sie bat ihn, Bescheid zu sagen, wenn doch jemand zum Essen käme, und gab ihm meine Nummer durch. Mit einem kläglichen Lächeln reichte sie mir das Handy, wischte rasch ein paar Tränen aus den Augenwinkeln und sagte überflüssigerweise: «Die Männer kommen wahrscheinlich nicht zum Essen. Sie wollen durcharbeiten. Die Rüben müssen raus, es ist viel Regen angesagt.»

Ich nahm an, dass sie immer noch unter Schock stand und sich an Alltäglichkeiten festhielt.

Der Nebel hatte sich inzwischen gelichtet. Zu diesem Zeitpunkt war Bruno Kleu nicht auf einem Rübenacker, sondern unterwegs, um nach Ben zu suchen. Er hatte Patrizia versprochen, ihr sofort Bescheid zu sagen, wenn er ihn gefunden hatte.

Dass ich mein Handy im Krankenhaus ausschalten musste, gefiel ihr nicht. «Dann kann er mir ja nicht sagen, ob doch jemand zum Essen kommt.»

Der OP-Trakt lag im Untergeschoss. Es gab zwei unbequeme Plastikstühle nahe den Doppeltüren mit der Aufschrift: «Zutritt verboten.» Patrizia setzte sich, lehnte den Kopf gegen die gelb gestrichene Wand, verschränkte beide Hände auf dem vorgewölbten Leib und versank in Gedanken.

An der Aufnahme hatte ich die Auskunft erhalten, Nicole Rehbach sei noch im OP. Nach ein paar Minuten wisperte Patrizia: «Was machen die denn die ganze Zeit mit ihr?» Ehe ich ihr antworten konnte, tröstete sie sich selbst. «Vielleicht ist es ein gutes Zeichen. Sie müssen bestimmt viel nähen. Wollen Sie nicht mal fragen, warum es so lange dauert? Wenn Sie Ihren Ausweis zeigen, dürfen Sie bestimmt rein.»

Ich setzte mich neben sie, hatte plötzlich das Bedürfnis, sie in den Arm zu nehmen. «Nein, darf ich nicht», sagte ich.

Sie schloss die Augen und erzählte mir von ihrer Hochzeit, wie schön Nicole und wie stolz Hartmut gewesen war. Dass ihr Vater zuerst auf Bruno Kleu geschimpft hatte. Aber nachdem Nicole ein bisschen vermittelte, tranken sie Brüderschaft. Mir kam sie vor wie ein Kind, das laut singend durch die Dunkelheit läuft, um Ungeheuer und die Furcht fern zu halten.

Plötzlich zuckte sie zusammen. «Der Kleine ist so unruhig. Fühlen Sie mal, wie er tritt. Er merkt das, wenn man Angst hat.»

Dann begann sie endlich zu weinen. «Was mache ich, wenn Nicole stirbt? Alle werden sagen, es war meine Schuld. Hartmut bringt sich um. Er sagt immer, wenn Nicole nicht mehr da ist, will er auch nicht mehr leben.»

«Sie wird nicht sterben», sagte ich.

«Wissen Sie das bestimmt?»

«Ja», sagte ich und dachte, im Krankenhaus sei Nicole Rehbach sicher. Sie hatte sehr viel Blut verloren, aber der Notarzt hatte nicht von Lebensgefahr gesprochen.

Der zweite Termin

Am 29. November 96 stieg Patrizia wenige Minuten vor drei Uhr am Nachmittag zum ersten Mal in Brunos BMW, weil er selbst nicht die Zeit hatte, Ben bei Miriam Wagner abzuliefern. Patrizia verschwand fast hinter dem Steuer.

Nachdem sie gewissenhaft Spiegel und Sitz für sich eingestellt und Ben den Sicherheitsgurt umgelegt hatte, fuhren sie vom Hof. Auf dem knappen Kilometer bis zum Bungalow gab es nur einen Gefahrenpunkt, das Überqueren der Landstraße.

Bruno hatte Ben eingeschärft, dass er während der Fahrt nicht ins Lenkrad greifen, nicht die Tür öffnen und Patrizia auch nicht anfassen durfte. Es wäre nicht unbedingt nötig gewesen, ihn an Letzeres zu erinnern. Dass Patrizia für ihn tabu war, wusste er seit dem Sommer. Mit ihr durfte er noch am Tisch in der Küche sitzen und in seinem Zimmer sein, wenn sie sein Bett machte und das kleine Duschbad wischte.

Er wusste, wohin die Fahrt ging. Aber in der letzten Woche hatte es ihm nicht so gut gefallen bei der kleinen Maus. Sie hatte nicht seine Hand genommen, ihm nur erklärt, was sie von ihm wollte. Ganz genau wissen, was mit den schönen Mädchen geschehen war, und warum er sie begraben hatte. Dass er es getan hatte, wusste sie schon. Bruno wusste es auch. Aber niemand sprach davon, dass er dafür eingesperrt würde.

Nur sagten wir nicht immer, was wir tun wollten. Manchmal sagten wir es so und taten dann etwas anderes. Die Erfahrung hatte er oft gemacht. Seine Mutter hatte zum Beispiel gesagt, er bekäme auch eine bunte Jacke, wenn er ihr die Jacke der Amerikanerin gebe. Und als sie den blutigen Rucksack fand, hatte sie ihm einen Kuchen und ein großes Eis versprochen, wenn er ihr zeigte, wo das Mädchen war, dem der Rucksack gehörte. Er hatte ihr das zeigen wollen, verstanden hatte sie ihn nicht. Bekommen hatte er auch nichts, stattdessen hatte seine Mutter ihm den Rücken zerschnitten. Er war verunsichert, befürchtete, dass die kleine Maus ihn auch nicht verstand und wie seine Mutter etwas tat, was ihm nicht gefiel.

Patrizia hatte nur den Kasten mit den Karten und ein Zirkuspferd mitnehmen wollen. Zur Sicherheit hatte er noch einige Teile dazu gelegt in der Hoffnung, sich damit eher verständlich machen zu können. So musste Patrizia einen großen Karton nehmen, um alles einzupacken. Der stand nun im Kofferraum.

Es gab noch einen kleinen Schuhkarton im Schrank in seinem Zimmer. Darin lagen die Arme, Beine, Finger und Körper der Mädchen, auch schon ein paar Gesichter, aber die waren noch nicht ganz fertig. Damit hätte er der kleinen Maus alles ganz genau zeigen können. Nur hatte er es nicht gewagt, ein paar von den Teilen aus dem Schuhkarton zu nehmen, weil Patrizia immer alles haben wollte, was er aus Holz machte.

Alle Zirkuspferde nahm sie ihm weg, lange bevor sie fertig waren. Nie kam er dazu, die Federbüsche auf ihren Köpfen auszuarbeiten oder die Ornamente der Decken, die sie unter den Sätteln getragen hatten. Er konnte schnell arbeiten mit dem kleinen, scharfen Messer, aber für Patrizia war er nie schnell genug. Und was er behalten wollte, musste er vor ihr verstecken.

Jedes Mal, wenn Patrizia Wäsche in seinen Schrank räumte, befürchtete er, dass sie in den Karton schaute und ihm auch noch die Teile wegnahm. Leider gab es kein besseres Versteck in seinem Zimmer. Draußen hätte es viele gegeben, aber da durfte er nicht nach einem suchen.

Er durfte gar nichts mehr, jede Freiheit gestrichen, nachts in einem Haus mit verschlossener Tür. Wenn er zum Bendchen laufen wollte oder zum Bruch, musste er das in seinem Kopf tun. Und in seinem Kopf war nicht mehr so viel Platz wie früher. Patrizia hatte ihn voll gestopft mit Worten. Da konnte es geschehen, dass er gerade so schön mit seiner kleinen Schwester und mit Britta Lässler spielte oder sich von Antonia auf die Stirn küssen ließ, und plötzlich schoben sich Worte vor die Bilder.

Er fühlte die Arme seiner Schwester um den Hals und sah FRÜHER. Er saß auf den Stufen vor Antonias Tür, schleckte geschmolzenes Vanilleeis mit Sandkörnern von einem Puppenteller und sah VORBEI.

Das wusste er doch, da wollte er es nicht auch noch sehen müssen. Und er brauchte nicht Worte wie WILL und MUSS. Was er wollte, kümmerte keinen, er musste immer tun, was Patrizia wollte. Manchmal war sie wie seine Mutter, nur dass er sie nicht mehr in die Arme nehmen und küssen durfte.

Während der kurzen Fahrt saß er mit trübsinniger Miene neben ihr. Als sie dann anhielt und Nicole Rehbach die Tür des Bungalows öffnete, hellte seine Miene sich auf. «Fein», sagte er.

Sie kamen zu früh, Nicole hatte gerade nach Lohberg aufbrechen wollen, als Patrizia im BMW vorfuhr.

Patrizia wies ihn an, den Karton aus dem Kofferraum ins Haus zu tragen. «Wir haben mal alles mitgebracht», erklärte sie Miriam. «Ich wusste ja nicht, was Sie brauchen.»

Den Karteikasten mit inzwischen hundertzwanzig Karten, auf denen in Druckbuchstaben ein Grundstock für die Verständigung zusammengestellt war. Rund die Hälfte war auf der Rückseite beklebt mit Polaroidfotos oder Abbildungen aus Katalogen. Aber wie Miriam und Bruno Kleu einmal festgestellt hatten, es gab nicht für alles Bildchen. So hatte Patrizia ihm auch viele Karten gemacht, bei denen ihm nichts anderes übrig blieb, als sich die Kombination der Buchstaben zu merken. Es wäre entschieden einfacher gewesen, er hätte die Worte ausgesprochen. Aber noch wusste er nicht genau, welche immer richtig und welche manchmal falsch waren.

Außerdem enthielt der Karton das Feuerwehrauto, das halbe Dorf, die Kirche und drei bewaldete Hügel der zu Heiko Kleus Modelleisenbahn gehörenden Landschaft, die alte Barbie-Puppe samt Zubehör, ein halb fertiges Pferdchen mit einem Auswuchs auf dem Kopf und das Deckenpaneel mit den Leuten im Wald. Binnen weniger Minuten hatte Patrizia mit dem Kartoninhalt im Wohnzimmer das Chaos angerichtet. Miriam fand die Schnitzereien bemerkenswert, den Karteikasten nützlich, den Rest überflüssig und Patrizia sehr anstrengend.

Patrizia erklärte erst einmal, wie mit den Karten umzugehen wäre. «Wir machen das immer so. Wenn er das Wort kennt, kommt die Karte nach vorne, wenn er zuerst auf das Bild gucken oder raten muss, kommt sie in die Mitte. Und wenn er noch nicht weiß, was es heißt, kommt es ganz nach hinten. So mache ich das immer mit Vokabeln, das klappt prima. Passen Sie mal auf, wie gut er das schon kann. Zeig mal Fahrrad, Ben.»

Er war nicht bei der Sache, zog eine Karte aus dem Kasten, ohne hinzuschauen.

«Was machst du denn?», tadelte Patrizia. «Fahrrad kennst du doch schon. Du musst aufpassen.»

Er achtete nicht auf Patrizia, ließ Nicole nicht aus den Augen und schielte verstohlen zu der zierlichen, dunkelhaarigen Frau mit der gut überschminkten Narbe, die ihn so sehr an seine kleine Schwester erinnerte. Und daran, wie er seine Schwester zum Weinen gebracht hatte, weil er Britta nicht geholfen hatte. Tanja sollte nicht weinen müssen, niemand sollte weinen müssen oder traurig sein, das wollte er nicht.

Er wäre bereit gewesen, den Ersatz zu akzeptieren. Patrizia als Mutter, für die er sich notfalls hätte in Stücke reißen lassen, auch wenn sie ihm manchmal Unmögliches abverlangte. Miriam als die Schwester, die auf seinen Schultern ritt, Fangen mit ihm spielte, sich von ihm das Haar zerzausen ließ, ihn umarmte und küsste. Es wäre beinahe wieder gewesen wie FRÜHER und VORBEI. Sie hätte nur nicht mit dieser komischen Stimme sprechen dürfen. «Bringe ich dich um.»

Für Nicole hatte er keine rechte Verwendung, sie war nur eins von den schönen Mädchen, die er nicht anfassen durfte. Aber sie hatte dafür gesorgt, dass Bruno nicht mehr weinte und brüllte. Folglich musste sie gut sein.

Für GUT und BÖSE hatte er auch Karten, obwohl er die gar nicht gebraucht hätte. Aber Patrizia meinte, fremde Leute wüssten nicht, was «Fein macht» und «Finger weg» heißen sollte. Und dann hatte sie bestritten, dass fremde Leute DUMM wären.

Miriam versuchte, Patrizias Redefluss einzudämmen, natürlich vergebens. Daraufhin beeilte sie sich, Bens Ersatzmutter loszuwerden. «Du kannst ihn in einer Stunde wieder abholen.»

«Soll ich nicht hier bleiben und Ihnen erklären, was er sagt?»

«Ich verstehe ihn schon», sagte Miriam. «In einer Stunde. Er kann sich besser konzentrieren, wenn ich mit ihm alleine bin.»

Miriam begleitete Patrizia zur Haustür, kam zurück, stieß einen pathetischen Seufzer aus und sagte zu Nicole: «Die Redseligkeit muss in der Familie liegen. Wie hältst du das aus? Du trägst heimlich Ohrstöpsel, gib es zu. Die nächste Stunde wird die reinste Erholung für mich sein.»

Kurz nach Patrizia brach auch Nicole auf, um die Einkäufe zu machen. Ben blickte enttäuscht auf die Tür zur Garage, die sich hinter Nicole schloss, er hatte wohl darauf gehofft, sie würde bleiben. Dass er Nicole anhimmelte, fiel Miriam sofort auf. Es war derselbe Blick, mit dem Achim Lässler sie bei der ersten Begegnung auf dem Feldweg verschlungen hatte. Für Miriam hatte noch nie ein Mann so einen Blick gehabt. Sie kannte es nicht anders und war völlig sicher, dass sie es auch nicht wollte.

«Räum das wieder ein», verlangte sie, zeigte mit einer ausholenden Geste über seine Sammlung.

Er schüttelte den Kopf, hob die Barbie-Puppe vom Boden auf und sagte: «Kumpel Fein.»

«Was heißt das?»

Für einen Moment war er ratlos, wusste nicht, wie er ihr begreiflich machen sollte, dass die Puppe mit dem goldblonden Plastikhaar nun das schöne Mädchen darstellte, an dem Bruno so interessiert war. Er wartete darauf, dass sie ihm noch einmal die Bilder auf dünnem Papier zeigte, um es ihr damit zu erklären. Aber das tat sie nicht. Sie stand nur da und schaute ihn an mit einem Gesichtsausdruck, den er nicht einordnen konnte. So verteilte er seine Utensilien nach ein paar Minuten im gesamten Wohnzimmer.

Die Hügel der Eisenbahnlandschaft stellten die Brombeerwildnis rund um den Birnbaum dar. Die Kirche stand für den Friedhof, ein paar Häuser verteilte er rund herum, das war das Dorf. Ein Haus stellte er ein Stück von den Hügeln entfernt auf. Das war das Haus seines Freundes, aber das kam erst später an seinen Platz. Zuerst nahm er es noch einmal weg, legte an die Stelle das Holzpferdchen hin und zog seinen Namen aus der Hosentasche.

Nun konnte er beginnen. Die Puppe war das schöne Mädchen, mit dem für ihn das Wunder der Auferstehung verknüpft war. Es besuchte das Pferd auf der Wiese, dann ging es mit BEN zu den Hügeln. Sein Freund kam dazu, für ihn und das, was dann geschah, hatte er keine Figur und keine Karten, nur Worte.

«Freund Rabenaas kalt», sagte er, und die Puppe fiel um. Er legte sie unter einen Hügel. Dann kam die Feuerwehr. Die kleinen Plastikfigürchen räumten den Hügel beiseite und halfen der Puppe beim Aufstehen. Feuerwehr und Puppe verschwanden hinter der Hausbar, er suchte aus dem Kasten das Wort, das der kleinen Maus verdeutlichen sollte, wie viel Zeit vergangen war. FRÜHER.

Er nahm das Pferd weg, stellte das Haus an den Platz, legte AUTO zu den Hügeln und holte die Puppe wieder hinter der Bar hervor. Für einen Moment stand sie neben AUTO, dann lief sie zum Haus seines Freundes. Dort lag BEN. Die Puppe war DUMM, wollte nicht verstehen, dass BEN es nur GUT meinte. Auch das konnte er demonstrieren. Er nahm BEN in die linke Hand. Die rechte Hand hielt die Puppe, die linke streichelte über das Plastikhaar, die Puppe schlug nach der Karte.

«Weg», sagte er, hielt dabei die Puppe hoch, um zu zeigen, wer gerade sprach. Dann hob er die Karte: «Rabenaas kalt.»

«Weg», sagte die Puppe noch einmal.

«Fein», sagte die Karte und zog sich wieder hinter das einsam stehende Haus zurück.

Er hatte in jener Augustnacht begriffen, dass Marlene Jensen sich vor ihm fürchtete, als er sie warnte, indem er ihr sein Messer zeigte, damit sie begriff, was Lukka ihr antun würde, wenn sie zum Bungalow ging. Sie solle weiterlaufen zu Antonia, hatte er ihr geraten – Fein – und sich wieder im Mais versteckt, wo er auch vorher Wache gehalten hatte. Er war so erleichtert gewesen, als sie tatsächlich am Haus seines Freundes vorbeilief. Aber dann kehrte sie um, hatte hinter den Glastüren das blaue Licht gesehen. Leider konnte er das blaue Licht nicht zeigen, nur wie es dann weitergegangen war.

Die Puppe musste nun zwischen zwei Hügeln liegen, den dritten türmte er darüber. Wieder kam die Feuerwehr – diesmal mit dem Hinweis: «Fein, fein macht.» Noch einmal halfen die Männer mit den Leitern und dem Korb dem schönen Mädchen aus der Erde, brachten es zur Kirche und legten es dorthin. Die Karte mit dem Namen seiner Mutter legte er daneben und noch eine weitere: WARTEN.

Dann kam die Feuerwehr zum dritten Mal. Sie halfen dem Mädchen beim Aufstehen und drehten die Karte seiner Mutter um, sodass nun ihr Foto oben lag.

«Rabenaas weg», sagte er.

Miriam Wagner versuchte zu erfassen, was er gezeigt hatte, und es mit dem zu kombinieren, was er sagte. Wenn Rabenaas der Tod und der Tod weg war, sobald die Feuerwehr erschien …

WARTEN.

An diesem Nachmittag begriff sie noch nicht, welche Vorstellung Ben vom Tod hatte. Aber sie erkannte es, nachdem sie von Bruno Kleu hörte, dass Ben als Kind eine bange Nacht in einem alten Sandpütz verbracht hatte. Bruno war damals einer der Männer gewesen, die sich vor der Feuerwehr darum bemüht hatten, ihn zu bergen. Und Bruno wusste auch, dass die Leiche der jungen Artistin, die Maria und seiner Tochter so verblüffend ähnlich gesehen hatte, höchstwahrscheinlich in diesem Sandpütz verschwunden war.

15. Oktober 1997

Zwei Stunden saß ich mit Patrizia vor den Doppeltüren zum OP-Trakt. Viermal ging ich durch die nahe gelegene Notaufnahme hinaus ins Freie, rief meinen Kollegen an und fragte nach, wie weit die Spurensicherung war.

Schlüssel hatten sie in der Wohnung bei meinem letzten Anruf immer noch nicht gefunden, auch keine Tatwaffe. Die erste Befragung der Nachbarschaft hatte nichts anderes ergeben, als man erwarten konnte. Niemand hatte etwas gesehen oder gehört. Wer arbeitet schon bei Nebel frühmorgens im Garten? Inzwischen war die Sicht gut. Dirk Schumann ließ zwei Polizisten den Garten nach Spuren absuchen, obwohl er sich nichts davon versprach.

«Hier ist keiner rein, Brigitte, hier ist einer raus. Die Frau hat's im Bad erwischt. Wo ist der Mann?»

Das wusste ich noch nicht. Und obwohl sich Dirks Eindruck mit dem deckte, was ich selbst gesehen hatte, konnte ich es nicht glauben, dachte immerzu an Vanessa Greven und Dorit Prang.

«Wir brauchen einen Hund», sagte ich.

«Blödsinn.» Dirk reagierte ungehalten, als ich zum vierten Mal anrief. «Hier wird niemand vermisst. Auf der Wache liegen keine Anzeigen vor.»

«So war es vor zwei Jahren auch», sagte ich.

«Vor zwei Jahren ist vorbei, Brigitte. Das hier ist eine Beziehungsgeschichte, darauf kannst du wetten.»

Dirk hatte sich nach dem Blutsommer ein ziemlich dickes Fell zugelegt. «Sieh zu, dass du eine Aussage von Frau Rehbach bekommst», sagte er noch.

Ich ging zurück zu Patrizia, versuchte rational zu denken, diese Beklemmung abzuschütteln, das Ticken im Hinterkopf. Ich wollte ihr ein paar Fragen zur Ehe ihres Bruders stellen. Stattdessen erkundigte ich mich nach Vanessa Greven und Dorit Prang.

Patrizia hatte inzwischen eingesehen, dass wir über kurz oder lang in Erfahrung bringen mussten, um wen es sich handelte. Dass sie häufig mit Ben im Atelier gewesen war, ihn auch alleine zu Vanessa Greven geschickt hatte, um einen Arzttermin wahrzunehmen, erwähnte sie nicht. Und mich bei ihr nach Ben zu erkundigen, der Gedanke kam mir nicht, das sagte ich ja schon einmal. Patrizia verschwieg auch, dass Maria Jensen vermutete, Dorit Prang sei auf dem Friedhof etwas zugestoßen. «Frau Prang war in Köln bei ihrem Mann», sagte sie stattdessen. «Danach hat sie keiner mehr gesehen. Vielleicht ist sie gar nicht nach Hause gekommen. Und bei Frau Greven meinen die Leute, sie hätte Herrn Darscheid verlassen, weil er viel älter ist.»

Meinen die Leute. Dass ausgerechnet sie das so flüssig über die Lippen bringen konnte … Sie klammerte sich an Bruno Kleus Versprechen und seine Anweisung: «Wir finden ihn schon. Und dann zeigen wir ihnen den Ben, den wir aus ihm gemacht haben. Und bis wir ihn finden, ist er in den Rüben, seit heute früh.»

Ich weiß nicht, was in ihren Köpfen vorgegangen ist. Hätte Patrizia auch nur einen Ton verlauten lassen, dass sie Ben am vergangenen Abend zuletzt gesehen und nicht den Schimmer einer Ahnung hatte, wo er sich aufhalten könnte, ich hätte sofort alle verfügbaren Streifenwagen auf die Suche nach ihm geschickt.

«Die Leute meinten vor zwei Jahren auch, deine Freundin sei ausgerissen, weil sie Hausarrest hatte, bis wir sieben Monate später ihre Leiche fanden.»

«Aber das war doch Lukka», murmelte sie. «Das war doch ganz etwas ande...»

Mitten im Wort brach sie ab, schaute mit schreckhaft geweiteten Augen zum OP-Trakt. Ein Arzt trat auf den Korridor. Er betrachtete ihren prallen Leib mit einem skeptischen Blick, schaute mich an. «Polizei?» Als ich nickte, winkte er mich zu der Tür, durch die er gerade gekommen war.

«Wie geht es Nicole?», fragte Patrizia mit einer Stimme, die jeden Moment zu brechen drohte.

«Sie schläft», sagte der Arzt nur.

Ich folgte ihm in den Korridor hinter der Tür. Er ging weiter durch einen Aufwachraum. Nicole Rehbach lag auf einer Rollbahre, fast so weiß wie das Laken, mit dem ihr Körper bis zum Hals zugedeckt war. Ihr Gesicht war unverletzt – bis auf eine Prellung an der Stirn, die in der blassen Haut irgendwie unecht wirkte, wie aufgemalt. Eine Krankenschwester war bei ihr und löste einige Überwachungsinstrumente, mit denen sie noch verbunden war.

«Sie wird sofort nach oben gebracht», begann der Arzt. «Wir haben zwei Intensivbetten, beide sind frei. Das heißt, sie hat unsere ungeteilte Aufmerksamkeit.»

Er zählte auf: «Platzwunde an der Stirn, unbedeutend. Starke Prellung mit Platzwunde im Hinterhauptsbereich, auch nicht gravierend. Keine Hirnblutung, nur eine schwere Erschütterung. Das Hirn war eine Zeit lang unterversorgt, daher die tiefe Bewusstlosigkeit. Sie hat sehr viel Blut verloren, vier Konserven Vollblut bekommen. Wenn nicht noch Komplikationen auftreten, hat sie eine Chance. Für den Fötus kann allerdings niemand garantieren.»

«Sie ist schwanger?», fragte ich verblüfft.

«Sechste Woche ungefähr», sagte der Arzt. «Ich habe unseren Gynäkologen dazugerufen, damit keine Verletzungen übersehen werden. Sexuelle Misshandlungen können wir ausschließen.»

Sexuelle Misshandlungen konnte Hartmut Rehbach auch kaum noch in der üblichen Weise vornehmen. Schwanger in der sechsten Woche. Ich hörte Dirk Schumann schon sagen: «Na bitte.» Ein anderer Mann, ein Motiv im persönlichen Bereich. Der andere wird dich nicht bekommen – oder nicht mehr wollen, wenn ich mit dir fertig bin.

«Können Sie mir etwas über die Tatwaffe sagen?»

Der Arzt nickte mit einem vernehmlichen Durchatmen. «Ein höllisch scharfes Gerät, völlig glatte Wundränder. Kein Schnitt geht tiefer als anderthalb Zentimeter ins Gewebe, aber das reicht, um Muskeln und Sehnen zu durchtrennen. Möglicherweise eine Rasierklinge. Wenn man die so hält.» Er demonstrierte mit seinen kurzen, dicken Fingern, wie er eine Rasierklinge gehalten hätte.

Ich dachte an den alten Nassrasierer auf der Ablage über dem Waschbecken. Als Schlagwaffe vermutete der Arzt einen Stock, ich dachte an eine Krücke. Aufgrund der Vielzahl der Wunden, des Blutverlustes und der Blutgerinnung konnte er auch ungefähre Angaben zur Zeit machen. Zwischen sieben und acht Uhr morgens. Mir fiel Patrizias Bemerkung über ihren Bruder ein: musste früh weg, nach Bochum. Sollte es sich wirklich nur um eine Beziehungsgeschichte handeln, nichts mit Nicoles Anruf bei mir zu tun gehabt haben? Ich hätte das so gerne geglaubt, mir wäre sehr viel wohler gewesen, wenn ich es hätte glauben können.

Hoffnung auf eine baldige Aussage von Nicole Rehbach konnte der Arzt mir nicht machen. Es könne Abend werden, eher morgen, meinte er. Ich wäre gerne geblieben, hätte mich neben ihr Bett gesetzt und gewartet, bis sie den Verdacht bestätigte, dass ihr eigener Mann ihr das angetan hatte. Aber ich hatte keine Ruhe, wollte zu Leonard Darscheid, zu Dorit Prangs Ehemann und auch mal kurz zu Trude. Ich wollte noch so viel tun.

Auf der Rückfahrt versuchte ich erneut, von Patrizia einige Auskünfte zu bekommen. «Hat Nicole einen Freund?»

«Wie meinen Sie das?» Es klang ein bisschen feindselig. «Nicole hat viele Freunde, Walter, Andreas und Uwe. Jeder mag sie gerne. Bruno sagt auch immer, sie ist eine tolle Frau. Aber sie würde Hartmut nie verlassen.»

«Das habe ich dich nicht gefragt. Gibt es einen Mann, mit dem sie schläft? Ich weiss, dass dein Bruder nicht mehr mit ihr schlafen kann.»

«Kann er wohl», behauptete Patrizia trotzig. «Da gibt es nämlich viele Möglichkeiten. Das haben sie ihm sofort nach dem Unfall damals alles erklärt.»

«Aber ein Kind kann sie nicht von ihm bekommen», sagte ich.

«Nicole hat mal gesagt, wenn sie ein Kind will, holt sie eins aus dem Heim. Da sind so viele, die eine Mutter brauchen. Sie weiß, wie das ist, hat sie gesagt.»

Wir fuhren am Ortsschild vorbei, ich bog in den schmalen Weg ein, vor mir tauchte wieder der Bungalow auf. Die Rollläden an den beiden vorderen Fenstern waren immer noch unten. Ich fragte mich, wer der Mann gewesen sein mochte, der mir begegnet war, woher er gekommen und wohin er gelaufen sein mochte. Vielleicht nur ein Jogger, ein Bewohner der Bachstraße.

Kurz darauf hielt ich hinter dem Garten an. Patrizia stieg aus.

«Kannst du alleine fahren?»

«Ist ja nicht weit», meinte sie, stieg in den Van und verschwand.

Die beiden Polizisten stapften im Garten durch aufgeweichte Erde. Bisher hatten sie nicht mehr entdeckt als fünf Bonbonpapierchen bei der Garage. Sie lagen eingetütet auf dem Tisch im Wohnzimmer. Hustenbonbons, ich kannte die Sorte.

Die Papierchen waren glatt gezogen und durchfeuchtet, trotzdem war die Rille gut zu erkennen, die ein Fingernagel hinterlassen hatte. So vertrieb sich jemand die Zeit, der gezwungen war, untätig herumzustehen. Der Stunde um Stunde nichts weiter tun konnte, als ein hell erleuchtetes Wohnzimmer voller Menschen zu beobachten, und darauf wartete, dass sie endlich gingen und er näher heran konnte.

Die Tatwaffe hatten sie bisher auch draußen nicht gefunden. Aber eine Rasierklinge. So ein winziges Ding im Gartendreck zu entdecken war Präzisionsarbeit. Dirk rief den beiden Polizisten zu, wonach sie Ausschau halten sollten, dann zählte er weiter die bisherigen Erkenntnisse auf.

Die Spurensicherung in der Wohnung war abgeschlossen. Sie hatten Unmengen von Fingerabdrücken gesichert, die meisten im Wohnzimmer und im Bad. Zum Vergleich brauchten wir nun die Abdrücke sämtlicher Geburtstagsgäste. Damit wollte Dirk warten, denn wenn sich sein Verdacht gegen Hartmut Rehbach bestätigte, war es überflüssig. Dirk hielt immer noch daran fest, obwohl ihm inzwischen jemand energisch widersprochen hatte.

Vor gut einer Stunde war Walter Hambloch am Tatort erschienen, einer seiner Kollegen hatte ihn angerufen. Von Hambloch hatte Dirk gehört, dass Hartmut Rehbach an diesem Morgen zuerst zum Arzt wollte. Die telefonische

Nachfrage hatte jedoch ergeben, dass Nicoles Mann dort nicht aufgetaucht war. Im Computerladen ging niemand ans Telefon. Walter Hambloch war aufgebrochen, seinen Freund zu suchen, kurz bevor ich zurückkam.

«Hambloch hält es für ausgeschlossen», sagte Dirk. «Er meinte, Rehbach wäre froh, wenn er ohne Hilfe von einem Zimmer ins andere käme. Seine Frau niederschlagen und aufs Bett schleifen hätte er unmöglich schaffen können. Aber in dem engen Badezimmer sehe ich durchaus Möglichkeiten. Wenn ihm auch was zugestoßen wäre, müsste er ja hier sein.»

Walter Hambloch hatte auch Nicole Rehbachs Schlüsselmäppchen entdeckt – in der Tasche ihres hellen Trenchcoats. Der Mantel hing an dem Haken hinter der Flurtür. Wir hatten ihn übersehen, das hätte nicht passieren dürfen, doch wenn man die Tür öffnete, verdeckte sie den Haken. In dem Mäppchen befanden sich ein Auto- und vier Türschlüssel.

Die Haustür an der Bachstraße und die Terrassentür hatte Dirk schon zugeordnet. Von den beiden verbliebenen musste einer zum Schwingtor der Garage gehören. Dirk wollte es gerade ausprobieren, als ich zurückkam.

Er schaute mich an, als erwarte er, etwas mehr zu hören als nur das, was ich im Krankenhaus erfahren hatte. Zu diesem Zeitpunkt wusste er schon, dass ich im März 96 mit Ben nicht bloß einen Zeugen aus der Landesklinik geholt und im Dorf gelassen hatte, sondern Lukkas Totengräber. Walter Hambloch hatte ihn darüber informiert, doch davon sprach Dirk nicht. Er bot mir die letzte Chance zur Offenheit unter Kollegen, und ich merkte es nicht.

In einem schmalen Blumenbeet unter dem Schlafzimmerfenster befand sich eine Trittspur, offenbar schon etwas älter und nicht sehr deutlich. Trotzdem hatte Dirk einen Gipsabdruck machen lassen – wegen der Bonbonpapierchen. Walter Hambloch hatte erklärt, dass sich in der Nacht möglicherweise jemand im Garten oder bei der Garage aufgehalten hatte.

«Vermutlich dein spezieller Freund», meinte Dirk mit einem sonderbaren Grinsen, er wartete immer noch auf eine freiwillige Erklärung. «Er ist seit geraumer Zeit wieder nachts unterwegs.» Und dann hörte ich endlich, dass Ben seine Mutter verloren hatte und seitdem bei Bruno Kleu lebte.

Das Todesurteil

Als ich begann, nach ihm zu fragen und zu suchen, hieß es zuerst, es gebe nichts von Bedeutung zu sagen. Er habe bei Bruno Kleu ein geordnetes Leben geführt, alles bekommen, was er brauchte, sogar noch eine Menge gelernt. Seine Stunden im Bungalow erwähnte niemand. Kein Mensch war bereit, freiwillig über Miriam Wagner zu sprechen.

Sie hatte sich übernommen mit ihrer Aufgabe, wusste es schon nach der dritten Stunde mit ihm und konnte es trotzdem nicht beenden. Wenn sein nächster Termin anstand, wurde sie fast verrückt, wusste beim besten Willen nicht, was sie von ihm erhoffte oder erwartete. Erklären konnte er ihr nichts, so viel hatte sie inzwischen begriffen.

Stundenlang saß sie mit Ben auf dem Fußboden, ließ ihn wieder und wieder die Puppe zwischen die Hügel legen und die Feuerwehr auffahren, spielte mit ihm um Leben und Tod. Ein Schicksal nach dem anderen spielten sie durch, alle, die er kannte. Die junge Artistin, ein schwer verletztes Mädchen, von dem Bruno Kleu sagte, man habe es im August 87 im Bruch gefunden, Svenja Krahl, Marlene Jensen, die Amerikanerin Edith Stern, Britta Lässler und Bens kleine Schwester.

Miriam verstand nicht alles, was er zeigte. Welche Bedeutung dem Deckenpaneel mit den beiden winzigen Figürchen zwischen all den Kringeln zukam, erkannte sie nicht. Leute im Wald, hatte Patrizia gesagt. Er benutzte das Paneel nur in Verbindung mit Svenja Krahl, einmal legte er in diesem Zusammenhang auch das Katalogbildchen einer Tasche hin. Aber Miriam wusste nichts von den Beweisen, die Trude Schlösser verbrannt hatte. Und Nicole hütete sich, ihr davon zu erzählen.

So gab es für sie bald nicht mehr den geringsten Zweifel an Lukkas Schuld. Und sie hatte Lukka geliebt. Hatte vierzehn lange Jahre auf die Stärke eines Monsters vertraut, sich festgehalten an einer Illusion. Sein Erbe angetreten, seinen Freund Ben sympathisch gefunden, und das tat sie immer noch. Vielleicht war das die schlimmste Erkenntnis: Sie mochte Ben.

Mit niemandem sprach sie über ihre Hilflosigkeit, dachte immer häufiger daran, sich umzubringen und Ben gleich mit, weil er auf seine Art ebenso schuldig geworden war wie sie, ebenso vertraut, vielleicht geliebt hatte.

In den Wochen vor Weihnachten setzte sie ein Testament auf – zugunsten von Nicole Rehbach. Dann erzählte sie Ben, dass sie zusammen zu seiner Mutter gehen würden. Als sie ihn fragte, ob er einverstanden sei, nickte er nur.

Ben konnte niemandem erklären, was Miriam Wagner ihm ankündigte. Nur Renate Kleu bemerkte, dass er nachdenklicher war als sonst, wenn er aus dem Bungalow zurückkam.

Aber Renate wusste von Miriam nur, was ihr Mann

und Patrizia erzählten. Eine sympathische, junge Frau sollte sie sein.

Mit den Monaten hatte Renate auch erkannt, dass der verlorene Ausdruck auf seinem Gesicht kein Zeichen von Einsamkeit oder Trauer war, dass es eher das Gegenteil bedeutete. Ein paar Mal hatte sie ihn angesprochen, wenn er so versunken da saß. «Wo bist du, Ben?»

Die Frage verstand er. Und Renate verstand seine Antwort. «Fein.» Er träumte mit offenen Augen von seiner Mutter, seiner kleinen Schwester, Britta und Antonia Lässler, der Freiheit in Feld, Wald und Wiesen, träumte sich mitten hinein in das verlorene Leben und war zufrieden darin.

Renate fragte ihn auch nach den Stunden im Bungalow: «War es schön? Was hast du denn heute gelernt?»

Wenn sie ihn das nach Patrizias Kartenstunden fragte, zeigte er oft etwas. Mit einer Geste hinaus auf den Hof, wo meist die Autos standen, und in der anderen Hand hielt er die entsprechende Karte. Oder er zeigte Arm, Bein, Bauch, Kopf, als Patrizia die Körperteile mit ihm durchnahm. Und wenn er keine Lust hatte, etwas zu demonstrieren oder zu tun, was Renate ihm auftrug, legte er RENATE MUSS WARTEN auf den Tisch.

MUSS WARTEN trug er inzwischen auch in der Hosentasche, damit er es stets griffbereit hatte. Bruno amüsierte sich darüber. «Soll noch einer sagen, er wäre blöd.»

Als er in der dritten Dezemberwoche von Miriam Wagner zurückkam – den Kasten brachte er immer wieder mit –, legte er BEN und TRUDE auf den Tisch, kramte eine Karte mit einem Paar Füßen aus dem Kasten und legte sie zwischen die Namen.

Renate sah keinen verräterischen Hinweis in der Kartenkombination. Sie vermutete, dass er allein zum Friedhof gehen wollte. «Wir gehen morgen», sagte sie.

Patrizia war nicht da an dem Nachmittag. Es ging mit Riesenschritten auf Weihnachten zu, da mussten Geschenke besorgt werden. Für Ben kaufte Patrizia eine neue Barbie, weil die alte im Bungalow lag. Zusätzlich noch ein dickes Malbuch mit vorgezeichneten Figuren, die nur ausgemalt werden sollten, damit er nicht immer sinnlos auf den Schreibblock kritzeln musste, und ein Päckchen neuer Filzstifte, weil die alten kaum noch Farbe hatten.

Zum Eklat kam es am ersten Weihnachtstag. Bruno hatte seine Frau vor die Alternative gestellt, Maria einzuladen oder auf ihn zu verzichten. Renate hatte daraufhin auch ihren Freund dazu gebeten. Und alle saßen friedlich beisammen.

Dieter war es ein bisschen peinlich, dass seine Eltern nicht mehr den kleinsten Versuch unternahmen, ihre Liebschaften zu verschleiern, dass sie sich auch noch benahmen, als seien sie seit Jahren gute Freunde. Patrizia stieß sich weder an Maria noch an Renates Freund. Sie fand es modern, dass sich alle gut vertrugen, überreichte Ben seine hübsch eingewickelten Geschenke und bekam im Gegenzug von ihm ein Fläschchen Parfüm, das Renate besorgt hatte.

Zur Feier des Tages durfte er Patrizia auch einmal auf die Wange küssen. Renate erklärte ihm, dass es eine Ausnahme war, die sich im festlich geschmückten Tannenbaum begründete. Damit er auch wirklich begriff, dass ihm Küsse nur zu Weihnachten erlaubt waren, bekam er dann noch den ersten von Renate.

Anschließend verzog er sich mit seinen Geschenken in die Küche, ihm waren zu viele Menschen im Wohnzimmer. Und alle sprachen durcheinander, das reinste Chaos in seinen Ohren. Als Renate ihm seinen Teller mit Weihnachtsgebäck brachte, saß er am Küchentisch und betrachtete die vorgegebenen Zeichnungen im Malbuch.

Als Renate die zweite Kanne Kaffee holte, probierte Ben die neuen Filzstifte aus, machte hier und dort einen Strich ins Buch. Renate dachte noch, man müsse ihm vielleicht zeigen, wie eine Figur ausgemalt werden sollte. Aber dann vergaß sie ihn. Und er zog die neue Barbie-Puppe aus. Es hatten sich alle Geschenke gemacht, er hatte bisher nur Patrizia etwas gegeben, nun wollte er auch Bruno eine Freude machen.

Eine knappe halbe Stunde später kam er ins Wohnzimmer und legte mit feierlicher Miene die Einzelteile neben Brunos Gedeck. Kopf, Rumpf, Arme, Beine, alles war über und über mit roten Strichen bedeckt. Bruno beachtete ihn nicht sofort, Maria saß schließlich dabei und beanspruchte seine gesamte Aufmerksamkeit.

Ehe Bruno erkannte, was Ben auf den Tisch gelegt hatte, sah Patrizia es, geriet außer sich und machte mit ihrem Lamento alle anderen aufmerksam. «Warum hast du sie denn kaputtgemacht und so bemalt? Ich schenk dir nie mehr was, nie mehr.»

«Fein macht», sagte er.

«Das ist nicht fein», widersprach Patrizia. «Das sieht ja aus, als ob sie blutet.»

Bruno beschwichtigte: «Ist doch nicht schlimm, das kann man wieder abwaschen, zusammenstecken kann man sie auch wieder. Darüber muss man sich nicht aufregen.»

Er begriff natürlich, was ihm da geschenkt wurde. Nachdem Walter Hambloch detailliert den Zustand der Leichen beschrieben hatte, konnte es daran auch keine Zweifel geben. Maria erkannte es ebenfalls, ohne dem Polizisten zugehört zu haben. Ihr geschiedener Mann hatte ihre Tochter häufig mit einer Barbie verglichen. Langes, blondes Haar und kein Grips im Kopf. Und eine blutende Barbie in Einzelteilen … Da musste kein Mensch Maria etwas erklären.

Bruno verschwand eilig mit den Puppenteilen in der Küche. Maria folgte ihm und stellte ihn zur Rede. Im Wohnzimmer war sie gut zu verstehen. «Hast du das bei deiner Fachkraft so in Auftrag gegeben?» Eine Antwort wartete sie nicht ab. «Du elender Mistkerl, warum gibst du nicht endlich Ruhe? Ich will mir irgendwann vorstellen dürfen, Marlene wäre von einem Auto überfahren worden. Wie oft habe ich dich gewarnt? Keine Einzelheiten! Hast du mich überhaupt jemals ernst genommen? Seit du mit dieser Wagner zu tun hast, garantiert nicht mehr.»

Maria sagte noch eine Menge mehr. Ihre lautstarken Vorwürfe machten Patrizia klar, dass Ben nur aus einem Grund zu Miriam Wagner gebracht wurde: weil Bruno alles ganz genau wissen wollte über Leben und Tod ihrer Freundin. Patrizia hörte auch, dass sie Dieters Zuneigung nur errungen hatte, weil Bruno zuerst sie als Quelle gebraucht und seinen Sohn mit einem fiesen Trick – Maria drückte es so aus – von ihren Qualitäten überzeugt habe. «Der ist blöd genug, die Quasselstrippe für intelligent zu halten.»

Das war zu viel für Patrizia, sie brach in Tränen aus. Dieter versicherte eilig, dass er sie wirklich liebe und sich von niemandem etwas aufschwatzen ließe, bestimmt keine Frau. Renate forderte ihren jüngsten Sohn auf, hinaufzugehen und zu packen, nur das Nötigste für die nächsten Tage. Den Rest konnten sie später holen. Renate ging ebenfalls nach oben, gefolgt von ihrem Freund, der rasch beim Packen helfen wollte, damit sie sich das nicht noch anders überlegte.

Maria verließ das Haus als Erste, Bruno rannte hinter ihr her, versuchte etwas zu erklären, sich zu entschuldigen, sie zurückzuhalten. Dieter führte die aufgelöste Patrizia in sein Zimmer, um ihr zu beweisen, wie sehr er sie liebte. Ben ging ebenfalls nach oben, holte sein Handy, ging damit noch kurz zu Heiko, ließ es ihn einschalten und den Pincode eingeben. Heiko tat ihm den Gefallen, ohne sich etwas dabei zu denken. Er achtete auch nicht darauf, wo Ben anschließend hinging.

Als Renate Kleu mit ihrem Freund und drei Koffern wieder nach unten kam, war niemand mehr da. Bens Lederjacke hing am Garderobenhaken, das sah Renate, als sie ihren Mantel nahm. Aber sie hatte Ben noch in sein Zimmer gehen sehen und nahm an, er sei dort, um nach dem Tohuwabohu etwas Ruhe zu finden. Noch einmal nach ihm zu schauen, kam ihr nicht in den Sinn. Sie wollte sich die Sache nicht schwerer machen als nötig.

15. Oktober 1997

Auf den fünfzig Metern zur Garage versuchte ich jeden Gedanken an Ben auszuklammern. Es gelang mir nicht. Dirk Schumann wollte wissen, ob ich nur deshalb sofort nach einem Hund verlangt hätte, als ich etwas von verschwundenen Frauen hörte, weil ich unweigerlich sofort an Ben hätte denken müssen.

«Nein», sagte ich.

Es war wirklich nicht so, dass ich Ben verdächtigt hätte. Wie hätte ich das tun können? Ich hatte ihn zurückgebracht. Ich wollte nur wissen, dass es ihm gut ging. Ich wollte ihn in Sicherheit wissen, darum ging es. Dirk lachte kurz und keineswegs fröhlich.

Er war zwei Schritte vor mir, erreichte die Garage, probierte die beiden verbliebenen Schlüssel aus und spekulierte dabei noch kurz, ob der vierte Türschlüssel in Nicole Rehbachs Mäppchen zum Haus oder zur Wohnung eines Liebhabers gehörte. Dann drückte er das Tor hoch. Und wir standen vor Lukkas Mercedes, sogar das Kennzeichen war noch das alte. Es war wie ein Schlag ins Gesicht.

Auch Dirk war verblüfft. «Wie kommt denn Lukkas Auto hierher?» Dann drängte er sich an mir vorbei. Ich sah nur das Blut.

Dirk riss die Fahrertür auf. Hartmut Rehbach fiel ihm mit dem Oberkörper entgegen, nackt bis auf die Unterwäsche, blutüberströmt. Bei ihm waren es mehrere Schnitte auf der linken Halsseite. Probeschnitte sagen die Gerichtsmediziner dazu, typisch für einen Suizid. Ein Schnitt hatte die Schlagader durchtrennt.

Von dem Moment an schien alles klar – soweit es Nicole Rehbach betraf. Ein Mann, der keiner mehr war, eine schöne, junge Frau, in der sechsten Woche schwanger, und Patrizias Hinweis, dass ihr Bruder nicht mehr leben wolle, wenn Nicole nicht mehr da sei. Dirk machte keinen Hehl aus seiner Erleichterung. Mit Rechthaberei oder Triumph hatte es nichts zu tun, es war ein gelöster Fall. Und die Lösung gestattete es ihm, ebenfalls zu schweigen, nicht eine Kollegin zu denunzieren, mit der er etliche Jahre gut zusammengearbeitet hatte.

Ein Ehedrama, Motive waren vorhanden. Und ein Fremdtäter hätte sich nicht die Mühe gemacht, Hartmut Rehbach halb nackt fünfzig Meter weit durch den Garten zu schieben und ins Auto zu setzen. Er hätte ihn in der Wohnung getötet und dort gelassen. Ein Mann in einer emotionalen Ausnahmesituation dagegen, der gerade seine Frau zerschnitten hat, schafft es nicht, sich neben sein Opfer zu legen, er flieht. Man kennt dieses Verhalten von Beziehungstätern. Sie suchen ein stilles Plätzchen und setzen ihrem Leben dort ein Ende. So sah Dirk Schumann es.

Hartmut Rehbachs Schlagader war ohne Zweifel erst im Wagen durchtrennt worden. Auf dem Garagenboden war nicht der kleinste Blutfleck. Zwischen seinen nackten Beinen lag ein Ring mit vier Schlüsseln und einem kleinen Anhänger. Hinter dem Fahrersitz stand zusammengeklappt der Rollstuhl. Die Beinprothese und die beiden Krücken lagen im Wagenfond. An einer davon waren mit bloßem Auge Blutspuren zu erkennen.

Er musste seit Stunden tot sein, die Leichenstarre war schon stark ausgeprägt. Dirk setzte ihn zurück in den Wagen, verständigte die Staatsanwaltschaft und forderte alles Notwendige an, Gerichtsmediziner, Bestattungsunternehmer, einen Abschleppwagen für den Mercedes.

Bis zu deren Eintreffen konnte niemand viel tun. Die beiden Polizisten standen ebenfalls vor der Garage. Einer sagte: «Walter dreht durch, wenn er das sieht. Er geht für seinen Freund durchs Feuer. Na, jetzt muss man wohl sagen, er ging.»

Walter Hamblochs Auto näherte sich etwa zehn Minuten später auf dem Weg und hielt an. Er stieg aus, kam heran, sagte noch, er habe im Computerladen niemanden angetroffen. Dann sah er das offene Schwingtor und seinen Freund hinter dem Steuer. Ehe ihn jemand daran hindern konnte, stürzte er in die Garage, riss den Leichnam wieder mit dem Oberkörper aus dem Auto, umklammerte ihn mit beiden Armen und schrie: «Nein! Nein! Nein! Nein!» Ich weiß nicht wie oft, nur dieses Wort.

Dirk war mit zwei Riesenschritten bei ihm. Hamblochs Kollegen eilten ihm zu Hilfe. Doch selbst zu dritt gelang es ihnen nicht, Walter Hambloch von der Leiche wegzubekommen. So viel Platz war nicht in der Garage, sie behinderten sich nur gegenseitig.

Walter Hambloch kämpfte wie ein Stier mit gesenktem Kopf. Es fehlte nicht viel und er hätte einem seiner Kollegen die Waffe aus dem Holster gerissen. Erst als Dirk ihn mit einem Kinnhaken vorübergehend außer Gefecht setzte, gelang es, ihn zu bändigen.

Die beiden Polizisten brachten ihn wieder ins Freie. Dort riss er sich los, schlug mit den Fäusten gegen die Mauer, presste die Stirn dagegen. «Warum hat er das getan?», schrie er. «Ich versteh's nicht. Er war doch in Ordnung gestern Abend, hatte nur Schmerzen, aber die hat er seit Wochen.»

Seine Meinung hatte Walter Hambloch offenbar geändert. Auch er schien nicht zu bezweifeln, dass Rehbach der Täter war. Seine Kollegen sprachen beruhigend auf ihn ein. Dirk verlangte, dass sie ihn nach Hause brachten.

«Ich geh hier nicht weg», sagte Walter Hambloch. «Ich bin ruhig und stehe keinem im Weg.»

Das tat er wirklich nicht. Bis der Tross anrückte, hielt er sich in gebührender Entfernung vom offenen Schwingtor, schaute nur mit starrer Miene in die Garage und schüttelte manchmal den Kopf.

Der Gerichtsmediziner brauchte nicht lange für eine erste Untersuchung. Der Tod war zwischen sieben und acht Uhr morgens eingetreten. Das deckte sich mit den Zeitangaben, die der Arzt im Krankenhaus zu Nicoles Verletzungen gemacht hatte.

Walter Hambloch machte einen Schritt nach vorne, als sein Freund in den Notsarg gelegt wurde. Es sah aus, als wolle er ihn noch einmal berühren, aber er hielt sich zurück, sagte nur: «Du blöder Kerl, das musste nicht sein. Ich war immer für dich da.»

Der Sarg wurde verladen. Das Fahrzeug des Bestattungsinstituts fuhr als Erstes wieder ab, der Gerichtsmediziner hinterher. Ein Mann von der Spurensicherung untersuchte kurz den Innenraum des Mercedes und entdeckte zwischen den Pedalen ein Konfektionsmesser, blutbesudelt. Im Sideboard hatten sie zwei weitere von diesen Messerchen entdeckt. Dass es ursprünglich fünf Messer gewesen waren, wusste von uns noch niemand. Es schien wirklich alles klar. Ich wünschte mir nur, ich wäre erleichtert gewesen.

Der Abschleppwagen nahm den Mercedes an den Haken. Die Spurensicherung packte zusammen. Wir waren fertig in der Wohnung, mussten nur Patrizia noch verständigen.

Sie war allein, als wir auf den Hof kamen. Bruno hatte ihr befohlen, sich nicht von der Stelle zu rühren. Sie hatte viel gekocht, noch mehr geweint und war erleichtert, ein bisschen Gesellschaft zu bekommen. Ich konnte ihr nicht sagen, dass ihr Bruder tot war. Sie war doch fast noch ein Kind mit ihrem dicken Bauch, dem verweinten Gesicht, den Töpfen und Pfannen auf dem Herd.

«Sie haben sicher Hunger», meinte sie. «Sie können gerne was haben. Die Männer kommen erst heute Abend. Das verbrutzelt mir ja alles.»

Es gab Koteletts, Kartoffelrösti und Bohnengemüse. Sie deckte den Tisch, verteilte den Inhalt aus Töpfen und Pfannen gerecht auf drei Teller. Dirk übernahm es, ihr behutsam ein paar Fragen zur Ehe ihres Bruders zu stellen. Aber er hörte nur, was sie mir bereits erzählt hatte. Wie schön Nicole und wie stolz Hartmut bei ihrer Hochzeit gewesen sei.

Patrizia vermutete, wir hätten inzwischen mit ihrem Bruder gesprochen. «Was hat Hartmut denn gesagt?»

«Nichts», sagte Dirk und erklärte mit der üblichen

Anteilnahme, wen wir in der Garage gefunden hatten. Ich fühlte mich so entsetzlich feige.

Patrizia reagierte erst nach mehr als einer Minute auf die Nachricht. «Jetzt weiß ich gar nicht genau, wo meine Eltern sind. Mallorca, glaube ich, oder Menorca. Hartmut hat sich die Adresse aufgeschrieben.»

Sie löste sorgfältig den Knochen von ihrem Kotelett und schnitt das Fleisch in Stücke, bis nichts mehr da war, woran sie das Messer hätte ansetzen können. Dann machte sie sich mit der gleichen Akribie über die Rösti und das Bohnengemüse her, schrie unvermittelt auf: «Warum hat er das gemacht?»

Sie legte eine Hand vor die zuckenden Lippen, wiederholte: «Warum hat er das gemacht? Das ist ja so gemein. Die arme Nicole. Sie hätte ihn nie allein gelassen. Sie hat immer gesagt, dass sie ihn nie verlässt.»

Zweifel an der Schuld ihres Bruders schien auch sie nicht zu haben. Sie legte das Besteck auf ihren Teller, den Kopf auf den Tisch und weinte, hörte gar nicht mehr auf. Länger als eine halbe Stunde saßen wir so da mit ihr. Ein Dutzend Mal fragte ich, wen ich anrufen könnte, damit sie nicht allein blieb.

Sie schüttelte immer nur den Kopf, antwortete erst, als ich fragte: «Wo ist Ben?»

«In den Rüben», schluchzte sie. «Ich hab doch gesagt, die Männer sind alle in die Rüben – seit heute früh.»

«Wo ist deine Schwiegermutter?», fragte Dirk.

«Schon lange weg», murmelte Patrizia. Dann erzählte sie ein wenig vom Weihnachtsfest im vergangenen Jahr, als Renate Kleu zum ersten Mal ihre Koffer gepackt hatte.

Am frühen Abend musste das Vieh versorgt werden. Kühe, Kälber und der Zuchtbulle kannten keine Feiertage. Draußen war es längst dunkel und sehr kalt, nur wenige Grad über null. Während Dieter die Arbeit in den Stallungen erledigte, wollte Patrizia sich bei Ben entschuldigen, hoch und heilig versprechen, ihn nie mehr anzuschreien, bestimmt nicht, wenn er in Miriams Auftrag eine Puppe kaputtmachte und bemalte. Zweifel an Marias Vermutung, dass Miriam Wagner ihn angestiftet hatte, kamen Patrizia nicht. Mit der alten Barbie hatte Ben schließlich immer nur gespielt.

In seinem Zimmer, wo Renate Kleu ihn bei ihrem Aufbruch vermutet hatte, war er nicht. Patrizia suchte zuerst das Haus, dann die Nebengebäude und das gesamte Grundstück nach ihm ab, ohne Erfolg. Kurz nach sieben brachen sie in Dieters Golf zu einer eiligen Suche auf. Ben hatte nicht mal sein Jackett übergezogen, das hing in der Küche über einer Stuhllehne.

Patrizia war sehr besorgt und sehr gekränkt. Nach allem, was sie am Nachmittag gehört hatte, fühlte sie eine noch tiefere Verbundenheit mit Ben. «So eine Gemeinheit», schimpfte sie. «Und ich hab gedacht, dein Vater mag uns wirklich.»

Dieter fand es nicht weiter tragisch, wenn sein Vater Patrizia nicht so mochte, wie sie sich das vorgestellt hatte. Er liebte sie, das musste reichen. Und in der Situation hielt er es für sinnvoller, sich den Kopf zu zerbrechen, wo sie Ben finden könnten. Sie versuchten es zuerst auf dem Friedhof. Dort hielt sich um die Zeit niemand auf. Ein eiskalter Wind wehte über die Grabreihen und ließ etliche Lichter flackern. Ob Ben das Grab seiner Mutter besucht hatte, war nicht festzustellen.

Sie fuhren weiter zum Bungalow. Dort war niemand.

Miriam Wagner saß seit dem Nachmittag bei Nicole und Hartmut, wo Dieter und Patrizia kurz nach neun Uhr ankamen. Walter Hambloch hatte sich verabschiedet, als Miriam ein paar spitze Bemerkungen über Freundschaft fallen ließ und sich erkundigte, wie das Angebot an Nicole nach Hartmuts Unfall gemeint gewesen sei. Von wegen: «Wenn ich etwas tun kann, ein Wort genügt. Und wenn es etwas ist, womit du Hartmut das Herz nicht schwer machen willst, ich kann schweigen.»

Nicole bedauerte, ihr davon erzählt zu haben. Als Patrizia und Dieter erschienen, schlug sie vor, die Polizei zu informieren.

«Ich glaub nicht, dass mein Vater damit einverstanden ist», meinte Dieter. «Dann heißt es nachher wieder, Ben müsste ins Heim. Das will mein Vater nicht, das weiß ich sicher.»

Auch Miriam hielt es für überflüssig, gleich die Behörden einzuschalten. «Ben ist hier aufgewachsen, er kennt jeden Stein. Und er ist kein kleines Kind.»

«Er ist eine hilflose Person», gab Nicole zu bedenken.

«Und es ist so kalt, er hat nur ein Hemd an», jammerte Patrizia.

«Wenn er friert, sucht er sich schon ein warmes Plätzchen», sagte Miriam und schlug vor, Patrizia und Dieter sollten zurückfahren zum Hof. «Vielleicht sitzt er längst vor der Tür.»

Dort saß er nicht, hatte auch nicht Zuflucht in den warmen Stallungen gesucht. Dieter probierte in kurzen Abständen, seinen Vater telefonisch bei Maria zu erreichen. Die Leitung war immer besetzt. Und Brunos Handy lag im Wohnzimmer.

Kurz vor elf Uhr rief Patrizia bei Walter Hambloch an. Das Haus seines Vaters lag ganz in der Nähe von Maria

Jensens Haus. Walter Hambloch ging sofort hinüber, klopfte und klingelte so lange, bis Maria ihm öffnete. Dass Ben verschwunden war, berührte sie nicht sonderlich. Wo Bruno sich aufhielt, konnte sie nicht sagen. Er war ihr bis zu ihrem Haus gefolgt, hatte minutenlang um Einlass gebeten, nachdem ihm die Tür vor der Nase zugeschlagen worden war. Dann hatte er noch eine Weile im Auto gesessen, war endlich losgefahren. Und Maria hatte zur Sicherheit den Telefonhörer neben den Apparat gelegt, damit Bruno sie nicht auf diese Weise belästigte.

Als Walter Hambloch kurz darauf auf Bruno Kleus Hof eintraf, waren dort alle – mit Ausnahme von Bruno – versammelt. Sogar Anita, Bens älteste Schwester. Anita war zu Besuch bei Bärbel gewesen, wo Dieter ebenfalls angerufen hatte. Nun drängte Anita energisch darauf, die Polizei zu verständigen.

«Die Wache zu alarmieren, halte ich nicht für sinnvoll», sagte Walter Hambloch. «Meine Kollegen können auch nicht mehr tun, als draußen die Augen offen halten.» Er schlug vor, dass alle noch einmal aufbrachen. Patrizia sollte mit Anita im Haus bleiben für den Fall, dass Ben doch noch kam.

Nachdem die Männer wieder aufgebrochen waren, erzählte Patrizia ausführlich, wie es zu dem Debakel gekommen war und welchen Stellenwert sie und Ben für Bruno Kleu hatten. «Das ist so gemein. Ich sprech nie wieder mit ihm.»

Anita Schlösser hätte gerne einmal mit Bruno gesprochen und fand es bedauerlich, dass er sein Handy nicht dabei hatte. Ihr fiel ein, dass auch ihr Bruder einmal über ein Funktelefon verfügt hatte. «Hat er das noch?»

Patrizia lief nach oben und stellte fest, dass es nicht in seinem Zimmer lag.

«Kann er richtig damit umgehen?», fragte Anita.

«Wir haben mal mit ihm geübt, was er tun muss, wenn es klingelt», antwortete Patrizia. «Aber das ist lange her. Ich weiß nicht, ob er sich das gemerkt hat.»

«Das werden wir feststellen», sagte Anita, ließ sich die Nummer geben, reichte dann jedoch an Patrizia weiter. «Das machst wohl besser du.»

Das Freizeichen ertönte dreimal, viermal, fünfmal. Anita meinte bereits, es habe wohl keinen Sinn, da verstummte der Ton.

«Bist du dran, Ben?», fragte Patrizia. In der Leitung blieb es still. «Wenn du mich hörst, sag etwas. Sag Fein.»

«Fein.»

«Wo bist du?» Während Patrizia noch überlegte, wie sie ihn zu einer Ortsangabe veranlassen könnte, sagte er: «Kumpel weh.»

«Ich glaube, er ist bei Dieters Vater», flüsterte Patrizia.

Anita vermutete, Bruno Kleu habe ihren Bruder irgendwo unterwegs aufgelesen. «Und dafür geraten wir alle in Panik. Er soll Bruno das Telefon geben.» Patrizia richtete ihm das aus, aber es funktionierte nicht. Entweder wollte oder konnte Bruno das Handy nicht nehmen.

«Ist Bruno da?»

«Kumpel weh», sagte er wieder.

Viel Sinn hatte es nicht, weil er Fragen nur mit Nicken oder Kopfschütteln beantwortete und sich auf diese Weise nicht einmal klären ließ, ob Bruno tatsächlich bei ihm war. Patrizia lockte und schmeichelte mit allen möglichen Versprechen, er solle zu ihr kommen, um ihr zu zeigen, wo Bruno wäre. Er sagte immer nur: «Kumpel weh.»

Dann hörte Patrizia Motorengeräusche und tippte auf die Landstraße. Anita wollte nach draußen, um die Straße abzufahren, da krachte und schepperte es aus dem Hörer, dass Patrizia erschreckt zusammenzuckte. Ben schrie auf, aber nur kurz. Dann sagte er wieder: «Kumpel weh.»

Patrizia versuchte noch einmal, Ben zum Heimkommen zu bewegen. Und er kam tatsächlich. Es vergingen nur knappe zehn Minuten, da tauchte er auf, steif vor Kälte.

Patrizia verständigte Walter Hambloch und Winfried von Burg. Winfried fuhr als Erster auf den Hof, lud Ben in seinen Wagen, er fuhr einen geräumigen alten Volvo. «Zeig mir, wo ich fahren soll.»

Ben dirigierte ihn mit Handzeichen zur Landstraße hinunter, weiter geradeaus, beim Bungalow nach links – bis zur Bresche. Schon einige Meter vorher zeigte er zur Seite. «Kumpel weh.»

Dem Anschein nach hatte Bruno mit Vollgas auf den Birnbaum zugehalten. Er war ohne Bewusstsein, das rechte Bein gebrochen. Der Airbag hatte das Schlimmste verhindert. Aber ohne rasche Hilfe wäre er an einer Milzruptur verblutet.

Während Bruno auf dem Weg ins Krankenhaus war, ließ Patrizia im großen Badezimmer heißes Wasser in die Wanne laufen, damit Ben wieder warm wurde. Anita wollte ihm beim Ausziehen helfen. Er kannte seine älteste Schwester nicht mehr, hatte ein achtzehnjähriges, pummeliges Mädchen in Erinnerung und stand einer dreiunddreißigjährigen Frau gegenüber, die sich hauptsächlich von Mineralwasser ernährte.

«Finger weg», sagte er und schlug ihre Hände beiseite.

Also half Patrizia ihm.

Bruno verbrachte etliche Wochen im Lohberger Krankenhaus. Reifenspuren auf dem der Bresche gegenüber liegenden Acker bewiesen, dass er ziemlich weit ausgeholt hatte, um den BMW auf Touren zu bringen. Eine

Selbstmordabsicht bestritt er allerdings energisch. «Seh ich aus, als würde ich mir selbst das Licht ausblasen wollen?»

Bruno behauptete, er sei vom Weg auf den Acker geraten, wohl nicht ganz bei der Sache gewesen, nachdem Maria ihm erklärt hatte, es sei aus zwischen ihnen, endgültig aus. Da hätte er die Bresche mit dem schmalen Weg zur Landstraße verwechselt. Von Ben habe er nichts gesehen. Und dass Ben ihm das Leben gerettet hatte, wollte Bruno so übertrieben nicht formuliert haben. Aber dass er bewusstlos, mit einem gebrochenen Bein und einem Milzriss den Heimweg aus eigener Kraft geschafft hätte, glaubte er selbst wohl auch nicht so recht.

Renate besuchte ihn mehrfach im Krankenhaus. Auf Maria wartete er vergebens. Renate sprach zweimal mit Jakob Schlösser über Bens Zukunft, einmal war auch Anita dabei.

«Er kommt bei Bruno nicht zur Ruhe», sagte Renate. «Das geht mal für ein paar Wochen gut, dann ist Bruno wieder beim Thema. Und wenn ich sehe, was Ben in den acht Monaten gelernt hat. Er kann sich mit den Karten verständigen, hilft mir im Haushalt, streunt nicht mehr herum, wenn man ein bisschen aufpasst. Vielleicht könnte man noch einmal versuchen, ihn in dieser betreuten Wohngruppe in Lohberg unterzubringen. Da kann Patrizia ihn besuchen. Ich bin auch in der Nähe, ich bleibe nicht auf Dauer hier. Wenn Bruno aus dem Krankenhaus entlassen wird, bin ich wieder weg. Aber ich bringe Ben gerne mal ins Dorf, zum Friedhof. Ich halte es für einen großen Fehler, ihn bei Bruno zu lassen.»

Anita Schlösser sah das ein wenig anders. Betreutes Wohnen kostete entschieden mehr als das, was Bruno an Unterhalt bekam. «Ben braucht eine feste Bezugsperson», sagte Anita. «Und ich hatte den Eindruck, in Bruno hat er sie gefunden. Er wusste jedenfalls, wo er Bruno finden würde. Er muss doch beim Birnbaum auf ihn gewartet haben, so wie sich das anhörte.»

«Aber Bruno hat doch gar keine Zeit für ihn», hielt Renate dagegen. «Er hat nur eines im Kopf, seine Tochter und Maria. Er wird so lange vor ihrer Tür sitzen, bis sie ihm wieder aufmacht. Sollen Dieter und Patrizia jeden Abend ans Haus gebunden sein? Sie sind beide nicht mal zwanzig.»

«Ich bin ja auch noch da», sagte Jakob. «Ich kann abends mal vorbeikommen und mit Ben spazieren gehen, wenn er das möchte. Er gehört hierher, Renate. Trude wollte es so.»

«Ach, Jakob», seufzte Renate. «Was Trude wollte und was sie damit erreicht hat, hat ein paar Gräber gefüllt.»

15. Oktober 1997

Am Nachmittag fuhr ich zum Bruch. Ich wollte Ben wenigstens einmal sehen, traf auf dem großen Rübenfeld aber nur Bruno Kleus Landarbeiter an. Bruno und Jakob Schlösser waren angeblich mit den Maschinen zum nächsten Acker unterwegs. Und Ben sei mit Dieter Kleu zur Zuckerfabrik gefahren, sagten sie mir. Als Dieter von dort alleine zurückkam, war ich nicht mehr im Dorf.

16. Oktober 1997

Am Vormittag wurde Hartmut Rehbach obduziert. Dabei entdeckte man eine Verletzung über dem linken Ohr. Er war mit seiner eigenen Krücke entweder niedergeschlagen oder im Bett liegend betäubt worden. Dirk Schumann nahm als Zeuge an der Sektion teil und hörte auch, dass Rehbach mit dem unbrauchbaren rechten Arm die Halsschnitte nicht so angebracht haben konnte, wie sie platziert waren. Der Gerichtsmediziner meinte, es müsse jemand im Auto hinter ihm gesessen haben.

Während Dirk in der Gerichtsmedizin erfuhr, dass Hartmut Rehbach sich nicht selbst getötet haben konnte, saß ich wieder an Nicoles Bett. Sie war nun bei Bewusstsein, aber zu schwach, um einen zusammenhängenden Satz zu sagen. Fast eine Stunde brauchte sie, um mir begreiflich zu machen, was am vergangenen Morgen geschehen war.

Um sechs Uhr klingelte der Wecker. Sie ging in die Küche, setzte Kaffee auf, räumte das schmutzige Geschirr von der Geburtstagsfeier in die Spülmaschine, ging in den Wohnraum, um gründlich durchzulüften. Sie sah eine Bewegung im Nebel, nahm an, es sei Ben, rief ihn zum Frühstück und bot ihm an, er könne bei ihr bleiben, solange Patrizia beim Gynäkologen war.

Sie rechnete damit, dass er näher kam, und wunderte sich, dass er es nicht tat. Aber Zweifel, dass er es war, kamen ihr nicht. Sie ließ die Tür offen, stellte noch ein drittes Gedeck auf den Tisch, ging ins Schlafzimmer und weiter ins Bad, ihr Mann lag noch im Bett. Während sie unter der Dusche stand, kam jemand herein. Sie dachte, es sei Hartmut.

Und dann ging alles sehr schnell. Sie schob den Vorhang zur Seite, wollte ihr Handtuch nehmen. Jemand packte ihr Handgelenk und riss sie nach vorne. Auf dem seifigen Untergrund verlor sie sofort den Halt, fiel mit dem Gesicht gegen etwas Glattes, Schwarzes, vermutlich eine Lederjacke, wurde im Nacken gepackt und mit der Stirn gegen die Beckenkante geschlagen. Ob Ben sie verletzt hatte oder sonst jemand, konnte sie nicht sagen.

«Wo ist mein Mann?»

Ich wusste nicht, was ich ihr darauf antworten sollte. Sie drehte ihr Gesicht zur Seite und weinte. Und die Schwester meinte, es reiche für den Anfang, sie brauche jetzt Ruhe.

Also fuhr ich ins Dorf, um mit Leonard Darscheid zu sprechen, und ich hörte, wie er sein Anwesen vorgefunden hatte, als er aus Paris zurückkam. Er führte mich bereitwillig herum. Aber es gab nichts von Bedeutung zu sehen, der leere Platz neben dem Weinregal und eine dunkle Verfärbung davor. Rotwein. Ein paar verschmierte Stellen an den Wänden. Die fehlenden Decken und die nur zugeschobenen Außentüren zehn Meter von dem Feldweg entfernt, der im Sommer 95 drei jungen Frauen und einem dreizehnjährigen Mädchen zum Verhängnis geworden war …

Ich wusste, was geschehen war, auch wenn es noch keinen Beweis dafür gab, die hatte es damals auch erst gegeben, als nichts mehr zu retten war. Ich ließ mir ein Foto von Vanessa Greven aushändigen. Damit fuhr ich zu Bruno Kleus Hof, wollte es Ben vorlegen und ein paar einfach formulierte Fragen stellen. «Hast du dieser Frau etwas getan?»

Ich hätte es auch drastisch formulieren und mich seinem Sprachniveau anpassen können. «Hast du diesem Fein mit einem Finger weg weh gemacht?» Nicht, dass ich es geglaubt hätte. Mir wäre nur sehr viel leichter gewesen, wenn er den Kopf geschüttelt hätte. Es war eine furchtbare Situation für mich. Ich fragte mich die ganze Zeit, was ich übersehen, ob ich aus Trude Schlössers Erklärungen, dem Gutachten und Bens Verhalten die falschen Schlüsse gezogen hatte.

Ben war nicht da, Patrizia völlig aufgelöst, überfordert mit der Situation. Ich brauchte nicht viel Druck ausüben und erfuhr schon nach wenigen Minuten, dass sie häufig mit Ben im Atelier gewesen war und wie sie beim letzten Besuch den Keller vorgefunden hatte. «Ben hat Frau Greven nichts getan. Er ist so ein lieber Kerl.»

«Ich weiß», sagte ich. «Ich weiß das.»

Und sie wusste nicht, wo er war, wusste es wirklich nicht und befürchtete das Schlimmste. «Die haben ihm bestimmt was getan.»

«Wer sind die?»

«Weiß ich nicht. Leute aus dem Dorf. Maria hat doch überall herumerzählt, dass er in ein Heim gehört. Da haben bestimmt ein paar gedacht, ein Heim wäre noch viel zu gut für ihn.»

Ich durfte mir sein Zimmer anschauen und hörte, dass er seit Monaten kaum noch eine Nacht darin verbracht hatte. Er schlief auch tagsüber nicht, das bedeutete, er musste nachts irgendwo schlafen.

«Ich glaube, er geht nach Hause», weinte Patrizia. «Bruno hatte mal einen Schlüssel vom Schlösser-Hof. Der ist nicht mehr da. Ich bin sicher, Ben hat ihn genommen und versteckt. Und nachts geht er dahin, das ist sein Zuhause, wissen Sie. Herr Schlösser hat mal erzählt, er hätte das Gefühl, es wäre jemand da gewesen. Manchmal war irgendwas nicht mehr so wie vorher. Da hängen ja auch noch seine alten Sachen im Schrank. Vielleicht hat er sich umgezogen, bevor er draußen herumgelaufen ist. Wenn er morgens zurückkam, war er immer sauber. Und wenn ihm da jemand aufgelauert hat …»

Patrizia war so verzweifelt: «Ben könnte keinen Menschen verletzen. Wenn ich sage, komm, wir schmusen ein bisschen, ist er sofort da. Das mache ich aber nur, wenn mein Mann nicht da ist. Der flippt ja immer gleich aus. Aber Ben braucht das, man muss ihn doch mal in den Arm nehmen.»

All ihre Sünden beichtete sie, die Küsschen auf dem alten Traktor, das Wiedersehen mit Tanja und die zwei Konfektionsmesser, zwei von fünf. Das Messer aus dem Mercedes musste somit aus der Wohnung stammen. «Eins hat er vermasselt, ich weiß nicht wo.»

Das andere lag im Schuhkarton, von dem Patrizia natürlich längst wusste. Sie hatte den Karton für den Fall einer Hausdurchsuchung im Kuhstall versteckt, auch die unfertige Holzfigur, die er Nicole zum Geburtstag hatte schenken wollen.

Der Schuhkarton war bis an den Rand gefüllt mit hölzernen Armen, Beinen und Fingern. In einem Teil erkannte ich einen Torso. Patrizia meinte: «Hier sammelt er alles, was kaputtgegangen ist. Er wirft nie etwas weg.»

Ich nahm den Karton mit, um mir das alles in Ruhe anzuschauen. Patrizia holte mir auch die Figur ohne Kopf und Hände wieder aus dem Müll und erklärte, dass es vier gewesen seien. «Er macht immer vier oder fünf, die nur ein kleines bisschen verschieden sind, so als ob sie sich bewegen.»

Sie versprach, mich sofort anzurufen, egal ob Tag oder Nacht, sobald sie in Erfahrung brachte, wo Ben sich aufhielt oder was mit ihm geschehen war. «Was werden Sie mit ihm machen?»

«Nichts», sagte ich und hoffte inständig, dass ihm niemand etwas angetan hatte. Verschwunden! Das war lächerlich. Einer wie er tauchte doch nicht unter. Wohin denn? Er war darauf angewiesen, dass ihm jemand sein

Essen vorsetzte. Er hatte nie einen Pfennig Geld in der Tasche. Er hatte immer nur sein Leben gehabt.

Ich verabschiedete mich, wollte noch einmal zum Bruch fahren, weil Patrizia sagte, die Männer seien noch auf dem Acker beschäftigt, sie seien gestern nicht fertig geworden. Mit Bruno Kleu wollte ich sprechen. Auch wenn ich noch nichts von Miriam Wagner und ihren Aktivitäten wusste, hatte ich eine klare Vorstellung, was Bruno Kleu zu seinen Bemühungen veranlasst hatte. Der Inhalt des Schuhkartons legte beredtes Zeugnis ab. Ich nahm an, dass Bruno auf diese Weise erfahren hatte, wie seine Tochter gestorben war. Als Patrizia dann anrief und ihm erzählte, was mit ihrer Schwägerin geschehen war, hatte er wahrscheinlich die Nerven verloren und Ben beseitigt. So sah ich die Sache. Aber ich kam nicht mehr dazu, Bruno meine Fragen zu stellen.

Auf dem kurzen Stück Weg zur Landstraße kam mir Dirk entgegen. Er sagte nur: «Du bist draußen, Brigitte. Wir machen es nicht offiziell, wenn du vernünftig bist. Du hast doch bestimmt noch etliche Überstunden gut, dann nimmst du jetzt ein paar freie Tage. Ich denke, ich habe hier bessere Argumente. Ich habe im März 96 nichts vertuscht und muss mir nichts vorwerfen lassen.»

Dirk hatte noch einmal ausführlich mit Walter Hambloch gesprochen, auch schon mit Maria Jensen. Er kannte die Namen Vanessa Greven und Dorit Prang. Von Rita Meier und Katrin Terjung wusste er ebenso wenig wie ich. Er hielt Nicole Rehbach für das dritte Opfer, das unwahrscheinlich viel Glück gehabt hatte. Vielleicht sei der Täter gestört worden durch Patrizia, meinte er – oder Patrizia habe den Täter überrascht und weggeschickt.

Walter Hambloch hatte ihm erzählt von Patrizias unermüdlichem Einsatz für Ben und dass Hartmut Rehbach von künstlicher Befruchtung gesprochen hatte, weil seine

Frau unbedingt ein Kind wollte. «Einen Liebhaber, dem der Mann im Weg gewesen wäre, gab es wahrscheinlich nicht», sagte Dirk.

Er sagte noch viel mehr, sprach all das aus, was ich nicht denken wollte und doch unentwegt dachte. «Sie haben Ben aus dem Weg geräumt, damit es nicht wieder so geht wie im März 96 oder im Sommer 95. Da werden wir wohl nochmal ran müssen. Aber jetzt klären wir erst mal den aktuellen Fall.»

Ich wusste, dass es die beste Lösung war, die er mir anbot. Nur wollte ich mich nicht an die Wand drücken lassen. Wenn ich im März 96 Fehler gemacht hatte, stand mir das Recht zu, es zu beweisen.

«Irrtum, Brigitte», sagte Dirk. «Fehler beweisen immer andere.»

Und ich dachte, ich hätte einen kleinen Vorsprung. Einen Schuhkarton voller Holz, Patrizias Vertrauen und Nicole Rehbachs erste Aussage. Ich hätte ihm sagen müssen, was ich von Nicole gehört hatte. Aber er fragte nicht danach, und Nicole hatte doch nichts Genaues gesehen, nur eine große Gestalt im Nebel.

Nicht Ben! Bitte nicht! Warum hätte er einer Frau, die ihm freundlich begegnet war in den letzten Monaten, die ihn ohne Argwohn zum Frühstück rief, so etwas antun sollen?

Mir schwebten einzelne Passagen aus dem Gutachten vor Augen. Aggressionsmangel hatten die Ärzte ihm attestiert. Sofortiger Rückzug oder völlige Passivität in Gefahrensituationen. Das typische Verhalten eines Schwachsinnigen, der sich eher totschlagen ließ, als einmal zurückzuschlagen. Gleichzeitig hatte es geheißen, es sei nicht völlig korrekt, ihn als schwachsinnig zu bezeichnen. Und dann hatte Bruno Kleu ihn in seine Finger bekommen.

Er hatte einmal getötet, das war nicht zu leugnen.

Theoretisch hätte er Nicole verletzen und ihren Mann umbringen können. Das war eine Sache, für die es keinen überragenden Intellekt brauchte. Aber Hartmut Rehbach ins Auto setzen, es nach Selbstmord aussehen lassen, dazu war Ben nicht fähig. Nicht der Ben, den ich in langen Gesprächen mit seiner Mutter und für wenige Stunden in eigenem Erleben kennen gelernt hatte.

Ich fuhr zur Dienststelle und gab Bescheid, dass ich etliche Überstunden abfeiern wolle, im Notfall aber zur Verfügung stände. Dann machte ich Urlaub auf dem Land. Das konnte mir niemand verbieten. Es konnte auch niemand Einwände erheben, wenn ich alte Bekannte besuchte.

Jakob Schlösser zum Beispiel. Illa von Burg hatte ihm ein Beruhigungsmittel aufgedrängt, weil er nicht wusste, was mit seinem Sohn geschehen war.

«Bruno hat ihm bestimmt nichts getan», sagte Jakob. «Das kann ich mir nicht vorstellen. Er mag ihn wirklich, ist sofort losgefahren, als die Kleine anrief und sagte, was mit ihrer Schwägerin passiert ist und dass sie Ben nirgendwo finden kann. Bis nach Mittag war Bruno allein unterwegs. Er hat ihn bestimmt nur irgendwo gut untergebracht. Und damit sich niemand verplappert, hat er uns erzählt, er wüsste nicht, wo Ben sein könnte.»

Bärbel von Burg zuckte auch nur ratlos mit den Schultern, beteuerte ihren Glauben an Bruno Kleus Zuneigung zu Ben und bestätigte, dass Nicole Rehbach zwei Arzttermine gehabt hatte, um eine Schwangerschaft einzuleiten. «Sie hat mir so Leid getan. Was ist das denn für eine Art, sich auf den Stuhl zu legen? Wie Brunos Kühe, da kommt auch nur der Tierarzt mit der Spritze, und der Bulle steht nebenan.»

Von Andreas und Sabine Lässler hörte ich noch einmal das Gleiche. Andreas verlor auch vorbeugend ein paar

Sätze über seinen Bruder. Dass Achim eine schlimme Zeit durchgemacht und Nicole monatelang mit nächtlichen Anrufen und Belästigungen terrorisiert habe. Aber dann habe Achim ein paar Gespräche mit einer Therapeutin geführt und sich wieder gefangen. Den Namen der Therapeutin nannte Andreas Lässler nicht. Er sagte auch kein Wort über Bens Therapiestunden.

Die letzten Bemühungen

Nach den unerfreulichen Vorfällen zu Weihnachten musste Miriam Wagner ihre letzte Flucht notgedrungen verschieben. Renate Kleu kam nach Brunos Unfall noch einmal zurück, dachte aber nicht im Traum daran, Ben noch einmal zum Bungalow zu bringen, und machte mit ihrer Weigerung sämtliche Pläne zunichte. Miriam hatte seinem und ihrem Leben noch vor dem Jahreswechsel ein Ende setzen wollen. Nun gab es diese Pause, Zeit zum Nachdenken. Sie wollte nicht mehr nachdenken über die letzten Monate und die Achterbahnfahrt ihrer Gefühle, wollte nur noch ihre Ruhe.

Warum sie Ben unbedingt mit in den Tod nehmen wollte, hätte sie niemandem erklären können, nicht einmal sich selbst. Es gab zu viele und zu verschiedene Gründe. Einer war, sie hatten vieles gemeinsam, vielleicht gehörten sie deshalb zusammen. Beide hatten sie einen Mörder geliebt und ihm vertraut. Beide konnten sie ihrem Leben keinen richtigen Sinn geben, waren nutzlos, überflüssig, meist nur eine Last für andere.

Das war die negative Seite, es gab auch eine positive, die Erinnerung an eine Stunde mit ihm auf der Terrasse. In der Sonne sitzen mit ihm wie irgendeine Frau mit irgendeinem Mann, die ihr Leben beide genossen. Ein schöner Mann – wie sie zu Nicole gesagt hatte. Ein junger, starker Mann mit kräftigen Muskeln in einem ärmellosen T-Shirt, mit einem Lächeln auf dem Gesicht. Und eine Frau, die für wenige Momente erwachsen war, sich der Wahrheit stellen konnte.

Jetzt konnte sie das nicht mehr, weil die Wahrheit etwas in sich barg, das sie nicht eingestehen wollte, etwas Unerreichbares. Eine Romanze in Moll. Sie liebte immer die falschen Männer. Zuerst liebte sie einen Mörder. Dann entdeckte sie plötzlich Gefühle für einen Mann, den eine Frau nicht lieben durfte, weil er immer ein Kind bleiben würde. Manchmal spürte sie das Bedürfnis, ihn zu berühren und von ihm berührt zu werden. Sich in diese muskulösen Arme nehmen zu lassen, sich beschützt zu fühlen von seiner Kraft. Sie wollte den Kopf an seine Schulter legen, eintauchen in seine Welt, in der vielleicht alles einfacher und überschaubarer war.

Und manchmal fühlte sie Eifersucht, wenn sie sah, wie er Nicole anhimmelte. Für sie hatte er solche Blicke nicht. Mit ihr spielte er nur, ließ die Feuerwehr zwischen den Hügeln der Eisenbahnlandschaft auffahren und eine Barbie-Puppe retten, spielte um Leben und Tod, den er nicht als das Ende betrachtete. Dann konnte er doch auch getrost mit ihr sterben und einen neuen Anfang machen.

An einem der ersten Januartage holten Patrizia und Dieter die Sachen ab. Nur das Paneelstück mit den Leuten im Wald blieb zurück. Nicole fragte einmal, ob sie es in den Müll werfen solle. Miriam schüttelte den Kopf. Das Stück gehörte zu Svenja Krahl. Und das Katalogbild einer Tasche gehörte dazu. Bruno Kleu hatte immer nur von den Fingern seiner Tochter gesprochen, kein Interesse gehabt an den anderen Opfern, Svenja Krahls Handtasche nicht erwähnt.

Leute im Wald! Die Zeichnung auf dem Paneel war viel zu winzig, auch mit einer starken Lupe ließ sich nichts von Bedeutung erkennen. Miriam wusste nicht einmal mehr, ob sie etwas erkennen wollte. Wenn Ben nicht mehr zu ihr kommen durfte, wäre es bestimmt besser gewesen, sich noch einmal zu bemühen, das alles zu vergessen. Ein letztes Mal einen neuen Anfang zu versuchen oder, wenn das nicht gelang, allein in den Tod zu gehen.

Sie konnte jederzeit ein Ende machen, nahm es sich manchmal am Abend vor, wenn die Haustür hinter Nicole zufiel. Und dann lag sie auf der Couch, das Paneel neben sich auf dem Tisch wie eine letzte Frage, die noch unbedingt beantwortet werden musste.

Nicole vergaß das Stück Holz bald wieder, ihre Gedanken kreisten ausschließlich um ein Baby. Hartmut war einverstanden. Über Weihnachten hatten sie ausführlich darüber gesprochen, nachdem Miriam den Anstoß gegeben hatte. Künstliche Befruchtung. «Mich stört dabei nur, dass man nicht weiß, von wem es ist», sagte Hartmut. «Man hört so viel über Vererbung und Gene, da wüsste ich gerne, was auf uns zukommt. Bist du einverstanden, wenn ich mal mit Andreas spreche oder mit Uwe?»

Natürlich war Nicole einverstanden, glücklich war sie.

Das waren andere auch. Anfang Februar wurde Bruno aus dem Krankenhaus entlassen und besänftigte Maria mit dem heiligen Versprechen, nie wieder an die Tochter und deren Tod zu rühren. Renate und Heiko Kleu warteten noch Bens Geburtstag ab, verließen danach den Hof endgültig und zogen zu Renates Freund. Patrizia ließ Schule Schule sein, übernahm die Pflichten der Hausfrau und verbrachte die Nächte in Dieters Zimmer, obwohl ihre Eltern dagegen waren.

Und Miriam wartete auf Ben, auf die letzte Antwort,

die nur er geben konnte. Leute im Wald – sie musste zuerst erfahren, wer diese Leute gewesen waren, und dann sterben, allein oder mit ihm. Aber es gab kein Auto mehr auf Bruno Kleus Hof, in das er freiwillig stieg. Der BMW war als Totalschaden in der Schrottpresse gelandet, ein Neuwagen noch nicht geliefert. Das gebrochene Bein war auch noch nicht so weit verheilt, dass Bruno wieder selbst hätte fahren können. Patrizia behauptete, mit dem großen Haushalt und den Kälbern brauche sie dringend Bens Hilfe und habe nicht die Zeit, ihn zum Bungalow zu bringen. Und ihn alleine gehen lassen, kam überhaupt nicht infrage. Die Landstraße war zu gefährlich.

Aber an einem Auto sollte es nicht scheitern. Miriam konnte ihn abholen. Bruno war einverstanden, als sie es anbot. In der ersten Märzwoche fuhr sie kurz vor drei los. Ben freute sich, sie wieder zu sehen. Dem Jaguar traute er allerdings nicht auf Anhieb. Zweimal ging er um den Wagen herum, schaute ihn sich gründlich von außen an, spähte auch einmal skeptisch in den Innenraum. Erst als Bruno demonstrierte, dass auf dem Beifahrersitz ausreichend Platz für einen großen Mann war, stieg er ein mit seinem Kasten unter dem Arm.

Wenig später betraten sie den Bungalow. Nicole war noch da, wartete aber nur aufs Auto, um die Einkäufe machen zu können. Nachdem Nicole in der Garage verschwunden war, begann Miriam sofort mit ihren Fragen, hielt ihm das Paneel vor. «Wer sind diese beiden?»

«Fein», sagte er.

«Svenja Krahl», sagte sie. «Es sind nicht alle Fein, jeder Mensch hat einen Namen. Dieses Mädchen hieß Svenja Krahl. Wer ist der Mann bei ihr?»

Er zuckte mit den Achseln, wie Dieter Kleu es oft tat. «Weißt du es nicht, oder willst du es mir nicht sagen?»

Er schüttelte den Kopf, und sie wusste nicht, was er verneinte, den ersten oder den zweiten Teil ihrer Frage. «Bist du das?»

Noch ein Kopfschütteln. Bis Nicole mit den Einkäufen aus Lohberg zurückkam, erfuhr Miriam von ihm nicht mehr, als dass er einen Mann mit Svenja Krahl im Wald gesehen hatte, den er offenbar kannte. Nur konnte er ihr nicht erklären, woher. Sie wollte einen Namen von ihm hören, sprach ihm deutlich artikuliert Worte vor, forderte ihn auf, ihr nachzusprechen, weil sie mit den Karten nicht weiter kamen. Er lächelte sie nur an.

Nicole hatte zwei Stück Torte mitgebracht, brühte Kaffee auf, spähte ins Wohnzimmer. Miriam und Ben saßen sich auf dem Fußboden gegenüber, zwischen ihnen zwei Dutzend Karten. Er nickte zu jedem Wort, das Miriam ihm vorsprach. Dann schaute er in die Diele, sah Nicole bei der Küchentür stehen. Sein Lächeln wurde intensiver und weicher. «Fein.»

Miriam drehte sich um und sagte: «Das ist Nicole.»

«Fein», sagte er und tippte Miriam mit einem Finger gegen die Schulter. «Fein.»

«Nicht anfassen», sagte Miriam. «Ich heiße auch nicht Fein. Wie heiße ich? Mi-ri-am, sag es, Mi-ri-am.» Sie betonte die Silben sehr stark. Nicole sah, wie er an ihren Lippen hing, dann formten sich seine Lippen zu einem M.

«Ja», drängte Miriam. «Genau so, Mi-ri-am.»

«Maus», sagte er.

Für einen Moment war Miriam sichtlich irritiert, dann lachte sie leise. «Sieh an, das hast du dir gemerkt. Warum nur das? Du kannst es doch. Maus, Kumpel, Freund, Fein. Warum sagst du nicht Miriam, Bruno, Lukka, Nicole oder Patrizia? Wer bist du?»

Er schob eine Karte über den Fußboden zu Miriam hin.

Nicole erkannte von der Küchentür aus nicht, was darauf stand. «Ich will es nicht lesen», sagte Miriam. «Ich will es einmal von dir hören. Ben. Herrgott, das ist nur eine Silbe, Ben, sag es.»

Zuletzt war sie etwas lauter geworden, er schien verunsichert, schob noch eine Karte über den Fußboden. Miriam verdrehte die Augen, ihr Kommentar sprach für sich. «Nein, ich bin nicht böse mit dir. Ich begreife das nur nicht. Du verstehst alles, warum sprichst du nicht? Was geht vor in deinem Kopf, was denkst du?»

Er zuckte mit den Achseln, und Miriam seufzte: «Machen wir eine Pause.»

Sie wollte aufstehen, was ihr nicht leicht fiel mit ihrer Behinderung. Er war schneller auf den Beinen, griff unter ihre Achseln und wollte ihr helfen. Sie wehrte ihn ab. «Nicht anfassen, habe ich gesagt. Ich kann das alleine, es dauert nur etwas länger.»

Zusammen tranken sie Kaffee, Miriam überließ ihm ihr Tortenstück, rauchte zwei Zigaretten, danach übte sie noch eine halbe Stunde mit ihm, sprach ihm Namen vor, überdeutlich artikuliert. Ohne Erfolg. Er sagte nur noch einmal: «Maus.»

Erst um fünf Uhr fuhr sie ihn zurück. Ehe sie ihn auf dem Hof aussteigen ließ, fragte sie: «Hast du noch mehr von solchen Holzstücken?» Und als er nickte, verlangte sie: «Ich will sie alle sehen.» Dann vereinbarte sie mit Bruno Kleu zwei Termine pro Woche, den Freitagnachmittag und den Samstagvormittag.

In der ersten Aprilwoche kam er zum ersten Mal alleine, klingelte nicht, klopfte nicht, stand nur vor der Tür mit dem Kasten unter dem Arm, zwei Paneelen in den Jackentaschen, ein Konfektionsmesser hatte er auch dabei.

Patrizia versorgte ihn immer noch regelmäßig mit Holz, sie hatte ihm auch – schon im Januar – ein zweites

Konfektionsmesser mitgebracht, weil er das erste verkramt hatte und ihr nicht zeigen konnte oder wollte, wo.

Es war ihm hinters Bett gefallen, weil er entgegen ihren Anweisungen nicht ausschließlich im Badezimmer schnitzte. Dort machte er nur Pferde oder andere Figuren. Bei den feinen Zeichnungen auf den Paneelen fielen keine Späne ab. Und auf dem Bett liegen fand er bequemer, als immer auf dem Klodeckel sitzen. Und als dann Renate mal unerwartet reinschaute, musste er das Messerchen rasch verschwinden lassen.

Mit dem schmalen Griff passte es so gerade in den Ritz zwischen dem Kastenbett und der Wand. Dass er es da nicht mehr herausholen konnte, hatte er nicht erwartet. Nach ein paar vergeblichen Versuchen fand er heraus, dass man den Kasten unter dem Bett komplett hervorziehen konnte. Aber da hatte Patrizia ihm schon ein neues organisiert.

So konnte er das erste mit zum Bungalow nehmen und die Gesichter der Mädchen fertig machen. Er schnitzte auf sehr eigenwillige Weise. Dabei ging er nur sehr methodisch vor. Es waren viele Details in einem schmerzverzerrten Gesicht. Ein Mund war zuerst zusammengepresst, dann öffnete er sich, die Lippen formten sich zu einem Schrei und waren anschließend von einem Stück Klebeband verschlossen. Die Augen mit all der Qual, wenn sie geöffnet waren.

So hatten sich in dem Schuhkarton ein Dutzend Paneele angesammelt, auf denen nur ein Merkmal besonders hervortrat. Miriam Wagner erkannte wohl, dass er ein Gesicht in das helle Furnier ritzte, sie sah auch, dass es immer dasselbe Gesicht war. Aber um wen es sich handelte, ließ sich erst feststellen, als er sein Werk vollendet hatte. Kein Mann, wie sie gehofft hatte.

Mit einer Lupe war es deutlich zu erkennen, Brunos

Tochter, ein Gesicht so schön wie Nicoles, verzerrt in einem qualvollen Todeskampf. Sie besaß genügend medizinische Kenntnisse, um zu wissen, dass Gesichtszüge im Tod erschlafften und nichts mehr zum Ausdruck brachten, keine Angst, keinen Schmerz, kein Entsetzen. Es war die Dokumentation des Grauens, der hölzerne Beweis, dass Ben dabei gewesen sein musste. Er hatte aus unmittelbarer Nähe gesehen, wie Marlene Jensen starb. Und wenn sie im Keller gestorben war, von außen hatte er das nicht beobachten können. Es gab kein Fenster im Keller. Die Vorstellung, dass er neben Lukka gestanden haben musste, brachte sie fast um den Verstand. Es war so ungeheuerlich. Bis dahin war Ben für sie unschuldig gewesen, nun sah plötzlich alles ganz anders aus.

17. Oktober 1997

Dirk Schumann und ich fuhren an dem Morgen etwa zur gleichen Zeit los. Er war nicht begeistert, dass ich ebenfalls ins Dorf wollte, protestierte aber auch nicht. Er hatte den Staatsanwalt überzeugt, dass Vanessa Greven und Dorit Prang sehr wahrscheinlich ermordet worden waren, zwei Hundertschaften Polizei und einen Leichenspürhund angefordert. Mit Nicole Rehbach hatte er auch gesprochen, jedoch nur gehört, dass eine dunkel gekleidete Person in ihrem Garten gewesen sei, die sie im Nebel für Ben gehalten habe.

Ich verbrachte zehn Minuten an Nicoles Krankenbett. Auch sie bezweifelte inzwischen, dass Ben der Mann in ihrem Garten gewesen sein könnte. Aber wer einen Grund gehabt hätte, ihr so etwas anzutun, wusste sie nicht.

Ich versuchte mich zu erinnern, wie der Mann ausgesehen hatte, der mir auf dem Weg entgegengekommen war. Ich wurde das Gefühl nicht los, den Mörder gesehen zu haben. Er war groß gewesen, aber nicht so groß wie Ben. Er war kräftig gewesen, aber nicht so kräftig wie Ben. Es konnte nicht Ben gewesen sein. Und er war immer noch verschwunden, vermutlich tot, ich war nicht die Einzige, die so dachte.

Als ich im Dorf eintraf, lief die Suche nach den Opfern bereits. Es passte Dirk nicht, dass ich dazukam, er duldete es aber und sagte nur: «Jetzt suchen wir wahrscheinlich schon fünf, wenn wir Ben dazunehmen.»

Inzwischen waren auf der Wache in Lohberg zwei Abgängigkeitsanzeigen eingegangen, Rita Meier und Katrin Terjung. Eine Hundertschaft Polizei durchkämmte das Bendchen. Mit dem Leichenspürhund begannen sie bei Leonard Darscheids Atelier, weil es zu Dorit Prang nur Maria Jensens Vermutung gab, ihr sei auf dem Friedhof etwas passiert.

Es gab auch bei Vanessa Greven nur die Vermutung, dass sie über den Feldweg fortgebracht worden war. Doch daran grenzten gleich zwei nur zu gut bekannte Grundstücke, die Apfelwiese und die Brombeerwildnis daneben, in der wieder einmal kein Durchkommen war, abgesehen von dem schmalen Trampelpfad, der Zeugnis ablegte, dass beim Birnbaum immer noch jemand regelmäßig der Opfer gedachte. So sah es jedenfalls aus. An der Fundstelle lag ein verwelkter Blumenstrauß. Dass sich nicht nur Bruno Kleu häufig dort aufgehalten hatte, war nicht zu erkennen.

Den Kadaver der Katze fanden sie schnell, weil der Plastiksack beschädigt war. Er lag auch nicht sehr tief im Erdreich – nicht weit entfernt von dem verwelkten Blumenstrauß. Bis zum frühen Nachmittag streiften sie mit dem Hund durch die Brombeerwildnis. Sie fanden nichts weiter.

Dirk meinte, die Zeit reiche noch für einen Abstecher zum Bruch. Der Feldweg vom Bendchen zum Lässler-Hof, der am Bruch entlangführte, war im Gegensatz zu den anderen nicht asphaltiert und in denkbar schlechtem Zustand. Er wurde normalerweise nur von Traktoren und anderen landwirtschaftlichen Maschinen befahren. Es waren nur wenige hundert Meter vom Waldsaum bis zur Bruchkante. Wir gingen zu Fuß, der Hundeführer und einige Polizisten voraus. Ich hatte das Gefühl, ein Stein läge auf meiner Brust – Angst.

Auf halber Strecke sagte ich: «Das Dorf hat etwa viertausend Einwohner, die Hälfte davon Kinder, ein Viertel Frauen. Es gibt tausend Möglichkeiten. Wenn du Lohberg dazu nimmst, noch etliche mehr.»

«Ich sehe nur eine», sagte Dirk. «Drei Blondinen und eine Dunkelhaarige mit einem großen Rucksack, dasselbe Opferschema wie vor zwei Jahren. Jetzt fehlt uns nur noch eine kleine Dunkelhaarige mit sieben Messerstichen, dann bin ich bereit zu schwören, dass Lukka von den Toten auferstanden ist.» Er lachte kurz. «War nur ein Scherz, mir reichen die vier Frauen und das Ehepaar. Prang und Meier hat er wahrscheinlich beide auf dem Friedhof gesehen. Terjung wollte frühmorgens zur Bushaltestelle am Ortsausgang. Von den Fahrgästen im ersten Bus hat sie schon niemand mehr gesehen.»

Dirk zündete sich eine Zigarette an, sprach weiter: «Seien wir ehrlich, Brigitte, wir hatten nicht viel in der Hand gegen Lukka. Was die drei betrifft, die erst im März 96 gefunden wurden, hatten wir gar nichts, nur Glück, dass Lukka sich nicht mehr rechtfertigen konnte.»

«Das meinst du nicht im Ernst.»

«Doch», sagte Dirk. «Es könnte auch so gewesen sein, dass Lukka nur hinter dem Burschen aufgeräumt hat. Er mochte ihn, wahrscheinlich hatte er seinen Spaß dabei, weil er die Familie Lässler eben nicht mochte. Aber wenn man's genau nimmt, Lukka hat das Lässler-Mädchen ins Haus gerufen, weil Ben tobte. Lukka hat nicht bestritten, dass die Amerikanerin bei ihm war. Er hatte kein Motiv, das Mädchen aus Lohberg zu töten. Und ob Marlene Jensen bei ihm geklingelt hat oder zu ihrem Onkel wollte, wissen wir auch nicht. Du solltest dich mal mit Walter Hambloch unterhalten, Brigitte. Einen Gefallen hast du Ben nicht getan, ihn hier zu lassen. Es haben nicht alle Leute unbesehen geglaubt, dass er ein Unschuldslamm ist.»

Er wusste inzwischen von Miriam Wagner, sie war als Halterin im Kfz-Schein des Mercedes eingetragen. Walter Hambloch hatte das Fahrzeug als eine Art Geschäftswagen bezeichnet, einer Angestellten zur Verfügung überlassen, damit nicht der Eindruck entstand, Nicole sei käuflich gewesen. Hambloch hatte sich auch nicht die Gelegenheit entgehen lassen, darauf hinzuweisen, dass Miriam Wagner erhebliche Zweifel an Lukkas Schuld geäußert und behauptet hatte, sie sei mit dem Rechtsanwalt zusammen gewesen an dem Abend im Juli 95, als Svenja Krahl verschwand.

«Warum hat er das nicht sofort gemeldet?»

«Was hätte er denn melden sollen?», fragte Dirk. «Dass Lukka Frau Wagner oder dass Frau Wagner ihn belogen hat? Er ist der Sache nachgegangen, es ist nichts dabei rausgekommen.»

Dirk wollte sich mit Miriam Wagner unterhalten, wenn sie aus dem Urlaub zurückkam. Dass sie verreist war, hatte er von Nicole Rehbach gehört. Und eilig hatte er es mit Miriam Wagner nicht. Seiner Meinung nach hatte sie mit dem aktuellen Fall nichts zu tun. Auch ich sah keinen Zusammenhang zwischen ihr, den neuen Opfern und Ben.

Wir erreichten den Bruch, und es ging so schnell. Der Hund brauchte keine Viertelstunde in dem unübersichtlichen Gelände. Dorit Prang, Rita Meier und Katrin Terjung lagen nebeneinander im Gewölbekeller, zwischen ihnen Unmengen von Kerzenstummeln. Jede hielt eine Mädchenfigur in der Hand. Marlene Jensen, das Gesicht war winzig, aber deutlich zu erkennen.

Für Dirk Schumann waren die drei Figuren nur ein Beweis mehr. Ben hatte seine Werke mitgenommen, als er Vanessa Greven tötete, weil er die Schnitzereien als sein Eigentum betrachtete. Natürlich wusste Dirk auch schon, dass es ursprünglich vier gewesen waren und Patrizia bei Leonard Darscheid behauptet hatte, Vanessa Greven habe ihr erklärt, die Figuren seien gestohlen worden. Wo die vierte Figur war, wusste er allerdings nicht. Ihm gegenüber hatte Patrizia geschwiegen.

«Der Bursche muss eine erstaunliche Wirkung auf Frauen haben», meinte Dirk. «Es gibt offenbar nur zwei Alternativen, totale Ablehnung oder die Bereitschaft, sich für ihn in Teufels Küche zu bringen. Vielleicht erklärst du mir bei Gelegenheit, was dich zu Letzterem veranlasst hat.»

Vanessa Grevens Grab spürte der Hund zwischen den Trümmerbergen auf. Ich dachte, Dirk würde noch weiter suchen lassen, wenigstens bis zum Einbruch der Dunkelheit. Aber er rief die Hundertschaft aus dem Bendchen zurück und sagte: «So blöd ist Bruno Kleu nicht, Ben ebenfalls hier zu verscharren. Er hat ihn ins Auto gepackt und es anderswo erledigt.»

Es! Ich glaubte, daran zu ersticken. Wenn sie ihn umgebracht hatten, war es meine Schuld, auch wenn mich dafür niemand zur Verantwortung ziehen würde. Ich hätte ihn im März 96 nicht so einfach seinem Schicksal überlassen, nicht auf seine Mutter vertrauen dürfen. Ich hatte doch gewusst, wie krank sie war. Und ich war noch nicht einmal an Trudes Grab gewesen. An dem Abend war mir auch nicht mehr nach einem Besuch auf dem Friedhof.

Ins Krankenhaus fuhr ich noch einmal, um mit Nicole Rehbach über Miriam Wagner zu sprechen. Nicole schlief. Walter Hambloch saß bei ihr, er trug Uniform, hielt ihre Hand und erzählte ihr etwas. Ich ließ die beiden in Ruhe. Das Intensivzimmer lag unmittelbar neben dem Stationszimmer, beide Räume waren durch eine Glasscheibe getrennt, man hatte alles gut im Blick. Ich unterhielt mich mit der Stationsschwester.

«Das arme Ding», sagte die Schwester. «Wenn sie die Augen aufmacht, weint sie. Wir haben Ultraschall gemacht. Da rührte sich nichts mehr.»

Sie zeigte zur Glasscheibe. «Er sitzt seit Stunden bei ihr, hat sie regelrecht in den Schlaf erzählt.»

Dann erwähnte die Schwester, es sei am späten Vormittag schon ein junger Mann da gewesen. Er hätte sich als guter Freund vorgestellt, aber keinen Namen genannt. Eine Beschreibung konnte sie mir bieten. Mitte zwanzig, blond, groß und kräftig, schwarze Lederjacke, Arbeitshände.

«Er war nicht lange bei ihr. Nach ein paar Minuten hat sie ihn weggeschickt. Als er rausging, weinte er.»

Walter Hambloch blieb auch nicht mehr lange. Er musste zum Dienst. Ehe er die Station verließ, entschuldigte er sich, weil er meinte, mich in Schwierigkeiten gebracht zu haben mit dem, was er meinem Kollegen erzählt hatte.

«Nicht der Rede wert», sagte ich. «In Schwierigkeiten

bringt man sich meist selbst.» Ich überlegte, ob ich Hambloch auf den Mann ansprechen sollte, den die Krankenschwester erwähnt hatte. Doch dann fiel mir Patrizias Bemerkung wieder ein, dass ihr Bruder früher oft den Telefonstecker herausgezogen hatte, weil Achim Lässler … Groß, blond, kräftig, Mitte zwanzig, die Beschreibung passte.

Es war schon spät, ich fuhr trotzdem noch zum Lässler-Hof. Antonia saß vor dem Fernseher und erledigte Flickarbeiten. Tanja Schlösser und Paul schliefen bereits. Antonia ging mit mir hinauf. Achim lag in seinem Zimmer auf dem Bett, lag einfach nur da und schaute die Zimmerdecke an.

«Es wäre mir lieber, wenn du uns allein lässt, Mama», sagte er.

Antonia blieb. Achim war erkältet, er lutschte die Sorte Hustenbonbons, deren Papierchen bei Rehbachs Garage sichergestellt worden waren. Er zog sie auch mit dem Fingernagel glatt – Angst, Nervosität, Anspannung, vielleicht nur das Bedürfnis, sich mitzuteilen. Dass die Bonbonpapierchen bei der Garage von ihm stammten, bestritt er nicht eine Sekunde lang.

Antonia weinte: «Wie oft habe ich dich gebeten, die Frau in Ruhe zu lassen?»

«Ich habe ihr nichts getan, Mama», sagte er.

Er gab alles zu, nächtliche Anrufe, Belästigungen, Drohungen. Aber nur bis zu einem gewissen Zeitpunkt.

«Wann waren Sie zuletzt in Rehbachs Garten?», fragte ich.

Ehe er antwortete, bat er noch einmal: «Geh wieder nach unten, Mama. Ich hab nichts getan, glaub mir.»

«Ich bin auch nicht dienstlich hier», sagte ich.

Da ging Antonia endlich. Achim setzte sich auf und sagte: «An ihrem Geburtstag, in der Nacht. Ich habe eine

Weile zugeschaut, wie sie feiern. Als Andreas und Sabine aufgebrochen sind, bin ich auch gegangen.» Für die Tatzeit hatte er kein Alibi, behauptete, im Schweinestall gewesen zu sein. «Meine Mutter wird Ihnen das bestätigen.»

Natürlich, Antonia würde alles bestätigen.

«Ich war in den letzten Wochen immer nur in der Nacht da, nie am Tag, weil sie mich nicht mehr sehen wollte», fuhr er fort. «Sie sagte, wir hatten eine Abmachung, und sie wird ihren Mann nicht verlassen.»

«Das Kind ist von Ihnen», stellte ich fest.

Er nickte nur.

«Seit wann haben Sie ein Verhältnis mit Frau Rehbach?»

«Es war nie ein Verhältnis», murmelte er. «Ich durfte nur mit ihr schlafen. Ihr Mann hat gefragt, wer sich zur Verfügung stellt. Andreas war zweimal mit ihr beim Arzt. Es hat nicht funktioniert. Der Arzt meinte, sie wäre zu verkrampft. Dann wollte Andreas nicht mehr. Uwe wollte von Anfang an nicht.»

«Und Walter Hambloch?», fragte ich.

«Den wollte sie nicht», sagte Achim Lässler und lachte kurz. «Sie meinte, den wird sie nicht mehr los. Da hab ich es ihr angeboten. Für mich war sie ... Gott, wie soll ich das erklären? Ein Traum, den man nicht träumen darf. Können Sie sich so eine Frau im Schweinestall vorstellen? Ich nicht. Und ich dachte, wenn sie mich dafür nimmt, vielleicht hab ich so viel Glück wie Bruno. Maria hat auch oft gesagt, er soll sich zum Teufel scheren. Und dann brauchte sie ihn doch wieder.»

Er erzählte stockend, wie es begonnen hatte, das erste Treffen beim Bendchen. Sie kam zu Fuß, hatte Angst, dass jemand sie sah, weil es noch hell war. «Dann haben wir nur im Auto gesessen, es war eine blöde Situation. Ich wollte sie so sehr und konnte nicht. Ihr ging es genauso.

Wir haben geredet, auch beim zweiten Mal, nur geredet – über alles. Ich hatte ja eine Menge Mist gebaut zu Anfang.»

Fast eine Stunde lang sprach er von seiner Hoffnung, Nicole nach Eintritt einer Schwangerschaft weiter treffen zu können, weil er das Gefühl hatte, sie empfinde etwas für ihn, brauche ihn – vielleicht nur so, wie Maria Bruno gebraucht hatte in all den Jahren. Aber damit wäre er schon zufrieden gewesen. Vor drei Wochen hatte sie ihm dann gesagt, dass sie ihn nicht mehr brauche.

Dass sie auch in der Nacht beim Bendchen gewesen waren, in der Katrin Terjung vergewaltigt wurde, erwähnte Achim Lässler nicht. Ebenso verschwieg er, dass er sein Angebot nicht Nicole persönlich unterbreitet hatte. Mit seiner Therapeutin hatte er gesprochen. Und Miriam Wagner hatte eine Bedingung gestellt für ihre Vermittlung.

Der letzte Versuch

Es war ein Freitag Anfang Mai 97 gewesen, als Achim Lässler sich wie schon so oft zuvor in der Nähe des Bungalows herumtrieb. Er wusste längst nicht mehr genau, warum es ihn immer wieder dort hinzog. Der ursprüngliche Grund war vergilbt wie ein altes Foto, und trotzdem war da dieser Zwang, vor allem an den Freitagnachmittagen.

Er sah Ben kommen und Nicole mit dem Jaguar wegfahren. Kurz darauf wurden beide Terrassentüren geöffnet. Es war mild draußen. Er hörte Miriam mit Ben sprechen, verstand aber längst nicht alles.

Sie wusste, dass Achim Lässler draußen war, hatte in

den vergangenen Wochen mehrfach eine Bewegung in den Zypressen gesehen, wenn Achim sich in die grüne Wand drückte, um besser verfolgen zu können, was im Bungalow vorging. Aber sehr viel mitbekommen hatte er nicht. Bei geschlossenen Türen war nichts zu hören. Zu sehen war ohnehin nichts.

An dem Nachmittag verbargen die Zypressen ein kleines Fläschchen mit Tropfvorrichtung, aus dem Miriam etwas in ein Glas Cola träufelte. Zehn Tropfen, sie zählte gewissenhaft ab. Ben sollte nicht zu fest schlafen, nur ein bisschen benommen sein, damit es keine Schwierigkeiten gab. Einschlafen, um nicht mehr aufzuwachen, wäre zu gnädig gewesen nach der Erkenntnis, dass er sich angeschaut hatte, wie Lukka seine Opfer zu Tode quälte.

Und er gab das auch noch zu, nickte zu der entsprechenden Frage, als hätte sie ihn nur gefragt, ob er ein Stück Torte essen möchte. Sie wollte es selbst tun, hatte es sich ausgemalt die ganze Woche. Und dann kam er, und sie fühlte sich so lahm, war nicht in der Lage, zu tun, was sie sich vorgenommen hatte.

Wie er da auf dem Fußboden saß – ein spielendes Kind. Wie er seine Karten sortierte, ein Wort heraussuchte: LIEB. Wie er sie anlächelte mit dem Blick, mit dem er anfangs Nicole betrachtet hatte. Dann sagte er: «Maus.» Und dann legte er seinen Namen zu der Karte, tippte mit einem Finger auf beide. BEN LIEB und sagte noch einmal: «Maus.»

«Trink aus», verlangte sie und reichte ihm das Glas. Er trank ohne jeden Argwohn. Und sie hatte ihm beigebracht, dass die Worte auf seinen Karten mehrere Bedeutungen haben konnten. Füße hieß auch gehen, laufen, springen, rennen. Lieb hieß auch nett, umgänglich, artig, bereitwillig und …

Er stellte das leere Glas neben sich, suchte noch eine

Karte, zeigte das Bildchen auf der Rückseite, ein lachendes Kindergesicht, das Patrizia aus irgendeiner Zeitschrift ausgeschnitten hatte. Auf der Vorderseite stand FREUDE. Dann gähnte er.

«Gehen wir nach unten», sagte sie. «Da hattest du viel Freude, nehme ich an. Hat er dich auch etwas machen lassen, oder durftest du ihm nur zuschauen?»

Er nickte und folgte ihr bereitwillig zur Treppe. Sie öffnete die Stahltür, ließ ihn eintreten, schloss die Tür hinter ihm und drehte den Schlüssel um. Dann ging sie wieder nach oben.

Wenige Minuten später hörte Achim Lässler ihre Schritte auf der Terrasse und ihre Stimme. «Was willst du? Nur Nicole sehen oder immer noch töten?»

Dass sie genau wusste, wo er war, und mit ihm sprach, begriff er erst, als sie sagte: «Es ist nicht so leicht, wie es sich denkt oder spricht. Ich kann es nicht. Wenn du feststellen willst, ob du dazu fähig bist, mach einen Versuch. Er ist müde und wird dir keine Schwierigkeiten machen. Ich mache auch keine. Die Tür ist offen.»

Er wollte nicht und ging trotzdem nach vorne. Die Haustür war tatsächlich offen, und plötzlich strahlte das vergilbte Foto wieder in dem intensiven, schmerzhaften Glanz. Er sah seine jüngste Schwester hineingehen, musste ihr folgen, ob er wollte oder nicht.

Miriam stand in der Diele und lächelte, als er die Tür hinter sich zudrückte und sich mit dem Rücken dagegen lehnte. «Mutig», lobte sie. «In der Küche sind Messer. Oder willst du es lieber mit deinen Händen tun? Manchen gibt das den besonderen Kick, wenn sie ein Leben in der Hand halten und es auslöschen. Das ist pure Macht. Aber in diesem speziellen Fall ist ein Messer sinnvoller. Das können wir anschließend abwischen. Oder willst du die nächsten Jahre hinter Gittern verbringen?»

Als er nicht reagierte, zeigte sie zur Kellertreppe. «Ben ist unten. Mit ihm musst du anfangen.»

Achim Lässler hatte Miriam Wagner schon so oft gesehen, aber noch nie so nah, noch nie in einem geschlossenen Raum, dessen einzigen Ausgang er versperrte. «Du kannst Angst nicht mal buchstabieren, was?»

«Doch», sagte sie. «A, n, g, s, t, aber ich habe dir nicht die Tür geöffnet, um zu buchstabieren. Ich will, dass du hinunter gehst in den Raum, in dem deine Schwester und deine Cousine gestorben sind. Ich will, dass du den Mann tötest, der daran beteiligt war.»

Sie hielt etwas in der Hand, das sah er erst, als sie es ihm zuwarf. Reflexartig fing er es auf und erkannte ein Stück von einem der Deckenpaneele, die der arme Hartmut und die schöne Nicole für ihre Wohnung verwendet hatten. In das helle Furnier war eine abstoßende Fratze geritzt.

«Deine Cousine», sagte Miriam. «So sieht eine Schönheit aus, wenn sie vor Schmerz den Verstand verliert. Vielleicht hat sie sich in dem Stadium gewünscht, dass Lukka ihr endlich den Todesstoß versetzt. Ben hat ein Dutzend davon gemacht, du kannst sie dir gerne anschauen. Wenn du sie nebeneinander legst, ist es offensichtlich.»

Achim Lässler erkannte in der Fratze beim besten Willen kein Mädchengesicht. Verständnislos schaute er Miriam an.

«Bauerntölpel», sagte sie. «Du weißt wohl nur, wie Schweine geschlachtet werden. Für dich ist hinter Lohberg die Welt zu Ende. Wenn man weiterfährt, fällt man runter.»

Sie lächelte abfällig, provozierte weiter, um ihn dahin zu bekommen, wo sie ihn haben wollte: «Von deiner Schwester gibt es solch ein Beweisstück übrigens nicht.

Mir hat man erzählt, Ben sei in seinem Zimmer eingesperrt gewesen, als Lukka sich mit ihr beschäftigte. Das konnte er sich also nicht anschauen. Aber deiner Cousine hat er beim Sterben zugeschaut, sonst könnte er ihr Gesicht nicht mit diesem Ausdruck verewigen. Siehst du das kleine Viereck anstelle des Mundes? Klebeband. Ich nehme an, Lukka hat ihm zum Gefallen darauf verzichtet, sich ihre Schreie anzuhören. Er mag es nämlich nicht, wenn jemand schreit.»

Achim Lässler hatte plötzlich das dringende Bedürfnis, sie zu schlagen, mitten hinein in dieses abfällig lächelnde Gesicht, damit sie endlich den Mund hielt.

Sie betrachtete ihn, als könne sie seine Gedanken lesen und warte nur darauf, dass er sich endlich von der Tür abstieß und tat, was ihm durch den Kopf ging. Als er sich nicht rührte, ging sie in die Küche und kam mit einem großen Fleischmesser zurück.

«Jetzt mach endlich», sagte sie, streckte ihm die Hand mit dem Messer entgegen. «Sonst ist er gleich wieder munter. Ich habe ihm nur zehn Tropfen gegeben.»

«Welche Tropfen?», fragte er.

«Dieselben, die Lukka deiner Schwester gegeben hat. Aber er hat höher dosiert, wollte sie ja stundenlang ruhig halten. Wie oft bist du hier vorbeigefahren in der Nacht, zweimal, dreimal? Die Kleine lag betäubt da unten, und du warst so nah, hast aber nichts gehört.»

Er konnte ihr nicht länger zuhören. Wie sie da stand mit dem Messer in der Hand, dem Lächeln auf dem Gesicht, dem wadenlangen Rock, unter dem sie ihr verkrüppeltes Bein versteckte. Aber er konnte auch nicht gehen, irgendetwas musste passieren.

«Was ist?», fragte sie. «Bist du mit der Tür verwachsen? Nimm das Messer. Keine Sorge, es hat für dich keine Konsequenzen. Du kannst ihn mit einem Stich erledigen, wenn du hier ansetzt.» Sie zeigte eine Stelle unter ihren Rippen. «Und fass nichts an da unten. Ich habe nicht mehr die Zeit, hinter dir her zu wischen.»

Achim musste sich räuspern, ehe er fragen konnte: «Was heißt das?»

«Dass ich die Tropfen nehme», sagte sie. «Das Fläschchen ist noch fast voll. Für mich reicht es dreimal. Es wird so aussehen, als hätte ich zuerst ihn getötet und dann mich.»

«Du hast eine riesengroße Macke», sagte Achim Lässler.

Plötzlich klang sie nicht mehr abfällig, nur sehr müde. «Junge, ich hab nicht eine Macke, ich hab so viele, dass du sie nicht zählen kannst. Ich mag Mörder, und sie mögen mich. Lukka mochte mich sehr. Ben mag mich auch. Er hat mir eine Liebeserklärung auf den Boden gelegt. Jetzt nimm das Messer, sonst stehen wir noch hier, wenn Nicole zurückkommt. Denk an deine Schwester und deine Cousine. Zwei junge Mädchen, die ihr Leben noch vor sich hatten. Was hätten sie nicht alles daraus machen können?»

Achim konnte ihr nicht länger zuhören. Er wollte ebenso wenig in den Keller, wie er den Bungalow hatte betreten wollen. Nur ging es nicht anders. Es war, als ob ihn etwas mit aller Macht nach unten zog.

Etwa eine halbe Stunde später kam Nicole mit den Einkäufen aus Lohberg zurück. Miriam saß im Wohnzimmer in einem Sessel, umnebelt von Zigarettenqualm. Auf dem Fußboden lagen noch die Karten. BEN, LIEB, FREUDE. Auf dem Tisch lagen die Paneele, eins neben dem anderen. Das leere Glas stand in der Küche, das Fläschchen hielt Miriam in der Hand. In ihrem Schoß lag das Messer. Achim Lässler hatte es nicht genommen, als er hinuntergegangen war. Auf Miriams Gesicht lag ein Ausdruck, den Nicole bis dahin noch nicht gesehen hatte.

«Was ist los?», fragte sie. «Hat es ein Problem gegeben mit Ben?» Das Messer in Miriams Schoß schien sauber. Aber das bedeutete nichts, die Tatsache, dass ein Messer in ihrem Schoß lag, war alarmierend.

«Das weiß ich nicht», erwiderte Miriam mit einer fast tonlosen Stimme.

«Was heißt, du weißt es nicht?»

«Ich habe nichts gehört. Aber ich weiß nicht, was man hört, wenn die Tür zu ist. Vielleicht ist der Keller schalldicht.»

Nicole hörte nur «Keller» wie ein Echo. «Ben ist im Keller?»

Miriam nickte.

«Warum? Was hast du mit ihm gemacht?»

«Was hättest du mit ihm gemacht, wenn er deinem Vater beim Töten zugeschaut und ihm dann das Genick gebrochen hätte?»

«Ich hatte nie einen Vater», sagte Nicole. «Und dein Vater lebt noch. Lukka war nur ein elender Scheißkerl, der dich verrückt gemacht hat. Ich hab dir doch gesagt, du packst es nicht. Du steigerst dich nur wieder in irgendwas hinein. Ben hat hier keinen Fuß über die Schwelle gesetzt. Bärbel sagte …»

«Bärbel sagte», wiederholte Miriam, lachte rau und zündete sich eine Zigarette an. Unvermittelt wurde sie laut: «Herrgott, was muss ich denn tun, damit es ein Ende findet? Ich habe ihn gereizt bis aufs Blut. Ich dachte, er geht mir an die Kehle. Dann stürmte er nach unten, und ich hab nichts gehört.»

Nicole nahm an, dass sie von Ben sprach, wusste nicht, wen Miriam sonst noch meinen könnte.

«Wenn du ihm etwas getan hast …» Weiter kam sie nicht.

Miriam lachte oder weinte, das hätte Nicole nicht sagen können. «Ich wünsche mir, ich hätte es gekonnt. Es wäre leicht gewesen. Und er lächelt mich an. Ich kann ihn nicht umbringen, wenn er mich anlächelt. In den letzten Wochen dachte ich manchmal, es wäre vielleicht gar nicht nötig. Ich wollte doch nur noch wissen, wer der Kerl im Wald war. Und er machte diese Gesichter. Aber niemand sieht, was sie bedeuten. Bin ich denn in diesem verfluchten Kaff die Einzige, die ein bisschen Ahnung von der Materie hat?»

Nicole verstand nicht einmal die Hälfte. Miriam schniefte, wischte mit einer Hand übers Gesicht und verlangte: «Wirf sie raus, wenn sie noch gehen können. Wenn nicht, sollen sie kriechen. Und wenn sie sich gegenseitig die Köpfe eingeschlagen haben, rufst du einfach Walter an oder die Feuerwehr. Vielleicht können sie wirklich Tote erwecken, wie Ben annimmt. Um seinen Glauben kann man ihn nur beneiden. Überleg mal, wie einfach alles wäre. Meine Mutter wäre wieder da, und ich könnte sie von ihrer Sucht heilen. Und wenn Lukka zurückkäme, wären wir bereit für ihn. Aber er könnte wahrscheinlich nicht kommen, ist ja nur noch Asche.»

Obwohl Miriam von mehr als einem gesprochen hatte, rechnete Nicole nicht damit, dass jemand bei Ben sein könnte. Die massive Stahltür war zu. Es kostete sie Überwindung, die Klinke niederzudrücken und zu öffnen. Was sie zu sehen erwartete, wusste sie nicht genau.

Die wenigen Trimmgeräte verloren sich fast. Der Raum war so groß wie das Wohnzimmer und wirkte steril mit den bis zur Decke gefliesten Wänden. Achim Lässler und Ben saßen sich gegenüber auf dem Boden vor der Dusche, saßen da, als hätten sie sich nur nett unterhalten. Das hatten sie auch, aber gesprochen hatte eigentlich nur Achim. Er hatte sich alles von der Seele geredet, viel leichter fühlte er sich nicht, nur erschöpft.

Als Nicole hereinkam, schaute Achim auf, war sofort auf den Beinen, stürzte an ihr vorbei durch die Tür und die Treppe hinauf. Nicole hörte oben die Haustür zuschlagen. Ben lächelte sie an, wie er sie immer anlächelte, sagte: «Fein.» Dann stand er ebenfalls auf und ging zur Treppe. Nicole folgte ihm. Er erreichte die Diele und steuerte das Wohnzimmer an. Miriam saß unverändert im Sessel. Er ging auf sie zu mit einem Lächeln. «Maus.»

«Wirf ihn raus!», verlangte Miriam.

Nicole wusste nicht, wie sie sich verhalten sollte. Die beiden Männer im Keller, Achim Lässlers Flucht, das Messer in Miriams Schoß und ihre wirren Erklärungen.

Ben hob einen Finger, als wolle er ein Kind zur Aufmerksamkeit ermahnen. «Maus», sagte er noch einmal, zupfte an Nicoles Ärmel und bedeutete ihr, mitzukommen. Die Terrassentüren waren immer noch geöffnet. Er schloss eine, schob sie ins Freie vor die geschlossene Tür, mit dem Gesicht zum Wohnzimmer.

«Fein», sagte er, kam wieder herein, deutete auf den freien Sessel. «Freund.» Dann ging er zu dem Schrank, in dem das Fernsehgerät stand. «Finger weg», sagte er.

Nicole sah, dass Miriam blass wurde. Und sie glaubte zu begreifen, was er demonstrierte, kam ebenfalls wieder herein und schloss die Tür. «Draußen stand ein Mädchen», stellte sie fest. «Lukka saß da und hat sich was im Fernseher angeschaut. Wahrscheinlich einen Horrorfilm, der rein zufällig aufs Band geraten ist, weil die Sportschau überzogen hatte. Und wenn Ben im Mais lag. Er hatte früher immer ein Fernglas dabei, damit konnte er auch bei Nacht jede Einzelheit auf dem Bildschirm erkennen.»

Ben nickte eifrig, als hätte er jedes Wort verstanden. Dann ging er zu Miriam, streckte die Hand aus, als wolle er sie streicheln.

«Fass mich nicht an!», schrie Miriam, nahm das Messer aus ihrem Schoß und hielt ihm drohend die Klinge entgegen, gerade als er mit den Fingerspitzen ihr Gesicht berührte.

Ob Miriam ihn verletzen wollte, hätte Nicole später nicht sagen können, dafür ging es zu schnell. Vielleicht war es nur ein Reflex, um seine Hand abzuwehren. Miriam stieß seinen Arm beiseite, und sie hielt das Messer hoch. Nicole hörte ihn zischend die Luft einziehen, dann tropfte auch schon sein Blut auf den Teppich.

Mit einem raschen Griff packte er Miriams Handgelenk, nahm ihr das Messer ab. Für einen Moment dachte Nicole, er würde zustechen, weil er den blutenden Arm anhob. Aber er schleuderte nur das Messer durch den Raum.

«Finger weg, Maus», sagte er. «Weh.» Dabei hielt er Miriam seinen blutenden Arm vor. Und dann schlug er ihr auf die Finger, als wolle er ein kleines Kind für verbotenes Tun bestrafen.

«Schaff ihn endlich raus», flehte Miriam.

Er nickte, zupfte an Nicoles Ärmel, zeigte in die Diele und sagte: «Fein mit.»

Was er wollte, war eindeutig. Nur fort aus diesem Haus. Nicole empfand ähnlich, als sie die Haustür von außen hinter sich zuzog. Sie nahm ihn mit in ihre Wohnung, versorgte die blutende Wunde. Allzu tief ins Fleisch ging der Schnitt nicht, ein Verband reichte. Er erzählte ihr die ganze Zeit etwas, aber da er keine Namen aussprach, verstand sie nicht, was er meinte.

Sie brachte ihn zu Bruno Kleus Hof. Patrizia geriet außer sich, wollte Anzeige erstatten wegen Körperverletzung. Eine Anzeige hielt Nicole für überflüssig. Sie war überzeugt, dass Ben nie wieder einen Fuß über die Schwelle des Bungalows setzen würde.

Es gab nach dem Schnitt in Bens Arm Anfang Mai 97 einige Tage, da war Miriam halbwegs entschlossen, dem Dorf den Rücken zuzukehren. Sie sprach mit Nicole darüber, erklärte, dass sie keinen Sinn darin sah, noch länger zu bleiben.

Nicole wusste nicht, was sie darauf antworten sollte. Helfen konnte sie Miriam nicht, das hatte sie nun endgültig begriffen. Immer wieder fing Miriam mit Lukka und den Morden an. Vielleicht war es wirklich besser, wenn sie das Dorf verließ, besser für Miriam, besser für Ben. Patrizia erzählte, dass er mindestens zweimal am Tag mit seinem Kasten zur Haustür wollte, und jedes Mal erklärte er dabei: «Maus.» Patrizia wusste nicht, wen er damit meinte. Nicole wusste es sehr wohl und verstand es nicht. Was erwartete er denn noch von einer Frau, die ihn im Keller eingesperrt, Achim Lässler zu ihm geschickt hatte in der Hoffnung, dass sie sich gegenseitig die Köpfe einschlugen? Die ihn mit einem Messer verletzte, ihn anschrie?

Es wäre bestimmt besser gewesen, wenn Miriam aus dem Dorf verschwand. Aber Nicole konnte sich nicht aufraffen, Miriam zuzustimmen. Sie erkundigte sich im Seniorenheim, ob man sie eventuell wieder einstellte. Man hatte längst einen Ersatz für sie gefunden. Die Hoffnung auf ein eigenes Kind wurde mit jedem Tag kleiner. Es tat weh, weil nun auch Patrizia schwanger war und Andreas Lässler sich bereit erklärt hatte, ihr zu helfen.

Hartmut war entsetzt von Miriams Absicht. So viel verdiente er im Computerladen noch nicht. Der Umsatz hatte sich zwar erhöht, seit er täglich im Laden war. Winfried von Burg bezahlte ihn so, wie die Kasse es erlaubte. «Sag ihr, das kann sie nicht machen», verlangte Hartmut. «Sie hat eine Verpflichtung dir gegenüber.»

Nur Walter Hambloch fand, es sei die beste Lösung für alle, wenn Miriam ihre Sachen packte und verschwand. «Du findest schon eine neue Stelle, Nicole. Fachkräfte werden immer gebraucht. Da musst du dich halt woanders bewerben. Es gibt ja noch mehr Altenheime als das in Lohberg.»

«Und wie soll sie da hinkommen ohne Auto?», fragte Hartmut. «Das Auto brauche ich.»

«Kannst du eigentlich noch an was anderes denken als an dich?», wollte Walter wissen.

Die Wende kam durch Achim Lässler. Mit ihrer Provokation hatte Miriam das Gegenteil erreicht. Zweimal rief er danach im Bungalow an und fragte, ob sie vielleicht mal in Ruhe über alles reden könnten. Was er sich davon versprach oder wie er auf den Gedanken kam, ausgerechnet bei ihr Hilfe und einen Rat zu suchen, verstand Miriam nicht. Sie war eine Frau mit so vielen Macken, dass sie an sich selber verzweifelte, aber anderen helfen konnte sie offenbar. Es war eine ganz neue Erfahrung.

Nicole verlegte die Einkäufe nun auf die Stunden, in denen Achim Lässler im Bungalow erschien. Sie wollte ihm nicht begegnen, aber er blieb auch nie so lange wie Ben. Bei Achim hielt Miriam sich exakt an die Zeit, die eine Therapiestunde normalerweise dauerte, fünfundvierzig Minuten. Da musste Nicole in Lohberg nur ein bisschen trödeln.

An einem Nachmittag Ende Mai kam sie aus Lohberg zurück. Miriam saß auf der Terrasse. Sie tranken wie üblich noch einen Kaffee, und plötzlich sagte Miriam: «Ich weiß nicht mehr, ob ich gehen oder bleiben will. Sag mir, was ich tun soll.»

Nicole fühlte sich in dem Moment erleichtert und sehr egoistisch, weil sie als Einzige einen Vorteil hatte, wenn Miriam blieb.

«Kauf dir endlich ein richtiges Bett», schlug Nicole vor. «Solange du auf der Couch schläfst, bist du Lukkas Gast. Vielleicht liegt es daran, dass er immer noch so viel Einfluss auf dich hat. Wenn man nur irgendwo zu Besuch ist, muss man sich unterordnen.»

«Psychologie für den Hausgebrauch», meinte Miriam und lächelte. «Aber vielleicht hast du gar nicht so Unrecht. Kaufen wir ein Bett und beauftragen ein paar Handwerker, die Bar herauszureißen. Auf die Bar war er immer besonders stolz, und ich habe mich immer gefragt, wozu er sie braucht. Es besuchte ihn doch niemand, und er selbst trank nicht.»

Schon am nächsten Tag bestellte Miriam die Handwerker, ließ das Arbeitszimmer räumen und neu tapezieren. Die wertvollen Möbelstücke verschenkte sie. Für Lukkas Schlafzimmer bestellte sie einen Container, in dem auch die verspiegelte Hausbar landen sollte.

Während die Männer damit beschäftigt waren, die Bar herauszureißen, und einige Videobänder fanden, fuhr Miriam mit Nicole herum, besuchte ein paar Möbelhäuser. Anschließend kehrten sie nach langer Zeit wieder einmal beim Italiener in Lohberg ein. Es war spät, als sie zurückkamen, Miriam setzte Nicole bei der Garage ab und sagte: «Morgen werden wir eine Menge Arbeit haben. Es hat bestimmt viel Dreck gegeben.»

Nicole kam am nächsten Morgen zur gewohnten Zeit. Im Vorgarten stand der Container voller Schutt und Spiegelscherben. Als sie die Diele betrat, dachte sie im ersten Moment, Miriam hätte Besuch. Im Wohnzimmer hingen dicke Rauchschwaden in der Luft. Zu sehen war niemand. Die Sitzgruppe stand nicht in Blickrichtung der Dielentür. Aber Nicole hörte einen Mann sprechen. «Du hast die Augen deiner Mutter.»

Er hatte eine angenehm dunkle Stimme mit einem

Hauch von Schwermut und Sehnsucht, ein Klang, der Nicole ganz eigenartig berührte. Sie war nicht sicher, ob sie stören durfte. Der Mann im Wohnzimmer konnte eigentlich nur Miriams Vater sein. Nur hatten Miriam und der Holzwurm keinen Kontakt mehr. Und irgendwie war Nicole die Stimme auch vertraut, sie wusste nur nicht, wo sie sie einordnen sollte.

«Gott ist mein Zeuge, ich habe sie geliebt», sagte die sanfte, dunkle Männerstimme.

Von Miriam kam kein Laut. Aber sie musste gehört haben, dass die Haustür geöffnet und Nicole hereingekommen war.

«Ich hätte alles getan für sie», sagte der Mann. «Und sie legte sich für diesen Rüpel ins Unkraut, lachte mich aus, nannte mich einen geilen, alten Bock. Das war ein Schmerz, den ich dir nicht beschreiben kann. Ungefähr so.»

Aus dem Wohnzimmer kam ein Ton wie ein erstickter Schluchzer. Nicole ging endlich die letzten Schritte bis zur Tür und sah Miriam allein in einem Sessel sitzen. Sie trug noch das Kleid, in dem sie gestern Möbel ausgesucht und beim Italiener gesessen hatte. Ihr aufwendiges Make-up war völlig zerlaufen. Sie sah aus, als hätte sie stundenlang geweint.

Das Deckenlicht brannte. Es fiel kaum auf, weil der Raum von Sonne durchflutet war. Auf dem Beistelltisch neben Miriams Sessel stand ein überquellender Aschenbecher. Auf dem Fußboden lagen einige Videokassetten. Die Männerstimme kam aus dem Fernseher. Der Schrank war offen, das Gerät ein Stück vorgezogen. Von der Dielentür aus sah Nicole nicht mehr als die blau flimmernde Kante vom Bildschirm.

«Komm ruhig herein und schau es dir an», sagte Miriam und wischte mit einem Handrücken durch das verweinte Gesicht. «Es war genau so, wie Ben es gezeigt hat.

Sie sind beide über die Terrasse gekommen, Svenja Krahl und Marlene Jensen. Als sie vor seiner Tür auftauchte, konnte er sein Glück gar nicht fassen.»

«Ich will mir nichts anschauen», sagte Nicole.

Miriam nahm die Fernbedienung, drückte eine Taste, die blau flimmernde Kante wurde dunkel. Dann erhob sie sich, ging zu den Terrassentüren und öffnete beide. In dichten Schwaden zog der Rauch ins Freie.

«Mach Frühstück», verlangte Miriam. «Den Kaffee sehr stark. Ich habe scheußliche Kopfschmerzen, zu viel geraucht, zu viel geheult. Es war kein Alptraum. Was ich damals gesehen habe, ist auch noch da. Und dieses elende Schwein redet mir ein, ich sei schlecht erzogen gewesen. All die Jahre habe ich geglaubt, dass meine Mutter sterben musste, weil ich unerlaubt in seinen Schrank gegriffen hatte.»

Miriam kam zum Tisch, nahm sich eine Zigarette, zündete sie an und ging wieder zu den offenen Türen.

«Du musst das der Polizei geben», sagte Nicole.

Miriam schüttelte den Kopf. «Sie hatten ihre Chance. Jetzt habe ich meine. Er hat etwas gesagt an einer Stelle. Ich muss mir das noch einmal in Ruhe anschauen.»

«So was schaut man sich nicht in Ruhe an», begehrte Nicole auf. «Das ist krank.»

«Ich bin tot, Herzchen.» Miriam ging zum Videorecorder und nahm die Kassette aus dem Gerät. «Ich bin tot, seit ich so etwas zum ersten Mal gesehen und gehört habe. Du hast die Augen deiner Mutter! Weißt du, wie oft er das zu mir gesagt hat? Genau so hat er immer mit mir gesprochen, so weich, so sanft, so verletzt, dass ich jedes Mal das Bedürfnis hatte, ihn in die Arme zu nehmen und zu trösten. Weißt du, wie oft ich ihn umarmt habe? Und dabei wusste ich es, ich wusste es in dem Moment, als er sich im Krankenhaus über mich beugte.

Es waren nicht allein die Bilder, es war seine Stimme. Ich hatte sie noch im Ohr, als ich aufwachte. Und dann dachte ich, ich bilde mir das nur ein. Er war doch der Einzige, der Zeit für mich hatte. Meine Mutter hat einmal gesagt: Heinz Lukka nimmt sich Zeit für Menschen. Ein wahres Wort. Er nahm sich sogar anderthalb Stunden Zeit, zu töten. Andere machen das in fünf Sekunden.»

Miriam legte die Kassette auf den Fernseher, sammelte auch die vom Boden auf und legte sie auf den Tisch. Dabei fragte sie: «Weißt du, ob jemand im Ort Bello genannt wird?»

Nicole schüttelte den Kopf.

«Aber Lukka hat von einem gesprochen», erklärte Miriam. «Er hat Svenja Krahl gefragt, ob Bello hinter ihr her war. Ich bin sicher, er hat Bello gesagt und nicht Ben.»

«Ich kenne wirklich keinen mit diesem Spitznamen», sagte Nicole. Bello, so nannte man einen Hund. Und Bärbel nannte Walter Hambloch oft Waldi. Aber das zu erwähnen, kam Nicole nicht in den Sinn. Sie machte sich große Sorgen, weil Miriam nun wieder beim Thema war und mit den Videos wohl auch so schnell nicht wieder auf andere Gedanken kommen würde.

Miriam sprach weiter: «Svenja Krahl ist im Bendchen vergewaltigt worden. Sie kam hierher, weil sie sich Hilfe von Lukka erhoffte. Nur kam sie in einem sehr ungünstigen Moment, er schaute sich gerade ein Urlaubsvideo an. Deshalb musste sie sterben. Mir hat er einmal erzählt, dass er im Urlaub besonders gerne filmt, weil man dann das Leben spürt. Er hat mehr Mädchen getötet als nur die vier, von denen die Polizei weiß.»

Miriam sprach inzwischen so ruhig, dass es Nicole unheimlich wurde. «Bello», sagte sie noch einmal. «Ich muss wissen, wen Lukka damit gemeint hat. Er nannte ihn seinen Nachfolger, einen Spanner, der oft im Mais liegt und sich von dort aus die Videos zusammen mit ihm anschaut. Begreifst du, was das heißt?»

Als Nicole nicht antwortete, erklärte Miriam: «Hier läuft eine Zeitbombe herum. Ein Mann, der sich wahrscheinlich tausendmal angeschaut hat, was Lukka tat. Irgendwann wird er es tun.»

«Du musst mit der Polizei sprechen», sagte Nicole noch einmal.

Miriam lachte kurz und spöttisch. «Vielleicht zuerst mit Walter? Da wäre ich vermutlich an der richtigen Adresse. Er wusste jedenfalls, dass Lukka in der Nacht hier war, als Svenja Krahl verschwand. Walter nannte sogar eine Uhrzeit, erinnerst du dich?»

So genau erinnerte Nicole sich nicht. Und was Miriam da andeutete, erschien ihr zu absurd, ausgerechnet Walter, der ihr eine Dose mit Tränengas in die Finger drückte und mahnte, gut aufzupassen. Nicole vermutete, dass Miriam zu betroffen und schockiert war von den Videos, ebenso betroffen und schockiert wie sie. Dass Lukka getötet hatte, war schon grauenhaft. Dass er seine Opfer auch noch filmte dabei, war für Nicole mehr, als sie verarbeiten konnte. Und Miriam erging es wohl ebenso, deshalb suchte sie krampfhaft nach einem Mitschuldigen. Und Ben schied nun endgültig aus.

21. Oktober 1997 – 11:30 Uhr

Schon den zweiten Tag saß Bruno Kleu im Verhör. Ich saß im Büro nebenan und hörte zu, die Verbindungstür war nicht ganz geschlossen. Es war wie vor zwei Jahren, als hätte Dirk Schumann nichts gelernt aus meinen Irrtümern. Jetzt ging es nicht darum, dass Bruno eine der Frauen getötet haben könnte – nur Ben.

Er bestritt es heftig. «Der Junge hat verhindert, dass ich im Auto verblute, da können Sie nicht im Ernst annehmen, ich hätte ihn aus dem Weg geräumt. Nennen Sie mir einen triftigen Grund dafür.»

«Weil Sie annehmen mussten, er hätte Ihre Tochter …», begann Dirk.

«Blödsinn», schnitt Bruno ihm das Wort ab. «Er hat meine Tochter und die anderen beiden nicht mal in Lukkas Auftrag verscharrt, wie Ihre werte Kollegin annahm. Soll ich Ihnen sagen, warum er die Frauen begraben hat? Weil er sie vor Lukka in Sicherheit bringen wollte. Er dachte, sie kommen immer wieder. Für ihn gab es keinen Tod. Es war ein hartes Stück Arbeit, ihn so weit zu bringen, dass er uns begreiflich machen konnte, wie er das sieht. Aber wir haben es geschafft. Ich glaube, wir haben es sogar geschafft, ihm begreiflich zu machen, dass tot sein endgültig ist.»

Kurz nach Mittag fuhr ich nach Lohberg. Ich konnte mir nicht länger anhören, wie mein Kollege Bruno Kleu zusetzte. Ich wollte mit Nicole Rehbach über Miriam Wagner und deren Interesse an Ben sprechen. Nicole war in sehr schlechter Verfassung. In der Nacht hatte sie ihr Kind verloren. Sie weinte nur.

Dann wollte ich endlich zum Friedhof. Auf halber Strecke zum Dorf meldete Patrizia sich. Ben war wieder da – nach fast einer Woche. Wo er sich aufgehalten hatte in dieser Zeit, konnte er Patrizia nicht erklären. Mir war es im ersten Moment auch nicht so wichtig. Hauptsache, er lebte. Verletzt war er. Am Arm, sagte Patrizia. «Er hält ihn so komisch, Frau Halinger. Ich darf ihn nicht anfassen. Ich glaube, er hat starke Schmerzen, er blutet auch. Soll ich ihn ins Krankenhaus …»

«Nein», sagte ich. «Ich bin in fünf Minuten da.»

«Ich weiß nicht, ob ich ihn so lange festhalten kann. Er will weg, er ist ganz aufgeregt, er sagt immer: Mit.»

Ich schaffte es in drei Minuten. Als ich ankam, löste Patrizia ihm gerade zwei Schmerztabletten in Cola auf. Sein Arm war nicht gebrochen, ausgekugelt war er. Und ich konnte das Schultergelenk nicht einrenken, musste ihn ins Krankenhaus bringen. Eine Fleischwunde an seinem Unterarm war nicht so gravierend, nur ein Riss – wie von einem Metallstück.

Damit erklärte sich das Blut an seinen Händen. Dass es von einer anderen Person stammen könnte, der Gedanke kam mir nicht in der Erleichterung, ihn lebend wieder zu sehen.

Er war keineswegs erleichtert, geriet völlig außer sich, als er mich zu Gesicht bekam.

«Hallo, Ben», sagte ich. «Kennst du mich noch?»

Natürlich kannte er mich noch. Ich war die Frau mit den Fotos, die alle Mädchen haben wollte. Er weigerte sich, zu mir ins Auto zu steigen. So nahmen wir den Van, Patrizia lockte ihn auf den Beifahrersitz mit dem Versprechen: «Wir besuchen Nicole.» Während der Fahrt erzählte sie ihm, dass alles gut und Nicole sich sehr freuen würde, wenn er sie besuchte.

Er freute sich nicht, als wir die Notaufnahme betraten und ein Arzt sich seiner annehmen wollte. «Finger weg!»

«Es geht ganz schnell, Ben», sagte Patrizia. «Und dann tut es nicht mehr weh. Du musst keine Angst haben. Schau mal, was ich hier habe.» Sie kramte in den Taschen ihrer Latzhose, brachte eine Rolle Pfefferminzbonbons, Papiertücher, ein paar Lakritzschnecken und drei verklebte Weingummis zum Vorschein und lenkte ihn damit ab.

Der Arzt trat hinter ihn. Es war eine Sache von Sekunden, ein geübter Griff. Ben gab einen unwilligen Laut von sich, dann schaute er sich verwundert um und betrachtete den Arzt, als könne er es gar nicht fassen. Er hatte wohl noch Schmerzen, aber die empfand er als nicht so gravierend, nachdem er feststellte, dass er den Arm wieder bewegen konnte. Die Risswunde am Unterarm ließ er sich ohne Gegenwehr oder Protest verbinden. Es war wohl eine wichtige Erfahrung für ihn zu erleben, dass die weißen Leute nicht seine Feinde waren, jedenfalls nicht immer.

Nur mir traute er noch nicht. «Mit?» Er dachte wohl, ich würde ihn da lassen. Patrizia erledigte die Formalitäten. Zu Nicole Rehbach führte ich ihn danach nicht. Ihm war es offenbar auch nicht so wichtig, sie zu besuchen. Er wollte nur weg, zurück ins Dorf.

Und ich hatte auf dem Parkplatz einen Streifenwagen gesehen, vermutlich machte Walter Hambloch wieder einen Besuch am Krankenbett. Ich wollte kein Risiko eingehen, war überzeugt von Bens Unschuld, erhoffte mir von ihm Aufschlüsse, egal auf welche Weise. Vielleicht mit seinen Karten, aber dafür brauchte ich Ruhe. In seinem Elternhaus blieben wir bestimmt ungestört, und dort konnte ich ihn festhalten, bis ich von ihm die nötigen Antworten bekommen oder bis Dirk Schumann den wahren Täter überführt hatte.

Wir fuhren zurück, packten ein paar Sachen, etwas Kleidung für Ben, den Kasten mit seinen Karten und andere Dinge, die Patrizia für nützlich hielt. Lebensmittel, Handtücher, Bettwäsche.

«Sie müssen nur die Rollläden ganz runterlassen, wenn Sie das Licht einschalten», riet Patrizia. «Dann merkt keiner, dass Sie da sind.»

Die Bettwäsche hatten wir umsonst eingepackt. Die zerschnittenen Matratzen auf dem Schlösser-Hof waren nicht ersetzt worden. Den von Bruno stibitzten Hausschlüssel hatte Ben in der Scheune versteckt. Er holte ihn, als Patrizia ihn dazu aufforderte. Ich fuhr mein Auto in die Scheune. Patrizia fuhr im Van zurück.

Es war kalt im Haus, die Heizung nicht eingeschaltet, in der Küche stand der Herd, in dem Trude die Beweise des Sommers 95 verbrannt hatte. Im Keller lagen noch etliche Briketts, etwas Holz und ein Häufchen alter Zeitungen. Damit konnte ich einheizen.

Dann saß ich da mit ihm und einem Foto von Vanessa Greven. Er war so unruhig, wollte nicht sitzen, nichts essen, nicht mit mir reden, mir nichts zeigen. Für das Foto hatte er nur einen flüchtigen Blick, dann wollte er zur Tür. «Maus.»

«Du kannst nicht gehen», sagte ich, wie Trude so oft zu ihm gesagt hatte. «Du musst bei mir bleiben.»

21. Oktober 1997 – Miriam

Sie wusste nicht, wie lange sie schon so auf dem Bett lag, sie spürte nur die Schmerzen, besonders der Kopf tat weh. Sehr früh am Morgen war sie zurückgekommen von ihrer Reise nach Südfrankreich. Und der Mörder hatte schon auf sie gewartet. Jeden Tag, vielmehr jede Nacht hatte er kurz im Bungalow nachgeschaut, ob sie endlich wieder da wäre.

Eigentlich hatte sie zwei Wochen bleiben, nichts sehen und nichts hören wollen von Vanessa Greven, Dorit Prang und einem Mann, der im Wald junge Frauen wie Svenja Krahl und Katrin Terjung vergewaltigt hatte. Aber schon wenige Tage nach ihrer Ankunft zeichnete sich ab, wer der Mann war, den Heinz Lukka Bello genannt hatte. Als Beweis reichte es nicht, das war ihr klar. Aber sie wollte zumindest Nicole warnen, sich erkundigen, was die Verabredung mit mir gebracht hatte, und einen massiven Hinweis geben. Nicole meldete sich nicht. Auch am nächsten Tag ging in Nicoles Wohnung niemand ans Telefon. Sie probierte es auf dem Lässler-Hof, hatte zweimal Antonia in der Leitung und legte wortlos auf. Erst beim dritten Mal kam Achim an den Apparat, und sie hörte, was geschehen war.

Als sie ankam, war es noch viel zu früh, um etwas zu unternehmen, kurz nach vier. Sie war müde, völlig erschöpft von der langen Fahrt, eine Pause hatte sie nicht eingelegt. Sie wollte fit sein für die Konfrontation mit der Kriminalpolizei, dachte sich, dass eine Menge Fragen und Vorwürfe auf sie zukämen. Sie legte sich ins Bett, schlief rasch ein und war eine leichte Beute.

Als sie aufwachte, war alles anders. Ihr Bewusstsein trieb in einer Welle von Schmerz, kam für Sekunden an die Oberfläche, sank wieder hinab. Jeder Gedanke wurde auf der Stelle weggeschwemmt. Am schlimmsten betroffen war der Kopf. Ihr gesamter Schädel war erfüllt von unerträglichem Hämmern und Stechen, als ob Tausende von Stahlnägeln sich in den Knochen bohrten mit jedem flachen Atemzug.

Sie lag auf dem Bauch, mit ausgestrecktem linken Arm, die Hand steckte warm unter der zweiten Decke auf dem breiten Bett. Ihre rechte Gesichtshälfte und das rechte Ohr lagen auf dem Kissen. Es war ein dickes Kissen, in dem ihr Gesicht so weit einsank, dass ein Nasenloch zugedrückt wurde und tiefe Atemzüge nicht möglich waren. In ihrem Zustand meinte sie jedenfalls, es läge am Kissen. Aber es war nicht weiter störend, lohnte nicht, für einen tiefen Atemzug den rasend schmerzenden Kopf ein wenig anzuheben und anders zu legen, er war auch viel zu schwer.

Dass sie einen Schlag auf den Hinterkopf erhalten hatte

und einen zweiten dicht am linken Ohr, wusste sie nicht. Der erste Schlag hatte ihren Schlaf in Bewusstlosigkeit verwandelt. Dann hatte der Mann noch einmal zugeschlagen. Am Hinterkopf war die Haut aufgeplatzt, die Wunde hatte stark geblutet, war aber inzwischen verschorft. Auch der zweite Schlag am Ohr hatte zu Gewebeschäden und einer kleinen Blutung geführt. Die äußere Ohrmuschel war stark angeschwollen, Blut in den Gehörgang eingedrungen und dort geliert. Der Pfropfen verschloss das geplatzte Trommelfell und schirmte sie ab gegen jedes Geräusch, sogar gegen das laute Rumoren aus der Garage.

Ihr Körper fühlte sich taub an, sie spürte weder Arme noch Beine, auch den Rücken nicht und nicht die klebrige Feuchtigkeit, in der sie lag. Die Nähe des Todes gaukelte ihr Bewegungen und Aktivitäten vor. Einmal war ihr, als käme Nicole ins Zimmer und brächte ihr das Frühstück ans Bett. Und einmal war ihr, als streckte Ben die Hand aus, um sie zu streicheln.

«Nicht anfassen», murmelte sie.

Sie taumelte an der Schwelle des Lebens von einer verführerischen Szene in die andere. Wäre ihr bewusst gewesen, was mit ihr geschehen war, hätte sie Sterben vielleicht als schön und friedlich empfunden. So war es nur wie ein Pendeln hinauf und wieder hinab in völlige Leere, in der es keinen Schmerz gab, keine Sehnsucht und keine Erinnerungen.

21. Oktober 1997 – 16:00 Uhr

Maus! Ich wusste doch nicht, wen er meinte, wusste nichts von dem Nachmittag, als Achim Lässler ihn auf Bruno Kleus Hof abgeholt hatte, angeblich zu einem Spaziergang, damit Ben mal rauskam. Bruno hatte sich sehr darüber gewundert, aber auch sehr darüber gefreut, dass Achim endlich zur Vernunft gekommen war und sich besann auf all die Stunden in früheren Jahren, in denen Ben für ihn die schweren Futtersäcke in den Schweinestall geschleppt hatte.

Eigentlich hatte Nicole Rehbach damals diesen «Spaziergang» mit Ben übernehmen sollen. Aber Nicole sah einerseits keine plausible Erklärung, die sie Bruno Kleu hätte bieten können, und fand andererseits, Miriam sollte Ben in Ruhe lassen. Er war zufrieden bei Patrizia und Bruno, so sollte es bleiben.

Auch Achim Lässler war nicht auf Anhieb bereit, Miriam diesen Gefallen zu tun. Es war erst wenige Wochen her, dass sie vor ihm in der Diele gestanden und verlangt hatte, er solle Ben umbringen. Und plötzlich dieser Sinneswandel. Sie bat so eindringlich.

«Ich muss ihn sehen, bitte. Nur noch einmal. Du kannst dabei bleiben und dich überzeugen, dass ich ihm nichts antun will. Wenn er nicht bleiben will, kann er sofort gehen. Ich will ihm nur sagen, wie Leid mir das alles tut. Verstehst du? Er hat mir vertraut, er zeigte mir, dass er mich mag. Und ich wollte unbedingt beweisen, dass er Lukkas Komplize war.»

Es war der letzte Sonntag im Mai 97, als Achim ihn zum Bungalow brachte und Miriam ihn bat, ihr zu verzeihen. Er wusste gar nicht, was das war, hatte noch nie einem Menschen etwas verzeihen müssen, weil er noch nie jemandem böse gewesen war, nur enttäuscht. Lange blieb Achim nicht dabei. Und Ben wollte nicht sofort wieder gehen.

Die kleine Maus hatte ihm nichts Böses getan. Der Schnitt mit dem Messer war nicht so schlimm gewesen, wie sie meinte. Seine Mutter hatte manchmal schlimmere Dinge mit ihm gemacht. Und sie war doch nur eine kleine

Maus. Kleine Mäuse durfte man nicht ernst nehmen, wenn sie sich dumm benahmen. Und wenn sie weinten … Er konnte keinen Menschen weinen sehen, wollte nicht, dass jemand traurig war, tröstete sie, so gut er konnte.

Er nahm sie in die Arme, wie Dieter es mit Patrizia machte, wenn sie Kummer hatte. Und diesmal verbot sie ihm nicht, sie anzufassen. Sie legte den Kopf an seine Schulter, weinte sein Hemd nass und erzählte dabei von einem Holzwurm, der nicht ihr Vater sein wollte. Dass sie gerne einen Wurm zum Vater gehabt hätte, verstand er nicht. Sie war wirklich sehr merkwürdig, aber ihn störte das nicht. Er war ja auch nicht wie alle anderen.

Was sonst noch an diesem Nachmittag zwischen ihnen geschah, weiß ich nicht. Er konnte es nicht sagen, aber er wollte es nicht wieder hergeben, wie er alles andere hatte hergeben müssen. «Maus.»

Ich wusste nur von Trude, dass er früher tote Mäuse gesammelt hatte – im Bruch. «Da kannst du nicht mehr hingehen», sagte ich. «Dort haben wir tote Frauen gefunden. Und viele Leute denken, du hättest sie getötet. Ich glaube das nicht. Aber ich kann nicht verhindern, dass sie dich wieder einsperren, wenn du mir nicht sagst oder zeigst, was du gemacht hast.»

Da setzte er sich endlich zu mir an den Küchentisch. Ich fühlte mich, wie Trude sich in den furchtbaren Wochen gefühlt haben musste, schob ihm noch einmal das Foto von Vanessa Greven hin. Er kramte in seinem Kasten, zog eine Karte heraus. LEO. Es stand wohl für Leonard Darscheid.

«Was hast du mit dieser Frau gemacht?»

Er schüttelte den Kopf, kramte weitere Karten heraus. BEN BRINGEN FRAU MACHEN HOLZ SCHÖN.

«Hast du der Frau wehgetan?»

Nun schüttelte er heftig den Kopf, winkte gleichzeitig

unwillig ab. «Maus weh», sagte er und wollte wieder zur Tür.

Und ich sagte noch einmal: «Du kannst nicht mehr zum Bruch gehen. Setz dich wieder hin und sag mir, wo du deine Schulter und den Arm verletzt hast.»

«Maus», sagte er. Sie war die einzige Frau, für die er einen Namen hatte. Sie hatte auch einen für ihn, einen ganz neuen, den nur sie aussprach. Dafür hatte er keine Karte, er wollte auch nicht länger mit mir diskutieren. Ich sollte nur endlich verstehen, und er hatte nicht für alles Karten. Er nahm sich das dicke Malbuch vor, blätterte hastig, tippte hier und dort auf eine Zeichnung. Ein grünes Auto, eine Landschaft mit Bäumen, ein kleines Haus und zurück zu dem Auto.

Dann schlug er eine Märchenszene auf, Schneewittchen im gläsernen Sarg. Er tippte auf die schlafende Schönheit. «Maus.» Anschließend suchte er einen schwarzen Filzstift aus dem Mäppchen und verwandelte mit wenigen Strichen den Prinzen hoch zu Ross in den Tod. Er zeichnete ihm eine Sense in die Hand.

Ich traute meinen Augen nicht. Und er war mit seiner Geduld am Ende, riss mich am Arm vom Stuhl. «Mit», zerrte mich zur Tür, weiter ins Freie. Mir blieb nichts anderes übrig, als mit ihm zu gehen. Und wie Trude an dem trüben Mittwoch im März 96 dachte ich, hoffentlich sieht uns niemand.

Miriam

Die Momente dicht unter der Oberfläche wurden länger. Etwas in ihr hatte zu kämpfen begonnen, Instinkt oder Lebenswille, vielleicht nur eine grausame Laune der Natur, die verhindern wollte, dass sie erlöst wurde, ehe sie nicht völlig die Hoffnungslosigkeit ihrer Situation erkannt hatte. Was auch immer es war, es wehrte sich gegen die trügerischen Szenen von Bewegung, Aktivität und Sicherheit, wehrte sich gegen die Schwärze und zwang sie allmählich in die Realität.

Es war eine Qual, im Schmerz zu treiben, aber die Kälte störte mehr. Ihr war sehr kalt, das Laken unter ihrem Körper fühlte sich klamm und feucht an. Nur die linke Hand lag warm und trocken unter der zweiten Decke. Ihre Decke war weg, das registrierte sie, als sie die Schultern leicht bewegte. Und mit der Bewegung fühlte sie das Brennen über dem linken Schulterblatt.

Das Messer war über dem Knochen abgerutscht, die Wunde gut fünf Zentimeter lang, jedoch nicht sehr tief und bereits leicht verschorft. Sie blinzelte mit dem linken Auge, das rechte war ins Kissen gedrückt. Zu sehen war nichts. Es war stockdunkel im Zimmer. Der Rollladen war unten. Aber aus der Diele hätte Tageslicht einfallen müssen. Sie hatte die Tür nicht geschlossen. Die völlige Dunkelheit konnte nur bedeuten, dass es Nacht oder die Tür geschlossen worden war.

Rechts neben ihr war der Nachttisch, darauf stand eine Lampe. Mit der seitlichen Bewegung des rechten Armes zuckte ein scharfer Schmerz durch die Brust. Unwillkürlich zog sie die Luft ein, der Kopf schien zu explodieren, sie musste husten. Aber die Fingerspitzen hatten den Lichtschalter erreicht. Sie zog die linke Hand aus der Wärme und drückte das Kissen unter dem Gesicht etwas nieder. Nun lag das Laken in ihrem Blickfeld, es war voller Blut, das aus der Wunde auf dem Schulterblatt stammen musste.

Vorsichtig versuchte sie, die Stelle mit der Hand zu erreichen. Es war sehr beschwerlich, den linken Arm zu verdrehen und die Hand so weit nach oben zu schieben, dass ihre Finger etwas ertasten konnten. Das Messer. Es verursachte den dumpfen, quälenden Druck in der Brust und die Schwierigkeiten bei der Atmung, steckte bis zum Heft unter ihren Rippen. Links!

Die Klinge musste das Herz knapp verfehlt haben. Sie war eher verwundert als schockiert. Die Schmerzen im Kopf schienen bedrohlicher. Mühsam brachte sie den linken Arm weiter nach oben, schob ihn langsam über das rote Laken, erreichte mit den Fingerspitzen wieder das Kissen, wollte den Kopf abtasten, nur feststellen, ob der Schädelknochen verletzt war. Aber bis zum Kopf kam sie nicht. Ein erneuter kurzer, scharfer Schmerz in der Brust machte ihr endgültig klar, dass sie den linken Arm nicht bewegen durfte.

Länger als eine Stunde kämpfte sie gegen die Verlockung, die Augen wieder zu schließen, zurückzugleiten in den Zustand von Schmerzlosigkeit und Nichtwissen. Der Schmerz im Kopf war unverändert heftig, die Übelkeit würgte sie. Das Brennen in der Schulter wurde stärker, war aber nebensächlich. Sie wusste genug über Medizin und die Reaktionen eines Körpers. Es waren immer die relativ harmlosen Verletzungen, die einen Aufruhr der Nerven verursachten. Die wirklich bedrohlichen setzten Hormone frei, die wie ein starkes Schmerzmittel wirkten. Dann fühlte man kaum etwas.

Ein Stich in die Lunge. Der dumpfe Druck in der Brust sprach dafür. Vielleicht lebte sie nur noch, weil das Messer die Wunde provisorisch verschloss und verhinderte, dass ihre Lunge kollabierte. Ob das der richtige Ausdruck war, wusste sie nicht, aber was kümmerte sie der richtige oder falsche Ausdruck. Sie wusste jedenfalls, dass von außen keine Luft eindringen und sie das Messer nicht herausziehen durfte.

Und an der rechten Seite ihres Körpers war noch eine Wunde, aus der es beständig rot im Laken versickerte. Eine gute Handbreit unter den Rippen, in dem Bereich, in dem die Nieren lagen, war eine Arterie verletzt. Sie befürchtete, dass ihre rechte Niere durchstochen war, und sie hatte nur noch diese. Die Blutung konnte sie stoppen, indem sie den rechten Handrücken dagegen presste. Es war unbequem, zwang sie, den rechten Arm unnatürlich anzuwinkeln. Wie lange sie ihn so halten konnte, wusste sie nicht.

Ihr war entsetzlich kalt. Das Zimmer wurde nie beheizt, aber daran allein lag es vermutlich nicht. Das Fenster war geschlossen, die Tür zur Diele tagelang offen gewesen, die Wärme aus den anderen Räumen musste die Zimmertemperatur auf neunzehn bis zwanzig Grad gebracht haben. In den Tagen vor ihrer Abreise am 13. Oktober waren es immer um die zwanzig Grad gewesen, genau richtig, um am späten Abend zu Bett zu gehen und noch eine Weile ohne Decke zu liegen.

Das waren Momente, die sie intensiv genoss. Wenn die Haut einen Hauch von Kühle spürte, nicht so, dass sie fror, nur so viel, dass sie jeden Zentimeter Wärme registrierte, die er ausstrahlte – wenn er bei ihr war. Seit Anfang Juni war Ben jede Nacht bei ihr gewesen und bis zum frühen Morgen geblieben. Und wenn er sich davonstahl, weil er meinte, dass Patrizia ihn ebenso nötig brauchte, deckte er sie gut zu.

Sie wusste, dass er keine Frau im Bendchen vergewaltigt haben konnte. Sie war sein Alibi für jede Nacht, in der ein Mensch verletzt oder gestorben, auch für den Morgen, an dem Hartmut Rehbach verblutet war. Nun verblutete sie.

Nur nicht einschlafen, auf gar keinen Fall das Bewusstsein verlieren. Und nicht in Panik geraten, nicht grübeln, wie viel Blut schon in der Matratze versickert sein mochte. An etwas Schönes denken, an die Tage in Südfrankreich. Sie hatte ein kleines Haus gemietet, ursprünglich nur für sich allein, um in Ruhe und mit der nötigen Distanz nachzudenken, wie es weitergehen sollte. Mit ihm leben, weil er einen Menschen brauchte, der für all das sorgte, was er sich selbst nicht beschaffen konnte. Sie konnte ihm mehr geben als Patrizia, weil sie sich nicht teilen musste zwischen Ehe, Baby und Bauernhof. Und er gab dafür zurück, was sie brauchte. Ihn kümmerte es nicht, dass sie ein Bein nachzog und ihr Gesicht nicht perfekt war.

Aber es würde ein harter Kampf werden, und sie wusste nicht, ob sie es durchstand. Sich hinwegsetzen über all die gerümpften Nasen, die spöttisch-abfälligen Blicke, den Dorfklatsch, der unweigerlich aufkommen musste. Sie konnte sich das lebhaft vorstellen. Eine junge Frau in Lukkas Bungalow und dann auch noch mit Ben.

Dann sprach Nicole davon, die Kriminalpolizei über die Vorgänge im Dorf zu informieren. Es war nicht mehr die Zeit zu überlegen. Plötzlich stellte sich nur noch die Frage, ob man ihr glaubte, dass er seit Juni die Nächte bei ihr verbracht hatte. Niemand wusste davon, er kam spät in der Nacht, ging sehr früh am Morgen. Vielleicht war es ein Fehler gewesen, ihn mitzunehmen, ohne jemanden einzuweihen. Nur hatte sie in dem Moment keine andere Möglichkeit gesehen, ihn zu schützen.

Die lange Fahrt hatte er verschlafen. Fünf Schlaftabletten in einer Flasche Cola, sonst wäre er vermutlich unruhig geworden. So war er nur verblüfft gewesen bei der Ankunft, hatte die fremde Umgebung bestaunt, zum ersten Mal etwas mehr gesehen von der Welt, und es sah nicht einmal sehr viel anders aus als das kleine Stück, das er kannte.

Es waren ein paar herrliche und unbeschwerte Tage gewesen trotz allem. Mit jeder Stunde war ihre Sicherheit gewachsen, ebenso ihre Bereitschaft, über gerümpfte Nasen und alles andere hinwegzusehen. Er war es wert. Sie hatten lange Spaziergänge gemacht, bei Wind und Wetter, ihre ersten Spaziergänge nach einer Ewigkeit – ohne einen Hund an der Leine, ohne Lügen, meist ohne ein Wort. Und welcher Mann konnte das schon, stundenlang neben einer Frau durch strömenden Regen laufen und schweigen? Jeder andere hätte sich an die Stirn getippt, sie für verrückt erklärt. Er nicht, weil man ihn schon vor langer Zeit für verrückt erklärt hatte. Und sie fand, das war er nicht.

An den Abenden hatte er geschnitzt. Leute im Wald – Svenja Krahl und der Mann, der sie vergewaltigt und in Lukkas Arme getrieben hatte. Die Gesichter waren immer noch winzig, aber mit einer starken Lupe gut zu erkennen.

Als sie zurückkamen am frühen Morgen und in die Garage fuhren, hatte sie ihn im Wagen sitzen lassen müssen, weil er noch so fest schlief. Aber er musste längst aufgewacht sein. Und dass er gegangen war, ohne noch einmal nach ihr zu sehen. Oder dass er sie so gesehen hatte und trotzdem nicht zurückkam, weil er meinte, tagsüber brauche Patrizia seine Hilfe …

Es waren doch nicht so schöne Gedanken. Vor dem späten Abend kam er nie, sie konnte nicht noch Stunden so liegen, musste ans Telefon. Zwei Meter vom Fußende des Bettes entfernt stand die Rettung auf einem Glastisch nahe dem Fenster. Und sie durfte sich nicht bewegen, war allein in einem Haus, in dem fünf Menschen gestorben waren – nicht nur sehr wahrscheinlich, ganz bestimmt. Allein mit dem Tod, meinte sie, ihn neben ihrem Bett zu sehen, einen schmächtigen, alten Mann, der mit sanfter, eindringlicher Stimme sagte: «Du hast die Augen deiner

Mutter. Wenn ich dich sehe, geht es mir immer prächtig. Nun komm, kleine Maus. Komm zu mir, du wolltest doch immer einen Vater wie mich.»

Außer seiner Stimme hörte sie nichts.

21. Oktober 1997 – 17:15 Uhr

Ins Haus kamen wir durch das Garagentor, das Ben einige Stunden zuvor von innen aufgebrochen hatte, wodurch er zu seinen Verletzungen am Arm gekommen war. Den Bungalow durch die Haustür zu verlassen, war ihm nicht möglich gewesen. Die Tür war verschlossen, weit und breit kein Schlüssel zu sehen. Er musste an ihrem Bett gewesen sein. Aber das Messer in ihrem Rücken hatte er nicht angerührt.

Ich weiß nicht, warum er es stecken ließ. Er kann nicht gewusst haben, dass sie gestorben wäre, wenn er es herausgezogen hätte. Er kann auch nicht gewusst haben, dass er die fast perfekte Planung des Mörders durchkreuzt hatte mit seinem unvorhersehbaren Verhalten. Miriam Wagner wäre gestorben zu einem Zeitpunkt, als er wieder im Dorf war. Und wir hätten auf der Tatwaffe nur seine Fingerabdrücke gefunden. Vielleicht war er wirklich bei ihr gewesen und hatte ihr Murmeln gehört: «Nicht anfassen.»

Kleine Mäuse mochten manchmal dumm sein, aber auch Bruno hatte ihm oft erklärt, er hätte die Mädchen nicht anfassen dürfen, er hätte jemanden holen müssen. Diesmal hatte er es richtig gemacht. Es hatte nur so entsetzlich lange gedauert, bis ich ihn verstand.

Als wir ins Schlafzimmer kamen, dachte ich im ersten Moment, es sei zu spät. Aber als er ihr durchs Gesicht strich, blinzelte sie. Und ich meine, sie hätte gelächelt und etwas gemurmelt, nur ein Wort, ich habe es nicht verstanden.

Der Notarzt brauchte nur sieben Minuten. In der Zeit drückte ich die Arterie ab und redete auf sie ein. «Nicht einschlafen, Frau Wagner, nicht einschlafen.»

Sie hörte mich gar nicht. Er streichelte unentwegt ihr Gesicht, sagte immer wieder: «Maus.» Was sie sagte, verstand ich nur zum Teil. «Bei mir – jede Nacht.» Und etwas von Frankreich und Auto.

Dann musste ich Platz machen für den Notarzt. Ben schaute sehr kritisch zu, wie sie versorgt wurde. Als der Arzt eine Infusion anlegte, vergewisserte er sich bei mir: «Fein macht?»

«Ja», sagte ich. «Das muss sein, damit sie gesund wird.»

Der Arzt schaute sehr skeptisch drein. Aber bei Tanja Schlösser hatten sie es auch geschafft. Und wie sie da auf dem Bett lag, war sie wie Tanja, so kindlich, so nahe am Tod.

Der Rettungshubschrauber landete zwanzig Minuten später auf der Kreuzung. Es war alles wie vor zwei Jahren, nur dass Ben nicht blutend am Boden lag. Er lief herum und wollte unbedingt in den Helikopter steigen. «Mit.»

«Du kannst nicht mit», sagte ich. «Du musst bei mir bleiben. Wir fahren mit dem Auto hinterher.»

Wir konnten nicht sofort fahren, ich musste warten, bis mein Kollege und die Spurensicherung eintrafen. Ich rief Patrizia dazu und schickte sie mit Ben zum Schlösser-Hof.

Dann hatte ich eine knappe halbe Stunde, mich umzuschauen. Miriam Wagners Schlüssel lagen in ihrer Handtasche, die unter einem Kleiderhäufchen im Schlafzimmer steckte. Ich schaute mir den Jaguar an, entdeckte einen Koffer und eine Reisetasche. In der Tasche befand sich Männerkleidung, offenbar in Frankreich gekauft.

Den Koffer mit Miriams Sachen habe ich nur geöffnet, aber nicht ausgeräumt. Unter ihrer Kleidung lagen zwei Holztafeln, ich habe sie nicht gesehen. Sonst hätte ich gewusst, wer Svenja Krahl im Sommer 95 vergewaltigt hatte, ehe mein Kollege die Ermittlungen wieder in seine Hände nahm.

Dirk Schumann war sehr wütend auf mich. «Verdammt nochmal, Brigitte, was treibst du hier?»

Dirk wollte Ben unbedingt haben. «Vergiss ihn», sagte ich. «Er hat ein Alibi für jede Nacht in den letzten Monaten. Und ich glaube, er war gar nicht mehr hier, als Rehbach getötet wurde.»

«Du glaubst», meinte Dirk. «Und was glaubst du, wo er war?»

«In Urlaub», sagte ich.

Dirk tippte sich an die Stirn. «Willst du mich verscheißern?»

Nein, das wollte ich nicht. Nur konnte ich vorerst nicht mehr sagen und hatte nicht die Zeit für lange Erklärungen. Ich musste mich um Ben kümmern, hatte ihm schließlich etwas versprochen.

Miriam Wagner war ins Klinikum Merheim gebracht worden. An dem Abend und in der Nacht hatte es keinen Sinn mehr, dorthin zu fahren. Ich blieb mit ihm auf dem Schlösser-Hof, er lief die ganze Nacht umher, sagte unzählige Male: «Maus.»

Am nächsten Vormittag hieß es, sie habe keine Chance. Sie hatte noch im Hubschrauber den ersten Herzstillstand erlitten, am frühen Morgen den zweiten. Nun wurde sie künstlich beatmet. Ihre Hirnfunktion war noch messbar. Der zuständige Arzt meinte, das würde sich ändern, sobald die Maschinen abgeschaltet würden. Wenn Angehörige zu verständigen seien, sollte ich das sofort tun, damit eine Entscheidung getroffen werden könne.

In Ben sah der Arzt keinen Angehörigen, nur einen Störfaktor. Fünf Minuten wollte er ihm an ihrem Bett einräumen, nur fünf Minuten. Aber er ließ sich nicht wegschicken, betrachtete misstrauisch die vielen Instrumente, vergewisserte sich erneut bei mir: «Fein macht?»

«Ja», sagte ich wieder. «Das muss sein, damit sie gesund wird.» Ich wollte ihn nicht belügen, aber was hätte ich sonst sagen sollen? Er setzte sich zu ihr auf das Bett. Sofort protestierte eine Schwester: «Das geht nicht, junger Mann.»

Also stand er wieder auf, aber ihre Hand hielt er fest. Als ich fahren wollte, schüttelte er den Kopf. Ich ließ der Schwester meine Telefonnummer da und ihn dazu. Mittags stellte man ihm einen Stuhl neben das Bett, weil er sich nicht von der Stelle rührte. Abends fuhr ich noch einmal hin und holte ihm etwas zu essen aus der Kantine. Die Nachtschwester war bereits da und hatte nichts dagegen, dass er blieb.

«Er macht ja nichts.»

Er machte vier Tage lang nichts, saß nur da, hielt ihre Hand, streichelte ihr Gesicht, küsste sie hin und wieder auf die Stirn. Wenn er zur Toilette musste, winkte er eine Schwester heran, damit sie ihre Hand hielt. Gab man ihm etwas zu essen, war es gut, gab man ihm nichts, war es auch gut. Wenn er müde wurde, legte er den Kopf auf das Bett.

Die Schwestern gewöhnten sich an ihn. Der behandelnde Arzt meinte nach vier Tagen, sie hielte nur durch, weil er da sei. Sonntags atmete sie wieder aus eigener Kraft. Und am Dienstag schlug sie zum ersten Mal die

Augen auf, nur für ein paar Sekunden. «Da bist du ja», murmelte sie und schlief wieder ein.

Das war der Tag, an dem Nicole Rehbach aus dem Lohberger Krankenhaus entlassen wurde. Ihre Wunden waren noch nicht verheilt, aber sie wollte es so, weil am Nachmittag ihr Mann beigesetzt wurde. Walter Hambloch holte sie ab.

Natürlich hatte längst jemand von der Spurensicherung Miriam Wagners Koffer ausgeräumt und die beiden Holztafeln gefunden. Sie waren quadratisch mit einer Seitenlänge von dreißig Zentimetern. Auf jeder Tafel befand sich ein Relief. Zwei Menschen im Wald, ein Mann und eine Frau. Nur holte sich niemand eine Lupe, um Schnitzereien zu betrachten, die man für Urlaubssouvenirs hielt. Pilzsammler, dachte man, weil die beiden Menschen im Wald auf einem Relief gebückt waren, als suchten sie etwas. Und ein Akt, dachte man, weil das zweite Relief eine Umarmung zeigte. Die Gesichter waren winzig, doch mit einer Lupe war der Mann zu erkennen.

Dirk Schumann war immer noch interessiert an Ben, obwohl auf dem Messergriff keine Fingerabdrücke festgestellt worden waren und man kaum davon ausgehen durfte, Ben hätte Handschuhe übergezogen oder den Griff abgewischt. Dirk vermutete, ich hätte das für ihn getan. Er glaubte mir nicht, dass Miriam Wagners Aussage Ben entlastete, weil Miriam Wagner noch keine Aussage gemacht, nur ein paar Worte gemurmelt hatte.

Am fünften Tag nach ihrer Einlieferung machte Miriam ein paar Angaben zu ihrem Aufbruch. Andreas und Sabine Lässler bestätigten später, den Jaguar in der Nacht vom 14. auf den 15. Oktober gesehen zu haben. Folglich konnte Ben am nächsten Morgen nicht in Rehbachs Garten gewesen sein.

In der Nacht war Achim Lässler dort gewesen. Das wusste Dirk inzwischen. Walter Hambloch hatte ihn darauf hingewiesen, es könne sich im Fall Rehbach auch um einen Racheakt gehandelt haben, weil Nicole und Hartmut Britta Lässler nicht beigestanden hatten. Nun saß anstelle von Bruno Kleu Achim Lässler im Verhör.

An dem Abend traf ich Anita Schlösser bei Miriam Wagner an, als ich Ben mit einer Mahlzeit versorgen wollte. Das hatte seine Schwester bereits getan. Anita bestand darauf, dass er jetzt mit ihr fuhr, bei ihr duschte und frische Kleidung anzog. «Dann bringe ich dich wieder hierher.»

Er ging nur sehr widerstrebend, nachdem ich ihm versprochen hatte, zu bleiben und Miriams Hand zu halten, bis er zurückkam. Sie war eingeschlafen, wachte auf, kurz nachdem er mit Anita die Station verlassen hatte.

Sie erinnerte sich nicht, wer ich war. Als sie es begriff, lächelte sie matt. «Aber Sie haben Waldi nicht überführt, sonst läge ich nicht hier.» Sie war schwer zu verstehen, sprach so leise, dass ich mich tief zu ihr hinunterbeugen musste.

Ihre Verletzungen betrachtete Miriam als den letzten Beweis, dass sie sich nicht geirrt hatte und nicht etwa nur deshalb Walter Hambloch für den Täter hielt, weil sie ihn nicht ausstehen konnte. Es gab nur diese eine Möglichkeit. Der Täter musste mit einem Schlüssel in den Bungalow gekommen sein. Außer ihr hatte nur Nicole Rehbach einen Schlüssel, den während der Geburtstagsfeier jeder Gast aus der Manteltasche genommen haben konnte.

«Dazu hatten Andreas Lässler, Uwe von Burg und Dieter Kleu keine Veranlassung», flüsterte sie. «Oder sehen Sie eine?»

Mit Nicoles Schlüssel war es eine Kleinigkeit gewesen, in den Bungalow zu gelangen. Nur war niemand zu

Hause gewesen. Aber der dritte Hausschlüssel hatte in einem Schubfach der Garderobe gelegen. Nicoles Schlüsselmäppchen wurde nicht mehr gebraucht und konnte zurück in die Manteltasche gesteckt werden, wo Walter Hambloch es dann «fand», als Dirk und die Spurensicherung danach suchten.

Es klang logisch, ich konnte es nur nicht glauben, sah Walter Hambloch noch an Hartmut Rehbachs Leiche zusammenbrechen, hörte ihn noch schreien: «Nein! Nein! Nein!»

«Er ist ein hervorragender Schauspieler, und er kann sich binnen weniger Sekunden auf eine veränderte Situation einstellen», flüsterte sie. «Als es um Svenja Krahl ging, hat er sich verraten. Er war völlig sicher, dass Lukka in der Nacht zu Hause gewesen war, nannte sogar die Uhrzeit, zu der Lukka das Mädchen ins Haus gelassen haben muss. Zwei Uhr, das kommt hin. Bei der Videoaufzeichnung war die Uhrzeit eingeblendet. Und wann Lukka zu Hause war, konnte nur jemand genau wissen, der ihn gesehen hatte. Als Hambloch merkte, welcher Schnitzer ihm da unterlaufen war, lenkte er sofort ein, erzählte etwas von einem falschen Tag. Er ist aalglatt, glauben Sie mir. Wenn man glaubt, man hat ihn, flutscht er einem wieder aus der Hand. Aber jetzt können Sie ihn festnageln.»

Als wir über Walter Hambloch sprachen, saß die Trauergesellschaft noch im Wohnzimmer an der Bachstraße zusammen. Nicole, Patrizia und Dieter Kleu, Hartmut Rehbachs Eltern, die ihren Urlaub abgebrochen hatten, und seine Freunde. Und Nicole sagte zu Walter Hambloch, er könne für sie niemals mehr sein als ein guter Freund.

«Walter war ja nicht nur ein Freund von Hartmut», flüsterte Miriam Wagner weiter. «Mit Andreas Lässler war er ebenso gut befreundet. Er war oft auf dem Lässler-Hof, schon als Kind, als Jugendlicher natürlich auch. Ich möchte nicht wissen, wie oft er beim Bungalow Halt gemacht und Lukka zugeschaut hat. Lukka muss ihn häufig bemerkt haben. Manchmal hat er ihn wohl für Ben gehalten. Aber irgendwann hat er begriffen, dass er von Ben eben nichts bemerkt, wenn er im Mais versteckt liegt. Ben tauchte immer unvermittelt auf der Terrasse auf, und zwar nur, wenn er sich zeigen wollte. Wenn sich draußen etwas bewegte, war es ein anderer. Bello. Lukka wusste, dass Hambloch von einigen im Dorf Waldi genannt wurde. Das klang ihm vermutlich zu sehr nach einem Dackel. Und damit kann man Hambloch nun wirklich nicht vergleichen.»

Ich rief meinen Kollegen an und verständigte die Wache in Lohberg, weil Walter Hamblochs Kollegen schneller im Dorf sein konnten als Dirk Schumann und weil Miriam Wagner flüsterte: «Hambloch hat geglaubt, nach Hartmuts Unfall könne er bei Nicole den Ersatzmann spielen. Sie hat ihn zurückgewiesen, mehr als einmal und immer mit der Begründung, dass sie ihren Mann nie verlassen wird. Nun hat Hambloch eben dafür gesorgt, dass Hartmut Nicole verlässt. Wenn er merkt, dass er sie auch jetzt nicht haben kann, wird er sie töten.»

Das haben wir verhindert. Und diesmal hatten wir Beweise genug. Wir haben sogar ein Geständnis bekommen, nicht sofort. Zuerst versuchte Walter Hambloch noch, Ben die Morde an den vier Frauen und den Angriff auf Miriam anzulasten. Achim Lässler sollte für den Tod seines Freundes und Nicoles Verletzungen verantwortlich sein.

Er hatte es gut durchdacht. Der psychiatrische Gutachter bescheinigte ihm eine überdurchschnittliche Intelligenz. Trotzdem hatte er einiges nicht einkalkuliert oder schlicht übersehen. Hätte er sich in der Nacht, als er Katrin Terjung vergewaltigte, näher an den roten Ford Fiesta herangewagt, wäre ihm kaum entgangen, mit welcher Frau Achim Lässler beim Bendchen zusammen war. Aber das hatte er nicht gewagt aus Furcht, dass Achim ihn erkennen würde.

Und hätte er nur einmal abgewartet, wäre ihm auch aufgefallen, dass Ben den Bungalow erst früh am Morgen wieder verließ, nachdem Miriam ihn am späten Abend hereingelassen hatte. Zweimal hatte Hambloch beobachtet, dass Miriam die Haustür für Ben öffnete. Nur war ihm nicht der Gedanke gekommen, es könne bei diesen Besuchen um etwas anderes gehen als um Lukka.

Als Ben verschwand, hatte Hambloch angenommen, Bruno Kleu hielte ihn irgendwo versteckt. Und da war er nervös geworden. Er brauchte Ben in Freiheit, wenn Miriam Wagner von ihrer Reise zurückkam. Warum er sie unbedingt umbringen wollte, konnte er nicht überzeugend erklären. Dass er Angst vor ihr gehabt hat, wies er weit zurück. Aber er muss sie gefürchtet haben, weil sie sich bemühte, den Mann zu finden, den Heinz Lukka Bello genannt hatte, und weil sie großen Einfluss auf Nicole hatte.

Aufgeatmet hatte er, als er Ben schlafend im Jaguar entdeckte. Begriffen hatte er wohl auch, warum Ben in Miriams Auto saß. Und vermutlich, aber das bestritt er, empfand er in diesem Moment eine ungeheure Wut. Ihm hatte Miriam abgewiesen, und mit dem Idioten fuhr sie in Urlaub. Für Walter Hambloch war das die schlimmste Zurückweisung, die er je erfahren hatte.

Epilog

Zwei Jahre ist es jetzt her, und ich habe nicht wieder die gleichen Fehler gemacht wie beim ersten Mal. Natürlich schließt man in meinem Job keine Freundschaften mit Menschen, die in Mordfälle verwickelt waren und Beweise vernichtet haben.

Miriam Wagner hatte die Videobänder zerschnitten. Bedauert hat sie das nicht. Wir hätten unsere Chance gehabt, meinte sie. In diesem Punkt irrte sie sich. Die Bänder waren beim Abbruch der Hausbar hinter der Verkleidung aufgetaucht. Man bricht nicht die Einrichtung ab bei einer Hausdurchsuchung. Aber sie meinte, ich solle froh sein, dass ich es nicht gesehen hätte.

«An Lukkas Schuld hatten Sie doch keine Zweifel», sagte sie. «Die Filme hätten Ihnen nicht geholfen, Hambloch zu überführen. Oder hätten Sie gewusst, wer Bello war? Sie hätten gedacht, es solle wohl Ben heißen.»

Bis Dezember 97 lag sie im Klinikum Merheim. In den letzten beiden Wochen dort passte es ihr gar nicht mehr, dass Ben ihr nicht von der Seite wich. Er hatte Freundschaft geschlossen mit zwei Krankenschwestern.

Eine Zeit lang habe ich befürchtet, ihre Eifersucht könne irgendwann zum Problem werden, und nahm mir vor, ihr auf die Finger zu schauen. Das habe ich getan.

Ab und zu fahre ich ins Dorf und vergewissere mich, dass es Ben gut geht. Die meiste Zeit des Tages verbringt er auf Bruno Kleus Hof und hilft Patrizia im Haushalt. Die Einkäufe macht er immer noch regelmäßig mit ihr, bahnt ihr im Supermarkt den Weg zur Kasse. Und mittags sitzt er an ihrem Tisch, sie kocht sehr gut, was man von Miriam nicht behaupten kann. Er hat immer noch ein Zimmer bei Bruno, aber abends geht er nach Hause – wie ein Mann nach getaner Arbeit.

Einmal in der Woche besucht er Nicole, Antonia und seine jüngste Schwester. Nicole lebt seit gut einem Jahr auf dem Lässler-Hof, Rehbach heißt sie nicht mehr. Leicht gemacht hat sie es Achim Lässler nicht, doch das war umgekehrt auch nicht der Fall. Nicole konnte sich lange Zeit nicht eingestehen, was sie für Achim fühlte. Und es gibt immer noch Momente, da flüchtet sie auf den Friedhof und bittet Hartmut Rehbach um Vergebung, weil sie ihn in dem Glauben gelassen hatte, sie sei beim dritten Versuch einer künstlichen Befruchtung in der Arztpraxis schwanger geworden. Jetzt ist sie wieder schwanger.

Wenn sie ihr Kind hat, wird Ben wohl nicht mehr so lange bleiben. Kleine Kinder sind ihm nicht geheuer, auch den Wildfang, den Patrizia in die Welt gesetzt hat, beäugt er misstrauisch. Wenn es ihm zu viel wird, geht er – meist zu Leonard Darscheid. Dort kann er stundenlang im Atelier sitzen und seine Bilder in Holz schnitzen. Mit Konfektionsmessern arbeitet er nicht mehr. Der Künstler hat dafür gesorgt, dass er geeignetes Werkzeug bekommt. Leonard Darscheid fördert ihn nach Kräften, bei seiner nächsten Ausstellung will er sogar ein paar von den Miniaturen zeigen. Pferde mit Federbüschen auf den Köpfen und reich bestickten Satteldecken. Der Zirkus ist beinahe komplett, und Patrizia befürchtet, es könne ihn jemand kaufen wollen, oder Ben könne etwas davon verschenken.

Mir hat er etwas geschenkt, ein Holzrelief von der Art, das Walter Hambloch der Vergewaltigung von Svenja Krahl überführt hat. Es sieht auch aus wie Menschen im Wald. Aber es ist kein Wald, nur ein Baum und unendlich viele Brombeersträucher, und die beiden winzigen Gestalten dazwischen sind Trude und ich.

Manchmal besuche ich mit ihm das Grab seiner Mutter. Dann sehe ich mich noch einmal mit Trude in ihrer Küche sitzen, höre sie fragen: «Was hätten Sie gemacht, wenn er Ihr Sohn wäre?»

Ich weiß es nicht. Mein Sohn hat ein Studium begonnen, um ihn muss ich mir nicht viele Gedanken machen. Um Ben vielleicht auch nicht mehr. Er hat, was er braucht. Patrizia als junge Ersatzmutter und seinen Kumpel Bruno, Leonard Darscheid als Mentor und Nicole als guten Engel auf dem Lässler-Hof.

Um Paul hat Nicole sich vergebens bemüht, er hat seinen Groll mit ins Grab genommen, als er vor vier Monaten starb. Seitdem darf Ben seine jüngste Schwester wieder regelmäßig sehen, zweimal in der Woche, einmal auf dem Lässler-Hof und einmal mit Miriam.

Sie hat es übernommen, dem jungen Mädchen bei der Verarbeitung all der entsetzlichen Erlebnisse zu helfen. «Das kann ich», sagte sie erst kürzlich, als ich sie besuchte. «Fragen Sie mich nicht, wie ich es schaffe, das weiß ich selbst nicht genau. Aber das Wie ist vielleicht auch gar nicht so wichtig.»

Miriam arbeitet inzwischen auch stundenweise unentgeltlich in einem kleinen Büro, das eine Selbsthilfegruppe für misshandelte Frauen in Lohberg eröffnet hat. Wenn sie zurückkommt, muss sie ein bisschen weiter fahren. Lukkas Bungalow existiert nicht mehr. Das große Grundstück ist mit Rasen bepflanzt. Miriam lebt nun mit Ben auf dem Schlösser-Hof. Dort ist er zu Hause, dort gehört er hin.